The black hair Princess

검은 머리 황녀님

엘리아냥 장편소설

The Black hair Princess

검은 머리 황녀님 2

엘리아냥 장편소설

초판 1쇄 찍은 날 | 2019년 03월 22일
초판 4쇄 펴낸 날 | 2022년 09월 30일

지은이 | 엘리아냥
펴낸이 | 권태완 우천제

편집책임 | 박은정
편집 | 박가연 김효주 천희진 유안진 손혜진

펴낸곳 | (주)케이더블유북스
등록번호 | 제25100-2015-43호
등록일자 | 2015. 5. 4
WFN | 제3-040호

주소 | 서울특별시 구로구 디지털로31길 38-9 에이스테크노타워 1차 401호
전화 | 02-867-4626 팩스 | 02-866-4627
E-mail | cl_production@naver.com

ISBN 979-11-293-2781-9 04810
979-11-293-2779-6 (set)

2

The black hair Princess

검은 머리 황녀님

엘리아냥 장편소설

위치북

Contents

Chapter 7
들어는 봤나, 봄날?

전체적으로 나쁘지 않은 여행이었다. 유리엔은 돌아가는 마차 안에서 이번 외출에 대한 점수를 매겼다. 산적도 만나고, 엘프랑 팔씨름도 하고, 작지만 힘센 발닦개도 생겼다. 모험소설처럼 악의 무리도 퇴치했으니 후한 평가를 내리기에 모자람이 없었다. 점수는 10점 만점에 9점. 여행의 내용으로만 따지면 만점이었으나 기간이 성에 차지 않았으므로 1점을 깎았다.

유리엔은 특별히 카엘이 동행했다는 부분에 대해서는 점수를 깎지 않기로 했다. 나름 선심을 쓴 넉넉한 처사였다.

"린! 나 왔어!"

"황녀님!"

그렇게 9점짜리 여행이 끝나고 유리엔은 궁으로 귀환했다. 오붓하고 알콩달콩한 약혼 여행을 기대했던 황후는 카엘과 유리엔이 기념품이라며 내놓은 1급 범죄자를 보곤 한참 동안 말을 잃었다. 심지어 죄를 입증해 줄 물증이라며 웬 백골도 같이 챙겨왔다. 보지 않아도 그려지는 둘의 행보에 황후는 치하의 말 대신 뒷목을 잡았다.

두 사람이 돌아온 뒤에는 연이어 재판이 벌어졌다. 그중 두 번째 재판은 죄목도 피고인도 거물이라 궁 전체가 발칵 뒤집혔다. 지은 죄는 악마 소환과 황족 살해 사주에 죄인은 마그나가 공작 영애였다. 증인으로는 공작저에서 일하는 시녀 몇 명, 그리고 키슬리키가 직접 참석했다.

"악마가 막 재판에 참석하고 그래도 돼?"

"뭐 어때? 제국법에 악마가 증인이면 안 된다는 조항은 없어."

황당해하는 유리엔에게 카엘은 대수롭지 않게 응수했다. 재판을 위해 카엘은 궁으로 돌아오자마자 그야말로 꽁지가 빠져라 뛰어다녔다. 직접 기사들을 지휘해 저택을 점령하고 증거품을 입수했으며, 공작가 가솔 전원의 신변을 확보한 뒤 재판을 신청했다. 마치 이날만을 벼르며 살아왔다는 듯 일말의 머뭇거림도 없는 단행이었다. 유리엔은 그걸 보며 마치 빨간색 황소가 돌진하는 것 같다고 말했다. 반은 자기 때문에 저러는 상대에게 꽤 박한 평가였다.

그리고 이건 당사자들 외에는 모르는 사실이었지만, 재판 과정에서 카엘은 위증마저 마다하지 않았다.

"이 나라 황태자와 그의 정혼녀를 죽여줄 것. 그게 내 소환자가 요구한 계약 내용이야."

증인으로 참석한 키슬리키가 법정에 서서 증언한 내용이었다. 에델리아는 유리엔만 죽여달라 언급했지 카엘에 대해선 발언한 적이 없었으므로 반절이 뻥이었지만, 악마 본인이 그렇다는데 이의를 제기할 사람은 없었다. 에델리아야 미친 듯이 아니라며 외쳤지만 원래 죄인은 법정에서 누구나 다 아니라고 한다. 결국 그녀의 죄는 황녀 살해 사주에 황태자 살해 사주까지 더블이 되었다.

결과적으로 에델리아는 사형대로 끌려가 형장의 이슬로 사라졌다. 유리엔은 그녀를 동정하지 않았다. 카엘이 아니었다면 자신이 죽었을 일이다. 상대의 최후는 자업자득이었다.

공작은 연좌제가 적용되어 작위를 빼앗기고 감옥에 갇혔다. 다른 직계가족 또한 마찬가지였다. 형량은 따로 정해지지 않았다. 그들이 수감되어 있어야 하는 기간은 평생이었다. 발칵 뒤집힌 궁은 한동안 가라앉지 않고 쭉 어수선한 분위기를 유지했다.

"황녀님께서 무사하셔서 다행이에요."

"나도 정말 다행이라고 생각해."

"고국에는 정말로 알리지 않으실 거예요?"

"멀쩡하잖아."

유리엔은 이번 일을 카르나에 알리지 말 것을 적극적으로 나서서 요청했다. 국가 간의 감정도 감정이지만 아버지가 후회하고 자책하는 모습을 보고 싶지 않다는 이유가 더 컸다. 어쨌든 생채기 하나 없이 멀쩡하니 된 것 아닌가.

게다가 키슬리키도 생겼으니 그녀는 이제 거의 무적이나 다름없었다-키슬리키는 알아서 자기 있을 곳에 있겠다며 재판 이후 사라진 상태였지만 주먹질 한 번이면 얼마든지 부를 수 있었다. 더해서 제국에서는 큰 사건을 겪고 놀랐을 그녀를 배려해 한동안 결혼식과 약혼 기간에 대한 이야기를 일절 꺼내지 않기로 했다. 어떻게 보면 전화위복이었다.

아무튼 유리엔이 여행을 끝내고 귀환한 지도 어느덧 보름. 궁 전체의 부산스러움은 조금씩 가라앉고 있었다. 그쯤 유리엔에게 새로운 소식이 전해졌다.

“생일 파티?”

루네가 수줍게 고개를 끄덕였다. 양 볼은 봄꽃처럼 말랑한 분홍색이었다. 찔러보고 싶다고 생각하며 유리엔이 들은 것을 확인했다.

“일주일 뒤라고?”

“네.”

“조금 더 일찍 말하지.”

“분위기가 뒤숭숭해서…….”

“하긴.”

루네의 생일 파티. 정확히는 루제와 루네의 공동 생일 파티가 일주일을 앞두고 있었다. 이번 생일이 지나면 둘은 열여섯 살이 된다. 제국에서 성년으로 취급받는 나이가 열여덟이었으니 또 한 발자국 성인에 가까워지는 것이다. 유리엔이 시간을 가늠해 보며 눈을 굴렸다. 거창한 걸 준비하고 싶은데 파티까지 남은 날짜가 애매했다. 일주일이라…….

“될 것 같은데…….”

“네?”

“아냐. 그보다 장소는 어디야? 영지에서 해?”

“아, 아뇨. 영지는 멀어서 오시기 번거롭잖아요. 수도의 저택에서 열기로 했어요.”

“좋아!”

꼭 가겠다고 말하며 유리엔이 눈을 접어 웃었다. 루네가 기쁨이 가득 묻어나는 미소로 화답했다.

잠시 후 루네와 헤어지고 유리엔이 향한 곳은 카엘의 집무실이었다.

“안녕!”

“……노크는?”

카엘이 떨떠름한 낯으로 침입자에게 시선을 주었다. 그 흔한 똑똑도 없이 벌컥 문을 열어젖힌 유리엔의 표정은 꿔준 돈이라도 받으러 온 사람인 양 당당하기 그지없었다. 남의 집무실을 급습하고도 의연한 얼굴로 유리엔이 자박자박 가까워졌다.

“바빠?”

“바쁘면 돌아가려고?”

“당연히 아니지. 이 순간 네 일보다 중요한 건 바로 내 용건이니까.”

“우선순위 한번 제멋대로네.”

“있잖아, 너 내가 전에 물어봤던 거 기억해?”

“어떤 거?”

“네 호위 기사 나이.”

결혼식을 미룰 방안을 모의하던 무렵 유리엔이 저런 질문을 던진 적이 있었다. 카엘이 짧게 주억거렸다. 기억한다.

“그거 확인하려고 찾아왔냐?”

“알면 냉큼 불어.”

“뻔뻔하기는. 스물여덟이야, 지금.”

“……스무 살하고 팔 개월?”

“귀 안 좋아? 스물여덟.”

유리엔의 입가가 굳었다. 눈은 평소보다 큼지막하게 뜨였다. 대놓고 충격받았다는 표정이었다.

“너무 많아!”

"뭐? 스물여덟이 뭐가 많아? 제론이 들으면 울겠네."

"많다고!"

"야, 네가 몰라서 그렇지 황족 호위 기사 중에서는 제론이 제일 어려. 젊은데 능력자야."

"부인은?"

"없어."

"애인은?"

"그것도 없어."

"여……."

"여자 친구 당연히 없고, 피앙세 없고, 허니 없고, 달링 없고, 아기 새나 아기 고양이 없고, 잊을 수 없는 배꽃 같은 첫사랑 없고, 서로 내 거인 듯 내 거 아닌 내 거 같은 애매한 관계의 이성도 없어. 아무것도 없다고. 없! 어!"

"……."

자리에 없는 제론이 의문의 확인 사살을 당했다. 하려던 말을 전부 가로채인 유리엔은 입을 다물었다. 카엘은 생각보다 그녀를 잘 알고 있었다.

"너 말이야, 루네 드아이스 때문에 제론 나이 물어본 거지?"

"어떻게 알았어?"

"그거 모르면 눈이랑 귀 반납해야지."

"야, 그럼 너도 알겠지만…… 나이 차이가 너무 심하지 않아? 자그마치 열셋이야!"

십삼 개월도 아니고 열셋! 해가 열세 번! 계절이 쉰두 개! 유리엔이 족집게 강사처럼 소리 높여 강조했다. 카엘은 잠자코 듣고 있다가 아니라며 고개를 저었다.

"정확히는 열둘이야. 제론은 아직 생일이 안 지났거든."

"그거나 그거나."

루제는 생일이 지나면 열여섯이 된다. 결론적으로 열두 살 차이이긴 했다. 유리엔이 한숨 같은 긴 호흡을 뱉었다. 생각보다 나이 차가 컸다.

"넌 허들이 너무 높다고 생각 안 해?"

"네 허들이냐?"

"너 공감 능력 개한테 줬지?"

"나 참, 뭘 그렇게까지 신경 써? 당사자들끼리만 좋으면 되는걸."

카엘이 뭐가 그리 대수롭냐는 식으로 툭 내뱉었다. 그런데 그게 또 맞는 말이라 유리엔은 다시 할 말이 없어졌다. 그래, 맞다. 사실 열 살 차든 스무 살 차든 서로만 좋으면 그만이다. 제삼자가 거기다 대고 왈가왈부해 봤자 좋을 것도 없었다.

"카라멜이 맞는 소릴 하니까 짜증 나네."

"뭐야?"

"넌 나중에 시간 되면 트아로민 경 마음이나 떠봐. 루네는 내 눈치론 관심이 있는 것 같거든."

자기 마음엔 둔하면서 남의 마음에만 기민한 사람이 꼭 있다. 바로 유리엔이 그런 유형이었다. 정작 본인은 서툴고 둔감하면서 주변 사람의 연애 감정은 귀신같이 눈치를 챘다. 그런 그녀가 보기에 루네는 제론에게 어느 정도 마음이 있었다.

"서로 호감이 있는 상태면 잘되게 도와줄까 싶어서."

"깽판이나 치지 마라."

"사랑의 큐피드가 깽판 치는 거 봤어?"

"언제부터 큐피드였냐?"

"얘가 뭘 모르네. 검은 머리 큐피드의 전설 못 들어봤니?"

둘은 그 뒤로 한동안 쓸데없는 대화로 티격태격 시간을 보냈다. 생활의 일부분처럼 익숙하고 편안하게 시간이 흘렀으나 둘 다 그것을 자각하지는 못했다.

루제와 루네가 머무는 수도의 저택에서는 초대장 준비가 한창이었다. 일괄된 내용으로 형식 삼아 주변 가문에 돌릴 것과 꼭 와주었으면 하는 친한 이들에게만 보낼 특별 초대장이 각기 따로 마련되어 있었다. 루네가 정성 들여 흰색의 초대장을 접는 것을 지켜보다 루제가 입을 열었다.

"동생아."

"응?"

"지금 접는 거, 황녀 전하께 보낼 거지?"

"응! 나 지금 되게 심혈을 기울이는 중이야."

"초대장은 그게 다야?"

"뭐가?"

"직접 접는 건 황녀 전하께 보낼 거 말곤 없냐고."

"친구들 것도 있긴 한데…… 그건 덜 심혈을 기울일 거야."

루네가 해맑게 웃었다. 순진무구한 표정이었다. 아기 햇살 같은 미소를 바라보며 루제가 생각에 잠겼다.

파티나 모임의 개최자가 초대장을 손수 접어 보내는 건 남다른 의미가 있었다. 나는 당신을 이만큼 사랑하고, 이만큼 소중하게 생각하니 당신도 부디 나를 그렇게 여겨달라는 뜻이 담긴다. 가족이나 친구에게도 종종 보내지만 대체로는 연인이나 좋아하는 이성에게 전달하는 쪽이 보다 일반적이었다.

루제가 눈을 가늘게 좁혔다. 유리엔은 루네에게 충분히 고맙고 소중한 사람이다. 인정한다. 황녀 전하껜 자기도 초대장을 보낼 생각이었다. 하지만 루네에겐 친구나 황녀님 외에도 한 명이 더 있을 텐데?

"기사님께서 섭섭하시겠네."

"응?"

"초대장을 받지 못한 슬픔에 눈물이라도 지으시면 어쩌나……."

"으응?"

"뭘 모르는 척이야? 네 '사랑하는' 기사님 말이야."

"어, 언니!"

루네가 화들짝 놀라 손을 휘저었다. 그만하라는 뜻이었다. 물론 동생을 놀리는 것이 하루의 낙인 루제가 얌전히 입을 다물 리 없었다.

"오매불망 그리는 멋진 기사님! 늠름한 기사님! 자기 전이면 늘 그의 다정한 눈빛이 떠오르곤 하죠. 심장이 자꾸만 터질 듯해요."

"꺄악! 아, 아니야!"

"큰 키, 다부진 체격. 소녀의 마음을 송두리째 앗아간 너무나 멋진 그분! 아아, 지금쯤이면 뭘 하고 계실지?"

"언니이!"

루네의 얼굴이 새빨갛게 달아올랐다. 루제가 이리 놀리는 것이 하루 이틀이 아니었음에도 루네의 반응은 매번 처음처럼 한결같았다.

짓궂게 굴던 루제가 결국 웃음을 터뜨렸다.

루제가 루네를 놀리기 시작한 건 사냥 대회가 끝난 이후부터였다. 사냥 대회 때 루네의 손등에 맹세의 키스를 바치고 그녀를 레이디로 뽑은 제론 트아로민 자작. 본인은 작위보다는 기사로 불리기를 더욱 좋아했다. 키는 훌쩍 크고 갑옷을 입고도 태가 나던 몸은 전체적으로 단단한 느낌을 주었다. 그 짧은 시간에도 빠르게 상대를 스캔한 루제는 당시 남몰래 눈을 빛냈다.

십 점 만점에 십 점.

자기 짝이 아니라 동생의 짝으로서의 평가였다. 트아로민 경은 여러모로 루네의 이상형에 부합하는 인물이었다. 연상이고, 기사님이며, 생김새와 말투는 온화하다. 느끼하고 달콤한 멘트는 모르더라도 연인이 생기면 늘 다정하게 챙겨줄 것 같았다. 더구나 황실 연회에서 목격했던 것을 상기하면 은근한 카리스마까지 지니고 있었다.

그야말로 퍼펙트. 마치 일기장에서 튀어나오기라도 한 것처럼 완벽한 이상형이었으니 루네가 며칠 안 되어 상대에게 퐁당 빠져 버린 것도 놀랍지 않은 일이었다.

루네는 제 마음을 입 밖으로 표현한 적이 없었지만, 하루의 대부분을 붙어 다니는 루제가 그것을 알아채지 못할 리 없었다. 루제는 동생의 마음을 놀리면서 동시에 고민했다. 이어주고 싶은데.

루네는 원체 수줍고 내성적인 성격이라 제 감정을 드러낼 줄을 몰랐다. 누굴 좋아하더라도 그냥 저 혼자만 속으로 끙끙 앓고 말았다. 지켜보는 입장에선 자연히 속이 터지는 일이었다. 이번 생일 파티 초대장도 결국 보내지 못할 것이 뻔하다. 루제는 뭔가 특단의 조치가 필요하다고 생각했다.

'그래!'

이런 일엔 역시 조력자가 생명이다. 결심을 굳힌 루제가 주먹을 불끈 쥐었다. 루네는 여전히 얼굴만 새빨갛게 물들이고 있었다.

제론이 발을 멈칫했다. 잠시 개인 용무를 보고 오는 사이에 무슨 일이 있었는지 저를 보는 황태자의 표정이 심상치 않았다. 자리로 복귀하며 제론이 의아하게 물었다.

"눈빛이 왜 그러십니까?"

"내 눈빛이 뭐?"

"뜨겁습니다."

"제론, 너 말이야."

"예?"

"루네 드아이스 영애에 대해 어떻게 생각하나?"

질문이 영 뜬금없었던 터라 대답은 곧장 나오지 않았다. 제론은 상관의 의중이 대체 뭘까 짐작해 보며 입을 열었다.

"글쎄요. 착하고 얌전한 영애라고 생각합니다만……."

"좋아?"

"네?"

"영애가 좋으냐고."

"무슨 뜻입니까? 이성으로서 마음에 드느냐고요?"

"그래."

"그런 쪽으론 딱히 생각해 본 적이 없습니다만……."

"그럼 싫어?"

"예?"

뭐가 저리 극단적인가. 제론이 황당해져서 잠시 말을 아꼈다. 카엘이 답변을 기다리며 턱을 괴었다.

"대답 잘해야 돼. 여하에 따라 황녀한테 구두로 찍힐 수도 있어."

"무슨 소릴 하시는 겁니까?"

"농담 같지?"

나도 농담이었으면 좋겠는데 진담이라며 카엘이 심각하게 덧붙였다. 제론은 마찬가지로 진지하게 맞받는 대신 그저 개소리려니 흘려 넘기고 답을 뱉었다.

"싫어하지 않습니다. 싫어할 만한 이유도 없고요."

"좋지도 않고 싫지도 않다."

카엘이 들은 대답을 곱씹었다. 이내 표정으로 이야기한다. 뭐 그래? 제론이 기가 차서 항변했다.

"전하께선 모든 사람이 좋고 싫고로 딱 나뉩니까?"

"난 나뉘어."

"그럼 저는요? 좋으십니까, 싫으십니까?"

"넌 좋아. 고마운 줄 알아."

"워크 시종장은요?"

"좋아."

"딜셔스 주방장은요?"

"좋아."

"모탄다 정원사는요?"

"싫어."

"그 사람은 왜요?"

"솜씨가 마음에 안 들어."

"좋습니다. 그럼 유리시엔 황녀 전하는요?"

카엘이 입을 다물었다. 따박따박 나오던 대답이 처음으로 멎었다. 그러자 제론의 얼굴에 승리의 미소가 피었다.

"……그건……."

"싫으십니까?"

"……."

"아니면 좋으세요?"

"이딴 말장난이나 하기엔 시간이 꽤 아깝다고 생각하지 않나, 트아로민 경."

"말 돌리시기는."

불리하니까 저런다며 제론이 투덜거렸다. 입가에는 여전히 승리의 미소를 매단 채였다. 닥치고 일이나 하라며 괜히 제론을 타박한 카엘은 자기도 시선과 주의를 다시 서류로 돌렸다. 그러나 바로 집중이 될 리 없었다.

좋으냐, 싫으냐.

카엘의 매끈한 낯에 복잡함이 서렸다. 좋다, 싫다. 기다, 아니다. 늘 단순하고 명쾌하기 짝이 없었던 그의 분류에 최초로 찾아온 난제였다. 더구나 금방 풀릴 것 같지도 않았다. 남을 떠보고 놀리려다 외려 본인이 혼란의 늪에 빠지게 된 카엘은 하루 종일 일 대신 다른 걸로 골머리를 앓아야 했다.

삼십 년간 고이 제 내용물을 보관해 온 화이트 와인이 방금 막 뚜껑을 잃었다. 몸이 기울어지고 소중한 내용물이 가차 없이 쏟아지며 몸통과 작별을 고한다. 안녕……. 빠져나가는 속을 지켜보며 와인이 눈물을 떨궜다. 난 이제 그저 오래된 빈 병에 불과하겠구나. 슬프지만…… 이겨낼게…….

두 개의 와인 잔을 가득 채운 카르나의 황제가 이내 한 잔을 아내에게 건넸다.

"안색이 엉망이에요."

잔을 받아 든 황후가 걱정 어린 목소리로 말을 꺼냈다. 그녀의 말마따나 황제의 낯은 평소와 비교해 빛이 썩 좋지 않았다. 황제가 염려 말라는 듯 차분히 미소했다.

"그 아인 지금 잘 지낼지 모르겠소."

"유리엔이요?"

"내가 너무 성급했다고 생각하시오?"

"당신의 심려를 알아요. 하지만 그리 마음 쓰지 않아도 될 거예요. 그 아이가 어떤 아이인데요? 아직까지 돌아오지 않고 있다는 게 곧잘 지낸다는 뜻이겠죠."

"그건 그렇지."

"당신이 그랬잖아요. 잘 어울릴 거라고. 당신 눈썰미가 어디 보통 눈썰미예요?"

"하하."

황제가 잔을 들었다. 이어 가볍게 건배한다. 오래된 와인은 부드럽게 목으로 넘어갔다.

"난 그 아이보다 당신 몸이나 더 살폈으면 좋겠어요."
"나는 괜찮소."
"늘 자기만 괜찮다 하죠."
"여보."
다정한 목소리가 황후를 불렀다. 새털처럼 부드러웠다. 좋게 말하면 상냥하며 나긋하고, 나쁘게 말하면 힘이 없었다. 결국 황후의 녹색 눈동자에 물기가 서렸다.
"이리 오시오. 오늘은 간만에 그대를 품에 안은 채 밤을 보내고 싶구려."
"안고만 있으시려구요?"
"허허, 언제 이리 변했소? 처음엔 수줍어서 내 눈도 잘 마주치지 못하던 사람이."
"당신도 내 손만 겨우 잡았잖아요."
"그랬나?"
"그랬어요."
이내 황후가 들고 있던 잔을 내려놓고 황제의 품에 몸을 기댔다. 십수 년이 넘게 함께한 살냄새가 제 것처럼 익숙했다. 그녀가 조용히 눈을 감았다. 긴 속눈썹이 젖어들었다.
"유리엔이 어떤 아이인데요. 반드시 행복할 거예요. 무슨 일이 있어도."
"나는 그대도 행복했으면 좋겠소."
"저는 충분히 행복했어요."
"앞으로도 행복했으면 하오."
황후는 대답 대신 팔을 뻗었다. 그리고 남편의 몸을 껴안았다. 품으로 느껴지는 신체는 그사이에 더 말라 있었다. 상대의 등을 감싼 손끝이 애탔다.

"당신을 더 살피라고 했잖아요. 당신이나 신경 써요."

"하하."

퉁명스러운 목소리에 물기가 있었다. 황제는 말없이 황후의 가는 몸을 마주 안았다. 토닥거리는 손길에 묻은 것은 예나 지금이나 달라진 것 없는 애정이었다. 처음 제국으로 시집을 온 황후가 갓 피어난 여인의 몸으로 서툴고 미숙하게 그에게 안겨들었을 때처럼.

"나는 괜찮소."

밤이 깊었다. 제국의 하늘에 뜬 달이 적막하게 황성을 비췄다.

"황녀 전하!"

루제는 유리엔을 만나자마자 무릎부터 꿇었다. 유리엔이 그런 루제를 떨떠름하게 내려다보았다. 이 과한 충성은 대체……?

"왜 이래? 처음 나한테 맞았을 때처럼."

"부탁드릴 것이 있사옵나이다."

"말투 고치렴."

"있어요."

"뭔데?"

루제가 택한 조력자는 다름 아닌 유리엔이었다. 가장 믿음직한 대상이기도 하고, 그 외엔 달리 선택지가 없어서기도 했다. 유리엔이 발언의 기회를 주자 루제가 기다렸다는 듯 이야기를 꺼냈다.

"이미 아시겠지만, 루네가 조금 숙맥이거든요."

"조금?"

"……잘 아시는군요. 많이 숙맥입니다."

"그래서?"

"루네가 최근에 좋아하는 사람이 생겼어요. 근데 가만히 놔두면 혼자서 '어쩌지', '어떡하지'만 반복하다가 등신처럼, 아니, 안타깝게 놓쳐버릴 것 같아서……."

"나서서 좀 잘되도록 도와주자?"

"네!"

바로 그거예요! 루제가 씩씩하게 긍정했다. 원래 잘될 사이면 남들이 안 나서도 어련히 잘되게 마련이라지만, 루네가 하는 꼴을 보고 있자니 될 것도 안 되게 만드는 마력이 느껴지는 것 같아 차마 가만히 있을 수가 없었다. 그런 루제의 어필에 유리엔이 잠자코 고개를 끄덕거렸다. 인정한다.

"루네가 좋아하는 상대가 누군데?"

"제론 트아로민 경이요."

"확실한 거야?"

예상과 똑같은 대답이었지만 유리엔은 확인할 겸 재차 물었다. 루제가 흔들림 없이 굳건하게 답했다.

"네!"

"어떻게 확신해?"

"쌍둥이잖아요. 척 보면 딱! 딱 보면 척!"

"믿음직하구나."

"그럼 이제 루네의 사랑을 이뤄줄 특별 작전이 시작되는 건가요?"

갈색 눈동자가 반짝거렸다. 본인이 짠 계획은 딱히 없는 상태이며 상대의 설계에 한 몸 묻어가겠다는 의지가 다부졌다. 그걸 쳐다보고 있다가 유리엔이 말했다.

"그런데."

"네?"

"만약 트아로민 경에게 따로 정인이 있으면 어쩌려고?"

"없다는 예감이 강하게 들었어요!"

"알아본 건 아니고?"

"네!"

"놀라운 계획성이구나."

의지만 앞서는 멋진 친구였다. 어쨌든 공통의 목표를 지녔으니 즉석에서 팀이 결성되었다. 유리엔은 할까 말까 망설이던 것을 지체 않고 실행에 옮기기로 마음먹었다. 시간이 애매하긴 했지만 어찌어찌 잘하면 가능할 것 같았다.

다음 날, 야무진 발걸음이 목적지로 향했다.

'우선은 상대를 생일 파티에 참석시킨다.'

루네가 직접 초대장을 보낼 거라곤 기대도 하지 않았다. 루네에게 그 정도의 숫기가 있었다면 애초에 이리 나설 필요도 없었을 것이다. 유리엔은 가장 만만하고 유용하고 가깝고 빠른 카엘을 먼저 찾았다.

"없다고요?"

"아, 예. 지금은 집무실에 안 계십니다."

어제 있었으니 오늘도 있으리라 생각해서 걸음 했건만 없었다. 유리엔은 원하던 카엘을 마주하는 대신 집무실을 지키던 병사로부터 부재

중이라는 말을 전해 들어야 했다. 허탕을 친 유리엔이 고운 미간에 주름을 잡았다. 어딨지?

"이게 거처에서 자빠져 자나?"

자기다운 추측이 속에 있지 못하고 바깥으로 흘러나왔다. 병사가 잠깐 제 귀를 의심했다.

"어디에 있을까요?"

"예?"

"카라멜…… 처럼 달콤한 전하 말이에요. 지금쯤 어디에 계실까요?"

유리엔이 대외용 미소를 그리며 병사에게 물었다. 속으로는 스스로의 임기응변 탓에 토가 쏠린 상태였으나 겨우 티 내지 않았다. 습관처럼 카라멜을 언급하는 바람에 얼른 수습한다고 말을 돌렸는데 이런 살인 충동 드는 느끼한 대사가 될 줄이야. 상대가 욕과 토기를 참고 있다는 것을 모르는 병사는 그저 유리엔의 미소가 천사처럼 아름답다고 생각하며 대답을 뱉었다.

"아, 그게 아마도…… 연무장에 계시지 않을까 합니다만."

"그렇군요. 고마워요."

"아, 아닙니다."

혈기 왕성한 젊은 병사의 얼굴이 토마토처럼 붉게 물들었다. 건드리면 꼭 터질 것 같았다. 이내 몸을 돌려 멀어지는 유리엔을 병사는 홀린 듯 눈을 떼지 못하고 바라보았다. 천사이자 요정이자 여신이 그의 시야에서 점차 사라져 갔다. 부럽다. 그는 오늘따라 유독 황태자가 부러워졌다.

너른 공간에 규칙적인 소리가 연달아 울려 퍼졌다. 검을 휘두르는 소리, 그에 따른 기합과 갑옷의 마찰음, 쇠끼리 부딪치며 자아내는 날카로운 금속성. 질서 있는 소란이 장소를 수놓는 가운데 그것들을 잠자코 지켜보던 카엘이 입을 열었다.

"핸디."

"예?"

이름을 불린 기사가 움직임을 멈췄다. 호명을 당했다는 것은 곧 교정해야 할 부분이 있다는 뜻이었다. 그가 휘두르던 검을 아래로 내리자 카엘이 가까이 다가갔다.

"다시 쥐어보도록."

"이렇게 말입니까?"

"아니, 손목에 힘을 약간 더 빼. 손바닥은 그대로 두고."

"그럼…… 아, 이렇게요."

"그래."

자세를 수정한 기사가 다시 검을 휘두르기 시작했다. 조금 전보다 훨씬 안정된 모습이었다. 그 변화에 만족스럽게 고개를 끄덕인 카엘이 상대에게서 시선을 거뒀다. 잠시 후 다른 기사가 마찬가지로 개별지도의 영광을 받았다. 자세부터 보폭, 힘의 균형까지 교정의 내용은 여러 가지였다.

카엘은 종종 시간이 날 때면 연무장을 들러 훈련 중인 황궁 기사단을 지도해 주곤 했다. 지금이 바로 그런 때였다. 그는 수련에 몰두하는 개인을 쭉 둘러보다가 문제점을 발견하면 가서 바로잡아 주는 식으로 기사단을 가르쳤다. 짧은 가르침이었지만 받는 이들마다 족족 허점이 개선되는 효율적인 방식이었다.

막 카엘이 다섯 번째 교정을 마쳤을 무렵이었다. 입구 쪽에서 누군가가 말소리와 함께 안쪽으로 걸어 들어왔다.

"정말 구경해도 괜찮을까요?"

"물론입니다!"

"혹 폐를 끼치는 일이면 어쩌죠?"

"그럴 리가요! 천부당만부당한 말씀입니다!"

땀 냄새 가득한 사내들의 공간에 이질적인 인영이 사뿐사뿐 모습을 드러냈다. 체구는 툭 치면 부러질 듯 가녀리고 피부는 한평생 양산 밑에서만 지낸 듯 말갛고 희다. 검은 머리카락은 비단처럼 길고 매끄러웠으며, 얼굴은 한 손으로도 가려질 만큼 조그마했다. 여인은 길고 풍성한 속눈썹 아래 자리한 큼지막한 눈을 몇 차례 깜박이더니 이내 무구하게 웃었다. 여인의 정체는 당연지사 유리엔이었다.

"전하."

꾀꼬리처럼 맑고 사랑스러운 목소리로 그녀가 카엘을 불렀다. 그리고 호칭당한 카엘은 자기도 모르게 손을 들어 귀를 후빌 뻔했다. 뜬금없이 나타난 것만 해도 황당한데 어조가 무슨 어디 아픈 사람처럼 나긋나긋하다. 카엘은 난청을 의심했다. 그 와중에 난리가 난 것은 기사들이었다.

"들었어?"

"전하와 아는 사이인가 봐."

"엄청 다정하지 않았어? 어? 부드러웠잖아?"

"전하…… 라고 불렀다……."

"얜 뭔데 갑자기 감성적이야?"

하던 훈련도 멈추고 기사들이 숙덕거렸다. 연무장에 예고 없이 등장한 엄청난 미인. 그리고 그 엄청난 미인과 잘 아는 사이인 것 같은 황태자. 어딘지 핫한 구도가 젊은이들의 관심을 온통 그쪽으로 쏠리게 만들었다. 연회도 참석하지 않고 우직하게 검만 휘두른 집단이라 그들 대다수가 유리엔이 누군지 모르는 상태였다.

"음…… 어쩐 일이오?"

카엘이 용건을 물었다. 마음 같아선 '왜 왔냐?'고 묻고 싶었지만 보는 눈이 많아 말을 다듬을 수밖에 없었다. 상대의 대외용 말투에 유리엔 또한 대외용 말투로 화답했다.

"약혼자를 만나러 오는 데 이유가 필요한가요?"

이번에도 난리가 난 것은 기사들이었다.

"야, 약혼자!"

"약혼자라니?"

"약혼자래!"

"약혼자: [명사] 약혼한 상대편의 남자나 여자."

"방금 누가 사전 읽었냐?"

"약혼자…… 라고 불렀다……."

"이놈은 진짜 왜 이러지?"

좀 전과는 다른 의미로 연무장이 소란스러워졌다. 아까는 바람 소리와 기합이 가득했는데 이젠 숙덕거림이 넘쳐난다. 연신 서로를 돌아보며 나불거리는 기사들과는 달리 카엘은 반대로 입을 꾹 다물었다. 지금 말문을 텄다간 대체 어쩌다 머리를 다친 거냐는 말이 여과도 없이 튀어나갈 것 같았다. 겨우겨우 돌았냐는 진심을 삼킨 카엘이 침착하게 응수했다.

"내가 보고 싶어서 왔다는 이야기구려."

"부끄럽습니다."

"우…… 리 사이에 부끄러울 것이 뭐가 있소."

기사들은 순간 황태자의 표정에서 경련을 본 것 같다고 생각했다. 유리엔은 여전히 흔들림 없는 미소를 유지하고 있었다.

"소녀의 방문을 탓하지 않으시는 건가요?"

"내가 어찌 그대를 탓할 수 있겠소?"

"폐가 되면 어쩌나 염려했어요."

"전혀 그렇지 않소. 오히려 이리 찾아와 주니 고맙구려."

"그렇게 말씀해 주시니 기뻐요. 소녀를 많이 생각해 주시는군요."

"물…… 론이요."

대화가 이어졌다. 말만 들으면 문제가 없는 대화였다. 기사들은 이제 너도나도 슬슬 유리엔의 신분을 알아차리고 있었다. 연회에는 안 나갔어도 소문은 들었기 때문이다. 여성 기피증으로 유명한 황태자에게 정혼녀라고는 한 명뿐이었다.

"여기서 이럴 게 아니라 장소를 옮기는 것이 어떻소? 그대와 둘…… 만 있고 싶으니."

"어머, 좋아요."

황태자가 나갈 것을 제안했고 약혼녀가 수락했다. 오붓하고 화기애애한 분위기를 흩날리며 두 사람은 그렇게 연무장을 벗어났다. 나란히 멀어지는 둘의 뒷모습을 기사들이 너 나 할 것 없이 눈길로 좇았다. 그저 세워두기만 해도 잘 어울리는 한 쌍이 서로 알콩달콩(?) 사이까지 좋았다.

부럽다.

나도 연애하고 싶다.

나도 약혼.

나도…….

속사정을 모르는 기사들의 눈동자가 다 함께 부러움으로 일렁거렸다.

"푸하하하!"

유리엔이 카엘의 팔을 퍽퍽 때리며 웃었다. 멀찍이 이동해 사람들의 이목을 피하자마자 그녀는 사방이 떠나가라 배를 잡았다. 카엘의 표정은 당연히 똥 씹은 듯 일그러진 상태였다.

"너 알아? 너 나랑 대화하면서 눈가랑 입가가 다섯 번이나 경련했어! 풉!"

"재밌냐?"

"푸흡, 다섯 번! 푸하하하! 진동 카라멜! 아하하!"

"이걸 진짜……."

한숨이 땅이 꺼져라 흘러나왔다. 웃느라 뒤로 넘어가는 상대를 카엘은 그저 암담한 눈길로 내려다보았다. 내가 이런 걸…… 이런 거 때문에 어제 그렇게 온종일 골머리를……. 누가 시킨 것도 아니건만 그는 괜히 억울해졌다.

"아, 배 아파."

"다 웃었냐?"

"아니? 덜 웃었는데 나머지는 놔뒀다가 우울할 때 웃으려고."

"말을 말아야지."

"카라멜, 너 아직 미숙하구나? 장차 정치를 할 건데 고작 약혼녀와의 오붓한 대화 정도로 얼굴에 경련이 나면 안 되지."

"야, 그건……."

카엘이 울컥했다. 거기에 대해선 할 말이 많았다. 자라면서 황족이

받게 되는 기본적인 교육 중 하나가 내숭이었다. 필요에 따라 가면을 쓰고 속내를 드러내지 않는 법을 가르친다. 카엘은 훌륭한 이수자였고 마음에도 없는 여인과 하하 호호 다정한 연인 행세를 하는 것 정도는 그리 어렵지 않은 일이었다. 심지어 상대가 에델리아였더라도 속에서 경멸이 치밀망정 표정은 수월하게 관리해 냈을 것이다. 그런데 그러지 못한 건 상대가 하필 너라서.

"그건 뭐?"

"……아니야."

카엘은 말을 아꼈다. 저 얘길 뱉고 나면 왠지 상대에게 지는 기분이 들 것 같았다. 유리엔은 싱겁다며 어깨를 으쓱하더니 이내 찾아온 본론을 꺼냈다.

"이 몸이 여기까지 친히 행차한 이유를 알려주도록 하마."

"뭔데?"

"네 하루를 나한테 넘겨."

"무슨 소리야?"

"일주일 뒤에 나랑 같이 생일 파티에 참석하자고. 아, 이젠 엿새 남았네."

"누구 생일 파티?"

"루네."

그리고 루제. 섭섭할까 유리엔이 뒤에 덧붙여 주었다. 카엘이 무슨 속셈이냐는 뜻으로 눈을 가늘게 떴다.

"영지까지 내려가자고?"

"수도에 있는 저택에서 열릴 거야."

"생일이면 당사자가 주인공이 되어야 할 텐데, 우린 외려 참석을 삼

가야 하는 거 아니냐?"

"얼굴만 비치고 퇴장할 거니까 괜찮아."

"그럴 거면 뭐 하러 가는데?"

"하나는, 신분만 믿고 파티에서 날뛰는 놈팡이가 없도록 루네와 우리와의 친분 공개! 다른 하나는…… 실은 이게 더 중요한 건데."

유리엔이 뜸을 들이면서 씩 웃었다. 흰 이가 가지런하게 드러났다. 사방이 개는 듯 깨끗하고 청량한 미소를 보면서 카엘이 확신했다. 재, 뭐 꾸미고 있네.

"깽판 치지 말랬지."

"깽판 안 쳐! 사랑의 큐피드라고 했잖아."

"최초의 깽판 큐피드가 되겠네."

"죽는다, 너."

"그래서 남은 중요한 목적이 뭔데?"

"그건 바로…… 루네에게 로맨틱하고 특별한 생일 선물을 전해주는 거야!"

"생일 선물?"

"그래. 너 알지? 파티 참석 시 호위 기사는 필수 대동이야."

"그쪽이 진짜 목적이었구먼."

카엘이 어련히 알겠다는 듯 혀를 찼다. 뜬금없이 웬 생일 파티를 들이미나 했더니 제론을 참석시키는 것이 본 의도였던 거다. 이제야 심산이 훤히 보였다. 어제부터 낌새가 낙낙하더라니.

"제론의 의사는?"

"그래! 너 그거 떠봤어? 루네를 어떻게 생각하는지?"

"안 그래도 네가 하도 난리를 치고 가서 물어봤다, 어제."

"뭐래? ……설마 싫대?"

"그랬으면 찾아가서 구두로 패려고?"

"뭐? 아니야."

"표정이나 관리하고 부정해라."

"그래서 뭐랬는데! 진짜 싫대?"

"그럴 리가. 싫어할 이유가 없다고 하더라."

"그럼? 좋대?"

"그런 쪽으로도 딱히 생각해 본 적이 없다던데."

"뭐야, 그게? 그럼 당장 생각하라 그래! 좋으면 좋고 싫으면 싫은 거지."

"중간은?"

"없어!"

"이런 건 나랑 통하네."

"이럴 때가 아니야. 빨리 가서 생각시켜!"

말뿐이 아니었던지 유리엔이 진짜로 카엘의 등을 떠밀었다. 얼결에 밀려 이동하면서 카엘이 물었다. 뭘 하라고? 유리엔의 대답은 빠르고 꿋꿋하게 나왔다. 호위 기사한테 가서 생각 더 시켜!

"근데 내가 이걸 왜 해야 되냐?"

"약혼자잖아!"

"실험맨도 모자라 이젠 머슴?"

"너 나한테 소원 들어줘야 하는 거 있지? 그거 반으로 줄여줄게."

"하나밖에 없는 소원을 뭘 또 반으로 줄여?"

"고마운 줄 알아! 반으로 줄어들면 내가 절벽에서 뛰어내리라고 해도 반만 뛰어내리면 되니까!"

"별 희한한 계산법……."

"얼른 못 가?"

티격태격하다 결국 카엘이 발을 옮겼다. 이러니저러니 하면서도 해달라는 건 종내 들어준다. 그저 자연스러웠다.

"도브린 백작가?"

형식 삼아 보낼 초대장들을 정리하면서 루제가 고개를 갸웃했다. 도브린. 들어본 듯 아닌 듯 묘하게 익숙한 어감이었다. 딱히 집안과 왕래가 있던 가문은 아닌데.

"어디서 들었…… 아!"

루제가 엄지와 검지를 튕겼다. 떠올랐다. 어디서 보고 들었나 했더니 도브린 백작가의 막내아들을 과거에 직접 대면한 적이 있었다. 사교계에 소문이 자자한 도브린가의 망나니 셋째 아들!

"후…… 그 망할 놈."

동그란 얼굴 가득 못마땅함이 서렸다. 사냥 대회가 끝나고 이어졌던 연회, 그날 파티장에서 루네에게 강제로 집적댔다가 루제와 바락바락 언성을 높여 싸웠던 바로 그 장본인이었다. 자기 입으로 가문의 위세를 언급하며 으스댔던 놈이라 대체 얼마나 잘난 집안이기에 저러나 싶어 루제가 이후 따로 찾아보기까지 했었는데, 결론은 정말로 잘난 가문이 맞았다.

도브린 백작가는 대대로 황실의 요직을 도맡아온 중앙의 권력 가문이었다. 숨결 하나만 잘못 쐬어도 지방의 작은 남작가 따위는 그대로 풍비박산이 난다.

그나마 다행인 것은 도브린 백작의 인품이 멀쩡하다는 점이었다. 그는 이 사고, 저 사고를 번갈아 치고 다니는 막내아들을 거의 내놓은 자식처럼 취급하기로 유명했다. 그러니 망나니 아들과 말싸움을 좀 벌인다고 가문으로 압박이 들어오거나 할 우려는 없었지만, 그렇대도 은근히 꺼림칙한 것이 사실이었다. 루제가 뚫어져라 초대장을 내려다보며 제 머리를 꼬았다.

어쩐다. 확 빼버려? 이놈이 초대장을 받고 진짜로 온다고 가정했을 때 득보다는 실이 많았다. 뭐, 재볼 것도 없었다. 애초에 득 자체가 전무하니 비교하는 것도 미안하다. 실이야 당장 떠오르는 것만 해도 발에 채이도록 넘치는 마당이었다.

'다시 난동을 피우지 않으리란 보장이 없는데.'

그때야 황실에서 열린 연회였으니 상대도 적당히 눈치를 보고 물러났다. 하지만 이번엔 힘없는 남작가의 영애가 주최하는 생일 파티다. 만만하게 보고 전보다 더 난리를 친대도 이상할 게 없었다. 으윽! 망나니가 풍년으로 날뛰는 생일 파티라니! 그보다 끔찍할 순 없다고 생각하다 루제가 문득 멈칫했다. 떠올려 보니 전엔 상대의 만행을 트아로민 경이 나서서 수습해 주었다. 그렇다면 지금은?

'오호라!'

갑자기 득이 생겨났다. 이건 나름 나쁘지 않은 득이었다. 루제는 제외하려던 것을 그만두고 초대장을 원래대로 백작가에 발송하기로 결정했다.

망나니 막내아들이 정말로 온다면? 와주면 좋다. 와서 루네를 곤란하게 만들면 더 좋다.

"친히 사랑의 큐피드가 되어주렴! 이 재수 없는 망나니야."

도움을 받으면 답례를 해야 한다. 그게 거듭된 도움일 경우엔 말할 것도 없었다. 백작가의 막내아들이 파티에 참석해 다시 루네에게 껄떡댄다면, 그리고 그걸 트아로민 경이 재차 도와준다면? 둘은 자연스럽게 엮일 구실이 생긴다.

"꼭 와라! 후후!"

낙관적인 미래를 상상하며 루제가 흐뭇하게 웃었다.

제론은 크게 도덕적인 남자는 아니었지만, 작은 도덕성 정도는 지닌 평범한 사람이었다. 그래서 처음 루네가 좋냐 싫냐는 질문을 받았을 때 내심 놀랐다. 정말로 그런 쪽으론 생각해 본 적이 없었기 때문이다. 여인으로 간주하고 관심을 두기엔 루네의 나이가 너무 어렸다.

"그럼 싫어?"

"싫어하지 않습니다. 싫어할 만한 이유도 없고요."

일과를 마친 제론이 거처에서 지난 대화를 떠올렸다. 그의 말처럼 루네는 싫어할 만한 구석이 없는 상대였다. 작고, 귀엽고, 착하고, 수줍었다. 사실 그런 것만 따지면 루네는 제론이 꽤 좋아하는 타입이었다. 그의 이상형이 조용하고 수줍고 착한 여성이었으니까.

"작아."

제론이 저도 모르게 중얼거렸다. 말마따나 루네는 작았다. 체구도

말랐고 우선 키가 작다. 제론이 남들보다 큰 장신이었으니 곁에 세워두면 가슴께에 닿을락 말락 했다. 눈을 마주치기 위해선 상대가 저를 한참이나 올려다보아야 한다.

"뭘 떠올리는 거람."

괜히 멋쩍어진 제론이 제 뒷머리를 긁적거렸다. 분명 이성으론 생각도 않고 있었는데 막상 어떻게 생각하냐는 질문을 받고 나니 공연히 의식이 되었다. 상대는 여전히 작고, 전과 똑같이 어리다. 양심 없는 나이 차이는 달라진 것이 없는데 그런 대화 한 번 나누었다고 갑자기 느낌이 다르게 다가왔다.

"생각하지 마라, 이 도둑놈 새끼."

스스로에게 욕을 던진 제론이 이내 잠자리에 들었다. 그러나 쉽게 눈이 감기진 않았다. 심란한 밤이었다.

"의식해?"

"의식해. 그러니까 이만 가라."

유리엔에게 등을 떠밀린 카엘은 그날 시종일관 제론을 관찰했다. 이렇게도 쳐다보고 저렇게도 쳐다보고, 제론이 부담스럽다며 질색을 할 때까지 불타는 눈빛으로 지켜봤다. 그리고 결론은 어렵지 않게 튀어나왔다. 쟤 지금 루네 의식한다.

"확실해?"

"그래! 갑자기 신경 쓰이는 대상이 생겨서 괜히 멋쩍어진 스물여덟 노총각의 어색한 모습이었어! 그러니까 이만 가래도?"

"어허, 목소리가 크다."

유리엔은 오늘도 연무장에 있었다. 그녀가 카엘을 찾았을 때 그는 하필 또 훈련 중이었던 것이다. 어제와 이어지는 공교로운 우연이었다.

이번에는 유리엔이 특별히 상대의 정신 건강을 신경 써 약혼자니, 보고 싶었다느니 하는 언급을 삼가주었다. 대신 멀찍이서 대상을 불렀다. 둘은 현재 기사들에게 말소리가 들리지 않을 정도의 거리에서 소곤소곤 떠드는 중이었다.

"왜 자꾸 가래? 좀 보면 어때서."

"훈련에 집중을 못 하잖아."

"네가?"

"기사들이!"

말처럼 연무장의 기사들은 좀체 훈련에 전념하지 못하고 있었다. 유리엔은 자길 그저 병풍인 양 없는 사람으로 취급하라고 했지만, 당연히 그게 가능할 리 없었다. 혈기 넘치는 젊은 사나이들은 누구 할 것 없이 중간중간 연무장 한쪽의 황녀를 힐끗거리느라 바빴다. 따지고 들면 다 유리엔이 너무 예쁘기 때문이었다.

"잘됐네. 이번 기회에 정신도 함께 단련하라고 해. 차후 미인계에 넘어가지 않도록."

"야……."

"트아로민 경은 이런 게 없어서 썩 마음에 든단 말이야."

유리엔은 그렇게 말하며 제론을 떠올렸다. 제론은 간혹 성에서 유리엔을 마주칠 때도 결코 그녀를 일정 이상 쳐다보는 법이 없었다. 힐끗거리거나 뒤에서 응시하거나하지 않고 매번 깔끔히 인사만 마친 뒤 제 갈 길을 갔다. 상관의 정혼자라 일부러 신경을 쓴다기보다는 원래 천성이 그런 것 같았다.

"제론? 걔가 의외로 남의 얼굴에 무감각하긴 하지."

"그래도 루네가 귀엽다는 것 정도는 알겠지?"

"나한테 묻는다고 아냐?"

속닥거리는 대화는 한참이나 더 이어졌다. 카엘이 타박을 하든 축객령을 날리든 꿋꿋이 할 말 다하고 떠들 거 다 떠든 유리엔은 시간이 꽤 흘러서야 연무장을 벗어났다. 카엘의 한숨이 어제보다 늘었음은 말할 것도 없는 일이었다.

나가는 길보다 돌아오는 길의 발걸음이 한층 가벼웠다. 유리엔은 지나가는 사람이 있을 땐 조신하게, 없을 땐 폴짝거리는 경쾌한 걸음으로 거처까지 이동했다. 루네의 연애 사업에서 성공의 빛을 보았으니 기쁘지 않을 리가 없었다.

그리 즐겁게 귀환하자마자 그녀는 막 나갈 참이었는지 바구니를 들고 있던 린과 마주쳤다. 검은색 눈동자가 도르륵 굴러 바구니를 한 번 쳐다봤다가 린을 응시했다. 감으로 단언하건대 안에 든 것은 틀림없이 음식이었다.

"린? 어디 가?"

"아, 누굴 좀 만나러요."

"누구?"

"잘생긴 멍청이요."

잘생긴 멍청이……? 유리엔의 표정이 변했다. 대답이 심상치 않았다. 사실 더 급한 건 루네가 아니라 이쪽이었던 걸까? 눈빛을 바꾼 유리엔이 척척 다가가 턱! 박력 있게 린을 벽과 팔 사이에 가뒀다. 졸지에 카리스마 넘치는 벽 치기를 당한 린이 갇힌 채로 눈을 동그랗게 떴다.

"음…… 황녀님? 이거 왠지 로맨스 소설 속에서 본 자세 같아요."

"린."

"네?"

"잘생긴 멍청이라니? 언제부터 황성에 그런 친구가 있었어?"

멍청이는 있었어도 잘생긴 멍청이는 없었다. 적어도 유리엔의 기억으론 그랬다. 린의 솜사탕 같은 분홍색 머리카락을 내려다보며 유리엔은 자못 심각한 표정을 지어 보였다.

잘생긴 멍청이는 그냥 멍청이보다 스무 배쯤 위험한 존재였다. 여성은 그냥 멍청이에게는 넘어가지 않아도 잘생긴 멍청이에게는-잘못 걸리면-간과 쓸개를 다 빼준다.

유리엔의 질문에 린이 마냥 해맑게 대답했다.

"황녀님께서 외출에서 돌아오시기 하루쯤 전인가? 얼마 안 됐어요. 신입이래요."

"하는 일은?"

"아카시아궁의 정원에서 수습 정원사로 일해요."

"많이 잘생겼어?"

"많이요? 글쎄요…… 잘생긴 건 알겠는데 그게 어느 정도인지는 잘 모르겠어요. 사실 전 볼 때마다 예전에 키우던 뽀삐가 떠올라서."

"뽀삐?"

"멍멍이요."

린은 궁으로 들어오기 전에 원래 개를 키웠다. 정확히는 동생의 애완견이었지만 정작 주인보다 린이 자주 먹이를 챙겨줬으니 그녀가 키우던 것이나 다름없었다. 크기는 커다란 대형견에 품종은 용맹한 잡종이었다. 성별은 수컷에 사람을 잘 따랐으며 하늘색 털은 북실북실

했다.

“하늘색?”

“네. 원래부터 그런 색은 아니었는데 동생이 꽃잎으로 뭘 만들었다며 장난을 치다가 애를 염색시키는 바람에…….”

처음엔 조금만 묻었었으나 얼룩덜룩한 꼴이 보기 싫다고 아예 전체를 물들여 버렸다. 무려 일주일간의 공을 들인 작업이었다. 막상 해놓고 나니 없던 혈통이 있어 보인다며 서로 기뻐하고 그랬었는데. 아련한 추억에 물들기 시작한 린을 앞에 두고 유리엔은 가만히 기억을 더듬었다.

하늘색. 잘생긴 멍청이. 익숙한 조합이었다. 그냥 익숙한 것도 아니고 매우 익숙하다. 그녀는 머릿속으로 싱싱하고 예쁘장한 꽃을 한 송이 그려보았다. 꽃 단 놈?

“노바카사!”

그리고 정답이었다. 린을 따라 이동한 궁의 정원에는 하늘색 머리카락을 하나로 묶은 노바카사가 열심히 가위질에 열중하고 있었다. 유리엔은 상대를 확인하자마자 황당함을 반쯤 담아 웃음을 뱉었다. 재였어?

“린! 와줬구…… 허어억!”

린의 부름에 반갑게 고개를 돌린 노바카사가 직후 귀신이라도 본 사람처럼 기겁했다. 인체의 한계를 시험하듯 눈을 큼지막하게 뜨더니 이내 손을 들어 그걸 비빈다. 비빈 후에도 보이는 것이 여전하자 노바카사가 떨리는 목소리로 입을 열었다.

“마, 마법사님?”

“언제 이런 데에 취직한 거야?”

유리엔은 9할의 신기함과 1할의 반가움으로 상대의 아는 체에 응수했다. 잘생긴 멍청이에 하늘색이라는 조합을 들었을 때만 해도 기실 어느 정도는 긴가민가했는데, 와서 보니 정말로 이놈이었다. 그녀는 못 본 새 어딘지 야윈 것 같기도 하고 어딘지 그을린 것 같기도 한 상대의 행색을 요모조모 눈에 담았다. 짧은 시간 함께했던 발닦개와의 재회는 그녀에게 나름 신선한 감흥을 안겨주었다.

"제국 땅이 생각보다 좁네."

"어떻게 여기에……."

"아는 사이예요?"

동그란 머리통을 갸웃거리며 린이 끼어들었다. 초면이면 서로 소개를 시켜주려 했더니 의외로 이미 면식이 있는 것 같았다. 린의 의문에 먼저 대답한 것은 유리엔이었다.

"내가 얘 은인이거든. 목숨을 두 번이나 구해줬어."

"정말요?"

"……."

노바카사는 긍정을 아꼈다. 틀린 말은 아니었지만 어째 냉큼 구명을 입었다 시인하기엔 억울한 느낌이 없잖아 있는 것이 사실이었다. 애초에 두 번째는 누가 여장만 안 시켰어도……. 다시 생각하니까 또 억울……. 물론 그렇다고 표출할 수 있는 불만도 아니었기에 곧 그는 본심 대신 비굴한 미소를 꺼냈다.

"생명의 은인이시지! 하하!"

"우와! 신기한 우연이네요."

"저, 그런데…… 머리카락이 원래 그런 색이셨습니까?"

자기가 기억하기로는 아니었던 것 같다며 노바카사가 의아하게 질문을 던졌다. 여행 당시 유리엔은 레뉴르에 있을 때까지 가발을 쓰고 다녔었으니 그가 상대의 흑발을 낯설게 여기는 것도 당연했다. 노바카사의 기억 속에 있는 유리엔은 평범하고 긴 갈색 머리였다.

보면 모르겠냐는 듯 유리엔이 제 머리채를 한 번 찰랑여 주었다. 그에 노바카사가 저도 모르게 고개를 끄덕였다. 자세한 사정은 모르겠지만 저 머리가 진짜인 건 맞는 것 같았다.

"너는 왜 궁으로 들어왔어?"

"아, 그건……."

유리엔의 물음에 노바카사는 착실히 사정을 꺼내놓았다.

몇 주 전 수도에서 유리엔 일행과 헤어졌을 때 그는 새로운 살길을 모색해야 할 필요를 느꼈다. 하던 대로 수도에서 탱자탱자 돌아다니며 먹고 놀기엔 어느 날 갑자기 남작이 나타나 피의 복수를 행할까 두려웠기 때문이다. 그래서 남작의 마수로부터 목숨을 부지할 수 있는 방안을 찾고 찾던 와중, 우연히 그는 궁에서 일할 사람을 구한다는 구인 공고를 보게 되었다.

"외모 준수. 경력자 우대. 초보 가능! 보자마자 절 위한 거라고 생각했죠."

"외모 준수는 왜? 정원사잖아."

"사실 하녀를 뽑는 공고에도 저 조건이 포함되어 있어요."

"하녀는 또 왜?"

"몰라요. 얼굴로 빨래하고 얼굴로 설거지하나 보죠."

"아무튼 그길로 저는 곧장 면접을 보러 갔어요."

"바로 뽑혔고?"

"네."

노바카사는 당시 면접실에서 있었던 일을 회상했다. 당당한 걸음걸이로 걸어 들어온 미남. 경력이 있냐는 질문에 그런 건 없지만 시켜만 주면 열심히 하겠다는 대답과 함께 미남이 날린 상큼한 눈웃음. 그리고 그 면접을 총괄하던 깐깐한 시녀장의 한 마디. 합겨억!

"그렇게 된 거죠."

"설마 얼굴 뜯어먹고 살까 했더니 진짜로 뜯어먹고 사네."

"그래도 일은 정말 힘들었어요. 배우느라 여기저기 다치고, 구르고…… 큽."

떠올리니까 서러운지 색채가 짙은 파란 눈동자가 아롱아롱했다. 그에 린이 다가가 쯧쯧 혀를 차며 상대를 쓰다듬어 주었다. 과거 뽀삐를 달래던 능숙하고 전문적인 손놀림이었다.

"정원사님이 얘를 가르치면서 살다 살다 이렇게 멍청한 애는 자기 생전에 처음이라고 했대요."

"얘기하지 마…… 히잉."

"볼수록 뽀삐를 닮았다니까요? 우리 뽀삐도 딱 이랬는데. 훈련을 시켜도 시켜도 못 알아듣는 게 얼마나 멍청했는지."

린은 그러면서 착착 가져온 음식을 꺼내 노바카사에게 먹여주었다. 노바카사는 개 취급을 받는 건 슬프지만 그래도 가져다주는 음식은 매번 맛있어서 좋다며 주는 족족 얌전히 받아먹었다. 어딘지 서로에게 익숙해 보이는 광경이었다.

"……."

유리엔은 모처럼 말을 잃었다. 비록 잠깐이었지만 린을 벽에 가두며 했던 걱정이 몹시 무색해지는 기분이었다. 린은 잘생긴 멍청이에게 간과 쓸개를 빼주는 대신 먹이를 먹이며 조련하고 있었다.

'내가 린을 너무 무시했구나.'

염려를 고이 접어 날려 보낸다. 최소한 한동안은 그녀가 저 두 사람의 관계에 개입하게 될 일은 없을 것 같았다.

잠시 후, 유리엔의 진짜 신분을 알게 된 노바카사가 먹던 것도 멈추고 뒤로 넘어갔음은 당연한 일이었다.

남은 며칠은 금세 지나갔다. 저택의 하녀들은 오늘 밤으로 성큼 다가온 파티 준비에 분주하게 열을 올렸다.

"파이는 다 된 거지? 샴페인은?"

"여기에 장미꽃 꽂아둔 거 누구야? 붉은색을 싫어하기로 유명한 헤잇레드 자작 부인이 명단에 올라 있는 거 안 봤어?"

"너희 영지에서도 이렇게 움직이면 당장 감봉이야!"

저택에서 상주하며 일하는 하녀의 수는 그리 많지 않았다. 오늘은 생일 파티를 위해 임시로 영지에서 올라온 몇몇 하녀가 그네들과 한데 섞여 움직이는 중이었다. 늘어난 인원으로도 그들은 저마다 바쁘게 손을 놀렸다. 곧 해가 질 시간이다. 날이 어두워지면 즉시 파티의 막을 올려야 했다. 완성을 눈앞에 두고 그녀들은 한층 더 부산해졌다.

"으음! 역시 아니야!"

그리고 바쁜 것은 이쪽도 마찬가지였다. 루제는 방 안에서 루네를 전신 거울 앞에 세워놓은 채 연신 아래에서 위로 살폈다. 그러더니 이내 진지하게 고개를 가로저었다. 루네의 얼굴이 울상이 되었다.

"또?"

"이건 실패야. 너무 어른스러워. 입은 사람과 따로 노는 느낌이랄까?"

"하지만 처음엔 예쁠 것 같다고 했잖아."

"그거야 입어보기 전이었지. 안 되겠다, 벗자."

"이러다 파티가 시작하겠어!"

"주인공은 조금 늦어도 돼."

벌써 네 벌째였다. 언니의 강경한 의지를 꺾지 못한 루네가 울며 겨자 먹기로 새 드레스를 받아 들었다. 허리께까지 길게 늘어뜨린 그녀의 갈색 머리카락이 움직임을 따라 가지런하게 찰랑거렸다. 루제는 반면 머리를 높게 올려 묶고 있었다.

"목걸이는 어울리니까 지금 거 그대로 두고, 어디 보자……."

"언니 오늘따라 이상해. 작년엔 이렇게 유난이 아니었잖아."

"다 이유가 있어 이러는 거란다. 그래, 귀걸이 빼고 대신 머리띠를 하자. 그게 드레스랑 잘 어울리겠다."

"히잉."

"얼른!"

울먹인다고 안 봐준다며 루제가 재촉했다. 결국 루네는 가슴께에 프릴이 달린 분홍색 원피스로 갈아입고 머리에는 흰색의 가는 머리띠를 썼다. 그 상태로 한 바퀴를 돌도록 시킨 루제가 이제야 좀 마음에 든다며 고개를 끄덕거렸다. 수정에 수정을 거친 결과물이었다.

"애초부터 귀여움 콘셉트로 갈 걸 그랬어."

"이제 다 된 거야?"

"응!"

"살았다……."

"엄살은. 넌 조금만 있으면 금방 나한테 고마워하게 될 거야."

"그런데 언니, 언니는?"

"나 뭐?"

"언니는 안 꾸며? 아까부터 쭉 나만 신경 써주고."

"난 이만하면 됐어. 어차피 잘 보일 사람이 있는 것도 아니고. 넌 있잖아? 아주 잘~ 보여야 할 사람."

"으응?"

"언니가 다 널 위해 백방으로 노력했다는 것만 알아두렴."

의미심장하게 웃은 루제가 마지막 점검 차 루네를 다시 요리조리 살펴보았다. 머리, 이상 무. 드레스, 이상 무. 장신구, 이상 무. 전체적으로 아주 귀여움. 이상 없음!

"가자!"

이어 루제가 루네의 손을 잡고 이끌었다. 방 밖에는 에스코트를 위해 가문에서 올라온 기사가 대기하고 있었다. 동그란 눈을 순진하게 깜박거리며 루네가 제 언니에게 이끌려 발을 옮겼다.

커다란 마차 한 대가 성문을 나섰다. 생일 파티에 참석하기 위한 출성이었다. 너른 내부에는 당초 예상보다 두 명이 늘어난 총 여섯 명의 인원이 사이좋게 앉아 있었다. 가장 구석 자리는 노바카사의 차지였다.

잠자코 창밖만 구경하던 제론이 마차가 외성을 벗어난 후에야 입을 열었다.

"어디로 가는 겁니까?"

"내가 얘길 안 했나?"

카엘이 미처 몰랐다는 투로 응수했다. 목적지도 얘기하지 않고 끌고 나온 카엘도 카엘이고, 어딜 가는지도 모르면서 가잔다고 따라 나온 제론도 제론이었다. 이내 짐짓 심각한 표정을 지어 보인 카엘이 목소리를 깔며 이야기했다.

"탄광 캐러."

"……연미복을 입은 채로요?"

제론의 말마따나 그는 현재 근사하게 연미복을 차려입은 상태였다. 그건 카엘도 마찬가지였고, 옆자리의 유리엔 또한 드레스 차림으로 곱게 단장하고 있었다. 제론이 차마 바른 대로 실토하라 닦달하지는 못하고 그저 떨떠름한 어조로 태클을 걸었다. 카엘이 으쓱했다.

"도착하면 자연히 알게 돼."

"호위가 필요하신 줄 알았더니 대뜸 연미복을 입힐 때부터 수상하다고 생각은 했습니다."

"연미복 예쁘지? 그거 비싼 거야."

"춤이라도 추게 하시려는 겁니까?"

"그건 네가 추고 싶으면 추는 거고."

"수수께끼를 하는 것도 아닌데 그냥 말씀해 주시죠."

그때 마차가 멈췄다. 제론은 결국 답을 듣지 못하고 마차의 문을 열었다. 가장 구석에 앉아 있던 노바카사와 린이 먼저 내리고 그다음에 제론과 찰스가, 마지막으로 카엘이 바닥에 발을 디디고 서 유리엔을 에스코트했다.

도착한 저택은 크지도, 그렇다고 너무 작지도 않고 적당했다. 유리엔은 입구에서부터 대외용 미소를 얼굴 가득 덧그렸다. 이내 목소리를 낮춰 입을 열었다.

"가자!"

저택은 본디 졸부 집안의 주인 마님인 푸아티 자작 부인이 기거하던 곳이었다. 그녀는 루네와 루제의 고모였는데, 남편이 어느 날 돌연 귀농을 결심해 지방으로 내려가자 제안하면서 저택을 쌍둥이에게 넘겨주게 된 것이다. 그녀는 당시 수도에 있는 복층 저택을 어떻게 아무 대가 없이 그냥 줄 수 있냐며 놀라워하는 사람들에게 이런 말을 남겼다.

"남편이 졸부라서 괜찮아요! 호호호!"

그렇게 전 소유주는 떠났고, 저택은 루네와 루제의 차지가 되었다. 자작 부인이 워낙 파티며 모임을 좋아했던 탓에 그런 그녀의 성미를 따라 저택의 연회 홀은 매우 넓고 화려했다. 그것으로만 따진다면 대저택에도 뒤지지 않을 정도였다. 덕분에 쌍둥이는 매년 본의 아니게 나름 성대한 파티를 열고 있었다.

"생일 축하한다."

"생일 축하해."

"축하해요!"

연이은 축하 행렬에 루네와 루제가 각자 정신없이 인사를 받았다. 넓은 홀은 현재 파티에 참석한 인원으로 연신 박작거리는 중이었다. 작년에도, 재작년에도 이곳에서 생일 파티를 열었으나 이렇게까지 사람이 많이 모인 적은 처음이었다. 루네가 잠시 후 눈앞이 팽팽 도는 것 같다며 루제를 붙잡았다.

"언니, 대체 초대장을 얼마나 돌린 거야?"

"작년과 비슷하게."

"그런데 왜 이래?"

"초대받은 사람들이 거의 다 왔거든. 나도 이럴 줄은 미처 생각을 못 했네."

올해는 작년과 달랐다. 작년의 루네와 달리 올해의 루네는 사교계의 떠오르는 스타였던 것이다. 그걸 미처 간과하고 말았다며 루제가 자책을 담아 고개를 내저었다.

"황녀 전하께서 참석하신다는 거, 다른 사람들은 모르지?"

"응. 우리만 알아."

"그런데도 이 정도인데……."

만약 그게 소문이라도 났다면 인파 때문에 저택이 터졌을지도 모른다며 루제가 너스레를 떨었다. 그에 루네가 그렇게 되면 자긴 압사당했을 거라며 말을 받았다. 서로를 마주 보고 배시시 웃은 자매는 이어 깔깔 웃었다.

"언제 오실까?"

"황태자 전하와 함께 오실 거야."

"전하와? 정말?"

"그럼."

유리엔과 카엘이 함께 올 거라는 소리에 루네가 놀라서 눈을 동그랗게 떴다. 그녀는 카엘에게는 초대장을 보내지 않았다. 일정 이상 친분이 없는 사이에 무작정 초대하는 것은 실례라고 생각했기 때문이다. 마침, 루네의 놀람에 화답하듯 나팔 소리가 길게 울렸다.

"카류엘 드 뮤리엔 황태자 전하와 유리시엔 드 카르나 황녀 전하께서 드십니다!"

긴장을 했는지 목소리 끝이 잘게 떨렸다. 관악기 소리에 이은 우렁찬 알림을 들으며 루네와 루제가 누가 먼저랄 것 없이 활짝 날이 개듯 웃었다. 오셨다!

"어머, 저분은……!"

"맙소사!"

깜짝 놀라 제 눈을 비비는 귀족들이 속출했다. 작금의 사교계에서 단연 가장 유명한 두 사람이 나란히 안으로 걸어 들어오고 있었다. 굴곡을 드러내는 청색 엠파이어 드레스를 차려입은 유리엔이 물의 요정처럼 맑게 웃으며 파티의 주인공을 불렀다.

"루네, 루제."

"황녀 전하!"

"생일 축하해."

"생일 축하한다."

유리엔에 이어 카엘이 둘에게 축하 인사를 건넸다. 말끔히 넘긴 붉은색 머리카락과 그에 맞춘 같은 색의 연미복이 애초부터 이를 위해 만들어진 듯 잘 어울렸다. 그의 근사한 미소에 파티장 안의 영애 몇몇이 손수건을 깨물었다.

"어떻게 이런 곳에 저 두 분이?"

"부럽다!"

"이럴 줄 알았으면 더 예쁘게 꾸미고 올걸."

"아서라, 그래봤자 우린 이름도 등장 안 해."

"야, 누가 감히 현실을 언급하래?"

어딘지 슬픈 소란 속에서 유리엔이 준비해 온 선물을 꺼냈다. 그녀가 생일 선물이라는 말에 함께 루네에게 건넨 것은 바로 반지였다.

"와아!"

받아 든 루네가 순수하게 감탄을 터뜨렸다. 동그란 금테 중앙에 새끼손톱만 한 보석이 은은한 분홍빛을 띠고 있었다. 좌중이 재차 동요했다.

"저건……."

"봄의 축복?"

"봄의 축복이잖아."

반지를 알아본 몇몇이 놀람을 담아 수군거리기 시작했다. 처음에는 어리둥절하던 이들도 누군가가 이름을 언급하자 그를 알아듣고 표정을 바꿨다. 한번 시작된 소란은 꽃가루가 퍼지듯 사방으로 번져 나갔다.

봄의 축복. 반지에는 이름이 있었다. 그리고 대단히 유명했다. 보석 자체의 값어치나 모양의 아름다움보다는 반지가 지닌 탄생 설화가 만인에게 널리 알려져 있었기에 따라붙은 유명세였다.

반지에 얽힌 설화는 뭇 소녀들의 가슴을 설레게 하는 낭만적인 사랑 이야기였다. 루네도 이름 정도는 들어서 알고 있었다. 정체를 알게 된 루네가 생각지도 못했던 선물에 멍하니 넋을 빼는 사이, 유리엔이 루제에게도 선물을 건넸다.

"어머나!"

"봄의 눈물!"

이번에 등장한 장신구도 이름이 있었다. 반지와 한 쌍으로 취급받는 듯 유사한 디자인의 목걸이는 지닌 이름마저 반지와 비슷했다. 루제는 얼떨떨하게 유리엔이 내미는 것을 받아 들었다. 루제 또한 봄의 축복과 봄의 눈물에 얽힌 이야기들을 알고 있었다.

"가, 감사합니다."

"오늘의 주인공은 너희야. 그걸 절대 잊지 말렴."

유리엔이 부드럽게 웃어준 뒤 몸을 돌렸다. 그리고 인사와 선물 증정만이 목적이었다는 듯 그대로 카엘과 함께 파티장을 빠져나갔다. 루네와 루제는 얼이 반쯤 빠진 상태로도 나란히 멀어지는 둘의 뒷모습이 문득 보기 좋다는 생각을 했다.

파티장을 나와 유리엔이 향한 곳은 저택의 정원이었다. 달빛이 요요하게 내려앉은 어스름한 정원에 도착하자마자 그녀는 기다렸다는 듯 구두부터 벗어 던졌다.

"후, 살 것 같다."

"무단 투기가 아주 상습적이네."

"도로 주워 갈 거야."

평평한 돌 위에 털썩 걸터앉은 유리엔이 발목을 이리저리 돌렸다. 내친김에 팔을 쭉 뻗어가며 기지개도 켰다. 카엘이 공간을 조금 띄워 앉으며 물었다.

"언제 저런 걸 준비했어?"

"봄날 세트?"

"……봄날 세트라고?"

"맞잖아."

봄의 축복. 봄의 눈물. 소녀들의 로망으로 여겨지는 두 장신구를 유리엔은 한데 묶어 '봄날 세트'라고 불렀다. 낭만이나 로맨틱이 사라지고 대신 그 자리에 구수함이 생겨나는 작명이었다. 꿈 많은 소녀가 들었으면 눈물을 흘렸을 명명에 카엘이 헛웃음으로 답했다.

"예전에 선물로 받았던 거야. 재작년인가?"

"처음 제국으로 들어올 때 가지고 왔었냐?"

"아니. 보내달라고 했지, 편지로."

유리엔은 며칠 전 고국으로 서신을 전달했다. 제 거처 어딘가에서 있는 듯 없는 듯 숨 쉬고 있을 봄날 세트를 좀 찾아서 보내달라는 내용이었다. 사람을 통하면 늦을지 모르니 종이에 싸서 새에 매달아 보내달라는 추신도 잊지 않았다. 전에 그녀가 남은 시간이 애매하다 생각했던 것이 바로 이것 때문이었다. 결과적으로 봄날 세트는 시간 내에 잘 도착했다. 덕분에 유리엔은 차질 없이 루네와 루제에게 계획했던 선물을 전해줄 수 있었다.

"낭만적이지? 루네에게 꽤 좋은 선물이 될 거야."

"네가 낭만도 아냐?"

"이게 큐피드를 무시하네. 그나저나 트아로민 경은?"

"슬슬 입장할 거야."

"후후, '진짜 선물'이 등장할 시간이구먼."

"솔직히 난 네가 이렇게까지 할 줄은 몰랐다."

"어허, 큐피드가 한번 화살을 뽑았으면 당연히 이 정도는 해줘야지?"

"깽판이나 칠 줄 알았더니……."

"화살로 맞아볼래?"

평소 같은 티격태격 사이에 의미심장한 대화가 오갔다. 진짜 선물. 사실 유리엔이 짠 계획은 쌍둥이에게 장신구를 건네주는 데에서 끝이 아니었다. 루네의 사랑과 봄날을 위한 '진짜'가 따로 준비되어 있었다.

그리고 같은 시각, 진짜 선물의 일부인 제론은 파티장의 문 앞에서 갈등을 안고 서성거리는 중이었다.

'생일 파티였다니…….'

그는 저택에 도착한 후에야 여기까지 이동한 연유를 전해 들을 수 있었다. 루네와 루제의 열여섯 번째 공동 생일 파티. 그에 참석하기 위한 행차였던 것이다. 사실을 듣자마자 제론은 남들이 들으면 사소하다 할지도 모를 이유로 급격히 난감해졌다.

'생일 선물을 준비하지 못했는데.'

그가 파티장에 바로 입장하지 못하고 망설이고 있는 것도 다 이것 때문이었다. 미리 알았다면 뭐라도 마련을 했을 텐데 아무것도 모르는 상태에서 끌려오는 바람에 그는 현재 완전히 빈손이었다. 섬세하지 못한 남자 제론이 섬세한 사유로 골머리를 앓고 있었다. 그가 며칠 새 루네를 제법 신경 쓰게 되었다는 걸 알려주는 부분이기도 했다.

"후우."

이내 한숨을 한 번 내쉰 제론이 입장할 준비를 했다. 저택에 도착하자마자 린을 비롯한 나머지는 따로 쉴 방을 배정받았고, 제론은 바깥에서 대기하다 시간 차를 두고 들어오라는 명을 내리받았다. 제론은 몰랐지만 카엘과 유리엔이 없을 때 등장해야 최대한 이목을 끌어모을 수 있다는 이유에서였다.

잠시 후, 시종이 우렁차게 제론의 입장을 알렸다.

"말도 안 돼."

"이런 데까지 손수 참석하신 걸로도 모자라 봄의 축복이라니!"

"너 전에 드아이스 남작가에 뭐 밉보인 거 없지?"

"돌아가자마자 아버지께 왕래를 좀 하라고 말씀드려야겠어."

"대체 저 두 영애는 무슨 복을 받아서……."

파티장을 온통 뒤덮은 수군거림에 루네와 루제가 서로를 돌아보며 어색하게 웃었다. 완전 난리가 났다. 아마 가문에서는 한동안 밀려드는 만남 요청과 쏟아지는 각종 초대장으로 꽤 진땀을 흘려야 할 것이다. 그녀들은 아버지께서 너무 놀라시지 않도록 내일 날이 밝자마자 바로 서신을 보내야겠다고 생각했다.

"그나저나 봄의 축복이랑 복의 눈물이라니……."

"깜짝 놀랐지?"

"깜짝 놀랐어."

"실은 난 아직도 조금 어안이 벙벙해."

"나도, 나도! 정신이 하나도 없어."

자매는 파티장 한쪽에서 서로 흐트러진 곳은 없나 봐주며 조잘조잘 대화를 나눴다. 정신이 하나도 없다는 말이 거짓말은 아닌 듯 루네는 아직까지 나사가 몇 개쯤 빠진 표정이었다. 루제가 그걸 보다 풋 하고 웃었다.

"네 얼굴도 난리가 났네."

"언니 표정도 평소보단 멍하다, 뭐."

"그건 인정하지만……. 참, 그런데 너 봄의 축복이랑 눈물에 얽힌 설화가 어떤 이야긴지 알아?"

루제의 질문에 루네가 고개를 저었다. 이야기가 있다는 것만 알지 그게 무슨 내용인지까지는 전혀 모르는 상태였다. 상대의 부정에 그럴 줄 알았다는 듯 루제가 입을 열었다.

"기왕 선물까지 받았는데 알고 있어야지. 얘기해 줄 테니까 잘 들어."

"응!"

"이 이야기에 등장하는 주인공은 총 세 사람이야. 서로를 사랑한 한 남자와 한 여자, 그리고 그 남자의 약혼녀."

"시작부터 뭔가 심상치 않은 느낌이 들어."

"그렇지? 우선 옛날 어느 마을에 한 여자가 살고 있었어. 부유한 상인의 딸이었는데 몹시 아름답고 대단히 자애롭기로 유명했지. 마을 사람 거의 대부분이 그녀의 이름을 알고 또 그녀를 좋아할 정도로 인기가 높은 여인이었어. 그런데…… 잠깐."

한참 설명하던 루제가 멈칫했다. 잊고 있던 뭔가가 마침 떠올랐다는 기색이었다. 의아한 얼굴로 무슨 문제라도 있냐 묻는 루네에게 루제가 말했다.

"그러고 보니, 봄의 축복은 한 쌍일 텐데?"

"응?"

"네가 끼고 있는 반지 말이야."

루네는 봄의 축복을 받자마자 그 자리에서 손가락에 꼈다. 유리엔이 그러라고 부추겼기 때문이었다. 반지는 현재 루네의 오른손 약지에서 반짝반짝 빛을 발하고 있었다.

"그거, 내가 알기로는 크기만 다른 똑같은 반지가 하나 더 있을……."

"제론 트아로민 자작님께서 입장하십니다!"

그때 루제의 말을 끊고 우렁찬 알림이 울렸다. 제론 트아로민. 아는 사람의 이름에 둘이 동시에 고개를 돌렸다. 그리고 루네가 자리에서 눈을 커다랗게 떴다.

기사임을 알려주듯 흔들림 없는 규칙적인 걸음걸이로 제론이 입구에서부터 걸어 들어왔다. 황금색 용이 소매에 수놓아져 있는 검은색 연미복이 그의 다부진 체격을 감싸 근사하게 잘 어울렸다. 깔끔히 넘긴 남색 머리카락 아래로 자리 잡은 검정에 가까운 눈동자는 늘 그렇듯 온화한 빛을 담고 있었다.

큰 키, 넓은 어깨. 따뜻한 눈빛에 여유 있는 표정. 루제가 남몰래 손가락을 딱 튕겼다. 크으! 치명적인 연상의 매력! 제론의 차림새에 만점을 부여한 루제가 재빠르게 눈을 돌려 루네를 살폈다. 허리께로 늘어뜨린 머리카락은 여전히 가지런하고, 장신구 대신 착용한 머리띠는 여성스러우면서 동시에 귀엽다. 연분홍색 드레스는 끝단이 풍성하고 가슴 부분에 프릴이 달려 있어 입은 이의 귀여움을 한껏 살려주고 있었다.

'완벽해!'

루제의 입가에 흐뭇한 미소가 매달렸다. 전혀 흠잡을 곳이 없었다. 제론의 곁에 세워놓으면 둘이 썩 잘 어울릴 것이다. 속으로 쾌재를 부른 루제가 적당한 타이밍을 잡아 빠져주려 마음을 먹었을 때였다. 순간 제론의 오른손에서 뭔가가 반짝 광채를 내는 것이 그녀의 눈에 들어왔다.

'……저거 설마?'

설마가 사람 잡는다. 루네에게 반지를 건네준 이는 다른 사람이 아닌 유리엔이었다. 얼마든지 이런 상황이 가능하다고 판단한 루제가 설마를 확신으로 바꾼 뒤 급히 입을 막았다. 손을 떼면 큰 소리로 웃어버릴 것 같았다. 겨우 기분을 진정시킨 그녀는 즉시 루네의 손을 덥석 붙들었다.

"루네."

"으, 응?"

"봄의 축복과 눈물에 얽힌 나머지 이야기는 트아로민 경께 들어. 아마 알고 계실 거야. 그럼 행운을 빌게!"

"응? 어, 언니?"

윙크를 찡긋 날려준 뒤 그대로 바람처럼 사라진다. 그런 루제의 뒷모습을 루네가 어쩌지도 못하고 당황스럽게 바라보는 순간이었다. 갑자기 주변에서 술렁거림이 일었다.

"어머! 저게 뭐지?"

"저것 좀 봐."

사람들이 루네를 보며 웅성거리기 시작했다. 그에 화들짝 놀란 루네가 급히 자기 자신을 살폈다. 머리나 옷, 적어도 눈으로 확인이 가능한 곳은 문제가 없었다. 그때 그녀의 시야에 오른손 약지의 반지가 들어왔다.

"이건……."

보석에서 은은한 빛이 일고 있었다. 불과 조금 전까지만 해도 없었던 현상이었다. 게다가 빛은 마치 어딘가를 가리키듯 특정한 방향으로 이어졌다. 강한 빛은 아니었으나 충분히 육안으로 확인이 가능한 정도였다. 그를 따라 자연스럽게 시선을 옮긴 루네가 이내 놀라서 딸꾹질을 했다. 빛이 향하는 곳에는 다름 아닌 제론이 서 있었다.

"설마."

당혹스러움을 담아 제론이 짧게 한 마디를 뱉었다. 그의 손에는 현재 반지가 하나 끼워져 있었다. 이유는 알려주지 않겠지만 일단 끼라고, 혹시라도 빼면 결코 가만두지 않겠다며 유리엔이 그에게 으름장을 놓은 결과물이었다. 수상쩍긴 했지만 고작 반지 하나인데 무슨 일이라도 있을까 싶어 그냥 그러려니 하고 넘겼는데, 지금 와서 보니 진짜로 무슨 일이 있었다. 빛은 반지와 반지를 서로 연결해 주고 있었다.

"난 몰라…… 어쩜 좋아!"

난처해 죽겠다는 듯 유리엔이 발을 동동 굴렀다. 드레스 자락을 꼭 쥔 수줍은 손마디라든가, 어쩔 줄 몰라 하는 심정을 가득 담아 끝이 살짝 떨리는 목소리라든가, 뭐 그런 것들이 인적 없는 밤의 정원을 수놓았다. 하는 양을 모조리 지켜본 카엘이 떨떠름하게 말을 뱉었다.

"내 눈이랑 귀도 좀 생각해 줘라."

"어때? 똑같지? 지금쯤 딱 이렇게 생각하고 있을 거라니까."

유리엔이 선보인 것은 바로 흉내였다. 그것도 다름 아닌 루네의 흉내. 봄날 세트를 이용해 꾸민 그녀의 계획대로라면 루네는 지금쯤 파티장에서 안절부절못하며 발을 동동 구르고 있을 것이 뻔했다. 상황이 마치 눈앞에 그려지는 것 같아 유리엔은 얼굴 가득 음흉한 미소를 지었다.

"잘 어울릴 거야. 너도 그렇게 생각하지?"

"언제는 나이 차이가 너무 심하다며 난리를 치더니."

"그거야 그때고. 기왕 이렇게까지 했는데 잘되고 잘 어울리면 좋잖아."

"제론이라면, 뭐."

걱정할 일은 없을 거라며 카엘이 툭 던지듯 말했다. 지닌 능력도 괜찮고 모아둔 돈도 그럭저럭 된다. 외동이라 시누이의 등쌀에 휘둘릴 염려도 없으며 양친의 성품 또한 인자한 편이었다. 그리고 그 무엇보다 당사자 자체가 꽤 된 사람이다. 한번 마음을 준다면 최소한 상대의 속을 썩일 일은 없을 것이다. 카엘의 설명에 유리엔이 만족스럽게 고개를 끄덕였다. 그 정도는 되어야지.

"테라스로 나오겠지?"

“그렇겠지.”

“우리도 이동하자.”

“이럴 줄 알았다.”

유리엔이 벗었던 구두를 도로 신고 걸음을 놀렸다. 그 뒤를 카엘이 어깨를 으쓱거리며 자연스럽게 뒤따랐다.

“저게 바로 ‘봄의 축복’의 효과?”

“말로만 들었지 직접 보는 건 처음이에요.”

“세상에, 놀라워라.”

술렁거림이 커졌다. 루네가 새빨갛게 달아오른 얼굴로 어찌할 바를 모르고 그저 제자리에서 드레스 자락만 꼭 쥐었다. 난감하기는 제론도 마찬가지였다.

‘이런 걸 꾸몄다니.’

그 또한 봄의 축복과 눈물에 얽힌 이야기를 알고 있었다. 과거에 잘될 듯 잘되지 않을 듯 애매하게 제론과 밀고 당기기를 했던 영애가 툭하면 그에게 봄의 축복에 대한 설화를 주절거렸기 때문이다.

낭만적이라느니 로맨틱하다느니, 일주일을 지치지도 않고 그렇게 떠든 영애는 제론이 저의 생일 선물로 봄의 축복을 준비하지 못했다는 이유로 그에게 이별을 선고했다. 지금 생각하면 잘되지 않은 것이 되레 다행인 여인이었다.

제론이 지금 유리엔의 명을 받아 끼고 있는 반지는 루네의 것과 같은 봄의 축복이었다. 봄의 축복은 애초 남녀의 것으로 이루어진 한 쌍이었고, 유리엔이 일부러 각기 하나씩 나눠준 것이다. 유명세가 드높은 복의 축복은 반지를 끼고 있는 사람끼리 서로 빛을 통해 연결해 주는 특별한 효과가 있었다. 그러니까 즉 지금처럼.

"빛이 몹시 예쁘네요. 낭만적이에요."

"그런데 저건 계속 사라지지 않는 건가요?"

"어느 한쪽이 반지를 빼면 없어진다고 들었어요."

"어머나, 어떻게 될지 궁금하네요."

'이것 참…….'

제론이 황당한 웃음을 삼켰다. 제게 강제로 반지를 끼운 상대가 무엇을 의도했는지 이제야 알 것 같았다.

만인의 주목을 주워 삼키며 빛이 이어져 있는 와중에도 제론은 반지를 뺄 수 없었다. 그랬다간 자칫 상대를 거절하는 걸로 비칠 수 있었기 때문이다. 비록 그가 거절의 의미 따윈 전혀 없이 단순히 상대의 곤란만을 배려해 반지를 뺀다 해도 소문은 보통 그런 속사정까진 알아주지 않는 법이다. 상황이 어떤 식으로 와전되어 퍼져 나갈지는 뻔했다.

'할 수 없지.'

제론은 마음을 굳혔다. 루네의 성정상 그쪽에서 먼저 반지를 빼주길 바라는 것도 요원한 일이었다. 그는 이내 성큼성큼 주저 없이 상대에게로 다가갔다. 그러더니 루네의 앞에 도착해선 정중히 손을 내밀었다.

"드아이스 영애, 괜찮으시다면 저와 함께 바람이라도 쐬지 않겠습니까?"

도망치시죠. 둘이서 나란히 도피하는 것이 이 판국에 고를 수 있는 최선의 선택지였다.

"죄송해요. 괜히 저 때문에……."

루네는 테라스로 나와서도 여전히 어쩔 줄을 몰라 했다. 제론은 그녀의 사과에 잠자코 고개를 저었다. 루네가 잘못한 것은 없었다. 따지자면 하나부터 열까지 전부 유리엔이 원흉이었다. 제론은 그녀가 계속 미안해하지 않도록 화제를 돌렸다.

"별이 참 예쁘군요."

빈말이 아니라 테라스에서 보이는 밤하늘엔 정말로 별이 많았다. 어둠을 빼곡하게 수놓아 마치 은하수처럼 분위기를 더했다. 제론이 별을 칭찬하자 루네의 표정이 환해졌다.

"맞아요. 특히 이 자리가 유독 별이 잘 보이거든요. 그래서 여름밤이 되면 종종 언니와 함께 이곳에 나와 별을 구경하곤 했어요."

아름다운 광경을 공유하는 것이 기쁜 듯 조잘거리는 목소리가 높고 맑았다. 제론은 마치 그것이 작은 새의 지저귐 같다고 생각했다. 밤하늘을 응시하는 갈색 눈동자는 반짝이고, 희고 여린 손은 난간을 꼭 쥐고 있다. 그 와중에도 귀는 새빨갛게 달아올라 있었다.

'……이런.'

저도 모르게 귀엽다고 생각한 제론이 황급히 눈을 뗐다. 본인에게 욕을 하는 것도 잊지 않았다. 이 도둑놈 새끼야.

"저…… 그런데요, 트아로민 경."

"예?"

별이 빼곡한 밤하늘을 배경으로 한 테라스는 없던 사랑도 싹트게 한다는 위명이 실감 날 만큼 사방을 둘러싼 분위기가 묘했다. 괜히 그런 생각을 하다 찔린 제론이 흠칫 놀라며 대답하자 루네가 시선은 돌리지 않은 채로 말을 꺼냈다.

"혹시 봄의 축복에 얽힌 이야기…… 알고 계세요?"

"아, 전에 들어본 적이 있습니다."

"그렇군요."

루네는 우물쭈물했다. 뭔가를 부탁하고는 싶은데 못내 입 밖으로 꺼낼 용기가 나지 않는 모양이었다. 그것을 눈치챈 제론이 먼저 입을 열었다.

"해드릴까요?"

"네?"

"반지에 얽힌 이야기."

봄의 축복이 지닌 탄생 설화. 듣고 싶냐는 물음에 루네가 눈길을 돌려 작게 고개를 끄덕였다. 그에 제론이 부드럽게 웃으며 입술을 뗐다. 기억을 더듬어 곧 낭만적인 사랑 이야기의 첫머리를 열었다.

"옛날에……."

과거 어느 마을, 부유한 상인의 딸이 있었다. 아름다운 외모를 지닌 그녀는 성품마저 착해 마을 내에 좋아하지 않는 사람이 없었다. 미모면 미모, 가무면 가무, 재산이면 재산, 모든 걸 다 가진 여인은 언제 어느 때든 최고의 신붓감으로 손꼽혔다. 그러나 얼핏 완벽해 보이는 그녀에겐 사실 딱 한 가지 문제가 있었다.

"장미꽃처럼 아름다운 당신에게 이 꽃다발을 바치고 싶습니다."

"먹으라고 주시는 건가요?"

바로 연애 세포가 없다 못해 이상한 쪽으로 변질되어 있었던 것이다. 그녀는 저에게 호감을 표하는 이성의 행위를 전부 괴상하게 받아들였다.

"그대가 생각나서 꽃을 꺾어왔다오."

"이렇게 저를 꺾어버리겠다는 뜻인가요?"

"그대를 위해 목걸이를 준비했소."

"이걸로 제 목을 졸라 버리겠다는 뜻인가요?"

"그대에게 이 모자가 참 어울릴 것 같소."

"모자를 푹 눌러 씌워 앞을 보지 못하게 한 다음 해치우겠단 뜻이군요."

일부러 그러기도 쉽지 않겠다 싶을 만큼 그녀는 족족 상대의 뜻을 곡해했다. 이미 마을의 여러 청년이 그녀에게 구애의 뜻을 밝혔다가 화병으로 앓아누운 마당이었다. 몇몇 사람은 그런 그녀의 철벽을 마치 전설 속에 나오는 난공불락의 강철 요새에 비유하기도 했다.

그러던 어느 날, 하루는 어떤 기사가 나타나 그녀에게 선물을 바쳤다.

"이 반지를 받아주십시오."

분홍빛을 띠는 예쁜 다이아몬드가 세공된 값비싼 반지였다. 누가 보더라도 고백의 의미인 것을 그녀는 이번에도 어김없이 괴악하게 해석했다.

"그 동그라미 안을 통과하지 못하면 날 죽여 버리겠다는 뜻인가요?"

보통의 청년이었다면 이미 여기서 학을 떼고 도망쳤을 일이다. 그러나 기사는 도망가지도, 일말 당황하지도 않았다. 오히려 그는 차분하게 한술 더 떴다.

"아뇨. 제가 죽어버리겠다는 뜻입니다."

"……네?"

"동그라미를 통과하지 못하면 제가 죽어버리겠습니다."

기사는 강적이었다. 그는 담담히 네가 아니라 내가 죽을 거라고 협박했다. 그런데 또 그 눈빛이 진심이라 상인의 딸은 쉽사리 그러라고도 말하지 못했다. 결국 그녀는 처음으로 이성이 제게 내민 선물을 받아 들었다.

협박이 섞인 선물 공세는 그 후로도 계속되었다. 기사는 하루가 멀다 하고 매일같이 그녀를 찾았다.

"꽃이 참 예뻐서 가져왔습니다. 화병에 꽂아주지 않는다면 제 목을 꽃 대신 꺾어버리겠습니다."

"그대에게 어울릴 것 같은 목걸이입니다. 목에 거셔도 좋고, 싫으시면 이걸로 제 목을 조르시면 됩니다."

"이 모자를 쓰시면 굉장히 아름다우실 것 같군요. 안 쓰시겠다면 제가 대신 눌러쓰고 낭떠러지로 뛰어내리겠습니다."

꽃, 목걸이, 모자, 전부 그녀가 전에 남들로부터 거절했던 것이었다. 하지만 기사의 미친놈 같은 협박은 그녀로 하여금 차마 그것들을 사양하지 못하도록 만들었다. 그녀는 어쩔 수 없이 굳건하던 철벽을 잠시 내리고 선물을 하나둘씩 받아주기 시작했다.

그러기를 얼마나 지났을까. 어느새 마을 사람들은 너 나 할 것 없이 모두 그녀와 기사를 마을의 명물 커플로 취급하고 있었다.

"기사님은 요새 잘 지내시나?"

사람들은 그녀를 만나면 기사의 안부를 물었고,

"아가씨는 요즘도 여전히 예쁘시지?"

반대로 기사를 만나면 그녀의 소식을 물었다.

그러다 보니 그녀도 점점 기사의 존재가 당연하게 느껴지고, 그가 곁에 있는 것이 익숙해져 갔다. 영원할 것 같았던 철벽은 닳아 내려앉았고 무적으로 보였던 강철 요새는 문을 열었다. 마침내 상인의 딸과 기사는 서로 연인이 되었다.

"그런데 당신, 정말로 내가 선물을 받아주지 않으면 자기 목을 조르고 절벽에서 뛰어내릴 생각이었나요?"

"예."

"미쳤군요."

"다 그대가 저를 이렇게 만든 겁니다."

"책임 전가도 굉장하고요."

"그래도 그런 저를 사랑하시지 않습니까?"

"어쩜, 말이나 못 하면."

그렇게 서로 사랑하는 사이가 된 두 사람은 한동안 알콩달콩 행복한 시간을 보냈다. 관계는 점점 깊어져 둘은 곧 결혼식을 올리고 부부가 되기로 장래도 약속했다.

기사는 부자는 아니었지만 대신 뛰어난 실력을 지닌 촉망받는 인재였기에 상인은 둘의 결합을 반대하지 않았다. 사실 저러다 종내 독거노인으로 죽는 건 아닌가 걱정되던 딸이었으니 상대가 누구든 마냥 기쁠 따름이었다.

그런데 행복한 그때에 갑자기 전쟁이 터졌다. 사태가 전시로 변하자 기사는 징집이 되어 자연히 마을을 떠날 수밖에 없었다. 어느 한쪽도 원하지 않는 헤어짐이었으나, 그렇다고 거부할 수 있는 이별도 아니었다. 기사는 결국 그날 새벽, 눈물로 그녀와 작별했다.

"반드시 살아서 돌아오겠습니다."

"믿을게요."

둘은 전쟁이 끝나면 바로 결혼식을 올리기로 약속한 뒤 헤어졌다. 하나 금방 끝날 것 같던 전쟁은 해가 바뀌어도 그치지 않고 계속되었다. 일 년이 지났을 때, 그녀는 아침마다 신전에 나가 기도를 하기 시작했다.

"플로라 님, 부디 그가 무사할 수 있도록 도와주세요."

마을의 신전에서는 봄의 여신인 플로라를 섬기고 있었다. 그녀는 단 하루도 거르지 않고 매일매일 신전을 방문했다. 그리고 정성을 다해 기도를 올렸다. 부디 그가 무사히 귀환할 수 있도록 해주세요. 제발 그의 안위를 굽어 살펴주세요.

그녀가 기도를 올리기 시작한 지 꼬박 삼 년째 되던 날, 드디어 전쟁이 끝났다. 종전을 알리는 깃발이 걸리고 나라의 모든 국민이 환호했다. 전쟁은 승리로 막을 내렸다.

"들었니? 기사님이 엄청난 공을 세웠다더라."

"높은 작위를 수여받았대."

기사는 전쟁터에서 적장의 목을 따는 혁혁한 공을 세웠고, 그를 인정받아 넓은 영토와 작위를 하사받았다. 소식은 마을에서 오매불망 기사를 기다리던 그녀에게까지도 전해졌다. 그날 그녀는 그의 무사함에 기뻐하며 감격의 눈물을 흘렸다.

그러나 기사의 공로에는 비극이 있었다. 적장과 치열한 혈투를 벌이는 과정에서 그 또한 부상을 입고 만 것이다. 다행히 목숨에는 지장이 없었지만 기사는 머리를 크게 다쳐 과거의 기억을 일정 부분 잃고 말았다.

얼마 뒤, 그녀를 기억하지 못하는 기사가 어느 귀족 아가씨와 약혼을 했다는 소식이 들려왔다. 그녀는 배신감에 크게 절망했으나, 곧 다른 소문을 통해 기사가 부상의 후유증으로 기억을 잃은 상태라는 것을 알게 되었다.

"나를 기억하지 못한다면……."

그녀는 절망 속에서 한줄기 위안을 찾은 뒤, 체념했다. 그가 자신의 의지로 그녀를 버린 것이 아니라는 사실은 위로가 되었으나, 운명의 장난으로 완전히 그녀를 잊고 말았다는 것은 동시에 또 다른 낙망으로 다가왔다. 그녀는 결국 눈물로 정인을 놓아주었다.

그러길 며칠 후, 마을에서 축제가 열렸다. 마을 사람들 모두가 참여하는 성대한 축제였다. 정인을 떠나보낸 뒤로는 한 번도 방 안에서 나오지 않았던 그녀가 오랜만에 축제 구경을 위해 집 밖을 나섰다. 그녀는 길을 걸으며 활기에 찬 사람들을 구경하고, 노점 사이를 돌아다니며 그렇게 조금씩 슬픔을 잊으려 노력했다. 이변이 일어난 것은 바로 그 순간이었다.

"어머! 저길 좀 봐."

"반지에서 빛이……."

그녀가 끼고 있던 반지에서 갑자기 빛이 흘러나왔다. 기사가 처음으로 그녀에게 선물로 주었던 바로 그 반지였다. 반지의 빛은 마치 그녀를 안내하듯 어딘가로 이끌었고, 그 끝에는 마찬가지로 축제 구경을 나온 기사가 서 있었다. 빛은 기사가 끼고 있는 반지에 닿아 서로를 한 치의 엇나감도 없이 이어주고 있었다.

"당신……."

생각지도 못했던 만남에 머뭇거리는 그녀를 향해 기사가 먼저 다가갔다. 둘의 거리가 가까워질수록 반지는 마치 서로 공명하듯 강하게 빛을 발했다. 이윽고 그녀의 앞에 도착한 기사가 천천히 한쪽 무릎을 꿇었다.

"보고 싶었습니다."

"……."

"저는 그대가 기억나지 않습니다. 누구인지 이름도 알지 못합니다. 하지만…… 몹시 그리웠습니다."

잠시 후 그녀가 눈물을 흘렸다. 그리고 그런 그녀를 기사가 품에 껴안았다. 반지에서 흘러나오던 빛은 언제 그랬냐는 듯 사라지고 대신 둘의 주위로 봄비가 내렸다. 분명 빗줄기인데 사람들은 이상하게 꽃잎이 떨어지는 것 같다고 생각했다. 축복을 담아 너울거리는 수많은 꽃잎이.

"그로부터 얼마 지나지 않아 기사는 기억을 되찾게 됩니다. 약혼녀와 파혼한 기사는 마을로 돌아와 약속했던 대로 상인의 딸과 성대한 결혼식을 올렸는데, 그날 특이하게도 여신을 모시는 신전에서 두 사람을 축복하듯 정말로 꽃잎이 떨어져 내렸다고 합니다."

"……."

"그때부터 사람들은 이 반지를 봄의 축복, 혹은 플로라의 축복이라고 부르게 되었습니다."

이야기는 여기까지였다. 제론은 설화를 들려주는 내내 조곤조곤한 어조를 유지했는데, 음색이 마치 전문적으로 책을 읽어주는 사람처럼 부드럽고 편안하여 듣기가 좋았다. 루네는 이야기가 끝난 후에도 한동안 멍하니 정신이 팔려 있다가 호칭을 불리고 나서야 퍼뜩 정신을 차렸다.

"드아이스 영애."

"네, 네?"

"어떠셨습니까, 봄의 축복에 얽힌 이야기가?"

"아, 그게…… 재미있었어요."

처음에는 웃기고, 중간에는 슬프고, 마지막에는 감동적이었다며 루네가 덧붙였다. 그 감상이 거짓말이 아닌지 그녀의 코끝은 빨개져 있었다. 제론은 그걸 보며 순간 비어져 나올 뻔한 웃음을 참았다. 작은 새 같다고 생각했던 것이 떠오르면서 빨개진 코끝이 꼭 새의 부리처럼 느껴진 것이다.

'도둑놈, 이 양심 없는 도둑놈!'

제론은 마치 본인에게 세뇌를 걸듯 반복해서 중얼거렸다. 지금껏 자기 자신을 나름 도덕적이고 이성적인 어른이라고 평가해 온 그는 지금 이 순간 그 믿음에 끝없는 의심을 품어야만 했다. 루네가 갈수록 귀여워 보이고 있었기 때문이다. 주책 말고 정신 차리라며 제론이 스스로를 마구 채찍질하는 사이, 루네가 조금 머뭇거리다 조심스럽게 입을 열었다.

"저어…… 트아로민 경."

"예."

"혹시 봄의 눈물에도 이야기가 있나요?"

"물론 있습니다. 들려드릴까요?"

"부탁드릴게요."

봄의 눈물에 얽힌 이야기는 봄의 축복보다는 짧고 간단했다. 주인공은 바로 기사의 약혼녀였다.

"사실 약혼녀는 기사에게 연인이 있다는 사실을 처음부터 알고 있었습니다."

약혼녀가 기사를 처음 마주한 것은 전쟁터에서였다. 장군의 딸이었던 그녀는 당시 적군의 포로로 사로잡혀 있었는데, 그런 그녀를 적지에서 구출해 낸 것이 바로 기사였던 것이다. 그녀는 극적으로 구해지던 순간 운명처럼 상대에게 마음을 빼앗기고 말았다.

"기사는 당시 목걸이를 하나 지니고 있었습니다. 전쟁이 끝나면 이 목걸이를 건네며 연인에게 청혼할 거라 입버릇처럼 떠들고 다녔죠."

그런데 마지막 전투에서 머리를 크게 다친 기사는 자신에게 연인이 있었다는 사실도 기억하지 못했다. 그를 틈타 기사의 옆자리를 차지한 약혼녀는 갈등을 거듭하다 결국 목걸이를 훔쳤다. 목걸이를 매개로 상대가 기억을 되찾을지도 모른다는 두려움 때문이었다.

"그러나 기억을 잃은 상태로도 공허함과 그리움에 매일같이 괴로워하는 기사를 보며 약혼녀는 스스로의 행동을 후회한 뒤 생각을 바꾸게 됩니다. 목걸이를 돌려주며 모든 것을 솔직하게 이야기하기로 결심한 거죠."

약혼녀는 사랑하는 기사가 괴로워하고 힘들어하는 것을 차마 계속해서 지켜볼 수가 없었다. 그래서 훔친 목걸이를 도로 건네주며 사실을 알려주기로 했다. 한데 그 무렵 목걸이가 사라지고 말았다.

"사실 그것은 남몰래 약혼녀를 좋아하던 다른 남자가 저지른 소행이었습니다. 목걸이를 돌려주면서 모든 걸 밝히면 약혼녀는 기사에게 버림받고 종내 불행해지리라 생각했던 거죠. 그는 사랑하는 여자가 불행해지는 걸 보고 싶지 않았습니다."

목걸이를 몰래 훔쳐낸 남자는 그것을 주저도 없이 어두운 정원에 버렸다. 약혼녀가 그것을 알게 된 것은 며칠이 지난 후였다.

"사실을 알게 된 약혼녀는 크게 슬퍼하고 화를 냈습니다. 그녀는 이대로 약혼 생활을 지속해 봤자 사랑하는 사람을 속이고 기만하는 고통만 더 커질 뿐이라며 괴로워했습니다. 약혼녀는 남자의 실토를 듣자마자 급히 정원으로 향했지만, 넓은 정원에서 작은 목걸이를 찾기란 쉽지 않은 일이었습니다."

정원은 볕이 잘 들지 않는 외진 곳에 있었다. 그래서 더욱 목걸이를 발견하기가 어려웠다. 하루 종일 정원을 헤집었으나 결국 목걸이를 찾지 못한 약혼녀가 포기하고 하염없이 눈물을 흘렸을 때, 갑자기 어느 한곳에서 빛이 새어 나오기 시작했다. 빛은 은은하고 밝았다. 그리고 그것을 따라 이끌리듯 이동한 약혼녀는 이내 깜짝 놀랐다. 다름 아닌 바위틈에서 목걸이가 빛을 발하고 있었던 것이다.

"그렇게 약혼녀는 목걸이를 찾아 원래 주인에게 돌려주게 됩니다. 그때는 이미 기사가 축제에서 상인의 딸을 만난 후였으나, 사랑하는 상대를 위해 녹초가 되도록 어두운 정원을 헤맨 약혼녀의 마음은 설사 연인의 재회에 도움이 되지 못했다 한들 진심이었습니다. 그 뒤부터 사람들은 그녀의 애달픈 짝사랑을 기려 목걸이를 '봄의 눈물'이라고 부르게 되었습니다."

이야기가 끝났다. 짧은 이야기였음에도 그새 몰입했는지 루네가 빨개진 코끝으로 작게 훌쩍였다. 킁. 그런 루네의 반응에 제론이 결국 웃음을 참지 못하고 터뜨렸다. 놀라울 정도로 감수성이 풍부한 작은 아가씨였다. 솔직히 말하면 사랑스럽다. 하나 그 솔직함을 그대로 드러내기엔 상대가 너무 어린 것 또한 사실이라, 그는 그런 감상이 들기 무섭게 꾹꾹 밟아서 도로 구석으로 밀어 넣었다. 제론의 웃음에 루네가 눈을 동그랗게 떴다.

"왜 웃으세요?"

"아무것도 아닙니다."

"아무것도 아닌 게 아닌 것 같았어요."

물고 늘어진다. 루네치고는 맹랑한 말대답이었다. 제론은 잠깐 의외라는 기색을 띠었다가 이내 짧게 헛기침을 했다.

"비웃은 건 아닙니다. 다만……."

"……."

"다만."

적당하게 둘러댈 거리를 찾으며 제론이 말을 멈췄다. 그때 그와 루네의 시선이 마주쳤다. 새빨개진 얼굴로도 꿋꿋이 올려다보는 루네의 눈동자가 다갈색 구슬처럼 맑았다. 순수하고 무구한 빛깔로 올곧게 상대를 제 안에 담는다. 제론은 그것을 보자마자 순간 자기도 모르게 진심을 뱉었다.

"사랑스러워서."

"……네?"

"……그게, 아니, 그러니까, 그게 아니라……."

엉겁결에 튀어나간 본심에 제론이 급격히 당황해서 허둥지둥했다. 의연한 척하던 어른의 얼굴이 루네처럼 붉게 물들었다. 이성이고 뭐고 어쩌다 속마음을 고스란히 꺼내 버린 남자는 차마 수습하거나 뒤이을 말을 찾지 못했다. 루네의 얼굴은 이젠 숫제 토마토나 다를 것이 없었다.

"……."

"……."

나이야 달라도 어쨌든 청춘인 두 사람이 나란히 입을 다물었다. 침묵은 길게 이어졌다. 아주 길게.

"황녀 전하!"
"쉿."
루제가 놀라서 눈을 커다랗게 떴다. 의외의 만남이었다. 루네와 제론 사이가 어떻게 되어가는지 몰래 훔쳐볼 요량으로 살금살금 발걸음을 옮긴 마당이었는데, 목적지인 테라스 아래에는 이미 사람이 있었다. 유리엔이 조용히 하라며 검지를 입 앞에 가져다 댔다.
"언제 오신 거예요?"
"방금."
"헉! 황태자 전하도 계셨네요?"
"조용히."
목소리를 낮춰 루제와 유리엔이 소곤거렸다. 카엘은 그저 말을 아꼈다. 잠시 후 유리엔이 입을 다물고 쫑긋 귀를 열었다. 잠자코 위에서 들리는 말소리에 집중한다.
"드아이스 영애."
"……이름으로 불러주셔도 좋아요."
루네의 목소리였다. 듣자마자 유리엔이 속으로 박수를 치며 열광했다. 잘한다, 루네! 바로 그거야! 루제 또한 비슷하게 감격한 눈치였다. 이 숙맥이 웬일로 용기를 내다니! 더 내라! 두 여자의 소리 없는 열광에 카엘은 가만히 고개만 내저었다.
"저도…… 이름을 불러도 될까요?"
그러는 사이 재차 목소리가 들렸다. 루네의 두 번째 용기였다. 유리엔이 들리지 않을 협박을 속으로 읊조렸다. 야, 죽기 싫으면 당장 된다고 해라. 그때 제론이 기다리던 대답을 뱉었다.

"……좋습니다."

크으으으! 서로 동시였다. 유리엔과 루제가 누가 먼저랄 것 없이 동시에 서로를 돌아보며 말없는 감동을 나눴다. 소리 대신 눈동자가 나란히 울망울망했다.

"황녀 전하."

"얘기해."

"청첩장은 전하께 가장 먼저 보내도록 할게요."

"대단히 좋은 생각이야."

자기들끼리 아주 저 멀리 앞서가고 있었다. 그런 두 사람을 보며 카엘은 말없이 어깨만 으쓱했다.

생일 파티는 하루로 끝나지 않았다. 주인공이 두 명이니 이틀 동안 이어져야 하지 않겠냐는 어딘지 그럴듯한 이유에서였다. 물론 첫날도 둘째 날도 쌍둥이가 나란히 주인공이었으니 이틀째에도 둘이 함께 파티에 참석하는 것이 옳았지만, 루제는 특별히 루네를 그 의무에서 빼주었다.

"넌 가서 네 사랑하는 기사님이랑 데이트나 해!"

그런 사유로 루네를 등 떠밀어 쫓아낸-제론도 반대편에서 쫓겨났다-루제는 파티의 둘째 날을 홀로 지켰다. 올 만한 사람은 첫날 다 도착했기에 그녀는 딱히 바쁠 것도 없었다. 파티장 안에서 샴페인이나 홀짝이며 한가하고 평화로운 시간을 보내던 루제에게 마침 소식이 하나 도착했다.

"……누구요? 개망나니?"

희소식은 아니었다. 저택의 집사가 개망나니라는 표현을 부정하지 않으며 고개를 끄덕였다.

"기별을 받았습니다. 곧 도착하신다고 합니다."

루제는 기가 차서 헛숨을 뱉었다. 뭐 얼마나 대단한 행차를 하신다고 기별씩이나 보낸단 말인가. 이내 못마땅하게 그녀가 눈썹 사이로 주름을 잡았다. 지금 가고 있으니 정성스레 맞이할 준비를 하라며 연락을 보낸 이는 다름 아닌 도브린 백작가의 막내아들이었다.

'이놈이 장난치나.'

루제가 애꿎은 샴페인 잔을 탁 소리 나게 내려놓았다. 거의 다 마신 상태라 내용물이 넘치지는 않았다. 집사에게 알겠다 대답한 그녀는 그가 홀을 떠난 뒤 자리에 남아 미간을 꾹꾹 눌렀다.

'일부러 지금 참석한다 이거지?'

루제는 며칠 전 도브린 백작가에도 초대장을 보냈다. 어디 올 테면 와보라는 도전적인 의미 반, 꼭 와서 루네와 제론이 엮일 구실을 만들어달라는 일종의 기대가 반이었다. 그런데 어제 파티가 끝나가도록 모습을 드러내지 않기에 당연히 이대로 오지 않는가 보다 했더니, 뭐? 곧 도착해? 짜증 섞인 헛웃음이 흘러나왔다.

멀리서 올라오거나 피치 못할 사정이 있는 경우가 아니고서야 생일 파티는 초대장에 적힌 일시를 지키는 것이 기본이었다. 자정이 지나 참석해도 실례라고 여겨지는 판에 상대는 뻔뻔히 하루가 통째로 지난 다음 날 참석하겠다는 의사를 밝혔다. 거리도 가까운 주제에 누가 봐도 고의였다. 대상의 유치한 도발에 루제가 막 이를 갈았을 때였다. 나팔 소리와 함께 시종이 외쳤다.

"네이시온 도브린 님께서 입장하십니다!"

직후 말끔하게 단장한 미남이 파티장 안으로 걸어 들어왔다. 새하얀 연미복에 꿀 같은 금발이 샹들리에의 조명을 받아 반짝거렸다. 소년과 청년의 경계선쯤에 선 듯한 그는 입가 가득 자신감 넘치는 미소를 짓고 있었다. 시선을 준 영애 몇몇이 얼굴을 붉혔다. 잘생겼다. 루제는 기가 찰 따름이었다.

'망나니인데 잘생겼으면 다야? 이 정신 나간 외모지상주의!'

호의적인 반응을 보이는 주변을 욕했지만 사실 루제도 그걸 이해하지 못하는 건 아니었다. 네이시온 도브린은 잘생겼다. 게다가 배경도 빼어났다. 성격 빼고 나머지만 본다면 그는 소녀들에게 왕자님이나 다름없는 인물이었다.

'윽…… 잘생기긴 잘생겼네.'

거리가 가까워질수록 눈에 들어오는 상대의 외모는 멀리서 볼 때보다 한층 빛이 났다. 부정할 수 없는 휘황한 낯짝이었다. 루제는 속으로 솔직하게 망나니의 잘생김을 시인한 뒤, 더욱 눈에 힘을 줘 대상을 부라렸다. 어쨌든 재수 없는 건 매한가지였다.

한편 시원한 걸음걸이로 성큼성큼 루제에게 다가가는 네시이온은 점차 기분이 하락하는 중이었다.

'이것 봐라?'

그는 일부러 공을 들여 꾸미고 왔다. 황실 파티에서 감히 제게 바락바락 대들었던 계집애의 콧대를 납작하게 눌러주기 위해서였다. 한데 상대는 제 멋진 외모에 황홀해하기는커녕 눈에 힘을 잔뜩 주고 이쪽을 노려보고 있다. 어처구니없는 반응이었다.

네이시온은 혹시나 해서 주변을 슬쩍 둘러보았다. 선망과 호의를 담은 소녀들의 시선이 여럿 날아드는 것이 느껴졌다. 그래, 이게 정상인데.

그는 다시 눈길을 전방으로 돌렸다. 루제는 조금 전과 변함없이 눈을 치뜨고 이쪽을 노려보고 있었다. 호감? 그런 건 쥐뿔도 없다. 한결같은 상대의 반응에 네이시온이 얼굴에서 미소를 지웠다. 정말 밥맛 떨어진다. 전에도 느꼈지만 여전히 재수 없는 계집애라고 생각하며 그가 루제의 앞에 멈춰 섰다.

"……저와 제 동생 루네의 생일 파티에 오신 것을 진심으로 환영합니다. 아주! 굉장히! 시간 맞춰! 제때! 발 빠르게! 오셨군요."

너 같은 거 환영 안 하니 당장 꺼지라고 해주고 싶은 것을 참고 루제가 또박또박 말을 뱉었다. 예의 없이 늦었다는 것을 강조하기 위해 일부러 반어법에 강세까지 줬다. 알아들었는지 못 알아들었는지 네이시온은 태연하게 대꾸했다.

"루네는 어딨지? 안 보이는데?"

언사를 듣자마자 루제의 표정이 쩍 굳었다. 저 멍멍이가 지금 뭐라고?

"뭐?"

"왜 너 혼자만 있냐고. 루네는 어디 가고."

"언제 봤다고 친근하게 이름을 막 처부르세요, 이 백작가 자제 놈아?"

"이것 봐라? 내 가문을 알면서도 이렇게 나온다 이거지?"

"내가 뭘 어떻게 나왔는데? 진짜 이렇게 나오는 게 뭔지 한번 보여줘?"

"어쭈?"

황당하다는 듯 웃은 네이시온이 이내 루제를 위아래로 훑었다. 탐색하듯 은근한 시선이었다. 그러더니 한쪽 입꼬리만 끌어 올리며 어깨를 으쓱한다.

"별로 볼 것도 없는 게."

어디서 나오는 당당함인지 모르겠다며 네이시온이 비웃었다. 그 즉시 루네가 발끈해서 커다랗게 외쳤다.

"뭐가 어째, 이 노란 똥 같은 놈아?!"

노란 똥 같은 놈아.

노랑 똥 같은 놈아.

분노에 찬 외침이 너른 파티장 안에 메아리를 만들었다. 동시에 루제는 생각했다. 죽기 전에 저놈을 물 먹이지 못하면 억울해서 눈도 감지 못할 거라고!

"왜, 왜 이러세요?"

노바카사가 가녀리게 두 팔로 제 몸을 감쌌다. 루제는 그러거나 말거나 그를 벽으로 몰아붙인 뒤 진지한 눈길로 살폈다.

키는 크지만 전체적으로 가는 체구, 잡티 하나 없이 흰 피부와 매끄러운 머릿결. 탐색을 마친 루제가 저보다 머리 하나는 큰 상대의 턱을 손가락으로 받쳐 올렸다.

"너 말이야."

"네, 네?"

"꽤 예쁜데?"

"……네?"

칭찬을 듣긴 들었는데 뭔가 이상했다. 왜 잘생겼다가 아닌 예쁘다가 나오지? 벽에 등을 붙인 채로 꼼짝없이 굳어 있는 노바카사를 그대로 두고 루제가 시선을 돌렸다. 곁에는 좀 전까지 노바카사에게 먹이를 주던 린이 있었다.

"린."

"부르셨어요?"

"두 시간이면 될까? 빠르면 빠를수록 좋긴 한데."

"뭐를요?"

"얘를 좀 꾸몄으면 하거든. 아주 예쁘게."

루제가 가리킨 것은 노바카사였다. 지목을 당한 그가 흠칫 몸을 떨었다. 어쩐지 낯설지 않은 상황이었다.

예쁘게 꾸며. 예쁘게. 예. 쁘. 게.

과거의 어느 날을 떠올린 노바카사의 얼굴이 즉시 파랗게 질렸다.

"누가 봐도 아름답고 사랑스러운 여자로 보이게! 할 수 있지?"

"아, 안 돼요!"

노바카사가 고개를 붕붕 저으며 거부했다. 안 된다. 자신의 늠름한 사나이 인생에 여장 따윈 딱 한 번이면 족했다. 두 번은 절대로 못 한다! 물론 루제가 그런 노바카사의 심경을 헤아려 줄 리 만무했다.

"돼!"

"리, 린."

루제의 매정한 일축에 노바카사가 간절하게 린을 불렀다. 떨리는 목소리와 애절한 눈빛으로 구원을 요청했다. 그러나 믿었던 린은 오히려 팔짝팔짝 뛰며 한술 더 떴다.

"꺅! 재밌겠다! 맡겨만 주세요!"

"린……!"

"좋아, 믿음직해."

노바카사의 낯은 절망으로 물들고 루제의 표정은 밝아졌다. 말이 끝나기 무섭게 작업에 착수하는 린의 손길에 이끌려 노카바사는 울먹거리며 강제로 단장을 받았다.

세수부터 끝낸 얼굴에 크림을 바른 뒤 기초화장을 시작했다. 그러는 사이 루제는 옷장을 뒤져 노바카사에게 맞을 만한 드레스를 선정했다.

'두고 보자, 노란 똥.'

드레스룸을 헤집는 루제의 손길에서 분노가 묻어났다. 파티는 아직 한창 진행 중이었다. 네이시온 도브린도 여전히 그곳에 있었다. 루제는 상대를 물 먹일 수단을 준비하기 위해 잠깐 파티장을 빠져나온 상태였다. 지금은 자리를 비웠지만 머잖아 다시 돌아갈 것이다. 곁에는 아름다운 미녀로 변신한 노바카사를 끼고서!

'네 인생 최고의 오점을 남겨주마.'

어디 한번 남자에게 홀딱 빠져 구애하는 치욕을 느껴봐라! 루제가 한껏 음흉하게 웃으며 적당한 드레스를 골라 팔에 걸었다.

노바카사를 치장하는 일은 오래 걸리지 않았다. 루제는 단장을 마친 노카바사를 보며 놀란 얼굴로 박수를 쳤다. 결과물은 기대 이상이었다.

"완벽해!"

어깨를 드러낸 붉은 드레스가 화사하게 잘 어울렸다. 머리카락은 위로 틀어 올린 뒤 장신구로 치장해 짧은 길이를 보완했으며, 얇은 천으로 울대를 가린 목덜미에는 향유를 발라 은은한 향내가 풍기도록 했다. 정원사 일을 배우면서 햇볕에 그을렸다지만 워낙 타고난 피부가 흰 편이라 그는 아직도 전반적으로 뽀얀 인상이었다. 남자는 없었다. 누가 봐도 키 큰 미녀였다. 쾌재를 부른 루제가 서둘러 노바카사를 이끌었다.

"가자, 로샤!"

어느새 애칭까지 생긴 노바카사가 눈물을 머금고 파티장으로 향했다. 마침 파티의 분위기는 딱 좋게 무르익어 있었다. 악단은 감미로운 춤곡을 연주하고, 사람들은 마음에 드는 이성에게 다가가 춤을 신청했다. 기다리던 타이밍이었다. 입구에서 다시 한번 노바카사를 살핀 루제가 곧 그를 이끌고 안으로 들어섰다.

"어머! 저 영애는 누구죠? 처음 보는 얼굴인데."

"제법 반반한 얼굴이군요."

"저 우아한 자태 좀 봐."

"가문이 궁금하네요."

반응은 뜨거웠다. 빼어난 미녀로 재탄생한 노바카사는 등장하자마자 사람들의 주위를 끌어모았다. 질투, 경계, 부러움, 호의 등 남녀를 가리지 않고 시선이 날아들었다. 특히 남자들의 눈빛이 열렬한 것을 확인한 루제가 흡족한 미소를 지었다.

"로샤, 네 목표물을 말해줄게. 저기 보여? 칵테일 테이블."

"네……."

노바카사의 목소리에는 힘이 없었다. 처지가 슬펐기 때문이다. 루제는 아랑곳하지 않고 그에게 지령을 내렸다.

"테이블 왼쪽에 서 있는 노란 머리가 목표야. 반드시 저놈을 꾀어내야 해."

"……."

"네가 할 일은 거창한 건 아니야. 넌 이제부터 그냥 도도하게 있으면 돼. 알겠어? 최대한 도도하게. 다른 남자들이 던지는 추파는 전부 무시로 응대하면서 콧대 높은 모습을 유지해."

졸지에 같은 남자를 유혹하게 된 노바카사가 말 못 할 심경으로 고개를 끄덕였다. 그는 새삼 권력이란 참 잔인한 것 같다고 생각했다.

작은 목소리로 이후의 지시까지 내린 루제는 이내 노바카사를 파티장 중앙에 남겨둔 채 슬그머니 구석으로 빠졌다. 작전 시작이었다. 그녀는 날카로운 눈빛으로 네이시온과 노바카사를 번갈아 주시했다.

"이름을 알려주실 수 있겠습니까?"

"어느 가문의 어느 영애신지……."

"저와 한 곡……."

노바카사는 시킨 대로 잘해내고 있었다. 가능한 도도한 표정을 유지하며 제게 들어오는 작업을 전부 침묵으로 쳐냈다. 벌써 몇몇 영식이 미모에 혹해 다가왔다가 그녀(?)의 무시에 입맛을 다시며 물러난 상황이었다.

'슬슬 노란 똥이 움직일 때가 됐는데…….'

루제가 구석에 숨어 네이시온을 뚫어져라 응시했다. 보통 저리 자신감이 넘치는 타입은 어느 정도의 정복욕 또한 지니고 있게 마련이다. 노바카사가 이미 여럿을 거절했으니 슬슬 관심을 보일 때도 되었다.

'접근해라! 어서! 관심과 흥미를 가지고 접근해!'

루제의 염원이 닿았는지 묵묵히 칵테일만 마시던 네이시온이 드디어 주변의 소란을 따라 눈을 돌렸다. 금색 눈동자가 느긋하게 굴러 노바카사를 시야에 담았다. 타인의 이목을 끄는 미모의 여인이 밀려드는 추파를 뿌리치며 도도하게 서 있었다. 마치 자신에게 어울리는 수준의 남자를 기다리기라도 하는 것 같았다. 잠시 후 네이시온이 몸을 움직였다. 루제가 환호를 삼켰다.

'그래! 그거야! 가라!'

루제의 두 눈이 반짝거리며 빛났다. 성공이 코앞이었다. 이제 상대가 작업을 걸면 노바카사는 사전에 시킨 대로 까칠하게 튕긴 뒤 파티장을 벗어날 것이다. 그럼 자존심이 상한 상대는 열이 올라 자연히 노바카사를 뒤쫓을 거고, 자신은 그런 상대의 뒤를 미행해…….

'온 힘을 다해 비웃어준다! 후후후후!'

루제가 입을 가렸다. 저절로 음산한 웃음이 새어 나왔다. 노바카사가 남자라는 걸 알고 수치와 부끄러움에 떨 상대를 생각하니 벌써부터 기분이 좋아지는 것 같았다. 으쓱으쓱 어깨춤도 알아서 나온다.

다른 사람이 끼어든 것은 바로 그때였다.

"저, 네이시온 도브린 님!"

"……?"

가늘고 높은 목소리였다. 용기를 쥐어짠 듯 끝이 미약하게 떨리기도 했다. 성공의 희열에 젖어 있던 루제의 표정이 흠칫 굳었다. 설마.

"저, 저와…… 한 곡 추시지 않으시겠어요?"

웨이브 진 머리를 허리까지 늘어뜨린 영애가 얼굴을 새빨갛게 물들이고 말을 뱉었다. 두 손은 제 드레스 자락을 꾹 쥐고 있었다. 즉시 루제가 눈을 부릅떴다. 최악의 타이밍이었다.

'안 돼!'

다급해진 루네가 급히 네이시온을 돌아보았다. 안 된다. 재는 노바카사에게 계속 관심을 보이다가 홀딱 넘어가야 했다. 이 시점에서 다른 영애와 춤을 추었다간 계획에 아주 큰 차질이 생긴다. 자칫하면 이대로 노바카사를 향한 흥미가 끊어질 수도 있었다.

'거절해! 거절하라고! 거절하고 로샤한테 가! 거절해!'

루제가 애타게 소리쳤다. 간절한 염원을 담은 소리 없는 아우성이었다. 그러나 그런 그녀의 바람을 네이시온은 매정하게 박살 냈다. 거절은커녕 영애를 마주 보며 입가에 부드러운 미소를 매달았다.

"아름다운 영애의 요청이라면, 기꺼이."

"야!"

긍정의 답이 튀어나오는 순간 루제가 격정을 참지 못하고 소리쳤다. 이성을 잃은 갈색 눈동자가 이글이글 타올랐다. 저 등신이 지금 아리따운 로샤를 놔두고 어디서!

"뭐? 누구랑 춤을 춰? 안 돼! 못 춰! 내 눈에 흙이 들어가기 전까진 절대 안 돼! 네가 춤을 춰야 할 사람은……."

로샤란 말이야!

하나 뒷말은 나오지 못했다. 루제가 그 전에 정신을 차렸기 때문이다. 순식간에 조용해진 사위에서 시선이 따가울 정도로 쏟아졌다. 이성을 되찾자마자 루제는 석상처럼 굳었다. 나 방금 뭐라고 소리친 거지?

"저어…… 드아이스 영애?"

시선이 묘했다. 주변에서 부르는 목소리도 묘했다. 루제는 어딘지 이상야릇한 분위기 속에서 천천히 스스로의 발언을 되짚었다. 그러니까…… 이게, 절대 그런 의도는 아니었지만 마치.

"뭐야, 너 언제부터 날 좋아했냐?"

짝사랑하던 사람의 결혼식장에 난입해 '이 결혼은 무효야!'라고 주장한 것과 같은. 루제의 안색이 빠르게 흙빛으로 변했다.

"아니야!"

고개까지 저으며 부정했지만 주변에선 믿어주는 기색이 없었다. 묘한 시선들은 외려 한층 끈끈해졌다. 루제가 사색이 되어 다시 외쳤다.

"아니라고! 진짜 아니야!"

"좋아하는 사람한테 일부러 못되게 구는 타입이었나? 이거 엄청 의왼데……."

"아악!"

오해를 산 그녀의 뒤늦은 진심은 누구에게도 전달되지 않았다. 아니라서 아니라고 하고, 싫어서 싫다고 하는데 사람들은 그걸 솔직하지 못한 사춘기 소녀의 부끄러움 따위로 자동 치환하여 받아들였다. 루제는 답답함에 입을 떡 벌렸다. 미치고 팔짝 뛸 노릇이었다.

"영애가 내 연적이었다니……."

네이시온에게 춤을 신청했던 영애마저 경계심을 띠고 표독스럽게 루제를 노려보았다. 그 눈길을 받으며 루제는 생각했다. 망했네. 망했어! 이 와중에 네이시온은 뭐가 그렇게 좋은지 연신 피식피식 웃고 있었다.

"그게 다 날 좋아해서 그랬던 거란 말이지?"

"아니라니까! 미친! 말하기도 지친다!"

"야, 이미 밝혀진 마당에 뭘 그렇게 쑥스러워하냐?"

"……!"

견딜 수 없었다. 네이시온의 능글거림에 가장 큰 타격을 입은 루제가 결국 도주를 결심했다. 이곳에 더 있었다간 바닥에 드러누워 팔다리를 쾅쾅 구르면서 결백을 주장하게 될 것 같았다.

"어? 야! 어디 가!"

대답하지 않고 루제는 그대로 몸을 돌려 도망쳤다. 신고 있을 구두의 굽이 무색하게도 빠른 속도로 멀어지더니 곧장 파티장의 문을 열고 바깥으로 나가 버렸다. 그렇게 루제는 눈 깜짝할 새에 있던 자리에서 사라졌다.

"……."

루제가 도피한 후에도 파티장의 침묵은 한동안 계속되었다. 그 정적이 깨진 것은 악단이 연주하던 음악을 바꿨을 때였다. 루제의 외침에 자기들도 놀라 연주를 멈췄던 악단은 분위기를 바꿔 전보다 좀 더 발랄한 춤곡을 연주하기 시작했다. 그러자 그를 신호로 사람들도 하나둘 재차 입을 열었다.

"저어, 자르나가 영식……."

"핸서므 영식, 괜찮다면……."

"가느러라 영애."

달라진 것이 있다면 사람들이 아까보다 한층 적극적으로 변했다는 점이다. 그들은 루제의 강렬한 공개 고백-착각이지만-에 너 나 할 것 없이 용기를 얻은 상태였다. 특히 귀족 영애들이 느낀 바가 컸는지 그녀들은 저마다 여태까지의 소극적인 자세를 내버리고 마음에 드는 이성에게 진취적으로 들이대고 있었다. 파티의 분위기는 자연스럽게 한층 달아올랐다. 루제가 뜻하지 않게 남기고 간 나름 긍정적인 효과였다.

한편, 이 같은 변화에 더욱 죽을 맛이 된 사람이 한 명 있었다.

"아름다운 영애, 부디 제게 이름을 허락해 주십시오."

"영애를 본 순간부터 제 심장은 파업하고 말았습니다."

"전 이미 당신이라는 늪에 빠져 버렸습니다."

"거부할 수 없는 영애의 마력은……."

"루시퍼."

바로 노바카사였다. 밀려드는 영식들의 애정 공세에 그는 도저히 정신을 차릴 수가 없었다. 눈앞이 팽팽 도는 것 같다. 가만 따지고 보면 죄 자기가 옛날에 하고 다녔던 말인데 역으로 듣는 입장이 되고 나니 머리가 어지럽고 현기증이 나는 기분이었다. 노바카사의 낯빛이 눈에 띄게 파리해졌다.

'살려줘!'

그를 수난에서 건져줄 루제는 이미 이 자리에 없었다. 귀족들에게 둘러싸인 채로 노바카사가 닿지 않을 구원 요청을 애절하게 외쳤다.

루제는 어둠이 내려앉은 정원에서 숨을 골랐다. 일부러 여길 목적지로 잡은 것은 아닌데 달리다 보니 얼결에 이곳까지 오게 되었다. 그녀는 뛰느라 가빠진 호흡을 진정시키며 사위를 눈에 담았다.

밤의 정원은 달빛이 아니라면 사물을 분간하기도 어려울 만큼 캄캄했다. 짙게 깔린 어둠은 시야에 들어오는 경관이 좋고 나쁨을 평가하기 어렵게 만들었지만, 그와 동시에 어딘지 오묘한 분위기를 자아내고 있었다. 루제는 그 안에서 조용히 마음을 가라앉혔다.

갖가지 꽃과 풀들이 공생하는 정원은 잠자코 귀를 기울이고 있으면 사각거리는 이파리들의 소리가 들렸다. 그 사이사이에 종종 풀벌레 소리가 함께 합주를 이뤘고, 어쩔 땐 꽃향기 같은 것이 밀려들기도 했다. 그렇게 자연의 소리와 내음 속에서 루제가 격양된 기분을 거의 다 진정시켰을 무렵이었다.

"야! 거기 갈색 머리!"

"……!"

망할! 익숙한 목소리에 루제의 표정이 파삭 일그러졌다. 시간을 들여 감정을 누그러뜨린 것이 죄 말짱 도루묵이 됐다. 그녀는 간신히 욕이 튀어나오려는 것을 참았다. 루제는 일부러 대꾸하지 않고 걸음을 옮겼다. 심신의 평화를 위해선 상대하지 않는 편이 낫다고 판단한 것이다. 그녀는 이대로 발을 놀려 정원의 깊은 곳으로 들어갈 생각이었다. 바로 이어진 상대의 말만 아니었다면.

"어라? 무시하네? 어이! 방금 파티장에서 나한테 좋아한다고 공개 고백하고 부끄러워서 도망친 갈색 머리!"

"고백 아니래도!"

윽. 저도 모르게 뒤를 돌아보며 외친 루제가 이내 표정을 구겼다. 쭉 무시하려 했는데 그만 대꾸하고 말았다. 네이시온이 그런 루제를 보며 얄밉게 실실 웃었다.

"너무 수줍어하지 마라. 이만 솔직해져."

"난 이미 지금 최대로 솔직하거든? 수줍어하는 거 아니고! 고백 아니고! 너 좋아하는 거 아니고! 다 아니니까 당장 꺼져줄래?"

"참 특이해. 이런 식으로 마음을 표현하는 성격이라니."

"아악! 말이 통하지 않으니 이길 자신이 없다!"

질색하는 루제와 즐거워하는 네이시온이 묘한 대치를 이뤘다. 네이시온의 얼굴엔 아까부터 웃음이 가시질 않고 있었다.

"너, 생각해 보니까 은근히 귀엽다?"

"……뭐?"

상대의 발언에 루제가 흠칫 놀라서 뒷걸음질을 쳤다. 표정이 아까와는 다른 의미로 사색이 되었다. 엄마, 미친놈이 여기에 있어요. 그러나 뜬금없이 귀엽다는 말을 던진 네이시온은 나름 진심이었다.

처음에는 감히 제게 지지 않고 바락바락 대드는 데다, 시종일관 적대적인 태도를 유지하기에 마냥 재수 없는 계집애라고만 생각했다. 한데 그게 다 저를 좋아하는 마음을 숨기기 위한 거였다는 걸 알고 나니 이전까지의 행동들이 문득 색다르게 다가오면서 상대가 귀엽게 느껴진 것이다. 물론 모조리 턱없는 오해에서 비롯된 인식이었지만 그는 알지 못했다.

"저기, 노란 똥. 네 귀가 잘 들리지 않는다는 건 익히 알고 있었지만 말이야, 혹시 머리도 안 좋니? 그런 거야?"

"풋, 쑥스러워하는 것도 계속 보니 귀엽네."

"……이거 정신 공격이지? 그렇지? 으으으! 소름 끼쳐!"

"솔직하지 못한 것도 보다 보니 나쁘지 않고."

"사람 살려!"

루제가 멈칫했다. 마지막 말은 그녀가 한 것이 아니었다. 속마음이야 딱 저랬지만 그걸 입 밖으로 꺼내진 않았다. 그럼?

"으아악! 살려주세요!"

"아 씨, 왜 이렇게 버둥거려? 간단히 재미만 좀 보겠다는데 반응 한번 격하네."

"근데 목소리가 영 걸걸하지 않냐? 시끄럽기도 하고. 그냥 때려서 기절시킬까?"

"히이익! 사람 살려!"

루제의 표정이 뻣뻣하게 굳었다. 대화의 내용도 내용이지만 살려달라는 쪽의 목소리가 지나치게 익숙했다. 이건 설마.

"뭐야? 얼추 들어도 강제로 어떻게 하려는 것 같은데 완전 쓰레기들…… 어? 야!"

네이시온을 버려두고 루제가 힘껏 달렸다. 소리가 나는 방향으로 수풀을 헤치며 달음박질하자 금방 문제의 상황이 눈앞에 드러났다. 형국을 눈에 담자마자 루제가 반사적으로 외쳤다.

"로샤!"

두터운 손에 입을 막힌 채로 읍읍거리던 노바카사가 그녀의 등장에 반가운 눈길을 보냈다. 그는 현재 두 명의 성인 남자에게 붙들려 벗겨지기 직전인 드레스를 필사적으로 사수하고 있었다. 루제의 얼굴이 경악과 분노로 물들었다. 저런 미친 것들이!

"아…… 불청객이네."

"거봐, 진작 조용히 시켰어야 한다니까."

"읍…… 푸하! 살려주세요! 도와주세요!"

노바카사가 눈물이 그렁그렁한 눈으로 도움을 요청했다. 달 축제 때 남작에게 잡혀갈 뻔했던 것 이후로 두 번째 겪는 충격과 공포의 봉변이었다. 남자로 태어나 절대 경험할 일 없을 거라 생각했던 최악의 수난이 벌써 두 번째라니. 마치 지은 죄에 대한 벌이라도 받는 듯한 상황에 그는 뒤늦게 지난날을 애통하게 후회했다. 이럴 줄 알았으면 똑바로 살걸! 반듯하게 살걸! 회개의 눈물이 정원 바닥을 적셨다. 상대가 남자라는 것은 꿈에도 모르고 덮치려 했던 영식 둘은 노바카사를 구속한 손을 풀지 않으며 루제에게 관심을 보였다.

"오, 누군가 했더니 생일 파티의 주인공 아냐?"

"드아이스 남작가 딸?"

"쌍둥이 중 어느 쪽인지는 모르겠지만 말이야."

그들은 어제 파티가 거의 끝나갈 무렵에야 어슬렁어슬렁 도착했다. 한참을 늦은 데다 소문에도 어두워 둘은 유리엔과 카엘이 파티에 참석해 친분을 보였다는 사실을 전혀 모르고 있었다. 알았다면 진작 노바카사를 버리고 도망을 쳤을 것이다. 그러나 모르는 자가 용감하다고, 그들은 겁도 없이 루제를 향해 음흉한 웃음을 지으며 입맛을 다셨다.

"자세히는 안 보이지만 꽤 귀여운 것 같은데?"

"잘됐네. 우리도 두 명, 재를 추가하면 우리 아래도 두 명. 하하하!"

귀족이라는 걸 믿기 힘들 만큼 더러운 언사였다. 루제가 주먹을 꽉 쥐었다. 기필코 처단해야 할 악의 무리다. 이를 악무는 순간 그녀의 눈에 어떤 것이 들어왔다.

"……아악!"

비명이 터졌다. 마음만 먹었지 아직까진 상대에게 아무것도 안 한 영식 둘이 갑작스레 터져 나온 우렁찬 비명에 움찔 놀랐다. 루제는 충격으로 눈을 부릅뜬 채였다.

"내 드레스!"

루제의 눈에 들어온 것은 바로 노바카사에게 입혔던 그녀의 드레스였다. 얼마나 엎치락뒤치락 몸싸움을 벌였는지 붉은 드레스는 거의 원형을 유지하지 못하고 있었다. 고급 원단으로 만든 치맛자락은 잔뜩 구겨지고 밟혀 엉망이고, 달려 있던 보석들은 흔적만 남기고 죄 뜯겨 나갔다. 영롱하게 나풀거리던 프릴도 어느 쪽 하나 멀쩡한 것이 없었다. 루제가 피를 토했다.

"저게 얼마짜린데!"

비싼 드레스였다. 정말 비싼 드레스다. 심지어 선물 받은 지 반년도 안 됐다. 예쁘기도 예쁘지만 끈을 통해 사이즈를 조절할 수 있다는 특징 때문에 큰맘 먹고 노바카사에게 입혔던 거였다. 그런데 그런 드레스를!

"절대, 절대 용서 못 해!"

분노가 두 배가 되었다. 루제의 두 눈동자가 숫제 용암처럼 이글거렸다. 외침을 넘어 거의 포효하듯 소리치는 것에 영식 둘이 흠칫거렸다.

"왜, 왜 저래?"

"좀 이상한……."

둘의 반응엔 아랑곳하지 않고 루제가 즉시 기도를 시작했다. 신이시여, 부디 저 잡것들을 처리할 수 있도록 제게 힘을 내려주소서. 정의로운 폭력배가 되는 것을 허락해 주소서!

"황녀 전하의 힘으로 저 개미만도 못한 것들을 처단할지니! 믿습니다!"

"대체 무슨……."

"으라차차차!"

퍼억!

기도를 마친 루제가 그대로 땅을 박찼다. 황소 같은 기세로 돌진하더니 한 치의 주저도 없이 영식의 다리 사이를 발로 걷어찬다. 온 힘을 다했다는 걸 보여주듯 꽉 쥔 주먹에는 힘줄이 섰다. 잔인한 타격음과 함께 영식이 순간 숨을 멈췄다.

"……!"

히익. 맞지도 않은 노바카사가 공연히 몸을 움츠렸다.

"이, 이 잔인……."

해일처럼 밀려오는 고통에 영식이 말도 제대로 뱉지 못하고 빼끔거렸다. 하나 루제는 멈추지 않았다. 아직 끝이 아니다. 그녀는 과거 눈으로 보고 배운 것을 그대로 실천하고 있었다.

"이야압!"

빠악!

"끄억!"

루제는 키가 작은 편이라 늘 굽이 높은 구두를 즐겨 신었는데, 이 순간엔 그것이 크게 도움이 됐다. 흉기나 다름없는 뾰족한 구두 굽에 관자놀이를 찍힌 영식이 이내 눈을 까뒤집으며 천천히 허물어졌다. 방심한 대상을 상대로 기습했기에 가능했던 결과였다. 쓰러진 영식은 축 늘어져 그 상태로 움직이지 않았다. 누가 봐도 정신을 잃은 모습이었다. 한 놈을 물리친 루제가 천천히 숨을 골랐다.

"세상에……."

네이시온은 깜짝 놀랐다. 루제가 갑자기 수풀 속을 뛰어 사라지기에 그녀를 쫓아 이곳으로 왔다. 도착하자마자 눈에 보인 것은 바닥에 깔린 웬 여인과 그런 여인을 붙잡은 남자 둘, 그리고 분노에 차 씩씩거리는 루제였다.

당황한 네이시온이 멈칫거리는 사이 루제는 말릴 새도 없이 상대에게 뛰어들었다. 그러더니 무자비한 발길질과 흉기 사용으로 저보다 머리 하나는 큰 상대 한 명을 성공적으로 바닥에 눕혔다. 보고도 믿기 힘든 광경이었다.

흩날리던 갈색의 긴 머리카락, 나풀거리던 풍성한 드레스 자락과 쏜살같이 움직이던 작은 체구, 밤하늘을 수놓던 우렁찬 기합까지. 네이시온이 얼굴을 붉혔다. 이상하게 가슴이 설레었다.

"이, 이런 미친. 콩알만 한 게 잘도!"

당황과 분노로 낯을 시뻘겋게 물들인 영식이 버럭 고함쳤다. 고작 쬐깐한 계집 따위에게 친구가 당했다는 것을 믿을 수가 없었다. 급소를 두 군데나 얻어맞고 힘없이 쓰러지던 친구의 모습. 그는 친구의 복수를 마음먹었다. 두 배의 고통을 맛보여 줄 것이다. 가랑이 사이를 보호하기 위해 엉거주춤한 자세를 취한 영식이 이어 주먹을 불끈 쥐었다. 그 모습이 금방이라도 루제를 때릴 듯한 낌새라 네이시온이 바로 자리에서 뛰쳐나가려던 순간이었다.

"콩알만 한 건 네 뇌겠지. 안 그러니, 이 사람이 맞는지 의심되는 멍청한 범죄자 놈아?"

청아한 목소리가 정원을 갈랐다. 풀피리 소리처럼 맑고 투명한 음색이었다. 그를 따라 고개를 돌린 루제가 이내 안도와 기쁨으로 환하게 표정을 폈다.

"뒈질래?"

"황녀 전하!"

"황녀 전하아! 흐어엉."

나타난 이는 다름 아닌 유리엔이었다. 곁에는 찰스도 대동했다. 노바카사가 반가움에 눈물, 콧물 다 짜며 그녀를 불렀다. 상황을 대강 살핀 유리엔이 얼굴 가득 살벌한 미소를 그렸다.

사실 유리엔은 노바카사의 여장 소식을 사전에 미리 들어 알고 있었다. 루제가 나름의 허락을 받기 위해 그녀에게 먼저 사정을 고했던 것이다.

대수롭지 않게 그러라 허가했던 유리엔은 시간이 지나 다소 불길한 기분에 사로잡혔다. 병신과 또라이는 어디에나 있고 언제든지 있다. 설마 남의 생일 파티에 참석한 마당에 일을 벌일까 싶었지만 그래도 늘 만에 하나라는 것이 존재하는 법.

그녀는 설마설마하면서도 여장한 노바카사에게 호위를 붙여주기 위해 찰스를 데리고 나왔다. 그리고 설마가 사람을 잡았다. 두 사람이 파티장에 도착했을 때는 이미 노바카사가 웬 영식들에게 강제로 이끌려 나간 뒤였던 것이다. 유리엔과 찰스는 정원으로 간 것 같다는 다른 사람의 목격담을 통해 겨우 이곳을 찾아낼 수 있었다.

“세상은 넓고 머저리는 많다더니.”

과연 성인의 말씀은 옳다며-어디의 어떤 성인이 남긴 것인지는 미지수였지만-유리엔이 끌끌 혀를 찼다. 영식은 그녀의 등장에 멍하니 넋을 놓았다가 막 정신을 차렸다. 느낌이 심상치 않았다.

방금, 그러니까, ‘황녀 전하’라고 하지 않았나? 영식의 작달막한 뇌가 열심히 굴렀다. 왜 갑자기 이런 곳에 황녀가 행차한 것인지 그 이유를 알 수가 없었다. 물론 인정하기 싫어서 그렇지 사실 머리는 이미 답을 내린 후였다. 자신이 몹쓸 짓을 하려고 했던 대상과 황녀는 서로 아는 사이이다. 두뇌의 결론에서 오래 도피하지 못한 영식의 얼굴은 금방 사색이 되었다. 유리엔이 부드러운 어조로 말을 뱉었다.

“찰스?”

“예.”

“조져.”

“예!”

찰스는 충성스러운 기사였다. 그렇게 복날 개 패듯 영식을 두들기는 매타작이 시작되었다. 영식의 항변이고 변명이고 당연히 그 무엇 하나 통하지 않았다. 찰스는 그저 우직하게 팰 뿐이고, 유리엔은 마냥 처맞는 상대를 보며 인자하게 웃을 따름이었다. 눈치를 보던 노바카사가 어느새 슬쩍 끼어들어 찰스의 곁에서 함께 영식을 밟았다.

응징의 광경을 흐뭇하게 응시하던 유리엔이 문득 낯선 인물을 발견했다. 네이시온이었다. 그는 좀 전부터 루제에게만 뚫어져라 시선을 고정하고 있었다. 그것은 유리엔이 등장한 뒤에도 변하지 않았다.

'오호라.'

그녀의 감이 반짝였다. 이제 보니 봄날이 온 것은 루네뿐만이 아니었던 모양이다. 루제와 네이시온을 번갈아 바라보며 유리엔이 의미심장한 웃음을 머금었다.

'청춘이란!'

자기도 청춘이면서 애늙은이처럼 생각했다. 유리엔은 고개를 들어 밤하늘을 눈에 담았다. 별이 무수하게 뜬 봄의 밤이 풋풋했다.

너덜너덜 걸레짝이 된 두 영식은 찰스에게 질질 끌려 정원에서 사라졌다. 유리엔도 자리를 떠났고, 노바카사 또한 영식을 쥐어 팬 것이 후련한지 헤헤 웃으며 그 뒤를 따랐다. 어두운 정원에는 도로 루제와 네이시온밖에 남지 않았다.

루제라고 기실 남고 싶어 남은 것은 아니었다. 자꾸만 드는 어떤 생각 탓에 차마 발이 떨어지지 않았을 뿐이다.

드레스. 눈앞에서 연신 망가진 붉은색 드레스가 아른거렸다. 상실감을 이기지 못한 루제가 제자리에서 풀썩 주저앉았다. 나쁜 놈들을 응징한 것 시원하지만 그렇다고 엉망이 된 드레스가 멀쩡해지는 건 아니다. 이리저리 해진 드레스는 결국 걸레로도 못쓸 꼴이 되어 그녀의 곁을 떠났다.

'몇 번 입지도 못했는데…….'

영영 돌아오지 않을 비싼 드레스를 생각하니 저절로 눈물이 났다.

루제가 앉은 채로 뚝뚝 눈물방울을 흘렸다. 닭똥 같은 물방울이 점점이 바닥을 수놓았다. 당황한 것은 네이시온이었다.

"그…… 야, 괘, 괜찮냐?"

이러지도 저러지도 못하는 네이시온의 손이 갈 곳을 잃고 허공만 맴돌았다. 그는 갑자기 울기 시작한 루제 때문에 심장이 떨어지도록 놀란 상태였다. 허둥지둥 네이시온은 잔뜩 당황해서 어쩔 줄을 몰라 했다.

"왜, 왜 울어? 어?"

여자가 우는 걸 처음 보는 것은 아니다. 자랑은 아니지만 여자를 울리고 뺨을 맞아본 경험이 적지는 않다. 익숙하다면 익숙한 눈물이었지만 그럼에도 네이시온은 어찌할 바를 몰랐다. 그가 반복해서 왜 우냐고 묻자 루제가 눈물을 그치지 않으며 웅얼거렸다.

"내 드레스……."

"뭐?"

"아까 걔가 입고 있던 드레스…… 엉망된 거…… 그거 내 건데…… 허어어엉."

루제는 이제 아예 소리 내 엉엉 울기 시작했다. 누가 이유를 물어보니 괜히 더 서러워진 것이다. 막상 사유를 알게 된 네이시온은 황당하고 허탈해서 잠시 말하는 법을 잊고 말았다.

'고작?'

겨우 그런 이유로 저리도 서럽게 울 수 있단 말인가? 그는 혼란스러워졌다. 차라리 바람에 스치는 풀잎을 보니 감수성이 폭발해서 운다고 하는 게 더 그럴듯할 것 같았다. 알 수 없는 복잡한 눈물의 세계에 잠시 말을 잃은 네이시온은 잠시 후 도로 정신을 차렸다. 어쨌든 원인을 알았으니.

"갈색 머리!"

네이시온이 루제의 양어깨를 강하게 붙잡았다. 이름을 부르려니 부끄러워서 대신 저렇게 호칭했다고는 말 못 한다. 그는 이내 진지하게 입을 열었다.

"얼마면 돼?"

"훌쩍…… 뭐?"

"얼마면 되냐고, 그 드레스!"

버럭 내뱉는 외침에 박력이 넘쳤다. 루제는 울다 말고 눈을 동그랗게 떴다. 이게 무엇인고.

"뭐라고?"

"그러니까, 드레스 그거…… 내가 사주면 될 거 아냐! 똑같은 거 사줄게! 아니, 더 예쁜 거!"

"……."

"그러니까, 우, 울지 말라고."

뒷말은 거의 기어들어 가듯 작은 목소리로 나왔다. 어둠 탓에 바로 눈에 띄지는 않았지만 네이시온은 현재 목덜미까지 새빨개져 있었다. 밝은 곳에서 봤다면 십중팔구 홍익인간이라고 놀렸을 일이다. 루제는 울지 말라는 것 말고 그 앞선 말에 집중했다.

"드레스를 사준다고?"

언제 울었냐는 듯 눈물은 쏙 들어갔다. 말똥말똥 올려다보며 묻는 것에 네이시온이 얼결에 크게 고개를 끄덕였다. 루제가 확인하듯 재차 물었다.

"정말 사줄 거야?"

"그, 그래."

"진짜?"

"그렇다니까! 얼만데?"

"30골드."

루제는 주저도 않고 냉큼 가격을 뱉었다. 일반적인 파티용 드레스의 가격이 평균 15골드를 호가했으니 정확히 두 배에 달하는 금액이었다. 비싼 드레스라는 것이 과장이 아니었다. 그러나 꽤 높은 값이었음에도 네이시온은 놀라는 기색조차 비치지 않았다. 외려 코웃음을 쳤다.

"별거 아니네! 사줄 테니까 걱정하지 마."

호언하는 모습이 믿음직했다. 루제의 표정이 해사하게 풀어졌다. 30골드짜리 드레스를 별것 아니라 칭하는 네이시온의 얼굴에서 어쩐지 황금색 광채가 나는 것 같았다. 바닥을 기던 상대의 호감도가 이 순간 급격히 상승세를 탔다.

'이제 노란 똥이라고는 안 불러야겠다.'

상대의 오해에 속이 터지던 것도 어느새 다 잊었다. 루제는 슬그머니 그렇게 다짐했다.

Chapter 8

전체스 왕국 사절단

생일 파티가 끝난 후 의외의 득을 본 것은 바로 아카시아궁의 정원사였다. 매일 도를 닦는 기분으로 가르쳐 온 수습 정원사가 휴일이라고 어딜 좀 다녀오더니 갑자기 다른 사람처럼 빠릿해진 것이다. 노바카사가 겪은 봉변과 그에 따른 회개를 알 길 없는 정원사는 그저 가르칠 맛이 생겼다며 굉장히 기뻐했다.

린은 여전히 전처럼 노바카사에게 종종 먹이-대체로 간단한 주전부리-를 가져다주었다. 노바카사가 저택에서 겪었던 수난을 이야기하며 징징거렸을 때는 품에 안고 토닥거려 주기도 했다. 유리엔은 가끔 선심을 써 그런 린에게 고기나 비싼 과자를 들려 보냈다.

계절은 봄의 끝자락을 붙들고 있다가 얼마 전 그것을 놓았다. 날은 빠르게 더워졌다. 햇볕에는 강하지만 더위에는 약한 유리엔은 한동안 거처 내에서만 시간을 보냈다. 바깥에서는 헐벗고 있을 수 없었기 때문이다. 방 안에서 뒹굴다가 심심해지면 그녀는 가끔 손바닥을 때려 키슬리키를 부르기도 했다. 물론 키슬리키는 쓸데없는 용건으로 막

호출하지 말라며 화를 냈다.

그런 와중에 유리엔이 산책을 결심한 것은 순전히 충동이었다.

"역시 더워."

양산을 대충 접어 옆구리에 낀 그녀가 투덜거렸다. 정오의 해는 유난히 뜨거웠다. 며칠 전만 해도 이 정도는 아니었는데 날이 이리 갑작스럽게 변해도 되나 싶었다. 계절을 관장하는 신이 있다면 찾아가 대거리라도 하고 싶은 심정으로 유리엔은 파닥파닥 손부채질을 했다.

"그나저나 분위기가 묘하게 바쁘네?"

피부가 탈 것이 걱정되지도 않는지 맨몸으로 햇볕 아래 나온 유리엔이 중얼거렸다. 말마따나 궁은 전체적으로 분주했다. 마치 과거 축제를 앞두었을 때와 비슷한 광경이었다. 무슨 행사라도 있나? 갸웃거리며 그녀가 걸음을 옮겼다. 목적지는 정원이었다. 잠시 후, 유리엔은 몇 걸음 걷지도 않아 아는 사람과 마주쳤다.

"어? 카라멜!"

불꽃 같은 강렬한 붉은색 머리를 보자마자 그녀는 주변부터 살폈다. 인적이 없는 걸 확인하고 호칭을 뱉었다. 생각에 잠긴 상태로 걷던 카엘이 부름에 반응해 고개를 들었다. 유리엔은 맞은편에서 가까워지고 있었다.

"뭐야? 너 웬일로 나왔냐?"

카엘은 조금 놀란 기색을 비쳤다. 유리엔이 요새 두문불출하며 집요정으로 지내고 있다는 것을 그 또한 익히 알고 있었던 것이다. 그녀는 상대의 반응에 어깨를 으쓱해 준 다음 되물었다.

"너야말로 아침부터 어딜 그렇게 가?"

"아침이라고? 지금이?"

"내가 일어난 지 얼마 안 됐으니까 아침이지."

"기준하고는."

"아무튼! 그래서 어디 가는데?"

"정원."

"거긴 왜?"

"산책이나 할까 싶어서."

답을 들은 유리엔의 표정이 오묘해졌다. 행선지와 목적이 겹친다. 공교로운 우연에 그녀가 눈을 가늘게 좁혔다.

"표정이 왜 그래?"

"어디 정원으로 가? 설마 너와 삽질의 추억이 잠들어 있는 그 큰 정원?"

"이상한 추억 만들지 마라."

"만약 거길 가려는 거면 마음 접어."

"뭐? 왜?"

"내가 갈 거니까!"

정원 산책은 1인용이니 넌 꺼지라며 유리엔이 뻔뻔하게 주장했다. 카엘은 어이가 사라져서 선 채로 잠깐 웃었다. 새삼스럽지는 않았지만 황당한 건 여전했다.

"그 넓은 곳을 혼자 독식하겠다고?"

"산책이란 본디 고독해야 하는 법이지."

"웃기시네."

카엘은 본디 화원을 보러 갈 의향이었으나 생각을 바꿨다. 그는 상대가 얄미워서라도 그녀의 목적지에 따라붙기로 했다. 결국 티격태격하며 둘은 나란히 걸음을 옮겼다.

"야, 너 얼굴 탄다."

유리엔이 하고 있는 꼴을 보며 카엘이 불쑥 말했다. 그녀는 기껏 들고 나온 양산을 펼쳐 들기는커녕 쓸모가 무색하게도 옆구리에 끼고 있었다.

햇빛이 고스란히 상대의 맨얼굴 위로 쏟아졌다. 새하얀 피부가 미의 기준이 되는 사회에서 자외선은 자연히 여성들 최대의 적으로 취급받았다. 아침과 늦은 오후의 옅은 햇살에도 호들갑을 떠는 것만 보다가 저리 무식하게 정오의 햇볕을 받아내고 있는 걸 보고 있으니 어째 신기한 기분마저 들었다. 유리엔은 카엘이 눈짓으로 양산을 가리키는 것에 마침 생각났다는 듯 그것을 꺼냈다.

"이거 너 줄게."

"뭐? 양산을?"

"린이 억지로 안겨주는 바람에 들고 나온 거야. 난 원래 양산 안 쓰니까 연약한 너나 대신 써."

"자꾸 누구더러 연약하대?"

숙녀의 여름 필수품인 양산을 유리엔은 마치 짐짝처럼 취급했다. 반강제로 안기듯 떠넘기는 것을 졸지에 받아 들게 된 카엘은 그저 황당할 따름이었다. 흰색의 양산은 심지어 화려한 레이스마저 달려 있었다.

"당장 다시 안 가져가?"

"선물이니 영광으로 알도록 하려무나!"

"받는 사람의 마음도 좀 생각해 주지?"

"펼쳐서 쓰기 싫으면 허리에 꽂고 다녀. 검처럼."

"말이라고……."

"아, 그나저나."

투닥거리는 사이 어느새 둘은 정원 초입에 들어섰다. 녹음 아래에서 유리엔이 마침 물어볼 것이 있었다며 말을 꺼냈다.

"나오면서 보니까 궁이 전체적으로 바쁘더라?"

무슨 행사라도 열리냐는 질문이었다. 카엘이 간단하게 고개를 끄덕여 긍정했다.

"곧 탄생일이거든."

"그래? 누구?"

"어머니."

"아하."

"그리고 나."

"엥?"

풀 내음에 집중하던 유리엔이 고개를 돌렸다. 몹시 예상치 못한 사실을 들었다는 표정이었다. 카엘이 덧붙였다.

"날짜가 같아서."

"너 생일이 이렇게 빨랐어?"

"왜? 네 생일은 혹시 매해의 가장 마지막 날이냐? 어쩌다 그렇게 느리게 태어나셨대?"

"아니야!"

유리엔의 표정에 못마땅함이 어렸다. 그녀의 생일은 카엘과 어림잡아 삼 개월 정도 차이가 났다. 구십 일이나 상대보다 늦게 태어났다는 소리다. 왠지 자존심이 상하는 일이었다.

"오라버니라고 불러보련?"

"늙은이."

"이게……."

"그래서 너와 황후마마의 공동 탄생 연회를 준비하느라 궁이 분주하다?"

"그렇지."

"너 혼자만 생일이었으면 명실상부 일 년 중에 가장 쓸데없는 날일 텐데…… 하필이면 황후마마께서."

"이게 남의 기념일을 막 비하하네?"

말이야 평소처럼 깐죽거렸지만 사실 유리엔은 나름 복잡한 기분이었다. 찰나 생일 선물에 대한 고민이 들었기 때문이었다. 잠깐이었으나 인정하기 싫을 만큼 진지하게 떠올랐던 생각이었다. 뭘 주지?

"……내가 무슨 헛생각을! 주긴 뭘 줘!"

"혼자 뭐 하냐?"

"야, 골라."

"뭘?"

"네 생일 선물 말이야. 선택지를 읊어줄게. 작은 짱돌, 중간 짱돌, 큰 짱돌, 매우 큰 짱돌. 어때? 엄청 다양하지?"

"꼭 너 같은 선택지네."

"그리고 이 선물에는 조건이 있는데, 무조건 얼굴로 받아내야 돼."

"남의 생일 파티에서 무슨 짓을 하려는 거야?"

평상시와 다를 것 없는 대화였다. 그러나 유리엔의 머릿속은 자꾸만 저 혼자 평소와 다르게 돌아가고 있었다. 정말 뭘 주지? 아니, 근데 대체 이걸 왜 신경 쓰고 있는 거지? 생각하지 말라니까 이놈의 머리통은 뭔데 자꾸 생각질이야? 드러낼 수 없는 고민이 갈수록 유리엔의 심경을 복잡하게 만들었다. 급기야 그녀는 죄 없는 바위를 때렸다.

"산책 괜히 나왔어!"

"또 뭐?"

"다 너 때문이야!"

"난 왜?"

햇살과 녹음이 한데 어우러졌다. 그 속에서 소녀의 고뇌는 본인도 이유를 알 수 없이 그저 깊어만 갔다.

왕가의 문양이 새겨진 마차가 평탄한 제도를 달렸다. 여러 대의 마차와 무장한 병사들이 함께하는 행렬은 얼핏 보기에도 자못 예사롭지 않은 광경이었다. 특히 네 마리의 말이 이끄는 선두의 마차는 개중에서도 유독 문양이 짙고 화려했다. 마차 안에 앉아 있던 소녀가 창밖만 보던 시선을 슬그머니 돌렸다.

"오라버니."

"응?"

"저 굉장히 떨려요. 오라버니는 기분이 어때요?"

허리께까지 늘어뜨린 파란색 머리카락이 해수처럼 찰랑거렸다. 보석을 박아 넣은 듯 화사한 연녹색 눈동자는 설렘과 긴장을 동시에 품고 수줍게 반짝였다. 그런 소녀의 물음에 맞은편에 앉아 있던 소년이 입을 열어 대답했다.

"마찬가지야. 뮤리엔 제국에 방문하는 것은 이번이 처음이니까."

"맞아요."

전체스 왕국. 대륙의 동쪽 끄트머리에 있는 작은 나라는 매년 그래

왔듯 이번에도 제국으로 축하 사절단을 보냈다. 나라를 대표하는 방문이었으니 개나 소가 선발되었을 리는 없다. 소년과 소녀는 각각 왕국의 2왕자와 3공주였다. 둘은 현재 황후와 황태자의 탄신일을 축하하기 위해 제국으로 향하는 길이었다. 본래는 그들이 아닌 1왕자와 1공주가 자리했어야 하는 행렬이나, 하필이면 그 둘이 나란히 고뿔로 앓아눕는 바람에 2왕자와 3공주에게까지 차례가 돌아온 것이다. 2공주는 산달이었다.

3공주, 린세스가 흰 뺨 가득 홍조를 피워냈다.

"카류엘 황태자 전하 말예요, 실제로 뵐 수 있다니 꿈만 같아요."

"네 방에 걸린 초상화의 주인공 말이지?"

"헤헤, 네."

"나도 다소 궁금하긴 해. 소문이 워낙 무성한 분이다 보니."

"그런데 오라버닌 저보다는 조금 아쉬우시겠어요."

"내가?"

"젤디아 공녀님이 안 계시잖아요."

"아아."

린세스의 입에서 흘러나온 이름에 2왕자, 린스가 멋쩍은 웃음을 지었다. 젤디아는 뮤리엔 제국 내 페듀린 공작가의 영양으로, 한때 제국의 보석이라 칭송받았을 만큼 빼어난 미모로 이름이 높은 소녀였다. 명실상부한 사교계의 꽃이던 그녀는 작년 겨울 즈음 유학길에 올라 지금은 제국 내에 있지 않다고 들었다. 티를 내지는 않았지만 은근히 기대했던 린스로서는 내심 안타까운 일이긴 했다.

"우리 목적은 그게 아니잖아."

"알아요. 그래도 아쉽죠? 제국의 꽃인데."

"……."

"솔직히 설레었잖아요. 그죠?"

"오라버니를 놀려먹는 건 좋지 못한 버릇이다, 린세스야."

"설레었던 것 맞네."

린세스가 까르르 웃었다. 배꽃처럼 그저 맑은 웃음이었다. 제 여동생이지만 그 모습이 참 곱고 예뻐서 린스는 그녀의 짓궂은 장난에도 그냥 눈감아주었다.

그러는 사이 부지런히 달린 마차가 어느새 성문을 통과했다. 외성을 지나면서 조금씩 속도를 줄이더니 내성에 다다라서는 완전히 멈춰 섰다.

린스와 린세스는 마차에서 내리자마자 곧장 머물 곳으로 안내받았다. 주로 손님용으로 사용되는 넓고 깨끗한 궁이었다. 제 앞으로 주어진 호화로운 방을 한차례 둘러본 린세스는 이내 침대의 끄트머리에 걸터앉았다.

'어떤 분이실까?'

시녀가 떠온 물에 발을 담가 피로를 풀며 그녀는 생각에 잠겼다. 린세스가 머릿속으로 떠올린 것은 바로 카엘이었다. 연정은 아니었으나 막연한 동경심이 있었다. 호기심과 기대로 소녀의 가슴이 콩닥콩닥 뛰었다.

'얼른 만나 보고 싶다.'

연회까지는 아직 이틀이나 남았다. 혹 늦지는 않을까 서두른 결과였다. 린세스는 따뜻하던 물이 미지근해지자 대야에서 발을 빼냈다. 바깥 활동을 거의 하지 않고 자란 소녀의 발은 희고 작았다. 물기를 닦아낸 린세스가 몸을 일으켜 창가로 다가갔다. 그녀가 배정받은 거처는 층이 높았다. 창 앞에 서자 바깥의 경치가 한눈에 들어왔다. 특히 정면으로 바로 보이는 곳에는 다름 아닌 정원이 있었다.

"예쁘다……."

색색으로 조성된 장미 화원을 보고 린세스가 저도 모르게 감탄을 뱉었다. 전체적으로 붉은색과 흰색이 어우러지고, 중간중간 노란 장미도 눈에 띄었다. 안 그래도 꽃을 좋아하던 공주는 문득 몸이 달았다.

'구경해도 되겠지?'

갈등하던 린세스가 결국 충동을 이기지 못하고 방을 나왔다. 수행하겠다 나서는 기사에게 괜찮다고, 정원만 잠시 둘러보고 돌아오겠노라 말한 그녀는 사뿐사뿐 가벼운 발걸음으로 복도를 이동했다. 창가에서 정면으로 보였으니 이쪽으로 가면 금방 장소가 나올 것이다.

그리고 얼마 지나지 않아 린세스는 난감하게 멈춰 섰다. 길이 이상하다.

"……여기가 아닌가?"

누가 봐도 아닌 풍경이라 그녀의 목소리에선 자연히 당혹이 묻어났다. 여기가 어디지? 왜 나오라는 정원은 안 나오고 분위기만 점점 으슥해지는 걸까. 본인이 길치라는 사실을 미처 모르고 살아온 린세스가 후미진 건물 뒤편에서 난처하게 눈을 굴렸다.

"아이, 이러지 마세요."

"좋으면서 뭘 그래?"

'헉! 이건 또 뭐지!'

린세스의 눈이 동그래졌다. 낯선 남녀의 목소리가 들렸다. 문제는 어쩐지 들어선 안 될 것 같은 느낌이 물씬 풍긴다는 점이다. 그녀는 허둥지둥 몸을 돌렸다. 하필 발이 꼬여 휘청거리지만 않았어도 그대로 조용히 자리를 벗어났을 것이다.

"꺄!"

"……누가 있는데?"

"사용인이겠죠."

"아냐, 봐. 입고 있는 게 드레스야."

"어머!"

커플의 주목이 저에게로 향한다. 린세스는 새빨갛게 물든 얼굴로 황급히 바닥에서 몸을 일으켰다. 넘어지면서 부딪힌 무릎이 욱신거린다. 으으, 발이 꼬여도 하필이면 지금!

"귀족인 것 같은데?"

"내 이럴 줄 알았어! 그러니까 내가 바깥에서 이러지 말랬죠!"

"누가 올 줄 알았나……."

"소문이라도 나면 어떡할 거예요? 난 몰라!"

"조금 전까진 자기도 좋아해 놓고선?"

"참나, 그걸 말이라고 해요? 기가 차서……. 우리 그만 만나요!"

"뭐? 야!"

"흥!"

린세스의 연녹색 눈동자가 흔들렸다. 커플이 갑자기 눈앞에서 결별을 맞이하고 있었다. 본의 아니게 연인을 깨뜨린 그녀가 말없이 동공지진만 유지하는 사이, 결국 여자를 떠나보낸 남자가 짜증스럽게 제 머리를 헝클어뜨렸다.

"아, 거의 넘어뜨리기 직전이었는데. 재수가 없으려니……."

혀를 차던 남자의 시선이 린세스에게로 닿았다. 여전히 그녀는 꿀 먹은 벙어리처럼 입을 다문 채 눈동자만 떨고 있었다. 순진한 공주님에겐 낯설다 못해 생소하고 충격적인 상황이었다. 그런 린세스를 위아래로 훑은 남자가 이내 표정을 바꿨다.

"호오?"

방금까진 경황이 없어 몰랐는데 이제 보니 상대는 꽤 보기 드문 미인이었다. 남자는 언제 짜증을 냈었냐는 듯 곧바로 입가에 미소를 매달았다. 닭을 놓친 대신 꿩이 날아들었다.

"영애는 어느 가문의 영양이신지?"

"저, 저는……."

린세스가 주춤거렸다. 남자는 막 헤어진 여자와 벌이려던 짓이 뭔지 알려주기라도 하듯 노골적으로 흐트러진 차림새를 하고 있었다. 특히 가슴팍은 활짝 열려 아무것도 입지 않은 속이 훤히 드러났다. 린세스의 눈동자가 갈 곳을 잃고 방황했다. 강조하지만 그녀는 곱게 자란 공주님이었다.

"본 적이 없는 얼굴인데. 황궁에는 처음인가?"

"아, 네, 그렇……."

"지방에서 올라왔나 보군."

남자가 간단하게 결론을 내렸다. 그는 상대를 탄신 연회에 참석하기 위해 지방 가문에서 올라온 세상 물정 모르는 시골 아가씨쯤으로 판단했다. 어리숙한 상대의 모습과 낯선 외모를 토대로 그리 생각한 것이나, 결과적으로는 반만 맞았다. 린세스는 세상 물정 모르는 시골 아가씨가 아니라 세상 물정 모르는 공주였다. 어쩔 줄 몰라 하는 린세스를 남자가 대뜸 벽으로 밀어붙였다.

"내가 누군 줄 아나?"

"네, 네? 누구신데요?"

"히미스 백작이 내 아버지야."

"아, 네, 그러시군요. 제 아버지는……."

순진한 린세스가 자기소개를 하자는 뜻인 줄 알고 똑같이 대답하려 했을 때였다. 남자가 한발 앞서 그녀의 팔을 덥석 쥐었다. 린세스는 당연히 소스라치게 놀랐다. 히익!

"이, 이, 이게 무슨……."

"아무리 시골에서 자랐어도 히미스 백작가 정도는 들어봤겠지? 나한테 잘 보이는 게 좋아. 네가 조금이라도 더 편하게 수도에 발을 붙이고 싶다면 말이야."

"아니, 저기, 그게……."

"가까이서 보니까 더 예쁘네. 가문이 어디라고?"

"저, 저는 공주예요."

낯선 남자의 희롱에 린세스가 오들오들 떨며 겨우 신분을 밝혔다. 잔뜩 움츠린 몸은 아까부터 겁에 질려 있었다. 제국은 무섭구나. 성인 남자의 억센 손아귀에 붙들린 채로 그녀는 그렇게 생각했다.

공주라는 말에 남자가 잠깐 멈칫거렸다.

"공주라고?"

"네, 네."

"어느 나라의?"

"저는 저, 전체스 왕국에서 온 사절단……."

"전체스? 하, 뭐야. 거짓말을 하려면 그럴듯하게 해야지."

"네?"

"전체스 왕국의 사절단은 매년 봤지만 거기에 너 같은 얼굴은 없었거든?"

"그, 그건!"

사람이 바뀌어서 그래요! 그러나 뒷말은 나오지 못했다. 남자가 한 손으로 린세스의 입을 막아버린 것이다. 표정을 보아하니 상대가 잠시나마 거짓말-거짓이 아니라 사실이지만-로 저를 철렁하게 만든 것이 괘씸하게 느껴진 것 같았다. 그는 마치 벌이라도 줄 것 같은 기세로 린세스의 귓가에 속삭였다.

"맹랑한 계집애. 내가 친히 관심을 보였으면 영광인 줄 알아야지."

"……!"

백작가의 영식인 남자는 네이시온과 마찬가지로 사교계에 이름이 널리 알려진 망나니였는데, 그와 비교하면 훨씬 더 질이 나빴다. 최소한 네이시온은 여성을 강제로 눕히는 건 쓰레기 짓이라 생각해 금기시하는데 반해, 그는 가문의 힘으로 수습이 가능할 것 같은 상대라면 제 욕심을 채우기 위해 겁박이든 뭐든 서슴지 않았던 것이다. 망나니라도 급이 다른 망나니였다.

린세스의 하얀 얼굴이 새파랗게 질렸다. 아무리 순진한 그녀라도 이 상황이 뜻하는 바가 무엇인지 정도는 알 수 있었다. 린세스는 힘껏 반항했으나 팔을 붙들고 입을 막은 남자의 악력은 여린 소녀의 힘으로 어떻게 해볼 수 있을 만한 것이 아니었다. 이내 무력감에서 오는 공포로 연녹색 눈동자에 눈물이 맺혔을 때였다.

"가만히 있으면 다치진 않을……."

빠억!

"크억!"

비명과 함께 남자가 옆으로 넘어갔다. 덕분에 상대의 손아귀에서 벗어난 린세스가 자유로워진 입으로 푸하, 숨을 뱉었다. 그리고 그때부터 구타가 시작되었다.

"고국이나 여기나! 사람은 늘 똑같지! 왜 이렇게 개놈들이 많아? 어?"

"억! 끄억! 아악!"

"어디서 힘으로 상대를 찍어 눌러? 너도 어디 한번 오늘 나한테 찍혀서 죽어봐라!"

"크악! 악!"

린세스가 눈을 큼지막하게 떴다. 아까와는 다른 의미로 움직일 수가 없었다. 웬 미녀가 검고 긴 생머리를 휘날리며 남자를 패고 있었다. 눈앞에서 벌어지는데도 쉽사리 받아들이기 힘든 상황이었다.

"저승! 황천! 천당! 사후 세계! 이게 뭔지 알아? 널 위한 맞춤! 여행지!"

"아악! 컥! 살려…… 끄아악!"

남자의 비명은 처절했다. 그냥 손 가는 대로 패는 것이 아니라 기술적으로 두들기고 있다는 것을 알려주는 듯한 비명이었다. 그렇게 남자는 종내 정신을 잃을 때까지 쉬지도 않고 흠씬 두들겨 맞았다. 대상이 축 늘어진 후에야 패는 것을 멈춘 유리엔이 후련하게 허리를 폈다.

"후…… 이렇게 오늘도 또 하나의 범죄자를 처치했다."

목소리에서 뿌듯함이 묻어났다. 그녀가 현장을 목격하게 된 건 순전히 우연이었다. 카엘과 헤어진 뒤 머리가 복잡해 잠시 혼자 생각할 만한 곳을 찾다가 뜻하게 않게 발견한 것이다. 유리엔은 상황을 눈에 담자마자 앞뒤 잴 것 없이 일단 구두를 손에 들고 뛰어들었다. 그리고 지금 이 상황. 손을 탁탁 턴 유리엔이 이어 부드럽게 웃으며 린세스를 돌아보았다.

"다친 곳은 없나요?"

"……아, 저기, 네!"

멍하니 넋을 놓고 있던 린세스가 퍼뜩 정신을 차리고 대답했다. 정면에서 똑바로 바라본 상대는 눈이 부시다는 표현이 꼭 맞게 어울리는 사람이었다. 린세스가 재차 홀린 듯 유리엔의 얼굴을 바라보다 이내 허리를 꾸벅 숙였다.

"저, 정말 고맙습니다!"

"뭘 이 정도로."

유리엔은 별것 아니라는 듯 손을 내저었지만 린세스는 진심이었다. 정말 온 마음을 다해 고맙다. 몇 번을 감사해도 모자랄 은인이었다. 연신 고맙다고 인사를 올린 린세스가 잠시 후 뒤늦게 힘이 풀려 벽에 등을 기댄 채로 주저앉았다. 파란색 머리카락이 헝클어졌다. 유리엔이 그런 린세스에게로 다가가 손을 내밀었다.

"많이 놀랐을 거예요. 잡아요."

"아…… 감사합니다."

"가려던 곳이 있으면 데려다줄게요."

린세스를 일으켜 준 유리엔이 눈을 반달로 접으며 상냥하게 웃었다. 유리엔은 귀엽고 여린 소녀에게 약하고, 린세스는 몹시 귀엽고 여린 소녀였다. 상대의 미소에 린세스가 얼굴을 붉혔다. 아름다운 은인이 친절하기까지.

"저 그럼, 장미……."

"장미?"

"장미 화원이 보고 싶어요. 정원의 초입쯤에 있었는데."

"장미 화원이면…… 아하."

어딘지 알겠다며 유리엔이 린세스를 이끌었다. 일으켜 주느라 잡았던 손은 여전히 놓지 않은 채였다. 유리엔에게 졸졸 끌려가며 린세스가 수줍게 제 발끝만 내려다보았다. 어쩐지 가슴이 세차게 뛰었다. 아주 세차게.

화원 구경을 마친 린세스는 손님 궁으로 돌아오자마자 오라버니부터 찾았다. 문을 두드렸는데도 대답이 없자 그녀는 발을 동동 구르다 결국 벌컥, 거처의 문을 열어젖혔다. 평소라면 이러지 않았겠지만 지금은 이성보다 감정이 앞선 상태라 행동이 한층 과감했다. 그렇게 방 안으로 난입한 린세스가 마주한 것은 어딘지 평상시와 다르게 넋이 나가 있는 린스였다.

"……오라버니?"

이쪽도 잔뜩 흥분해서 상대를 찾아온 마당이었지만, 어째 그 상대의 형편이 저보다 더 좋지 않은 것 같았다. 린세스는 쏟아내려던 말도 잊고 침착하게 제 오라버니를 살폈다. 동공, 이상 유. 몹시 흐리멍덩함. 안색, 이상 유. 평소보다 붉음. 결론, 문제 있음.

"오라버니? 괜찮으세요?"

"어? 어어, 린스구나."

"린스는 오라버니 이름이구요."

"어? 아아, 린세스."

"……."

린세스의 눈빛이 변했다. 심상치 않다. 사람이 넋이 나가 반쯤 제정신이 아니었다. 그녀는 자기 얘기를 하려던 마음을 접고 일단 린스의 옆자리에 가 앉았다. 이 상태가 된 이유부터 좀 들어봐야겠다.

"무슨 일 있었어요?"

"그게……."

"아니, 무슨 일이 있었던 건 확실한 것 같고, 그 무슨 일이 어떤 건지 얘기해 주세요."

아무 일 없었다며 얼버무리지 못하도록 린세스가 진지한 표정으로 채근했다. 린스는 제 여동생의 강경한 태도에 잠시 주저하다 결국 입을 열었다.

"그러니까……."

운을 떼는 어조에서부터 복잡한 심경이 가득 묻어났다. 그러니까 그게, 어떻게 된 거냐면 말이지.

시간은 역으로 되감겨 그가 갓 거처를 안내받았을 무렵으로 거슬러 올라간다.

린스의 특기는 검술이었다. 작고 유약해 보이는 겉모습과는 다르게 꽤 실력자라, 동년배 기사들과의 대련에선 근래 져본 일이 없었다. 타고난 재능도 없지 않았으나 그보다는 피나는 노력이 뒷받침되어 이루어낸 성과였다. 누가 봐도 문관으로 보이는 외양이었지만 기실 린스는 천성이 무관이었다. 검술에 소질이 있고 또 검을 좋아한다. 그런 린스였으니 제국의 검이라 불리는 황실 기사단에 관심을 갖지 않기가 더 어려운 일이리라.

그는 제국에 도착하자마자 한 가지 생각으로 가슴이 뛰었다. 기사단을 구경하고 싶다.

그러나 그들이 보고 싶다고 멋대로 눈앞에 튀어나와 주는 건 아니다. 린스가 연무장을 발견하게 된 것은 완전히 운이었다. 처음에는 단순하게 산책 겸 궁을 좀 거닐 생각이었다. 한데 발길 닿는 대로 걷다 보니 우연찮게 연무장의 입구가 지척에 나타난 것이다.

'이건…… 운명?'

필요할 때만 운명을 꺼내는 애매한 운명론자인 린스는 그 기막힌 우연 앞에서 진지하게 갈등했다. 들어갈까 말까. 슬쩍 구경할까 말까. 답은 오래지 않아 나왔다. 갈등은 짧고 실천은 빨랐다. 막는 사람도 없는데 잠깐만 보고 나오면 되지 않겠냐는 저 좋을 판단하에 린스는 기어이 연무장 안으로 발을 디뎠다.

운은 한번 트이고 나니 연달아 이어졌다. 마침 연무장 안에선 황실 기사단 중 두 개 조가 서로 합을 나누고 있었다. 심지어 진검 대련이라 린스는 그야말로 눈을 뗄 수가 없었다. 검과 검끼리 맞부딪치며 나는 날카로운 금속성이 사위를 가득 메울수록 린스의 주의는 점점 그리로 빨려 들어갔다. 숨어 있던 위치를 들키고 만 것도 어쩌면 당연한 일이었다. 넋이 팔리면서 기척을 숨기는 것을 잊고 말았으니까.

"못 보던 얼굴인데?"

"왜 숨어 있었던 거지?"

딱 걸린 린스는 그저 솔직히 말하는 것 외엔 도리가 없었다. 그는 호기심을 참지 못하고 구경하러 들어왔다가 그만 정신이 팔리고 말았다고 정직하게 실토했다. 다행히 반응은 호의적이었다. 기사들은 저마다 편하게 보다 가라며 쾌활하게 관전을 허락했다.

"저, 괜찮다면……."

상대가 호의를 보여주니 용기가 솟았다. 린스는 구경보다 더 원하던 것을 입에 담았다.

"혹시 저와도 대련을 해주실 수 있겠습니까?"

어투는 사뭇 진지했다. 진심이었으니 당연하다. 기사들은 처음엔 놀란 기색을 비쳤다. 그들이 보기에 린스는 검보단 펜이 더 어울리는 샌님이었던 것이다. 영락없이 문사인 줄 알았던 어린 도련님이 대련을 요청하자 기사들은 놀람 다음엔 흥미를 보였다. 이내 연식이 있는 기사가 누군가를 호명했다.

"트나이!"

"예? 저 불렀습니까?"

"부른 거 알면 잽싸게 튀어 와라."

"예써."

이름을 불린 기사는 꽤 젊었다. 많아야 스무 살을 갓 넘겼을까? 물론 린스는 고작 십 대 중반으로 보였으니 그보다는 훨씬 연상이었다. 갑옷을 입은 채로 쫄래쫄래 달려온 트나이는 곧 불려온 이유를 듣고는 황당한 얼굴을 했다.

"대련을 하라고요? 이 꼬맹…… 아니지, 어린 도련님이랑?"

기사들은 린스의 신분을 몰랐다. 본인이 일부러 밝히지 않았기 때문이다. 트나이가 확인하듯 도로 묻는 것에 호명한 기사는 고개를 끄덕였다.

"제대로 들었군."

"왜 접니까?"

"네가 제일 애송이니까."

"참나! 맞는 말이지만 면전에서 들으니 화나네!"

트나이는 이곳에 모인 두 개 조에서 가장 막내였다. 나이도 어리거니와 입단 시기가 제일 느렸다. 자연히 린스와의 대련을 맡게 된 그는 투덜거리면서도 착실하게 검을 준비했다.

"진검밖에 없다. 괜찮지?"

"괜찮습니다!"

린스는 씩씩하게 대답했다. 녹색 눈동자에서는 투지가 넘실거렸다. 기실 그는 방금 '어린 도련님'이라 칭해진 일로 은근히 오기가 인 상태였다. 장난 같은 목검이 아닌 진검 대련을 통해 실력을 보여주는 건 이쪽에서도 원하는 바다. 잠시 후 린스는 다른 기사로부터 검을 받아 들었다.

"미리 말해두지만 다칠 수도 있다."

"대련 중의 부상으로 징징거릴 만한 어린애는 아닙니다."

"좋아! 마음에 드네."

린스는 검을 한차례 고쳐 쥔 뒤 자세를 잡았다. 평소에 쓰던 것보다 길이가 조금 길었지만 그런 대로 손에 익힐 수 있을 것 같았다. 이어 트나이 또한 신중하게 검을 들었다.

"진검이지만 이건 어디까지나 대련이다. 명심하고 합을 나누도록."

"걱정 마십쇼!"

"시작해라."

말이 떨어지기 무섭게 트나이가 먼저 몸을 날렸다. 날쌘 움직임이었다. 챙! 공중에서 잘 벼려진 검신이 서로 맞부딪쳤다. 날카로운 금속성이 짧은 간격으로 연이어 울렸다.

"야, 이거 제법인데?"

"의외네."

그새 관람객으로 자리한 기사들이 한마디씩 했다. 트나이와 린스는 서로 우열을 가리기 힘든 형세를 보여주고 있었다. 즉, 둘의 역량이 엇비슷하단 소리다. 트나이가 비록 나이는 어렸어도 실력은 뒤떨어지는 편이 아니었기에 기사들의 놀람은 제법 컸다. 나약하게 생긴 새파란 도련님은 예상 밖의 강자였다.

"어디서 저런 샛별이 튀어나왔지? 입단을 권해볼까?"

"전하께서 돌아오시면 물어보든가."

대련은 계속해서 이어졌다. 주로 매섭게 공격을 퍼붓는 것은 트나이 쪽이었고, 린스는 대체로 그것을 막거나 피했다. 놀라기는 둘도 마찬가지였다.

그들은 서로의 실력에 적잖이 충격을 받은 상태였다. 트나이는 잠깐 놀아주자고 생각했던 상대가 예상외로 저와 팽팽히 맞붙는 것에 놀랐고, 린스는 어렵지 않게 이길 수 있을 거라 여겼던 합이 막상막하로 진행되는 것에 놀랐다. 앞서도 이야기했지만 린스는 근래 대련에서 져본 역사가 없었다. 그만큼 인정받는 솜씨였는데 이곳에선 크게 먹히지 않고 있었다.

'역시 제국!'

린스의 눈빛이 보다 진중해졌다. 연이은 공방전은 갈수록 치열한 기세를 띠었다. 둘의 수준은 종이 한 장 차이로 실력에서는 린스가, 경험에서는 트나이가 앞서는 상황이었다. 종합하면 거의 동일 선상에 있었으니 대결이 금방 끝난다면 그게 더 이상한 일일 것이다. 경합은 백중지세를 이루며 한참을 더 이어질 것 같았다. 하나 사고는 급작스레 터졌다.

"……!"

팔이 굳었다. 찰나였다. 익숙하지 않은 무게와 길이를 연달아 휘두른 린스의 팔이 한순간 말을 듣지 않았다. 눈 한 번 겨우 깜박일 만한 짧은 시간이었지만 문제는 그것이 지나치게 공교로운 시점이었다는 것이다. 그때는 막 트나이가 상대의 목을 노리고 검을 찔러가던 중이었다. 날아드는 검을 빤히 보면서도 린스는 그것을 막을 수가 없었다. 팔이 굳으면서 몸의 균형이 깨져 버렸기 때문이다.

트나이는 트나이대로 놀라 눈을 부릅떴다. 당연히 막거나 피할 거라 예상하고 펼친 공격이었다. 봐주지 않고 힘을 실었기에 이제 와 검을 멈출 수도 없었다. 두 사람의 시선이 당황스럽게 교차했다. 일촉즉발의 상황, 그때 그 사이로 누군가가 끼어들었다.

채앵!

"……헉!"

검이 멈췄다. 정확히는 검이 쥔 사람의 손아귀에서 벗어나 허공을 날았다. 트나이가 안도의 한숨을 크게 뱉었다.

"살았네."

"트나이."

호명당한 트나이가 찔끔해서 눈치를 살폈다. 끼어들어 둘 모두를 사고에서 구해낸 이는 다름 아닌 카엘이었다. 검 끝이 린스의 목에 닿기 전 절묘하게 상대의 검을 공중에서 쳐낸 것이다. 검이 날아갈 정도면 외려 트나이 쪽에서 부상을 입었을 법도 한데 그는 손아귀가 좀 저린 것 말고는 이상이 없었다. 전적으로 카엘의 실력이 그만큼 뛰어난 덕분이었다.

"죄송합니다."

트나이는 변명 없이 순순히 고개를 숙였다. 벌은 달게 받겠다며 덧붙인다. 카엘은 그에 짧게 답했다. 연대책임이다. 기사들의 표정 위로 저마다 낭패라는 기색이 떠오르는 사이, 그때까지 멍하니 굳어 있던 린스가 대뜸 외쳤다.

"부탁드립니다!"

린스는 다짜고짜 허리부터 숙였다. 카엘의 시선이 그런 린스에게로 의아함을 담고 떨어졌다. 린스는 숙인 자세를 그대로 유지한 채 말을 이었다.

"저와 아주 잠시라도 좋으니 대련을 부탁드립니다!"

린스는 조금 전 모든 장면을 놓치지 않고 눈에 담았다. 목을 찔러오던 검과 그런 검 끝을 날카롭게 쳐내던 또 다른 검신. 어떻게든 둘 중 하나는 다칠 수밖에 없었던 상황에서 상대는 크게 힘들이지도 않고 둘 모두를 구해냈다. 그 강렬하던 순간이 머릿속에 선연하게 자리 잡아 떠나지 않았다. 가슴이 세차게 뛰었다. 심지어 꿈같은 신위를 보여준 이는 고작 그보다 한두 살 위로 보이는 소년이었다. 반드시 검을 나눠보고 싶다. 검사로서 자연히 솟아오르는 열망에 린스의 손끝이 애탔다.

카엘은 잠자코 린스를 응시하다 곧 손을 뻗어 상대의 자세를 바로 세웠다. 어려운 부탁은 아니었지만 그는 방금 린스의 어깨가 굳는 것을 봤다. 오늘은 더 무리하지 않는 것이 좋았다. 카엘의 입에서 결국 거절의 말이 흘러나왔다.

"유감이나 들어줄 수 없는 일입니다, 왕자."

"왜…… 앗!"

허리를 편 린스가 깜짝 놀랐다. 우선은 눈앞에서 보인 상대의 얼굴이 낯설지 않았기 때문이고, 다음은 상대가 입에 담은 호칭 탓이었다. 카엘은 말하지 않았음에도 린스의 정체를 이미 알고 있었다.

"어떻게……."

"연회의 주인공이 된 마당에 축하 사절단의 얼굴조차 몰라서야 되겠습니까. 아무튼 지금은 근육이 말을 듣지 않을 겁니다. 원하는 대련은 다음에 따로 시간을 잡도록 하죠."

"아…… 가, 감사합니다."

린스가 차마 상대를 마주 보지 못하고 고개를 숙였다. 아까부터 쿵쿵거리기 시작한 심장이 진정되질 않았다. 얼굴로 열이 올랐다.

카류엘 황태자. 제국으로 출발하기 전에 초상화로만 보았던 인물이다. 그때도 근사한 외모라고는 생각했다. 그러나 실제로 마주한 실물은 고작 그림과는 비교도 되지 않았다. 린스는 여동생이 호들갑을 떨었던 것을 마음으로 십분 이해하며 바닥에 시선을 고정했다. 그 같은 린스의 반응에 유달리 감이 좋은 기사 둘이 서로 소곤거렸다.

"뭔가 심상치 않지?"

"매우."

"이래도 괜찮은 거냐?"

"안 괜찮으면 우리가 뭐 어쩔 건데?"

"하긴."

둘은 이내 나란히 어깨를 으쓱했다. 세상은 넓고 취향은 다양하다. 더구나 남의 일이었다. 잠시 후 기사단은 카엘의 불호령 아래 사이좋게 연병장을 돌았다.

이야기를 전부 들은 린세스가 잠자코 손을 들었다. 그리고 오라버니의 등을 토닥거렸다. 남매라 그런지 어째 서로 놓인 상황마저 비슷했다. 토닥이는 손길에 담긴 따스한 공감을 읽고 린스가 흠칫 고개를 돌렸다.

"린세스, 설마 너……."

"전 조금 전에 이런 일이 있었어요."

이어 린세스가 털어놓는 이야기를 들으며 린스는 시시각각 표정을 바꿨다. 웬 정신 나간 변태가 덮치려 했다는 대목에서 주먹을 불끈 쥐었던 그는 다음 유리엔의 등장 부분에서 고개를 갸웃했다.

"검은 머리?"

"네. 마치 밤하늘을 펼쳐놓은 것 같기도 했고, 장인이 정성 들여 짠 비단처럼도 보였어요. 확실한 건 그렇게 아름다운 흑발은 처음 봤다는 거예요."

"잠깐, 그 사람 혹시……."

"아시는 분이에요?"

"들어본 것 같아. 아마 카르나 제국의 유리시엔 황녀 전하가 아닐까?"

"아!"

린세스가 눈을 동그랗게 떴다. 그녀 또한 유리엔의 소문을 들어 알고 있었다. 검은 머리에 검은 눈, 그리고 믿기 힘들 정도로 아름다운 외모. 떠올리고 나니 특징이 완전히 일치했다.

"맞는 것 같아요!"

"신기한 우연이네. 그런데 왜 황녀 전하께서 이곳에 계시는 걸까?"

"그러게요? 으음, 아마 우리처럼 축하 사절로 오시지 않았을까요?"

"그럴 수도 있겠네."

남매는 카엘과 유리엔의 관계를 모르고 있었다. 제국에서 정혼 사실을 대외적으로 발표하지 않았으니 당연했다. 둘의 약혼은 아직 제국 내에서만 공공연하게 알려진 사실이었다. 오해를 통해 의문을 푼 린세스가 곧 결연한 눈빛을 했다.

"저는 아직 어리지만 이게 뭔지는 정확히 알 것 같아요."

"응?"

"이건 사랑이에요."

어린 소녀이자 곱게 자란 공주님은 스스로의 마음을 생각보다 빨리 깨달았다. 소설로만 읽었던 첫눈에 반한다는 게 어떤 건지 그녀는 이번 일로 실감했다. 이건 사랑이다.

"하지만 린세스……."

"오라버니도 마찬가지죠?"

"……."

용기 있는 여동생과 다르게 오빠는 못내 망설였다. 상대를 떠올리면 심장이 뛰고, 얼굴에는 열이 오르며 기분은 들뜬다. 그래, 좋아하는 게 맞다. 이건 동경이라기엔 느낌이 달랐다. 그러나 알면서도 린스는 그것을 쉽게 입 밖으로 꺼낼 수가 없었다. 인정해도 되나? 시인해도 되는 감정, 맞나?

"우리가 죄를 짓는 건가요?"

"……."

"말해봐요, 오라버니. 우리가 품은 마음이 죄악인가요? 단두대에 서거나 벌을 받아야 하나요?"

"……."

"저는 그렇게 생각하지 않아요. 책에서도 그랬는걸요? 모든 사랑은 아름답다고."

어릴수록 용감하다. 소녀는 그저 걱정도 불안도 없이 기쁨으로 눈을 빛냈다. 누군가를 좋아한다는 것에서 오는 행복만을 오롯이 만끽했다. 린세스는 처음으로 비행에 성공한 새처럼 들떠서 조잘거렸다.

"전 포기하지 않을 거예요!"

순수한 사람은 이상주의자가 된다. 세상을 모르는 공주님은 마냥 활짝 웃었다. 린스는 망설이고 주저했지만, 결국은 여동생에게 이끌리고 말았다.

"와하하하하! 푸하하하하하! 아하하하하!"

"……."

유리엔이 바닥을 굴렀다. 장소는 카엘의 집무실이었다. 푹신한 카펫 위를 검은색 머리카락이 어지럽게 수놓았다. 드레스가 구겨지는 것에도 아랑곳하지 않고 배를 잡고 뒹구는 모습에 카엘이 말없이 제미간만 꾹 눌렀다.

그녀는 한참을 웃은 뒤에야 바닥에서 몸을 일으켰다. 배는 여전히 팔로 감쌌고, 입가는 경련했다. 카엘은 들고 있던 서류를 구겼다.

"다 웃었냐?"

"아니, 아직 남았는데 배가 너무 아파서. 나중에 린이랑 같이 웃어야겠다."

"……."

"너무 웃었나? 광대도 아프네."

"야……."

카엘의 입술이 달싹거렸다. 뭐라 쏘아주고는 싶은데 할 말이 생각나지 않는 모양새였다. 그는 결국 긴 한숨으로 심경을 대변했다.

사건은 몇 시간 전에 일어났다. 당시 카엘은 집무실에서 익숙하게 오전 업무를 보고 있었다. 주로 황실 기사단에 관련된 서류를 검토하고 승인할 것과 반려할 것을 골라냈다. 사람이 찾아온 것은 그때였다.

'린스 왕자?'

전체스 왕국의 2왕자 린스가 알현을 요청했다. 나름 안면이 있는 사이인 데다 크게 바쁜 것도 아니었으니 카엘은 흔쾌히 허가하여 상대를 만났다. 린스는 응접실에서 잔뜩 굳은 채로 삐걱삐걱 카엘을 맞이하더니 인사가 끝나기 무섭게 이렇게 말했다.

"반했습니다!"

그리고 카엘의 뇌가 맹렬히 돌아갔다. 그는 상대의 발언에서 생략된 목적어를 찾기 위해 힘썼다. 반해? 뭘? 아, 검술에 반했다고? 답을 찾은 카엘이 부드럽게 웃었다. 유리엔이 귀여운 소녀에게 약하듯 카엘은 검에 대한 열정을 품은 기사에게 약했다. 그가 막 노력하면 귀하도 충분히 나처럼 검을 쓸 수 있다며 말해주려던 순간,

"좋아합니다!"

린스가 2차 폭격을 던졌다. 카엘의 사고는 잠깐 정지했다. 느낌이 아주 좋지 않았다. 찰나의 정지 후 다시 돌기 시작한 카엘의 머리가 설…… 마…… 까지 생각했을 때였다. 상대의 말은 또 이어졌다.

"어제 연무장에서 뵈었을 때 첫눈에 반했습니다. 진심입니다."

그리고 카엘은 잠시였지만 눈을 깜박이는 법과 숨 쉬는 법을 동시

에 까먹고 말았다. 들은 것을 인식하기 싫어하는 주인의 의지를 배반하고 뇌가 멋대로 파악과 분석을 마친 뒤 머릿속에서 쩌렁쩌렁 외쳤다. 야, 들었냐? 널! 좋! 아! 해! 좋! 아! 한! 다! 고! 사! 랑! 러! 브!

"실례가 안 된다면 제 마음을 받……."

"미, 미안하지만 나는 곧 유부남입니다!"

정신을 차린 카엘은 황급히 대답했다. 당황한 나머지 약혼녀가 있다고 하려던 것이 저리 튀어나갔다. 찰떡같이 알아듣고 시무룩한 표정을 하는 린스를 돌려보내고, 카엘은 집무실로 돌아온 뒤 한동안 아무것도 할 수가 없었다.

패닉 나라 왕과 왕비가 언제부터 그렇게 친했다고 막 찾아와서는 카엘의 혼을 쏙 빼서 가지고 놀았다. 그렇게 넋이 나가 있을 무렵, 심심했던 유리엔이 제론 커플의 진척도 물어볼 겸 집무실로 급습했다.

그다음이 지금 상황이었다. 유리엔은 카엘을 탈탈 추궁해 사정을 전해 듣자마자 즉시 바닥을 굴렀다. 체통이야 원래 없었다. 웃을 만큼 웃은 후 그녀는 위로랍시고 상대의 책상을 탕탕 쳤다.

"기운 내! 이게 다 네 매력이 지나친 탓인 걸 어쩌겠어? 매력도 아니네. 매력을 넘어선 마! 력!"

"시끄러워."

"후, 앞으로 일주일은 웃을 수 있겠다."

"사람 마음을 그렇게 비웃다간 천벌받는다, 너."

"무슨 소리야? 내가 비웃은 건 왕자의 고백이 아니라 바로 넌데. 고백받고 잔뜩 당황해서 어버버거렸을 너 말이야, 너."

"어버버거리진 않았거든?"

"그럼 어버브버거렸니?"

"나가!"

유리엔은 쫓겨나는 순간까지도 놀림을 멈추지 않았다. 과장이 아니라 정말로 일주일은 웃을 거리가 생겼다. 남 일이라고 속편하게 그리 생각한 그녀는 정확히 반나절 후 그것을 후회하게 되었다.

"야, 어버버."

"꺼져!"

문가에 기댄 채로 카엘이 얄밉게 호칭했다. 유리엔은 베개를 집어 던졌다. 물론 맞아줄 리 없었다. 분통을 터뜨린 유리엔이 애꿎은 다른 베개를 퍽퍽 때렸다.

시간은 다시 조금 전으로 되돌아간다. 점심과 저녁 사이에 제공되는 디저트를 만족스럽게 조진 그녀가 막 편지를 펼친 참이었다. 루네와 루제로부터 서간이 도착했기에 그에 대한 답장을 쓰기 위해서였다. 방문객은 그때 찾아왔다.

"어? 어제 장미 정원?"

"기, 기억해 주시는군요."

"당연하지. 난 원래 귀여운 소녀는 안 까먹어."

유리엔이 윙크를 날리며 느끼하게 말했다. 찾아온 사람은 바로 린세스였다. 린세스는 일단 인사를 올린 다음 스스로를 소개했다.

"저는 전체스 왕국에서 이번에 축하 사절단으로 온 3공주 린세스입니다."

유리엔은 그걸 듣고 나서 또 느끼하게 응수했다. 어쩐지 공주님처럼 예쁘더라니 진짜 공주였네? 찡긋. 린세스가 그에 얼굴을 홍시처럼 물들인 것은 당연한 일이었다. 잠시 후 그녀는 과감히 입을 열었다.

"조, 좋아해요!"

시작부터 직구였다. 그리고 유리엔은 잠시 생각과 움직임을 동시에 멈췄다. 뭐?

"그때, 저를 구해주셨을 때 첫눈에 반했어요. 진심이에요."

부정할 수도 없게 고백이 이어졌다. 정지했던 유리엔의 머리가 다시 돌아가기 시작했다. 들은 발언을 분석하고 상황을 객관적으로 판단한 뒤 사태에 맞는 최선의 대책을 이성적이고 냉철하게 강구해 낸다.

유리엔은 '꿈에서 깨어나기' 스킬을 사용했다. 실패했다. 유리엔은 '공간 텔레포트' 스킬을 사용했다. 당연히 실패했다. 식은땀이 저절로 흘렀다.

"저기…… 저기 말이야."

"제가 싫으신가요?"

린세스가 올망거리는 눈으로 유리엔을 올려다보았다. 동그랗고 하얀 얼굴에 커다란 연녹색 눈망울이 투명하고 맑고 귀엽다. 유리엔이 가슴께를 부여잡았다. 윽! 귀여워! 그러나 마음을 받아줄 수는 없다. 좋고 싫고를 떠나 그와 다른 차원의 문제였다. 결국 그녀는 카엘의 대답을 차용했다.

"난 곧 유부녀야!"

그러니 네 사랑을 받아줄 수 없단다. 절대 네가 싫어서가 아니야. 온 배려를 다 짜낸 유리엔의 상냥한 거절에 린세스는 상대의 마음을 아프게 하는 말간 눈물방울을 남긴 뒤 응접실을 떠났다.

남은 유리엔은 자연히 스스로의 매력에 깊이 비탄할 수밖에 없었다. 난 대체 뭘 먹고 이렇게 예쁘고 아름다워서 저리 귀여운 소녀의 눈에서 눈물을 빼고 마는가. 내 결코 귀여운 소녀만은 울리지 않겠다 다짐했거늘. 미모가 죄라면 나는 정녕 사형감.

그렇게 한탄을 마치고 거처로 돌아온 유리엔은 쓰려던 편지도 뒤로 하고 한동안 침대에 앉아 멍을 때리다 린이 방 안으로 들어오자마자 그녀를 붙잡고 미주알고주알 겪은 일을 털어놓았다. 전부 이야기한 다음에는 특명이니 반드시 너만 알고 있으라는 당부도 잊지 않았다. 린은 특명 하나는 찰떡같이 지키는 인물이었으니 어디 가서 말을 옮길 염려는 없을 것이다.

그러나 다른 문제가 있었다. 린이 어색하게 웃으며 뒤늦게 얘길 전했다.

"저…… 황녀님, 실은 황태자 전하께서 찾아오셨어요."

"뭐?"

"문밖에 계세요."

그리고 카엘은 쓸데없이 귀가 밝았다. 유리엔은 꼼짝없이 놀림을 되돌려 받는 처지가 되고 말았다.

"축하한다. 이제 이 주일은 웃을 수 있겠네? 일주일은 나를 비웃고, 나머지 일주일은 자기 자신을 비웃고."

"안 꺼져?"

"내가 촛불이냐? 꺼지긴 뭘 꺼져."

"으윽! 식상한 비유마저 열 받아!"

분개한 유리엔의 손에서 결국 베개 하나가 운명을 달리했다. 카엘이 거처를 찾아온 용건은 본디 별것이 아니었다. 그저 유리엔이 뒹굴면서 웃다가 떨어뜨리고 간 머리 장식을 돌려주러 왔을 뿐이다. 그런데 막상 방문하고 나니 장신구보다 더 크고 통쾌한 걸 돌려줄 수 있었다. 카엘이 빙글빙글 웃었다.

"이런 건 카라멜이나 겪는 일인 줄 알았더니……."

"근데 공교롭네."

"뭐가?"

"너랑 내가 동시에 비슷한 고…… 백을 받았다는 게. 솔직히 서로 일반적인 상황은 아니잖아?"

"그건 그래."

베개의 희생으로 다소 열을 가라앉힌 유리엔이 곰곰이 생각에 빠졌다. 확실히 이건 평범한 상황과는 거리가 멀었다. 공주가 그녀에게, 왕자가 카엘에게 고백이라니! 상대의 태도가 진지하지만 않았으면 당연히 놀리는 거라고 받아들였을 일이다. 엉망이 된 베개를 내던진 유리엔은 이내 등받이에 몸을 기댔다.

"넌 어떻게 생각해?"

"뭘?"

"오늘 받은 고…… 백 말이야."

"생각할 거나 있냐? 물론 황당하지. 상상도 해본 적이 없는 일인데."

"그건 나도 그래. 맞다, 키슬리키는 어떻게 생각할까?"

"갑자기 웬 키슬리키?"

"악마잖아. 악마의 관점이 문득 궁금해졌어."

말이 끝나기 무섭게 유리엔은 제 손바닥을 때렸다. 언제나 실행 속도는 발군이었다. 잠시 후 키슬리키가 잔뜩 투덜거리며 문을 열고 등장했다.

"또 쓸데없는 용건이기만 해봐!"

"야, 근데 너는 왜 악마가 없어 보이게 문을 열고 들어와? 생각하니까 그렇다. 허공에서 느낌 있게 나타나야 하는 거 아냐?"

"어디서 뭘 듣고 하는 말이야? 난 순간 이동은 못 해."

"사물 통과도 못 해?"

"누굴 귀신으로 아나."

"그런데 너 계속 인간 세상에 있어도 돼? 향수병 같은 거 안 걸려?"

"원래 악마들은 한번 소환되면 몇 년씩 나와 있다가 돌아가는 게 태반이야. 그래서 이거 물어보려고 불렀어?"

"아니, 다른 거."

쓸데없는 서론이 길었다. 유리엔이 사뭇 어조를 바꿔 입을 열었다.

"들어봐. 나랑 카라멜한테 방금 이런 이런 일이 있었거든?"

"그런데?"

"넌 어떻게 생각해? 특이하지 않아?"

"인간들은 참 특이할 것도 많아."

그게 뭐가 대수롭냐는 투로 키슬리키가 응수했다. 이내 표정 하나 바꾸지 않으며 말을 이었다.

"같은 성별이 고백을 했다는 게 뭐?"

"악마들은 그런 거 신경 안 써?"

"당연하지. 애초에 성별이 없는걸."

"……없다고?"

"우린 반려를 정하기 전까진 성별이 따로 나뉘지 않아. 평생 함께할 배우자를 선택할 때만 번식을 위해 각자 성별을 결정하지."

"그럼 너도?"

"그래. 인간들의 기준으로 말하자면 중성이라고 해야 하나?"

키슬리키의 말처럼 악마들은 성별을 지니고 태어나지 않았다. 남성, 여성의 구분이 없이 다 그냥 유년, 청년, 중년 이런 식으로만 나뉜다. 겉으로 보이는 키슬리키의 성별이 모호했던 건 단순히 그의 육체가 어리기 때문만은 아니었던 것이다. 유리엔이 신기하다는 듯 감탄했다. 진짜 특이한 건 이쪽에 있었다.

"별나네."

"별나긴 뭐가 별나? 날 때부터 성별에 구애받는 너희 인간들이 하등한 거야."

"하등? 야, 하등한 인간한테 맞아볼래?"

"흥! 넌 날 못 때려!"

"나 대신 재가 때리면 되지."

유리엔이 가리킨 건 카엘이었다. 키슬리키가 주춤했다.

"치사한!"

"아무튼 그래서, 네가 볼 땐 별일이 아니다?"

"그렇다니까. 하여간 인간들의 호들갑은 알아줘야 돼."

그리 말하더니 이번에도 역시 쓸데없는 용건이었다며 투덜거렸다. 키슬리키의 대답에 카엘과 유리엔이 서로를 돌아보았다. 동시에 어깨를 으쓱했다.

"별거 아니라네?"

"그렇다네?"

카엘과 유리엔은 열여섯이다. 생일이 지나면 열일곱이 되겠지만 어쨌든 아직 성년이 아니었다. 성년도 아니고 아이도 아닌 나이 대는 어딘지 어중간한 면이 있다. 자주 겪는 익숙한 일에는 성인처럼 능숙하지만, 겪어본 적 없는 생소한 일에는 아이처럼 미숙한 것이다. 미숙한 아이는 대체로 상대의 태도에 쉽게 동화된다.

"야, 계약자. 네가 모르나 본데 나 엄청 고급 노동력이거든? 이런 대수롭지 않은 일에 막 불러도 되는 몸이 아니라고!"

"하지만 딱히 쓸모가 없는걸."

"그건 네가 집 안에만 처박혀 있어서 그래! 좀 기어 나가서 위험에 처하고 그러든가!"

"이게 남의 평화가 불만이야? 어?"

린스와 린세스의 고백은 그렇게 별일 아닌 것이 되었다. 같은 성별이 제가 좋대요. 그게 뭐? 그럴 수도 있지! 작은 해프닝은 그리 마무리되는 것 같았다. 어차피 거절도 이미 한 마당이었다. 그리고 그날 밤, 상심한 왕자와 공주에게로 어떤 소문이 전해졌다.

유리엔은 새벽같이 일어나 급한 일이 있다며 호위를 대동하고 외출했다. 행선지도 밝힌 당당한 출타였기에 아무도 그녀를 막지 않았다. 마차는 순조롭게 성문을 나섰다.

물론 진짜 급한 일이 있었을 리 없다. 유리엔이 감행한 것은 그저 도주였다. 연회가 있는 날의 아침이면 어김없이 찾아오는 시녀 군단을 피해 튄 것이다. 저번에 실패했던 도망을 다행히 이번에는 성공할 수 있었다. 드아이스네 쌍둥이가 머무는 저택에 도착한 유리엔은 자매의 환대를 받은 뒤 푹신한 침대에 바로 드러누웠다.

"누구도 내 잠을 막을 순 없다……."

"설마 잠자러 여기까지 오신 거예요?"

"그리고 내 식사도 막을 수 없지."

"굶기 싫으셨구나."

그런 유리엔과 달리 루네와 루제는 치장에 열을 올리느라 아침부터 열심이었다. 분주히 움직이는 둘을 보며 유리엔은 침대에 누운 채로 잠깐 생각했다. 저것들이 커플이 되더니…….

첨언하자면 드아이스네 쌍둥이 자매는 서로 비슷한 시기에 나란히 커플이 되었다. 둘 다 생일 파티에 있었던 일이 시발점이었다.

루네와 제론이 서로 서서히 마음을 확인하고 차분히 맺어진 것에 비해, 루제는 언젠가부터 저를 열렬히 쫓아다니며 구애하는 네이시온을 내내 마음고생 시킨 후에야 받아주었다.

나중에 루네가 진짜 싫어하지도 않았으면서 왜 그렇게 걷어차고 애를 태웠냐고 물으니 돌아온 루제의 대답이 다음과 같았다.

"이놈이 전에 지은 죄가 많아서 이렇게라도 안 하면 괘씸하거든."

어쨌든 지금은 둘 다 나름대로 닭살 커플이었다. 유리엔은 거기까지 생각하고 깜박 눈을 감았다. 다시 뜬 것은 정오 무렵이었다.

"으아앙!"

"……?"

루네의 두 눈에 눈물이 그렁그렁했다. 잠에서 깨자마자 소녀의 눈물을 보게 된 유리엔이 표정 위로 물음표를 띄웠다. 원흉으로 추정되는 루제가 어깨를 으쓱했다.

"조금 놀렸을 뿐인데."

"조, 조금이 아니잖아!"

순진하고 부끄러움 많은 동생은 짓궂은 언니의 좋은 먹잇감이었다. 루제가 눈을 빛내며 루네의 양어깨를 붙잡았다.

"하지만 동생아, 잘 생각해 봐. 트아로민 경은 벌써 스물여덟이야. 충분히 급할 나이라고! 손잡는 것부터 차근차근 시작할 시간이 없다니까? 기회를 봐서 네가 먼저 확!"

"루제야."

"네?"

"혼난다."

"잘못했어요."

순수한 애한테 뭘 가르치는 거냐고 유리엔이 루제를 타박했다. 물론 제론이 급할 거라는 데에는 어느 정도 동의하고 있었다. 연상 연하 커플의 비애에 고개를 저은 그녀가 이내 늘어지게 기지개를 켰다. 푹 잤다.

"그나저나 황녀 전하, 아직 준비 안 하셔도 돼요?"

"조금 더 있다가."

"연회에 참석은 하실 거죠?"

"당연하지."

"선물은요?"

묻는 목소리가 은근했다. 루제의 질문에 유리엔이 태연하게 답했다.

"준비했어."

"……네? 정말요? 헉, 설마 흉기나 칼날이나 독극물 같은 건……."

"무슨 소리야? 내가 황후마마께 그런 걸 왜 드려?"

"아."

의미한 대상이 서로 달랐다. 루제가 그냥 직접적으로 다시 물었다.

"황태자 전하께 드릴 선물은요?"

"짱돌."

"……진짜요?"

남이 하면 농담이겠지만 유리엔이 하니 어째 진짜 같았다. 루네와 루제의 표정이 진지해졌다. 원래 자기 연애에 성공하면 남의 연애도 이루어주고 싶은 법이다. 유리엔과 카엘 커플은 아닌 척해도 요새 그녀들의 최대 관심사였다.

"작은 짱돌 여러 개랑 큰 짱돌 하나 중에 뭘 할지 고민 중이야."

"안 돼요! 심지어 그냥 주는 것도 아니고 던지실 것 같아! 생일 파티에 선전포고라니!"

"네 생일도 아닌데 왜 호들갑이야?"

"짱돌 말고요, 그러니까, 아! 노래라도 한 곡 불러 드리는 건 어때요? 선물 대신."

"무슨 노래? 생일 축하합니다~ 그거?"

"아뇨! 다른 게 있어요."

그러더니 루제는 큼큼 목을 가다듬었다. 직후 노래를 시작했다.

"왜 태어났니~ 왜 태어났니~"

높은 목소리가 발랄하게 울렸다. 유리엔은 첫 소절을 듣자마자 눈을 동그랗게 떴다. 아니! 시작부터 저렇게 완벽한 노래라니! 가사의 아름다움에 감탄한 유리엔이 선물 대신 저 노래를 불러주는 것도 괜찮겠다 생각했을 때였다. 바로 이어진 가사가 그녀의 의향을 박살 냈다.

"그 이유를 알겠구나~ 날 만나기 위해!"

"……."

유리엔의 표정이 빠르게 떫어졌다. 마치 갓 피어난 초록색 감이라도 따서 갈아 먹은 듯한 얼굴이었다. 고작 두 소절로 이루어진 노래 주제에 앞뒤의 반전이 무슨 야누스 수준이다. 뭐 저런.

"좋죠? 사실 우리 자기가 어제 저한테 불러준 노래예요. 꺄아, 낭만적이야!"

"루제야."

"네?"

"진짜 맞는다."

"……."

상대의 눈빛이 진심이었기에 루제는 자연히 조용해졌다.

"우리 카사모는!"

"카사모는!"

"절대 인정할 수 없다!"

"인정할 수 없다!"

"그는 결코 한 사람의 것일 수 없다! 만인의 연인이다!"

"만인의 연인이다!"

"와아아!"

"와아아아!"

파티장으로 향하는 길목이었다. 웬 영애들이 옹기종기 모여 한 사람을 필두로 웬 구호 같은 걸 외치고 있었다. 린스와 린세스의 눈이 저절로 그리 향했다. 저게 뭐지?

"우리의 각오, 첫 번째! 반드시 마음을 담은 선물을 전한다!"

"선물을 전한다!"

"두 번째! 정략혼일 뿐인 것을 명심한다!"

"명심한다!"

"세 번째! 상대의 얼굴에 흔들리지 않는다!"

"흔들리지 않는다!"

"……저기요?"

호기심을 참지 못한 린세스가 먼저 다가가 말을 걸었다. 대체 뭘 하는 건지 굉장히 궁금했다. 소녀는 뱃심 가득 외치던 구호를 멈추고 린세스의 부름에 고개를 돌렸다.

"뭐죠?"

"저어, 여러분이 지금 하고 계시는 게 뭔가요?"

"네? 몰라서 묻는 건가요?"

"……?"

린세스가 멀뚱히 눈을 깜박거렸다. 몰라서 묻는 게 맞다. 그녀의 표정에서 진심 어린 무지를 읽었는지 소녀가 어조를 조금 바꿨다.

"다른 곳에서 오셨나 보군요."

"아, 네."

"그럼 정말 모르실 테니 특별히 말씀드릴게요. 반가워요, 제 이름은 패앤 클러브. 카류엘 황태자 전하를 사모하는 모임, 일명 카사모를 이끌고 있는 회장이에요."

"카사모……."

린세스와 린스가 서로 시선을 교환했다. 이름만 들어도 정체성이 확실히 파악되는 모임이었다. 그렇다면 그 구호들이 전부.

"음…… 멋진 모임이네요!"

"그렇죠? 가입에는 크게 제한을 두고 있지 않아요. 조건은 단 한 가지랍니다. 전하를 사랑하는 마음! 오로지 그것뿐이죠."

클러브 영애의 말에 린스의 눈이 흔들렸다. 저거라면 이쪽도 지지 않는다. 린세스가 오라버니의 상태를 눈치채고 얼른 그를 이끌었다. 놔두었다간 모임에 가입할 것 같았다.

"즐거운 만남이었어요. 저흰 전체스 왕국에서 온 3공주 린세스와 2왕자 린스랍니다."

"어머! 왕족이셨군요."

"작은 나라일 뿐이지요. 그럼 다음에 또 뵙기를."

꽃처럼 청초하게 웃은 린세스가 이내 몸을 돌렸다. 린스와 함께 나란히 멀어졌다.

클러브 영애는 내심 경계심을 품고 그런 린세스의 뒷모습을 응시했다. 웃는 모습이 순간 깜짝 놀랄 만큼 예뻤던 탓이다. 화려하게 꾸미지 않았을 뿐 상대는 몇 년 후가 기대되는 빼어난 미소녀였다.

'라이벌일지도 몰라! 조심해야겠어.'

진짜 라이벌은 바로 그녀의 옆에 있었지만 클러브 영애는 그것을 알지 못했다.

파티장 안으로 들어선 린세스는 그곳에서 조금 전과 비슷한 양상을 또 목격했다. 이번에는 영애가 아니라 영식으로 이루어진 무리였다.

"명심해라. 우리의 목표는 단 하나!"

"단 하나!"

"카사모에게 지지 않는 것!"

"지지 않는 것!"

"오오오!"

"우오오오!"

여기도 나름 진지했다. 카사모가 언급되는 것을 보니 그의 라이벌 격인 모양이었다. 이번에도 린세스는 참지 못하고 말을 걸었다.

"안녕하세요?"

"음? 오오!"

반응이 열렬했다. 영식들은 웬 미녀의 접근을 달갑게 받아들였다. 뜨거운 환대 속에서 어색하게 웃은 린세스가 입을 열었다.

"여러분께선 뭘 하고 계시는 건가요?"

"저희 말입니까? 아, 저희 모임을 모르시나 보군요."

린세스가 고개를 끄덕였다. 미인에게 친절한 영식은 감출 것도 없이 곧바로 자기들을 소개했다. 정중한 목소리였다.

“저희는 유리시엔 황녀 전하를 사모하는 사람들의 모임! 즉 유사모입니다. 저는 유사모의 회장 러브 블랙이구요.”

“유사모…….”

“카사모에게 절! 대! 지지 않는 모임이죠.”

영식은 본인들의 모임이 카사모에게 뒤지지 않는다는 것을 힘주어 강조했다. 실제로 두 모임은 서로 경쟁하는 사이가 맞았다. 사사건건 부딪치고 시시비비를 가린다. 아는 사람들은 다 아는 유명한 구도였다.

“가입 조건은…… 역시 황녀 전하를 사모하는 마음이겠죠?”

“당연합니다. 위대한 사랑! 진실 된 마음! 그것만이 유일한 조건입니다.”

“저…….”

“만나서 반가웠습니다, 블랙 공자. 부디 즐거운 시간을 보내시길.”

린스가 급히 린세스를 이끌었다. 놔두었다간 이번엔 린세스가 모임에 가입할 것 같았다. 그렇게 여동생과 함께 자리를 벗어나는 린스를 유사모의 회장이 유심히 바라보았다. 그는 짧은 시간에 매의 눈으로 상대의 외모를 평가했다.

‘조금만 더 자라면 엄청난 미남이 될지 모른다. 위험해!’

그러나 린스가 아무리 찬란한 외모로 성장한들 그것이 유사모에게 위협이 될 일은 결코 없을 것이다. 물론 러브 블랙은 알지 못했다.

약혼녀를 에스코트하기 위해 카엘이 손수 걸음을 옮겼다. 물론 자기 의지는 아니었다. 황제는 늘 사랑의 큐피드를 자처하기를 좋아했다. 명령을 받은 카엘은 일찍부터 거처를 나선 뒤, 마차에 올랐다. 유리엔이 새벽같이 급한 일을 핑계로 출성했다는 것은 이미 전해 들어 알고 있었다. 그는 별로 놀라지도 않았다. 뻔하지, 뭐. 먹고 자려고 도망쳤네. 그리고 얼마 후 마차는 목적지에 도달했다.

"제론 경!"

"루네 양."

저택에 들어서자마자 루네가 환하게 웃으며 제론을 반겼다. 가는 길이 같아서 함께 오긴 했으나 어째 저쪽이 주인공이고 이쪽이 곁다리인 것 같았다. 유리엔은 몹시 고운 표정으로 제 약혼자를 맞이했다.

"스토커."

"얼굴 좀 펴지? 누군 오고 싶어서 왔냐?"

"사람이란 때론 반항도 할 줄 알아야 하는 법이야."

"황명을 어기라고?"

"남자라면 그 정도 배짱은 있어야지!"

"너나 반역죄로 잡혀가라."

두 사람이 익숙하게 투닥거리는 사이 네이시온 또한 저택으로 도착했다. 루제도 마찬가지로 사랑을 담아 연인을 맞아들였다. 원체 적극적인 성격이라 타인의 앞에서 상대의 목을 껴안는 것도 주저하지 않았다. 유리엔의 표정이 싸게 식었다. 연인들의 사이에 끼어 있는 기분은 생각보다 영 유쾌하지 못했다.

"우리 재네랑 따로 올라갈까?"

"좋은 생각이야."

"근데 넌 뭘 이렇게 빼입었어?"

"내가 주인공이잖아."

"그랬니? 이런, 존재감이 너무 없어서 그만 까먹고 있었네."

"네 머리가 나쁜 거겠지."

"뭐야?"

티격태격한다. 다른 사람들이 보기엔 둘 또한 마냥 잘 어울리는 커플이었지만, 정작 당사자들만 그것을 몰랐다.

잠시 후 세 쌍의 남녀와 호위 기사 찰스가 다 같이 황성으로 이동했다. 파티장에 도착해서는 루네와 제론, 루제와 네이시온이 먼저 입장하고 카엘과 유리엔이 마지막으로 안으로 들어섰다. 홀 안은 새삼스러울 것도 없이 넓고 화려했다.

"저번보다 사람이 더 많네?"

"사절단이 여럿 왔을 테니까."

"이제 선물의 산이 쌓이는 거야?"

"그야, 뭐."

"짱돌은 언제쯤 줄까?"

"진심이었냐? 넣어둬라."

근사한 미남과 아름다운 여인의 조합이 자연스럽게 사람들의 이목을 끌었다. 카엘과 유리엔은 서로 격 없이 소곤거리면서도 겉으로는 대외용 미소를 유지하고 있었다. 짱돌을 운운하며 유리엔이 장미꽃처럼 웃었다. 화사했다.

"으윽! 눈이 부셔."

"다음 생엔 보다 강한 시력으로 태어나길……."

"타국에서 돌연사!"

"어머, 여기 사람이 쓰러졌어요!"

익숙하게 속출하는 환자들을 뒤로하고 곧 연회가 막을 올렸다. 근엄하게 등장한 황제가 축사를 건네고, 그때부터 줄을 이은 선물 증정식이 시작되었다. 유리엔은 구석으로 도망치려다 실패하고 카엘의 곁에서 잠자코 선물들을 구경했다.

"야, 카라멜. 주는 사람의 성의가 있는데 바닥에 쌓이는 걸 그저 두고 봐서야 되겠니? 손수 다 손으로 받아야지! 특히 무거운 것일수록 꼭."

"깔려 죽으란 뜻이지?"

"어떻게 알았어?"

축하 인사와 선물 증정은 이후로도 한참이나 더 이어졌다. 일일이 다 미소로 화답하는 것도 일이겠다고 생각하며 유리엔이 하품을 참았다. 그러고 보니 자기 생일 땐 고국에서 어떻게 했더라? 아, 얼굴만 잠깐 비친 뒤 갖은 수를 써서 파티장 밖으로 도망쳤었지. 참 바람직한 주인공이었다.

"후우. 슬슬 끝나간다."

"카라멜, 너 선물 받은 거 전부 네가 쓸 거야?"

"달라고?"

"방금 들어온 베개가 엄청 푹신해 보이네."

"갖고 싶냐?"

"주게?"

"주세요, 해봐."

"죽으세요."

"그럴 줄 알았다."

결국 베개는 유리엔의 품으로 들어왔다. 이 고마움을 잊지 않으며 밤마다 밟고 자겠다고 그녀가 속닥거렸을 때쯤 마침내 증정식이 끝났다. 지금부턴 자유롭게 파티를 즐길 시간이었다.

“난 손에 넣은 베개를 밟으러 가야겠어.”

“어딜 가?”

“보드라운 이불과 푹신한 침대가 함께하는 곳.”

“넌 오늘 내 파트너야.”

“뭐? 튀지 말라고?”

당연한 것처럼 내빼려다 딱 붙잡혔다. 눈썹을 휙 들어 올리는 유리엔에게 카엘이 작은 목소리로 속삭였다. 도망은 용납하지 않겠다는 어투였다.

“파트너는 튀어도 같이 튀고 죽어도 같이 죽는 거 몰라?”

“그럼 너도 튀든가.”

“난 오늘의 주인공이잖아. 자리를 지켜야지.”

“황후마마께서 주인공이시고 넌 그냥 병풍 아니었어?”

“병풍한테 선물 들어오는 거 못 봤냐?”

“으으음? 선물? 그랬던가?”

“베개 도로 내놔.”

“앗, 치사한.”

서로에게만 들릴 크기로 둘이 유치한 말싸움을 벌이는 사이, 누군가가 천천히 그들에게로 다가갔다. 조심스런 발걸음으로 유리엔과 카엘의 앞에 나타난 이는 다름 아닌 린스와 린세스였다.

“유리시엔 황녀 전하.”

유리엔이 먼저 불렸다. 그녀의 몸이 멈칫했다. 이 낯설지 않은 목소리는.

“카류엘 황태자 전하.”

카엘도 비슷했다. 움직임이 순간 굳었다. 이 잊을 수 없는 목소리는.

"전하, 오늘 탄생일을 맞이하신 것을 진심으로 축하드립니다."

"……고맙군요."

"황녀 전하, 오늘따라 유독 아름다우세요."

"어, 으응. 고마워."

오늘따라 대충 입고-루네의 옷-대충 화장한-루제의 솜씨-유리엔이 어색하게 린세스의 인사를 받았다. 린스의 축하에 응수하는 카엘도 목소리가 뻣뻣하기는 마찬가지였다.

키슬리키의 힘으로 별거 아니라며 넘기긴 했지만 그렇다고 고백을 받았다는 사실이 사라지는 건 아니다. 묘하게 어색한 기류는 당연히 흐를 수밖에 없었다.

카엘은 최대한 자연스럽게 상대를 대하려 노력했다. 어쨌든 대상이 잘못한 건 없었다. 유리엔 또한 가능한 태연한 자세를 취하기 위해 신경을 기울였다. 귀여운 소녀는 언제 어느 때든 죄가 없다. 그때 린세스가 입을 열었다.

"염치없지만…… 대답을 다시 듣고 싶어서 왔어요."

"응?"

"어제 저희가 말씀드렸던 마음 말이에요."

린스와 린세스는 전날 반나절 차이를 두고 나란히 차였다. 린스는 카엘에게, 린세스는 유리엔에게 각각 거절당했다. 원래라면 실연의 아픔에 와인 병나발이나 불었어야 할 둘이 이렇게 재차 용기를 내서 접근한 이유는 단순했다. 소문을 하나 들었기 때문이다.

"정략혼이라고 들었어요."

"……뭐?"

"각자의 의사가 개입된 게 아니라고. 억지로 맺어진 사이이신 거죠?"

미소를 유지하고 있던 유리엔의 낯 위로 황당함이 스몄다. 린세스의 눈은 또랑또랑했다.

"단지 정치적인 이유만으로 함께하시는 거라면, 저흰 마음만 받아도 좋아요. 그러니까……."

"잠깐, 잠깐만."

유리엔이 상대의 말을 막았다. 끝난 일인 줄 알았더니 끝이 아니었다. 심지어 '저희'를 운운하는 걸 보니 린스 또한 같은 의견인 것 같았다. 유리엔과 카엘이 사이좋게 당황했다.

린스와 린세스는 잘못한 게 없었다. 정확히 방금 전까지 그랬다. 그러나 이젠 얘기가 다르다. 이 어린 남매는 감정에 도취되어 차마 인식하지 못하는 것 같았지만, 둘의 행동은 엄연히 실례였다. 생일 파티에 손님으로 온 처지에 어디서 그 주인공의 면전에 대고 정략혼이니 뭐니를 운운한단 말인가. 더구나 제국과 왕국의 국력은 비교하기 미안할 정도로 차이가 난다. 철이 없어도 한참은 없는 행위였다.

유리엔이 표정을 바꿨다. 어제는 상처를 주는 것이 싫어 약혼자를 팔아 거절했지만, 이렇게 나온다면 이쪽에서도 마냥 상냥할 수만은 없다. 독하게 마음먹은 그녀가 막 질책을 입에 올리려 했을 때였다. 린세스가 초조한 듯 아랫입술을 살짝 깨물며 올려다봤다.

"……."

심하게 귀엽다. 결국 기껏 다진 결심을 온데간데없이 잃어버린 유리엔이 슬며시 카엘을 찔렀다.

"못 혼내겠어."

"뭐?"

"너무 귀엽단 말이야. 예로부터 귀여운 소녀를 울리면 지옥의 불구덩이로 떨어진댔어."

"별……."

"그냥 이번에도 부드럽게 거절하자. 내가 잘 해볼 테니까 말 좀 맞춰줘?"

낮은 목소리로 속삭인 유리엔이 이내 목을 가다듬었다. 흠흠. 대답을 꺼낼 낌새에 린세스가 잔뜩 긴장하는 것이 느껴졌다. 린스도 함께 서 있는 자세에 힘이 들어갔다. 머릿속으로 말을 정리한 유리엔이 차분히 입을 열었다. 요컨대 사랑 없는 약혼이니 마음만은 자기들한테 달라 이 소리렷다. 그럼 생각을 바꿔줘야지. 이건 사랑이 넘치는 약혼이다.

"잘 들어, 린세스. 나와 약혼자가 억지로 맺어진 사이라고 했지? 그건 틀렸어. 우린 네가 여기는 것만큼 그리 의무로만 엮인 관계가 아니야. 우린 서로를 진심으로 사…… 크흠, 사……."

사망시키려고 노력하는 사이.

"……아무튼 그런 사이란다."

"네? 무슨 사이요?"

"그러니까 서로를 매우 깊이 사……."

사 층 건물 위에서 밀어버리고 싶은 사이.

"……하는 사이란다."

"죄송해요, 잘 못 들었어요."

"그럼 이번엔 꼭 잘 들으렴. 우린 서로를 진심으로 매우 깊이 사……."

사륜마차를 전속력으로 몰아서 받아버리고 싶은 사이.

"……그런 사이란다."

"제 귀가 이상한가 봐요. 왜 이러지?"

"딱 한 번만 더 말해줄 테니 놓치지 말렴. 이번이 마지막이야. 그러니까 우린 서로를 진심으로 매우 깊이 온 마음을 다해 사……."

사 미터 이내로 접근하면 계급장 떼고 육탄전으로 맞짱 떠야 할 것 같은 사이.

"그, 그만."

"네?"

"아니야."

유리엔은 자꾸만 본심을 토해내는 제 정직한 양심을 원망했다. 좀 잠자코 있어, 이놈아. 사람이란 가끔은 가식이 필요하단 말이야. 심호흡을 한 유리엔이 재차 입을 열었다.

"마음을 비우고 머리도 비우고…… 됐어. 그러니까 우리 사이는!"

"사랑하는 사이."

"그래! 바로 그거야…… 어?"

깜짝 놀라 유리엔이 곁을 돌아봤다. 흔들림 없이 태연한 목소리는 그녀의 옆에서 나왔다. 카엘은 더듬지도, 주저하지도 않고 손쉽게 말을 이어나갔다.

"나와 황녀는 서로를 진심으로 사랑하고 있습니다. 그러니 그대들의 마음은 받아줄 수가 없군요. 린스 왕자, 린세스 공주."

"……!"

린스와 린세스가 충격받은 얼굴로 카엘을 올려다보았다. 그리고 유리엔도 덩달아 충격받은 세 번째 사람이 되어 상대를 멍하니 응시했다. 실패도 없이 곧바로 입에 담았다. '사탕 하는'도 아니고, '사망하는'도 아닌 무려 '사랑하는'을. 어조는 진지했다. 당연한 사실을 전달한다는 듯 일말의 흔들림도 없다. 린스와 린세스는 이내 부끄러움으로 얼굴을 빨갛게 물들인 뒤 자리를 벗어나야 했다. 사랑하는 사이였구나. 그랬구나. 그건 헛소문이었어.

두 사람이 떠나간 뒤에도 유리엔의 시선은 카엘에게서 떨어질 줄을 몰랐다. 아주 뚫어져라 쳐다봤다. 그 눈길은 곧 부담을 느낀 카엘이 손바닥을 펼쳐 그녀의 눈앞을 가릴 때까지 계속되었다.

"그만 봐."

"너 책 쓴 적 있어?"

"무슨 책?"

"세상에서 연기가 제일 쉬웠어요."

"……."

"소질 있는 거 아냐? 이쪽 길로 나가보는 건 어때?"

유리엔은 연신 감탄했다. 어떻게 그걸 그렇게 쉽게 말하지? 사…… 그걸? 다른 것도 아니고 사…… 인데!

"진심이니까 잘 고려해 봐."

"언젠 나더러 미숙하니 어쩌니 하더니."

"어?"

"전에 연무장에서, 장차 정치를 할 사람이 고작 약혼녀 운운에 흔들린다고 비웃지 않았냐? 너야말로 더 갈고닦아야 할 것 같은데?"

"……그러게?"

유리엔의 눈이 동그래졌다. 생각해 보니 그랬다. 사…… 그게 뭐라고. 기실 어려운 말은 아니다. 곁에 노바카사를 데려다 놓고 연기하라 했어도 딱히 힘들지 않았을 것이다. 오늘 처음 만난 영식을 붙들고 '난 이 사람을 사랑해요!'라고 절절히 외치는 것도 필요하기만 하다면 얼마든지 해낼 수 있다. 그런데 이상하게 방금은 가능하지 않았다.

"왜 그랬지?"

"……."

유리엔은 고민에 빠졌다. 주제는 본인의 이상 증세였다. 그녀가 그리 생각에 골몰하는 사이 카엘이 손을 들어 제 목덜미를 감쌌다. 그의 목덜미는 새빨갛게 달아올라 있었다.

사랑의 쓴맛을 알게 된 린스와 린세스가 파티장 구석에서 서로 샴페인 잔을 부딪쳤다. 이별의 슬픔을 위로하는 마당에 웬 샴페인이냐 묻는다면, 둘 다 술이 약해 그 이상은 마시지 못해서 그렇다고 하겠다. 도수가 거의 없어 음료수나 다름없이 취급받는 샴페인이 각자의 잔에서 찰랑거렸다.

"사랑은…… 다 부질없는 거야."

"맞아요."

배경으로 초록색 병이 여러 개 굴러다녀야 할 것 같은 대사를 읊으며 린스가 잔을 비웠다. 린세스도 그를 따라 벌컥, 잔에 든 액체를 들이켰다. 비록 샴페인이었지만 둘의 분위기만 본다면 독한 양주나 다를 것이 없었다. 이후 빈 잔을 들고 두 사람이 나란히 한숨을 내쉬었다.

"인생이란……."

왕자와 공주가 고작 십 대 중반에 인생을 논하게 되었을 때였다. 그런 둘에게로 한 무리가 슬며시 다가왔다. 조용한 발걸음이었다.

"린스 왕자님."

"린세스 공주님."

한 무리인 줄 알았던 그들은 알고 보니 두 단체가 서로 함께 있는 상태였다. 각 단체의 수장이 저마다 린스와 린세스를 불렀다. 호명당한 두 사람이 낯설지 않은 목소리에 고개를 돌렸다.

"……클러브 영애?"

"블랙 공자?"

접근한 이들은 다름 아닌 카사모와 유사모였다. 두 모임 모두 남매와 짧게나마 안면이 있었다. 클러브 영애가 먼저 입을 열었다.

"우연히 조금 전의 상황을 목도하게 되었어요. 왕자님께선 혹……."

"……맞습니다. 황태자 전하를 사모하고 있습니다."

"그렇다면 공주님께선?"

"그래요. 황녀 전하를 사모해요."

"그랬군요! 어쩐지 반대라기엔 분위기가 묘했습니다."

클러브 영애와 블랙 공자가 각자 목격했던 것을 떠올렸다. 린세스는 유리엔을 올려다보며 얼굴을 붉혔고, 린스는 카엘을 눈에 담으며 수줍어했다. 주위가 소란스러워 말소리까진 들리지 않았지만 그것만으로도 마음의 방향을 유추하기란 어렵지 않았다. 첫 만남 때 예상했던 것과는 완전히 반대였던 것이다.

"그럼 단도직입적으로 말씀드릴게요. 린스 왕자님."

"긴말 않겠습니다. 린세스 공주님."

"저희 카사모에 가입하지 않으시겠어요?"

"유사모의 회원이 되지 않으시겠습니까?"

그리고 린스와 린세스는 깜짝 놀랐다. 먼저 권유를 받게 될 거라곤 생각하지 못했다. 뜻밖의 제의에 당황스러우면서도 둘은 동시에 묘하게 마음이 흔들리는 것을 느꼈다. 실연의 상처로 인해 막 약해진 마음. 그 틈을 유사모와 카사모가 파고들었다.

"솔직히 묻겠어요. 전체스 왕국에 걸린 초상화, 카류엘 전하의 외모를 과연 제대로 담아내고 있나요?"

"그건……!"

"묻겠습니다. 전체스 왕국에선 유리시엔 황녀 전하께서 대륙 제일의 미인이란 것을 알고 있습니까?"

"아……!"

"저희의 뜻을 아시겠어요?"

클러브 영애와 블랙 공자의 눈이 빛났다. 그들이 다른 사람을 두고 하필 린스와 린세스에게 찾아와 가입을 권유하는 이유가 따로 있었다. 단순히 성별이 다르다는 특이성 때문만은 아니다. 그들은 야망을 품었다.

"우리는 용납할 수 없는 겁니다!"

"어중간한 미남이 자기가 세상에서 가장 잘생겼다 자신하는 것을!"

"대륙에서 가장 아름다운 미녀를 논할 때 황녀 전하께서 제외되는 것을!"

"실물의 반도 표현하지 못한 초상화를 보며 그들은 소문이 부풀려졌다 생각하겠죠!"

"황녀 전하를 두고 웬 듣도 보도 못한 인물을 최고의 미녀라며 칭송할 겁니다!"

"그게 가당키나 한 일인가요?"

"있을 수 없는 일입니다!"

그간 라이벌로 경쟁해 온 유사모와 카사모는 이 순간 누구보다도 환상의 호흡을 자랑했다. 말을 들을수록 린스와 린세스의 눈동자가 세차게 흔들렸다. 설득된다.

"이제 전체스 왕국에도 진실이 알려질 때가 되었습니다."

"공주님과 왕자님께서 그 역할을 해주시는 거예요. 저희 유사모와 카사모의 회원으로서!"

"전파하는 겁니다!"

"두 분의 아름다움을!"

"그 위대함을!"

"그 숭고함을!"

"……!"

그들은 마치 종교 단체와 같았다. 단순히 특정한 사람을 좋아하는 것이 아니라 신이라도 떠받드는 모습이다. 소리 높여 외치는 클러브 영애와 블랙 공자의 주위로 아우라가 피어났다. 죄를 씻겨주고 영달을 안겨줄 것만 같은 신앙의 아우라였다.

마침내 린세스가 고개를 끄덕였다.

"……할게요."

"공주님!"

"저도 하겠습니다."

"왕자님!"

남매의 눈동자에 비장함이 서렸다. 하겠다고 선언했다. 그들은 이제 중대한 사명을 지니게 되었다. 전체스 왕국. 동쪽의 작은 나라. 앞으론 그곳에도 황태자 전하와 황녀 전하의 위명이 널리 알려지게 될 것이다. 린스와 린세스가 서로를 마주 보았다. 지금부턴 사랑이 아니라 신앙이었다.

"유사모와 카사모의 왕국 진출을 위하여!"

"위하여!"

국경을 넘어선 신규 회원의 영입에 클러브 영애와 블랙 공자가 축하의 의미로 샴페인 잔을 높이 들었다. 린스와 린세스도 그의 옆에서 함께 잔을 치켜올렸다. 챙! 공중에서 잔끼리 부딪치는 소리가 맑았다. 연회의 밤이 깊어가고 있었다.

답을 내리지 못한 채 유리엔은 바람이나 쐴 겸 테라스를 찾았다. 고민을 해봐야 머리만 아프지 속 시원한 정답은 나오지 않았다.

언제였지? 그래, 생일 선물. 그에 대해 고민할 때도 지금과 비슷했다. 카엘은 언젠가부터 그녀의 머리를 아프게 하는 재주가 있었다.

"이 괘씸한 놈!"

"넌 심심하면 날 욕하더라."

"다 이유가 있어서 그러는 거야."

난간에 등을 기댄 유리엔이 어깨의 힘을 풀었다. 허리께를 넘어 올라오는 구조물은 낮은 높이가 아니라 일부러 뛰어내리지 않는 한 그녀가 사고로 떨어질 위험은 없었다. 그 상태로 유리엔은 고개를 들었다. 하늘의 색이 검다. 수줍게 제 모습을 절반만 드러낸 달 주위로 별들이 무수했다. 화려하다면 화려하고, 단조롭다면 단조로운 광경이었다. 그걸 뚫어져라 응시하고 있으려니 문득 선물에 대한 생각이 다시 들었다. 유리엔이 고운 미간을 좁혔다.

카엘에게 줄 선물은 결국 준비하지 못했다. 골 아프게 머리를 썼던 것치곤 꽤 허망한 결과였다. 이럴 거면 고뇌는 왜 했지? 사서 한 고생에 유리엔이 심통이 났을 무렵, 카엘이 그녀에게 불쑥 뭔가를 던졌다.

"야, 검둥아."

"응? 뭐야?"

날아드니까 받긴 받았다. 날랜 운동신경으로 놓치지 않고 잡아챈 것을 유리엔이 손바닥에 올려놓고 응시했다. 반지?

"이게 뭔데?"

"반지잖아."

"누가 그거 물어?"

"선물로 따로 들어온 거야. 전에 찾았던 보물처럼 마법이 걸려 있는 건데…… 그게 좀 특이하더라. 오른손에 껴야만 효과가 발동하거든."

"반지가 손을 가려? 이게 까다롭네. 근데 무슨 마법?"

"큐어."

"진짜?"

유리엔은 달라진 눈빛으로 반지를 살폈다. 큐어는 치유 계통의 마법이었다. 대단치는 않아도 간단한 생채기 정도는 어렵지 않게 치료가 가능하다. 들고 있으면 어떻게든 써먹을 일이 있을 효능이었다. 반지를 이리저리 돌려가며 관찰하다 유리엔은 그것을 네 번째 손가락에 끼웠다. 딱 맞는다. 백금으로 된 얇은 테에 붉은 마나석은 그저 모양으로만 따지더라도 흠잡을 데 없이 무난하게 예뻤다. 반지로 장식한 제 오른손을 감상하듯 허공에 대고 응시한 유리엔이 이내 입을 열었다.

"그래서, 이거 나 하라고?"

"이미 꼈으면서 뭘."

"반납할 생각은 없는데 그냥 물어보는 거야."

"난 오른손에 반지 못 껴."

"왜? 아하, 검 때문에?"

"그래."

검을 쥐는 손에 반지 따위를 끼면 걸리적거린다. 유동적으로 끼웠다 뺐다 할 수도 있겠지만 카엘은 굳이 그런 수고를 감수하고 싶지 않았다. 그럴 바엔 누굴 주는 게 낫다. 그는 꼭 '오다 주웠다' 같은 어조로 말을 뱉었다.

"그렇다고 왼손에 끼면 효과가 사라지고. 그냥 너나 가져."

"이렇게 막 줘도 돼?"

"어차피 반납할 생각 없다며?"

"그건 그래!"

유리엔이 환하게 웃었다. 나쁘지 않은 보물을 얻었다. 이제 왼손으로는 공격 마법을, 오른손으로는 치유 마법을 쓸 수 있다. 때리고 치료하고! 괜찮은 조합이었다.

"……역시 이대로 그냥 넘기긴 그러네. 반지까지 받은 마당에."

"뭐?"

"아냐. 지금 몇 시야? 자정 안 지났지?"

"아직."

답을 들은 유리엔이 난간에서 몸을 일으켰다. 그러더니 척척 걸어가 회장으로 통하는 문을 열었다. 바로 들어가지는 않고 그녀는 그 상태로 잠시 회장 안을 고개만 내밀고 살폈다. 잠시 후 원하는 것을 찾았는지 유리엔의 눈이 반짝 빛났다.

"가자! 따라와, 조수!"

"어딜? 그보다 대체 언제 적 호칭을 꺼내는 거야?"

"조수가 싫으면 정의의 가류엘 전하는 어때? 네가 골라."

"그냥 부르지 마라."

"아무튼 잘 따라와!"

그리 말한 유리엔은 빠른 걸음으로 테라스를 벗어났다. 목적지도 알려주지 않고 척척 걸어 나가는 것에, 늘 그렇듯 말로만 투덜거리며 카엘이 순순히 뒤를 쫓았다. 이윽고 유리엔이 발을 멈춰 선 곳은 다름 아닌 피아노 앞이었다.

"이건……."

"너 거기 딱 서 있어! 거기가 상석이니까."

넓고 화려한 파티장에는 꼭 악단이 연주하지 않는 악기가 하나씩 놓여 있곤 했다. 바로 피아노였다. 귀족들의 전유물이자 교양의 상징이니만큼 필수에 가깝게 놓아두기는 하는데, 동시에 같은 이유로 악단이 손을 댈 수 없다 보니 실상 악기보다는 장식품으로 취급받는 것이 파티장 안의 피아노였다. 하나 그것도 지금처럼 누군가가 연주할 마음을 먹으면 얘기는 달라진다. 의자를 끌어다 피아노 앞에 앉은 유리엔이 가볍게 손을 풀었다.

"신청곡 있니, 카라멜?"

"너…… 연주하려고?"

"보면 알잖아. 그래서 신청곡은?"

"……따로 없긴 한데."

"그럼 선곡은 내가 알아서 하는 걸로!"

그렇게 말하고 유리엔은 잠깐 고민했다. 선물 대신 피아노를 쳐주는 것까진 천재적인 두뇌로 순조롭게 생각했는데, 그다음이 문제였다. 뭘 칠까?

"이럴 때는…… 흐음, 잔잔한 것도 괜찮겠지."

중얼거린 유리엔이 이어 손을 들었다. 그리고 건반을 찾아 눌렀다. 맑은 소리가 사방으로 울려 퍼졌다. 그것이 신호라도 되듯 악단은 연주를 멈추고, 귀족들은 시끄럽게 떠들던 이야기를 잠시 중단했다. 한순간에 조용한 무대가 마련되었다. 유리엔은 천천히 연주를 시작했다.

"어머, 이 곡은……."

피아노를 칠 일만 생기면 뚝심 있게 파멸의 전주곡을 선보였다는 유리엔은 웬일로 감미로운 선율을 연주하고 있었다. 곡을 알아들은 귀족들이 아는 체를 했다.

"오랜만에 듣는군요."

"역시 아름답네요."

"슬리피의 〈요정의 밤〉이라니……."

천재 음악가가 아내를 위해 작곡했다고 알려진 〈요정의 밤〉은 그 멜로디만큼이나 탄생 배경도 낭만적이었다.

전쟁 때문에 일시적으로 떨어져 있게 된 젊은 부부. 매일 밤 남편을 그리고 걱정하느라 잠 못 드는 아내. 기적적으로 남편이 생환했을 때 아내는 불면증에 걸린 상태였다. 남편은 그런 아내를 위해 돌아오자마자 잔잔하고 감미로운 자장가를 작곡한다. 부디 내겐 요정과도 같은 당신의 밤이 앞으로는 쭉 평안하기를.

널리 알려진 유명한 곡이었다. 몇몇 영애는 자기가 가장 좋아하는 곡이라며 부산을 떨기도 했다.

"황태자 전하를 위해 연주하시나 봐요."

"어머나……."

곧게 뻗은 새하얀 손가락이 아름다운 멜로디를 막힘없이 연주했다.

곡은 물 흐르듯 유려하고 부드럽게 전개되었다. 청아한 선율에 저마다 하나둘씩 넋을 빼앗긴 사람들은 시간이 흘러 곡이 완전히 끝난 뒤에도 여운에서 헤어 나오지 못했다.

연주를 마친 유리엔이 능청스럽게 말을 던졌다.

"어때? 멋있어?"

물음이 향하는 방향에는 카엘이 있었다. 카엘은 픽 웃으며 순순히 긍정했다.

"멋있네."

"확실히 느꼈겠지? 넌 날 멋짐으로 못 이겨."

"뭐? 푸하하."

카엘이 웃음을 터뜨리는 사이 자정을 알리는 종소리가 들렸다. 크지는 않으나 선명한 그 종소리를 들으며 유리엔이 입 모양으로 말했다.

생일 축하해.

곧 종소리가 멎었다. 들었든지 말든지. 그녀는 이제 생일이 지났으니 퇴장해도 되지 않겠냐며 쪼르르 회장 바깥으로 도망쳤다. 평소보다 급한 발걸음에서 부끄러움이 묻어났다. 자리에 남은 청춘은 멍하니 서 있다 곧 목덜미에 이어 귀까지 빨갛게 물들였다. 악단이 다시 연주를 시작했다. 어딘지 전보다 풋풋하고 싱그러운 음악이 회장 안을 가득 메웠다.

외전 1

그림자

한겨울의 길은 온통 추위로 얼어붙어 있었다. 소복이 쌓인 눈은 누군가에겐 아름답고, 누군가에겐 두려운 것이 된다.

해가 제 역할을 하지 못하는 겨울의 짧은 낮, 새하얀 눈 위로 누군가가 점점이 발자국을 만들었다. 산책이라도 하듯 발자국은 차분히, 일정한 간격으로 늘어났다.

그렇게 얼마쯤이나 걸었을까? 소녀는 문득 걸음을 멈췄다. 소녀라고 칭하기에도 아직 어린 아이였다. 길게 늘어뜨린 머리와 풍성한 치마가 성별을 드러내 주는 아이는 이제 열 살, 혹은 많아야 열두 살 정도나 되어 보였다.

"사람이네."

앳된 목소리가 청아하게 흘러나왔다. 아이의 시선이 닿은 곳에는 한기에 생명이 바스라지기 직전인 네 소년이 쓰러져 있었다. 먹지 못해 가는 손목과 넝마가 된 거친 옷이 하얗고 깨끗하게 쌓여 있는 눈더미 위에서 묘한 이질감을 만들어냈다. 아이는 한참이나 그것을 바라보았다. 그리고 제 시종을 불렀다.

"살릴 수 있지?"

그렇게 네 명의 소년은 죽음의 직전에서 아이의 도움을 받아 살아났다. 한 아이는 동시에 네 사람의 은인이 되었다. 목숨을 건진 소년들은 정신을 차리자마자 아이를 만나게 해줄 것을 요청했다. 그리고 그들은 아이를 대면한 자리에서 부탁했다. 자기들을 후원해 달라고.

일반적으로 열 살 남짓한 어린아이가 들을 만한 청은 아니었지만-그 아이가 어떤 신분이든 간에-아이는 마치 그럴 것을 예상하기나 한 듯 조금의 고민도 없이 상대의 부탁을 받아들였다.

그때부터 아이는 네 소년의 후원자가 되었다. 아낌없는 금전적, 물질적 후원을 받으며 소년들은 이를 악물고 노력했다. 집념과 노력과 재능이 어우러졌다. 그들이 원하던 성과를 이루어내기까지는 꼬박 삼 년이 걸렸다. 소년에서 청년이 된 그들은 본인들의 이름을 따 길드를 창설했고, 그 후 일 년간 그것을 안정화시키는 것에만 주력했다.

아이의 원조가 끊긴 것은 길드의 안정화가 막 마무리되었을 무렵이었다. 성인이 된 네 소년은 훌륭히 독립에 성공했다. 짐승도 은혜를 안다. 그들은 자기들이 상주하지 않아도 길드가 멀쩡히 돌아갈 것이란 확신이 들자마자 그곳을 박차고 나왔다. 그리고 아이에서 소녀가 된 은인을 찾아가 남몰래 보필했다. 드러나지 않게 음지에서 활동하는, 소녀의 전용 호위대가 된 것이다. 소녀의 이름은 유리시엔 드 카르나. 바로 카르나 제국의 하나뿐인 황녀였다.

"수고해요."

"아, 네!"

꾸벅꾸벅 졸던 경비병이 퍼뜩 정신을 차리며 대답했다. 그가 지키는 것은 주로 사용인들이 출입하는 작은 쪽문이었기에 딱히 삼엄하게 경비를 서지 않아도 되었지만, 그래도 근무시간에 졸았다는 것은 자랑할 만한 일이 아니었다. 머쓱하게 침을 닦은 경비병이 이내 고개를 돌렸다. 방금 지나간 사람이 하녀였던가?

대상은 어느새 까마득히 멀어져 있었다. 얼핏 시야로 들어오는 옷차림은 사용인의 것이 맞다. 이 시간에 하녀들이 출입하는 것은 드문 일이 아닌데도 그는 왠지 모를 꺼림칙한 기분이 들었다. 뭐지? 이 묘하게 찜찜한 느낌은 대체? 그리고 의문은 얼마 안 가 풀렸다.

"으아아아! 경비병님!"

"어? 넌 이름은 기억나지 않지만 어쨌든 하인…… 갑자기 왜 그래?"

"이쪽으로 지나간 웬 하녀 못 보셨어요? 십중팔구 이 길을 통하셨을 건데!"

"하녀가 왜?"

"황녀 전하께서 궁 바깥으로 튀셨…… 아니, 사라지셨어요! 그것도 하녀 변장을 하신 채로요!"

"뭐?!"

경비병이 눈을 부릅떴다. 황녀에 대한 소문은 익히 들어 알고 있었다. 얼마 전 대형 사고를 치는 바람에 황제로부터 외출 금지령이 떨어졌다는 것이 가장 최신 소식이었다. 그런데 튀었다고? 심지어 하녀로 가장해서 여기로? 그의 얼굴에서 핏기가 가셨다. 그렇다면 좀 전의 그 하녀가 설마.

"본 것 같아."

"정말요? 언제요?"

"어, 얼마 안 됐어. 조금 전."

"으아아! 역시 예상이 맞았어! 어느 쪽으로 가시는지 보셨어요?"

"저, 저쪽!"

"크윽! 얼른 가서 알려야겠다! 수고하세요!"

하인은 나타났을 때처럼 다시 부리나케 사라졌다. 다급히 멀어지는 뒷모습을 경비병이 파래진 낯으로 쳐다보았다. 꾸벅꾸벅 졸다가 통과시킨 상대가 하녀가 아닌 가출을 감행하던 황녀였다니.

그가 멀쩡한 정신으로 부리부리하게 경비를 섰더라도 유리엔은 어떻게든 문을 지나갔을 테지만, 어쨌든 본인의 실수에 깊이 자책한 경비병은 다신 근무 중 졸지 않겠노라 다짐했다. 그리고 훗날 유리엔은 똑같이 졸고 있는 경비병을 남장한 상태로 지나치게 된다.

축제를 맞이한 거리는 활기찼다. 시장 한복판에 도착한 유리엔은 만족스러운 낯으로 이곳저곳을 돌아다녔다. 입고 있는 옷은 하녀복에 얼굴은 불투명한 천을 둘러 가렸다. 겉보기에는 영락없이 주인의 심부름을 나온 어린 하녀나 다를 것이 없었다. 줄지어 늘어선 행상을 구경하고 마음에 드는 물건이 보이면 냉큼 구입하기도 했다. 그렇게 시간을 보내던 도중 유리엔의 시야에 어떤 장면이 들어왔다.

"이거 놔요!"

"히히히, 앙탈 부리기는!"

윤기 흐르는 갈색 머리카락을 허리까지 늘어뜨린 미녀가 웬 건달에게 가녀린 손목을 붙잡혀 있었다. 장소는 골목 어귀. 지나가는 사람들은 흘끔흘끔 쳐다보기만 할 뿐 도움은 주지 않았다. 여인의 반항에 건달이 누런 이를 드러내며 씩 웃었다.

"아무 짓도 안 한다니까? 응? 그냥 어디 가서 차나 한잔 마시자니까?"

"싫다구요! 어제 마신 차가 넘어올 것처럼 생겨선 무슨 차를 같이 마셔!"

"뭐야? 반반하다고 봐줬더니 이년이!"

"꺄악!"

때리기라도 할 기세로 건달이 손을 번쩍 치켜올렸다. 유리엔이 끼어든 것은 그때였다.

"어이, 거기 이빨 염색한 아저씨?"

건달이 하려던 짓을 멈추고 고개를 돌렸다. 무시하기엔 목소리가 너무 예뻤기 때문이다.

유리엔은 건달의 얼굴을 정면으로 마주하자마자 나서길 잘했다고 스스로 칭찬했다. 가만 놔두었으면 애꿎은 미녀가 시력을 잃었을 뻔했다.

"이건 또 뭐야? 하녀?"

유리엔은 말로 응수하는 대신 얼굴을 가린 천을 잡았다. 그리고 그대로 끌어내렸다. 그녀는 본인의 외모가 타인에게 어떤 영향을 끼치는지 잘 알고 있었다. 열에 열은 넋을 놓으며 무방비한 상태가 된다. 물론 그냥 달려들어 때려도 이길 자신은 있었지만 원래 방심한 상대를 패는 것이 더 쉬운 법이다. 천이 벗겨지고 유리엔의 얼굴이 고스란히 드러났다.

"……!"

건달과 미녀가 나란히 놀라서 눈을 동그랗게 떴다. 골목의 입구에

웬 천사가 있었다. 보석 같은 검은 눈동자에 그림보다 미려한 이목구비는 상대가 미소를 머금자 그 아름다운이 배가 되었다. 미인에게 약한 건달의 입이 침이라도 흘릴 것처럼 헤 벌어졌다. 미소를 유지하며 유리엔이 자박자박 건달에게로 다가갔다. 건달은 여전이 정신을 차리지 못하고 있었다. 그의 혼이 돌아온 것은 유리엔이 온 힘을 다해 상대의 가랑이 사이를 걷어찬 직후였다.

"헉!"

"어머!"

헛숨을 들이켜며 건달이 눈을 부릅떴다. 일시에 모든 움직임이 멎었다. 머리털이 쭈뼛 서고 눈앞이 새하얗게 변했다. 아무런 생각도 들지 않았다. 손목의 자유를 찾은 여인이 떨리는 손으로 입을 가렸다.

"그, 그곳을……."

털썩.

이윽고 건달이 쓰러졌다. 무릎을 꿇은 채 고개를 땅으로 처박은, 어딘지 안쓰러운 자세였다. 모든 걸 지켜본 여인의 눈동자가 세차게 흔들렸다. 피 한 방울 나지 않았는데 처참하다는 생각이 드는 건 처음이었다.

잠시 후 유리엔이 긴 머리를 쓸어 넘기며 뿌듯한 표정을 지었다. 건달이 완전히 기절한 것을 확인했다. 후, 이렇게 오늘도 악을 처치하고 한 마리의 어린양을 구원하는 것에 성공했구나.

"저…… 가, 감사합니다."

구원받은 어린양의 인사를 뒤로하고 유리엔은 쿨하게 자리를 벗어났다. 원래 영웅은 말없이 사라지는 거지. 그녀는 이때도 모험소설을 즐겨 읽었다.

홀가분하게 장소를 이동한 유리엔은 다시 축제 구경을 시작했다. 하나 간과한 것이 있었다. 얼굴을 가렸던 천을 떨어뜨린 채로 그냥 나오고 만 것이다. 만천하에 드러난 유리엔의 얼굴은 그야말로 요정 같고, 천사 같고, 또 여신 같았다. 축제 때문에 몰린 인파는 자연히 그녀에게로 다 함께 이목을 집중했다.

마을에는 공교롭게도 유리엔의 정체를 모르는 음험한 노예 상인도 여럿 서식하고 있었다. 그들은 유리엔의 차림새를 통해 상대가 하녀일거라 간주하고 마음껏 욕망의 마수를 펼쳤다. 특등상품이다! 납치하자!

그러나 노예 상인들은 온갖 방법을 동원했음에도 납치는커녕 목표의 발끝 하나 건드릴 수 없었다. 유리엔의 비밀 호위가 된 네 청년이 발에 땀나게 활약했기 때문이다.

그들은 처음에는 유리엔이 자신들의 존재를 당연히 모를 거라고 생각했다. 최대한 은밀하고 조심스럽게 모습을 드러내지 않으며 활동했으니까.

그런데 시간이 지날수록 차츰 의심이 들기 시작했다. 정말 모르는 거 맞아? 실은 이미 다 알고 있는 거 아냐? 아무것도 모르면서 저렇게 무법자처럼 막 사고를 치고 다닐 수 있나?

결론적으로 유리엔은 알고 있었다. 그림자를 자처한 네 사람의 존재를 인지하고 있었기에 그만큼 더 마음 놓고 활개를 쳤다. 네 청년이 그 사실을 알게 된 것은 유리엔이 어느 날 뜬금없이 그들을 불러 돌을 치우게 했을 때였다.

"길이 너무 울퉁불퉁한 것 같지?"

"네?"

“만들어. 깔끔하게.”

“……!”

네 사람은 그때부터 유리엔이 부르면 튀어나오고 꺼지라고 하면 도로 그림자로 돌아가는 똥개 같은 신세가 되었다. 그들이 원한 것은 어딘지 폼 나고 카리스마 있으며 신비감이 넘치는 어둠의 비밀 호위대였지만, 안타깝게도 그러기엔 상대를 잘못 골랐다. 그들은 그저 충실한 발닦개가 되었을 뿐이다. 과연 이상과 현실은 다른 법이었다.

Chapter 9

갑자기는 원래 예고가 없어

막바지에 들어선 여름은 기승을 부리던 더위를 조금씩 걷어가기 시작했다. 유리엔은 매일 열심히 응원을 아끼지 않았다. 더 빨리 걷어가라! 더 빨리! 여름 꺼져! 유리엔이 그러니 덩달아 린이나 루네, 루제도 곁에서 함께 기원했다. 여름 사라져!

염원이 닿았는지 날씨는 생각보다 빠르게 선선해졌다. 유리엔은 낮아지는 기온에 몹시 기뻐했다. 여름이 싫은 것도 있었지만, 아무래도 요즘 제 상태가 이상한 것이 아무래도 더위를 먹어서 그런 것 같았기 때문이다. 아무렴, 그렇지 않고서야 설명이 되지 않는다.

카엘은 유리엔이 여름 내내 거처에서 두문불출하는 동안 잊을 만하면 종종 찾아와 시답잖은 이야길 나누고 돌아가곤 했다. 그리고 유리엔을 당황시킨 것은 그런 상대의 실없는 방문이 아니라, 그걸 은연중에 반갑다고 생각하고 만 스스로의 태도였다. 반갑다니? 다른 사람도 아니고 카라멜이 반갑다니? 아무리 생각해도 더위가 원인인 것 같았다. 더위를 먹어서 그만 맛이 갔던 게 분명하다. 다행히 이제 날씨가 시원해지고 있었으니 앞으로는 도로 정신이 멀쩡해질 것이다. 유리엔은 그렇게 믿으며 활짝 웃었다. 간만에 맞이하는 오전의 서늘한 공기는 더할 나위 없이 마음에 들었다.

같은 시간, 황제의 집무실로 불려간 카엘은 잔뜩 굳은 얼굴을 하고 있었다.

"그게 무슨……."

믿기 힘들다는 기색이 딱딱해진 낯 위로 여실히 묻어났다. 황제 또한 마찬가지로 그다지 좋지 못한 표정이었다. 이어지는 목소리가 침중했다.

"방금 도착한 소식이다. 얼마 되지 않았어."

"사실입니까?"

"거짓을 전할 이유라도 있느냐? 나도 믿고 싶지 않지만……."

집무실의 공기가 무겁게 가라앉았다. 기별은 오늘 아침에 전해졌다. 최상급 전서구를 통한 급보였다. 발신국은 유리엔의 모국인 카르나 제국.

"황녀를 불러야겠구나."

카르나의 황제가 위독하다는 소식이었다. 그것도 최악의 상황을 염두에 두어야 할 만큼, 몹시.

그날 오후, 화려한 마차 한 대가 제국을 벗어났다.

"다리 아프다."

"나도."

"나도."

"흥, 애송이들. 무릇 진짜 사나이란 고작 이 정도 고행에 징징대지 않는 법이지."

"너 또 어제 <사나이의 길> 읽었냐?"

끝나가는 여름의 바람은 덥지도 않고 시원하지도 않았다. 미지근한 온도로 머리끝을 흩날리는 바람 속에서 네 명의 청년이 옹기종기 길가에 서 있었다. 그들은 저마다 각색의 머리 색을 하고 있었는데, 왼쪽부터 차례대로 붉은색, 주황색, 노란색, 초록색이었다. 붉은색 머리의 청년이 입을 열었다. 이름은 레윈이었다.

"그런데 우리가 왜 여기서 이러고 있어야 되는 거야?"

그에 주황색 머리의 청년이 말을 받았다. 그의 이름은 오윈이었다.

"안 하면 죽으니까."

"아하!"

오윈의 대답에 노란색, 초록색 머리의 청년이 함께 납득했다는 듯 고개를 끄덕거렸다. 둘의 이름은 각각 옐윈과 그윈이었다. 색색의 머리 색을 지닌 네 청년. 그들은 바로 유리엔의 충실한 발닦개, 아니, 그림자였다. 현재 그들은 황성의 외성 부근에서 유리엔을 기다리고 있었다. 다시 말해 마중을 나왔다는 소리다. 길드를 통해 입수한 정보에 따르면 오늘 내로 마차는 이곳에 도착한다. 정확히 언제쯤일지는 알 수가 없어서 아침 일찍 나왔더니 그들은 슬슬 다리가 아팠다. 더해 지루하기도 지루했는지 옐윈은 크게 하품을 했다.

"그런데 역시 의외지?"

"뭐가?"

"벌써 가을이 다 되어가잖아!"

"그러게."

유리엔은 봄에 제국을 떠났다. 그리고 여름이 거의 다 지나서야 귀

성길에 올랐다. 벌써 반년에 가까운 시간이 흘렀다는 것이 네 사람은 마냥 신기하기만 했다. 보나마나 도착 즉시 깽판이나 치고 빠르게 귀환할 줄 알았는데. 덕분에 유리엔이 언제쯤 돌아올 것인가를 주제로 했던 내기는 아무도 승자가 되지 못했다.

"난 솔직히 일주일 만에 돌아오실 줄 알았어. 정략 상대를 대면하자마자 뺨이나 한번 쫙! 올려붙여 주고."

"그랬다가 상대가 '내 뺨을 때린 여자는 네가 처음이야' 하고 들러붙으면?"

"헛! 그건 생각 못 했다."

"설마 그런 변태가 제국의 황태자일 리가…… 어! 마차다!"

오원이 눈을 동그랗게 떴다. 드디어 기다리던 대상이 모습을 드러내고 있었다. 황가의 문양이 새겨진 새하얗고 화려한 마차가 멀리서부터 조금씩 가까워졌다. 네 명은 누구 하나 할 것 없이 저마다 반색했다.

"와! 이제 이 다리의 아픔도 끝인가!"

"야, 있잖아."

"왜?"

"갑자기 생각난 건데 말이야, 황녀 전하께서 우리를 안 반겨주시면 어떡하지?"

"……언제는 마중 안 나오면 죽여 버리겠다고 하셨잖아."

"헉! 듣고 보니 그래. 황녀님께선 한 입으로 열 말을 하시지! 나오라고 했으면서 막상 나오니까 '뭐야 이것들은! 길 막지 말고 비켜!' 이러면서 마차로 치고 가실지도……."

"그, 그러지 마. 괜히 불안하게."

"진짜 사나이는 마차에 치여도 죽지 않는다!"

"이 미친놈한테 '사나이의 길' 전해준 거 누구야?"

네 사람이 각자 부산스럽게 떠들었다. 그러는 사이 마차는 점점 거리를 좁혀오고 있었다.

잠시 후, 그들의 걱정과는 다르게 마차가 천천히 속력을 줄였다. 달리던 말들이 점차 걷기 시작하더니 종내에는 완전히 움직임을 멈췄다. 이윽고 마차의 문이 열리고 한 인영이 에스코트를 받아 내려섰다. 흑단 같은 검은 머리카락에 새하얀 얼굴이 청초하게 드러났다. 누가 봐도 숨 막히게 예쁜 미녀를 앞에 두고 청년들은 사이좋게 침을 삼켰다. 좋아서는 아니었다. 그보다는 무서워서. 긴장 속에서 넘어간 것은 마른침이었다.

이내 유리엔이 네 청년을 순서대로 눈에 담았다. 알록달록한 머리털들을 오랜만에 보니 참 정겹다. 그녀는 꺼지라는 말 대신 부드럽고 상냥한 미소를 입가에 머금었다. 죄를 씻어줄 것만 같은 투명한 미소였다. 반가움의 의미란 걸 알았기에 청년들은 그제야 활짝 표정을 폈다. 곧 유리엔이 두 팔을 벌리며 웃었다. 그들은 감격에 겨워 즉시 달려들었다.

"황녀 전하!"

"마스터!"

"주인님!"

"유리엔 님!"

밝은 목소리로 그녀를 부르며 달려오는 네 사람의 눈동자가 아롱아롱했다. 훈훈한 광경이었다. 어느 정도 간격이 가까워졌을 때, 유리엔은 펼쳤던 팔을 도로 접어 제 드레스 자락을 쥐었다. 그리고 몸을 날렸다.

"내가……."

가녀린 체구가 공중으로 떴다. 검고 긴 머리카락이 허공에 나부꼈다. 잠시 후, 시원한 매타작 소리가 울렸다.

"호칭 하나로 통일하겠지, 이 잡것들아!"

빠악!

가장 선두에 있었다는 죄로 레윈이 얻어맞고 나가떨어졌다. 주인과 발닦개의 눈물겨운 반년 만의 상봉이었다.

얼마나 울었는지 두 눈이 퉁퉁 부어 있었다. 새빨개진 코끝으로 루네가 훌쩍, 남은 눈물을 삼켰다. 곁에서 루제가 그런 루네의 등을 쓰다듬었다.

"……지금쯤이면 도착하셨겠지?"

"아마도."

루제의 목소리는 어두웠다. 소식을 듣고 얼마나 놀랐는지 모른다. 황녀 전하께서 떠난다니! 하나 모국에 계신 황제께서 병상에 누웠다는 급보가 도착했으니 가지 않을 수도 없는 일이었다. 유리엔은 당연한 것처럼 채비를 했다. 그리고 마차에 올랐다.

그렇게 멀어지는 상대의 뒷모습에 자매는 어쩐지 덜컥 겁이 났다. 고작 몇 개월을 함께했을 뿐이지만, 신기할 만큼 정이 깊었다. 만약 지금의 작별이 정말로 헤어짐이라면 견딜 수 없을 것 같았다.

"곧 돌아오실 거야."

루제가 위로하듯 말했다. 그러나 목소리에는 확신이 없었다. 유리엔은 위독한 아버지의 곁을 지키기 위해 모국으로 떠났다. 병세가 호전된다면 금방 다시 돌아올 수도 있는 일이었다. 그런데 이상하게 좋지 못한 예감이 들었다. 꽤 오랫동안 만나지 못할 것 같은, 그런 느낌.

"꼭 돌아오실 거야!"

불길함을 몰아내듯 루제가 목소리에 힘을 담았다. 말에는 염원이 묻어 있었다.

"아니! 이 녀석이 나무 좀 다듬어놓으랬더니?"

아카시아궁의 정원사가 간만에 황당한 표정을 했다. 한동안 시키는 대로 척척 일을 해내나 싶었더니 이놈의 수습이 어딜 갔는지 근무지에서 보이질 않았다. 정원사가 상대를 발견한 것은 잠시 후 인적이 드문 어디 구석에서였다.

"이 녀석아! 멀쩡하다 했더니 도로 처음처럼 농땡이냐?"

"아저씨……."

"누가 아저씨야! 정원사님이라고 부르랬지! ……잠깐, 너 우냐?"

구석에 틀어박힌 노바카사는 웅크리고 앉아서 무릎을 끌어 모으고 있었다. 당장 끌고 갈 기세로 찾으러 온 정원사가 그런 그를 내려다보곤 흠칫했다. 얼굴이 엉망이었다.

"왜, 왜 울어?"

"아저씨…… 크흡, 린이 갔어요…… 끄흡."

"뭐? 린? 린이 누군데? 세상에, 너 대체 얼마나 운 거냐?"

"이별은 당연한 건데…… 근데 이상하게 이번엔 슬퍼요…… 어허어어엉."

"이, 이놈아! 울지 마! 다 큰 사내놈이! 아이구야."

정원사가 허둥지둥했다. 노카바사는 정말로 서럽게 울었다. 닭똥 같은 눈물이 짙은 파란색 눈동자에서 뚝뚝 떨어졌다. 그의 자랑거리였던 곱상한 얼굴이 눈물과 콧물로 아주 엉망이었다. 노바카사가 이내 끌어 모은 무릎 사이로 고개를 처박았다. 어깨가 안쓰럽게 들썩거렸다.

린이 떠났다. 처음엔 유리엔이 출성했다는 소식을 들었다. 아버지가 아프기 때문이란다. 갑작스런 소식에 놀라긴 했지만 금방 그러려니 했다. 별 마음의 동요 없이 담담히 상대의 쾌유를 빌었을 뿐이었다. 그런데 시간이 더 지나고 나서 깨닫게 되었다. 린은 유리엔의 하녀였다. 당연히 함께 제국을 떠났다.

노바카사가 이를 악물었다. 옷소매를 적시는 눈물이 양을 늘려갔다. 첫날에는 그저 허전한 기분이 다였다. 그러더니 둘째 날에는 문득 가슴이 텅 빈 것 같은 공허함이 들었고, 셋째 날에는 그 빈 가슴에 상실감이 차올랐다. 그러자 갑자기 견딜 수가 없었다.

“린…… 흐어엉…… 허엉.”

노바카사의 연애 경험은 태산처럼 많다. 사람을 만나고 헤어지는 건 그에게 굉장히 익숙한 일이었다. 그는 지금껏 단 한 번도 이성과의 이별에서 감응을 받아본 적이 없었다. 만남이 있으면 헤어짐이 있는 건 기본적인 순리가 아닌가. 작별이 대체 뭐라고. 고작 그게 뭐라고 마음이 이렇게.

“그…… 실연이라도 당한 거냐? 인마, 그냥 털어버려! 세상의 절반이 여자야!”

“흐어어어엉.”

노바카사. 약관 스무 세. 여자 울리기가 취미였던 레듀르 제일의 전카사노바. 놀랍게도 첫사랑이었다.

"좀 쉬시죠."

제론이 걱정을 담아 말했다. 그로서는 오랜만에 해보는 진심 어린 염려였다. 카엘은 듣지 못한 듯 계속해서 하던 일에 집중했다. 정말 못 들은 건지, 못 들은 척하는 건지. 다 큰 제론은 한숨을 삼켰다.

"이럴 거면서 왜 말도 없이 보냈습니까? 붙잡는 시늉이라도 하셨어야지."

카엘의 손이 멈췄다. 글자를 읽어 내리던 눈동자가 잠시 정지했다. 그렇게 제자리에 머물러 있던 시선을 카엘이 천천히 움직였다. 느리게 구르는 붉은색 눈동자에 피로가 가득했다. 제론은 그것을 마주하자마자 다가가 강제로 감겨주고 싶다는 생각이 들었다. 미친놈아, 잠 좀 자라.

"……제론."

"예."

"나는 몇 개월이라는 시간이 참 짧은 줄 알았어."

"……."

"고작 계절 두 개에 불과한 시간인데. 고작."

시선은 제론에게로 향했지만 말은 마치 혼잣말처럼 흘러나왔다. 카엘은 초봄의 어느 날을 떠올렸다.

정략혼이 결정되었다는 소식. 그리고 처음 맞이한 상대. 그때만 해도 마냥 싫기만 했다. 이혼이고 파혼이고 서슴없이 해주겠다고, 기회만 생기면 망설임 없이 갈라서겠다고 그렇게 생각했는데.

카엘은 자조했다. 반년도 되지 않은 다짐은 어느 순간부터 온데간데없이 사라졌다. 흔적도 남기지 않아서 그런 결심을 했었다는 것이 그저 우스울 따름이었다. 겨우 몇 개월 만에 이렇게, 혹시라도 상대가 돌아오지 않으면 어쩌나 전전긍긍하게 된 주제에.

"명작 소설 안 읽으셨습니까?"

"뭐?"

"소설에서 보면 고작 하루 잠깐 만나고 서로 죽고 못 사는 사이가 되어 종내 동반 자살까지 하는 경우가 허다합니다. 몇 개월이 뭐가 짧습니까? 계절 두 개? 엄청 긴데요."

"……."

"아무튼 기분은 알겠는데 그만 잠 좀 주무시죠. 그분이 어떤 선택을 할지는 아무도 모릅니다."

제론은 말을 뱉으면서 최악의 상황을 가정했다. 카르나의 황제가 이대로 서거하고, 유리시엔 황녀가 황위를 물려받아 여황제의 자리에 오르는 것. 그럼 뭐, 그냥 끝이다.

약혼이야 기실 언제든지 파기할 수 있었다. 무슨 생각이었는지 모르겠지만 두 황제는 정략혼을 문서로 남기지 않고 구두로만 추진했다. 이익 관계 또한 전혀 얽혀 있지 않았다. 한쪽의 황제가 죽고 나서까지 강제성을 유지할 만한 관계는 못 된단 소리였다. 황제가 될 것이냐, 돌아와 타국의 황후가 될 것이냐. 이도 저도 아닌 제삼의 선택지도 있었지만 제론은 무조건 저 둘 중 하나일 거라고 확신했다. 즉, 모 아니면 도인 상황.

"뭐, 원하시면 자장가라도 불러 드릴까요?"

"꺼져."

제론이 볼 때 유리엔은 두 번째 선택지를 택할 확률이 훨씬 높았다. 그냥 가만히 구경만 하고 있어도 서로가 서로의 존재를 자연스러워하는 것이 저절로 눈에 보였기 때문이다. 언제가 되었든 그녀는 돌아올 것이다. 다만 한 치 앞도 모르는 것이 인생이랬으니 아직은 확신을 아끼고 있을 뿐.

"거절하셔도 강제로 불러 버릴 겁니다. 선택하시죠. 잠인지, 저의 자장가인지."

제론 트아로민. 나이 스물여덟. 요새는 자기 연애보다 남의 연애가 더 걱정이었다.

"아버지."

"……왔구나."

늘 형형하던 눈빛이 지금은 힘이 없었다. 나이보다 훨씬 젊어 보인다고 생각했는데 이렇게 보니 주름살이 적지 않다. 유리엔이 가만히 의자를 끌어다 앉았다. 눈앞에서 마주했는데도 아직 현실감이 없었다.

"이게 무슨 꼴이에요? 병든 닭처럼."

"말본새하고는……. 넌 어떻게 오랜만에 봐도 달라진 것이 없느냐."

"그러는 아버지는 너무 달라졌잖아요."

"한마디도 안 지지."

황제는 유리엔이 들어왔을 때만 잠깐 떴던 눈을 다시 감았다. 눈을 감은 그는 말을 하고 있지 않을 때면 마치 잠든 사람처럼 보였다. 유리엔은 그제야 철렁 가슴이 내려앉았다. 상대의 야윈 얼굴과 시체처럼 창백한 안색 따위가 하나씩 선연하게 눈에 박혀들었다. 시야에 담을수록 턱 끝이 잘게 떨렸다.

"왜…… 이래요? 혹시 뭐라도 잘못 먹은 거예요?"

독이 아니냐는 질문이었다. 황제는 미세한 고갯짓으로 그것을 부정했다. 그의 병세는 후천적인 것이 아니다. 황제 또한 알게 된 지는 얼마 되지 않았으나 이 병은 유전이었다. 황제는 한동안 눈을 감은 채로 고르게 숨을 뱉었다. 그는 한참 만에 다시 입을 열었다.

"유리엔."

"……."

"기억나느냐? 네가 아직 어렸을 때 말이다. 난 너를 회의에 데려간 적이 있었다. 그해 들었던 흉년과 국경의 군사에 대한 문제를 논의하기 위한 어전회의였지."

"……엄청 예전 일이잖아요."

"그래. 그때 넌 장장 몇 시간이나 이어진 회의에서 단 한 번도 졸거나, 나가고 싶다는 의사를 내비치지 않았다. 고작 한 시간짜리 자수 수업은 견디지 못하고 도중에 도망쳤으면서, 반나절을 진행한 회의에서는 내내 지루한 기색도 없이 집중했어. 겨우 어린 소녀였는데."

"……."

"후에 내가 어땠냐고 물으니 너는 끔찍하게 지겨웠다고, 무슨 소린지 하나도 못 알아들었으니 다신 그런 자리에 대동하지 말라고 답했었지. 그때…… 정말로 진심이었느냐?"

유리엔은 입을 다물었다. 꿀 먹은 벙어리가 되어 대답을 않았다. 그러나 간혹 침묵이 어떤 것을 대신할 때도 있는 법이다. 황제는 답을 들은 사람처럼 허허 웃었다. 웃음 끝에 잔기침이 묻어나는 바람에 유리엔이 덜컥 놀라 그의 손을 잡았다.

"아버지."

"……네가 아딘에게 모든 걸 양보하고 싶어 하는 걸 안다. 네 뜻이 그렇다면 난 당연히 그를 꺾을 생각이 없었어. 그래서……."

"……."

"대신 네게 갈 곳을 만들어주고 싶었다."

황제는 십 년도 넘게 지난 어느 순간을 회상했다. 국교차 방문했던 곳에서 한 남자아이를 봤다. 제 딸과 동년배의 아이였다. 덜 자라 조그마한 몸집에 눈빛만은 어른인 체하던 아이. 황제는 그 아이에게 꽤 오래 시선을 주었다. 아이에게선 어딘지 모르게 딸을 볼 때와 비슷한 느낌이 났다.

"잘 맞을 거라고 생각했지."

"……."

"내 예상이 맞았나 보구나. 네가 이렇게 오래 있다가 온 걸 보면."

유리엔은 부정하지 않았다. 그의 말마따나 유리엔과 카엘은 잘 맞았다. 서로가 신기할 수준이었다. 이제 와 떠올려 보면 왜 첫인상이 그렇게 재수 없었는지 알 것 같았다. 은연중에 느끼고 말았던 거다. 상대에게 익숙해지게 될 거란 것을.

"그것 때문에 날 그렇게 하루아침에 제국으로 보냈던 거예요? 필요해지면 그리로 도망치라고? 왜…… 미리 얘기하지 않았어요?"

"나는 네게 그곳이 '가고 싶은 곳'이 되기를 바랐다. 만약 네가 모든 걸 알고 있었더라면, 그곳은 '가야 하는 곳'이 되었겠지. 의무를 느낀 네가 그곳에서 원하는 대로 마음껏 행동할 수 있었겠느냐?"

"……."

유리엔의 눈이 흔들렸다. 당연히 아니다. 만약 알았다면, 아버지의 뜻을 전부 알았다면 그녀는 제국에 억지로 적응하려 했을 것이다. 의무 속에서 스스로를 감추고 가식을 내보였겠지. 황제는 딸이 결코 그러기를 바라지 않았다. 자기 자신을 드러내지 못하는 삶은 그의 입장에서 결코 행복한 인생이 아니었다.

"내가 바라는 것은 하나뿐이다."

"……."

"네가 행복한 것."

"……."

"있고 싶은 곳에서…… 하고 싶은 것을 하며 살거라."

"이제 그만 얘기해요. 숨 차는 게 여기까지 들리니까."

유리엔은 울지 않았다. 대신 마주 잡은 손에 힘을 주었다. 그때 황제가 기침을 했다. 유리엔의 손끝이 뻣뻣하게 굳었다. 잔기침은 한참 동안 멎지 않다가, 어느 순간 정지하듯 끊어졌다. 내려앉은 고요가 어쩐지 그녀의 귓가를 난도질하는 것 같았다. 깨지지 않는 침묵이 날카로운 창끝처럼 그녀를 찔렀다.

"아버지."

"……."

"아버지."

"……."

"아빠……?"

"……."

인형처럼 굳은 유리엔의 어깨를 섬섬옥수가 감싸 끌어안았다. 황후였다. 그녀는 유리엔을 품에 안은 채로 아무런 소리도 내지 않았다. 그러나 유리엔은 상대가 울고 있다는 것을 알 수 있었다. 들리지 않는 흐느낌. 하나 맞닿은 곳에서부터 느껴지는 떨림, 동요, 경련하는 손끝. 유리엔은 그제서야 울음을 터뜨렸다.

궁과 이어진 정원에 네 청년이 나란히 앉아 있었다. 뭘 하는지 다들 말도 없이 꽃잎이나 센다. 그 고요한 분위기 속에서 갑자기 옐윈이 벌떡, 몸을 일으켰다. 옆에 있던 오윈이 놀라서 휘둥그레 그런 상대를 올려다보았다.

"아무래도 안 되겠어!"

"야, 너 뭐 하게?"

"우리가 누구냐? 황녀 전하의 직속 그림자잖아! 어쨌든 가장 가까이서 보필하는 위치라고!"

"그래서?"

"지금쯤이면 전하께서 상심이 굉장히 크실 거 아냐. 장난 아니게 힘드시겠지! 이럴 때야말로 당장 달려가서……."

"그만둬라."

가만히 듣고 있던 레윈이 옐윈의 말을 끊었다. 꽤 무게 있는 목소리였다. 답지 않은 진중함에 잠깐 멈칫한 옐윈이 이내 미간을 구겼다.

"뭐야? 지금 명령한 거냐?"

"널 위해서 하는 말이야. 얌전히 들어."

"웃기네. 내가 왜 네 말을 들어야 하는데? 머리 색 좀 진하다고 지금 리더 행세 하냐?"

"후우……."

레원이 한숨과 함께 고개를 저었다. 다른 사람도 아닌 유리엔을 위로하러 가자며 주장하는 저 멍청한 놈은 지금 가장 중요한 사실을 망각하고 있었다. 레원은 상대가 잊고 있는 것을 알려주기 위해 입을 열었다. 등신이 까먹었다면 알려주는 수밖에.

"생각해 봐라. 네가 헐레벌떡 달래 드리러 간다고 쳐. 과연 황녀 전하께서 너한테 약한 모습을 보이실까?"

"……!"

"만약 울기라도 하던 도중이셨다면? 내 생각엔 그런 모습을 네게 보여줄 바에야 황녀 전하께선 차라리……."

"차라리?"

세 사람의 이목이 전부 레원에게로 집중되었다. 그는 진지한 표정으로 말을 이었다. 어조에는 확신이 서려 있었다.

"네 눈알을 파버리실걸."

"……."

"……."

"……."

레원은 도로 조용히 자리에 앉았다. 차마 반박할 수가 없었다. 다른 사람들도 다시 입을 닥쳤다. 그냥 꽃잎이나 세자.

카르나의 황제가 서거했다. 젊은 나이에 맞이한 임종이었다. 제국의 주인이 숨을 거두면서 나라 전체가 슬픔에 빠져들었다. 예정되어 있던 모든 행사와 축제가 취소되었으며, 귀족을 비롯한 전 국민이 일 년간 결혼을 하거나 연회를 열 수 없었다. 황제는 성군이었기에 많은 백성이 진심으로 그의 죽음을 애도했다.

유리엔의 남동생이자 제국의 황태자인 아딘은 아직 어렸다. 고작 열두 살의 생일을 지나 보냈을 뿐이다. 어린 소년은 장례를 치르는 내내 감정을 추스르지 못했다. 유리엔은 잠자코 그런 동생을 품에 안아 다독였다.

황후는 의외로 담담히 식을 지켜보았다. 그녀는 장례가 진행되는 사흘 동안 눈물 한 방울 보이지 않으며 꼿꼿한 자세를 유지한 뒤, 식이 끝나고 거처로 돌아오는 길에 그대로 혼절했다.

유리엔은 그녀가 사흘간 한 끼도 먹지 않았다는 것을 알고 있었다. 이 자리의 그 누구보다 상실과 슬픔이 클 사람이다. 차마 억지로라도 물과 음식을 입에 대라 권할 수가 없었다.

다행히 황후는 금방 기력을 차렸고, 그때부터는 평소처럼 식사를 하기 시작했다. 아딘은 어머니의 곁에서 떨어지지 않으며 밤마다 눈물이 마를 때까지 울었다. 아딘이 울지 않게 된 건 꼬박 일주일이 더 지나서였다. 유리엔은 그때부터 차츰 바빠졌다.

"유전이라고요?"

"네. 기록을 보면 세대마다 대물림되지는 않았고, 아마도 격세유전인 것 같습니다."

"운이 없었다는 거네요."

"그렇게 볼 수도 있습니다."

궁의도 손을 쓰지 못했다. 할 수 있었던 거라곤 그저 남은 시간을 세는 것뿐이었다. 선천적으로 타고난 병이라 방법이 없었다고 한다. 유리엔은 잠시 허공을 응시하며 말을 아꼈다. 참 허망했다.

"즉위식은 얼마나 미룰 수 있죠?"

"최대 5년입니다."

"원래는 3년쯤이었던 걸로 기억하는데?"

"얼마 전 법이 개정되었습니다."

카르나의 황권은 현재 전권 황후에게로 위임된 상태였다. 본래 제국에선 한 가문의 가주가 갑자기 별세했을 경우 작위의 계승을 최장 3년까지 미룰 수 있었다. 그동안은 가주의 권력을 그의 배우자가 대신 행사한다. 황실 또한 마찬가지였다. 달라진 것이 있다면 제한이 5년으로 늘어났다는 점이다. 유리엔은 짧게 고개를 끄덕였다. 아버지께서 힘을 쓰셨구나.

"미루실 겁니까?"

"네. 최대한으로."

"황위를 양보하실 생각이시군요."

"표현이 이상하네요. 제왕학을 배우며 성장한 건 처음부터 아딘이었어요."

유리엔은 덤덤히 말했다. 황제의 보좌관으로서 그녀를 어릴 때부터 봐온 후작은 그저 침묵으로 대답했다.

엄밀히 따지면 유리엔과 아딘은 서로 계승 서열에 차이가 없었다. 그럼에도 유리엔이 저리 나오는 이유를 후작은 어림으로나마 짐작할 수 있었다. 일반적으로 누이에게 황위를 빼앗긴 황자는 갈 곳이 없어진다. 반대의 경우보다 훨씬.

"무엇보다 나는 가고 싶은 곳이 있거든요."

"예?"

"돼지들이 섭정에 눈독 들이는 꼴은 못 보겠으니, 즉위식은 아딘이 성장한 후에 치르게 할 거예요. 도와주실 거죠?"

후작은 고개를 들었다. 맑게 빛나는 검은색 눈동자가 올곧게 저를 응시하고 있었다. 어투는 부탁이나 사실 그 안에 담긴 것은 명령이다. 후작은 이내 고개를 끄덕였다.

"알겠습니다."

"발표 시작하겠습니다!"

"응, 읊어봐."

의자에 앉은 채로 유리엔이 시작하라며 눈짓을 했다. 그러자 레윈이 씩씩하게 말을 꺼냈다.

"현재 제국 안에는 총 세 덩어리가 있습니다. 1번, 황태자파."

레윈이 마치 소개하듯 1번 파를 언급하자, 옆에 서 있던 오윈이 기다렸다는 듯 연기를 시작했다.

"크흠! 옥좌에 앉으실 분은 엄연히 적자이신 아딘 전하시오! 황태자 전하께 황위가 돌아가는 것은 물 흐르듯 자연스러운 일이 아니겠소?"

"2번, 황녀파."

"무슨 소리요? 그럼 황녀 전하께선 적자가 아니란 말씀이시오? 황녀 전하께서도 계승 서열에선 결코 밀리지 않소이다! 황관의 주인을 확신하기엔 아직 이르오!"

"3번, 황녀파는 황녀파인데 몹시 추잡하고 재수 없는 황녀파."

"무릇 사내보단 계집이 다루기 쉬운 법입니다. 황녀 쪽이 황위에 오르는 것이 우리가 권력을 잡기에 훨씬 편할 겁니다."

"여기까집니다."

2번 파는 옐윈이, 3번 파는 그윈이 각각 맡았다. 그윈은 내심 억울했다. 자기가 맡은 3번 파의 대사가 영 더러웠기 때문이다. 어쨌든 유리엔은 잘 들었다며 손뼉을 쳤다.

"예상했던 것과 똑같네."

"저희가 각 세력의 귀족 리스트도 뽑아냈습니다. 여기 보세요."

"수장도 알아냈어?"

"물론이죠! 아주 밤낮없이 길드를 돌렸습니다. 노력의 산물로 봐주시면 되겠습니다."

"제법인데? 잘했어."

"후후후."

길고 유려한 유리엔의 손가락이 레윈이 내미는 종이 뭉치를 받아 들었다. 길드원을 굴려 도청이라도 한 건지 종이에 적힌 내용은 제법 상세했다. 그녀는 종이를 빼곡하게 수놓은 글자들을 읽으며 콧잔등을 긁적였다. 당연히 이럴 줄 알았다 싶은 놈도 있고, 이거 의왼데 싶은 인물도 있었다. 거참 사람이란.

"이제 앞으로 어떡하실 겁니까?"

"짐작하고 있으면서 뭘 물어?"

"그래도요."

"간단해. 1번을 북돋고, 2번을 설득하고, 3번을 조진다."

"말만 들으면 엄청 쉽네요. 그래서 얼마나 걸리는데요?"

"5년."

유리엔이 깔끔하게 말했다. 두 번 알아들으라고 손가락 다섯 개도 펼쳐서 보여줬다. 답을 들은 레윈의 입가가 경련했다. 그 기간 동안 이리 구르고 저리 구를 자기들의 미래가 눈앞에 훤히 펼쳐지는 것 같았다.

"저희 휴가는요……?"

"있겠어? 참, 이거 덩어리 중에 중립은 없나?"

"있습니다. 그 명단에서 빠진 귀족들이 대부분 중립이라고 보시면 됩니다. 그런데 솔직히 이 상황에서 중립이면 뭐, 거의 방관이죠. 자긴 누가 황제가 되든 상관없다는 식이라."

"이기는 편이 내 편?"

"바로 그겁니다!"

"좋아. 일단 오늘은 쉬어."

쉬라는 말에 레윈을 비롯한 네 명의 얼굴이 활짝 밝아졌다. '일단'이라는 말이 걸리긴 했지만 어쨌든 쉰다니 마냥 좋았다. 그런 청년들을 뒤로하고 유리엔이 몸을 일으켰다.

"어디 가십니까?"

"친구 좀 만나러."

유리엔은 짧게 대답하고 나갈 채비를 했다. 그에 네 남자가 서로를 돌아보며 눈빛으로 물었다. 그럼 쉴 게 아니라 따라붙어야 하는 거 아냐? 낌새를 읽었는지 유리엔이 먼저 손을 내저었다.

"안 따라와도 돼. 호위 대동할 거고, 여차하면 부를 비장의 무기도 있어."

"비장의 무기요? 언제 그런 게 생기셨습니까?"

"어쩌다 보니. 아무튼 걱정 말고 쉬어. 어차피 내일부턴 원 없이 구르게 될 테니까."

"크읍……."

쉰다는 기쁨도 잠깐, 곧 닥쳐올 연중무휴 노동의 미래에 네 청년의 낯이 어두워졌다. 유리엔은 그중 레윈의 어깨를 대표 삼아 두드려 주고 방을 나섰다. 잠시 후 그녀를 태운 마차가 내성을 벗어났다.

마차가 길을 달리는 동안 유리엔은 잠자코 생각에 잠겼다. 막 소식을 듣고 뮤리엔 제국에서 출발할 때는 놀라서, 도착한 뒤로는 슬퍼서 다른 생각을 할 겨를이 없었다. 그러다 시간이 흘러 어느 정도 감정을 추스르고, 격양된 기분을 조금 가라앉히고 나니 이제야 미처 인식하지 못했던 것이 보였다.

'허전해.'

유리엔의 눈은 창밖을 향했다. 그러나 풍경을 담지는 않았다. 시선은 아무것도 없는 허공에 머물러 있었다. 그녀는 제 가슴 한구석에 자리를 잡은 묘한 공허를 지금에서야 자각했다. 마치 마땅히 있어야 할 것이 사라진 것 같은, 유쾌하지 못한 쓸쓸함. 붉은색이 언뜻 눈앞에 아른거렸다. 직후 유리엔은 깜짝 놀라서 뭔가를 지워내듯 허공을 마구 문질러 댔다. 뭐야, 방금! 나 방금 뭘 떠올린 거야?

"미쳤어……."

반쯤 넋을 뺀 유리엔이 황당하게 중얼거렸다. 자기 자신한테 하는 말이었다.

"미쳤어!"

보고 싶다고 생각하다니! 맙소사, 상대를 보고 싶다고!

"황녀 전하? 무슨 일 있으십니까?"

마부석에 앉은 찰스가 외침을 들었는지 괜찮으냐고 물어왔다. 유리엔은 대답하지 않았다. 그녀는 그저 손을 들어 입을 가렸다. 표정 전체가 혼란으로 물들었다.

'미쳤어!'

세 번을 반복해도 모자랐다. 소리 없는 경악이 마차 안에서 아우성쳤다.

하르셈 백작가의 영양인 카레니아 하르셈의 간덩이는 커진 지 오래다. 그녀는 종종 보기보다 담이 크다는 평을 들을 때마다 누군들 저와 같은 환경에서 자란다면 이 정도 담은 가지게 될 거라고 생각하곤 했다. 어떤 환경이냐 하면, 그러니까 제국의 황녀인 유리시엔 드 카르나와 오랫동안 절친한 친구로 지내는 것 말이다.

"카린!"

"왔어?"

기별도 없이 불쑥 사람이 방문했음에도 카린은 놀라지 않았다. 과거 유리엔의 급습은 익숙하다 못해 일상이었다. 이런 것에 일일이 놀라면 황녀의 소꿉친구라는 이름이 아깝다. 카린은 마치 외출했던 식솔이 돌아온 것처럼 자연스럽고 반갑게 유리엔을 맞이했다. 요즘 아카데미를 다니기 시작한 카린은 백작령이 아닌 수도의 저택에서 지내고 있었다. 그녀는 곧바로 친구를 제 방으로 안내했다.

"잘 지내다 왔나 보네."

고풍스러운 탁자를 가운데 두고 두 사람은 각자 맞은편에 앉았다. 등받이에 한껏 몸을 늘어뜨린 유리엔은 앉은 건지 누운 건지 잘 구분이 가지 않는 자세였다. 물론 카린은 저런 것도 익숙했다.

카린은 일부러 괜찮으냐는 말은 꺼내지 않았다. 상대가 원하지 않을 것을 알았기 때문이다. 그녀는 대신 다른 주제를 입에 담았다. 하녀가 준비해 준 다과를 들며 유리엔이 그에 대꾸했다.

"어떻게 알아? 잘 지냈는지?"

"네가 지금 돌아온 걸 보면 어지간히 잘 지낸 거지, 뭘."

유리엔을 아는 사람들이 익히 그렇듯 카린 또한 그녀가 꽤 일찍 귀환할 거라고 생각했다. 짧으면 보름, 길어야 한 달. 한데 그런 예상을 깨고 상대는 무려 다섯 달이 넘게 지난 후에야 있던 곳으로 돌아왔다. 그것도 예기치 못한 사건이 터져 급하게 귀국한 상황이었으니, 만약 황제의 신변에 문제가 생기지 않았다면 어떻게 되었을지 알 수 없는 일이었다. 카린은 김이 나는 찻잔을 들어 입으로 가져갔다. 마냥 신기했다.

"뭐……."

"부정하지는 않네?"

"……."

유리엔은 침묵했다. 솔직히 말하면, 그래, 못 지낸 건 아니었으니까. 그녀는 다시 떠오르려 하는 특정인의 얼굴을 머리를 붕붕 저어 털어냈다. 왜 자꾸 떠올라! 미치겠네! 유리엔은 잡생각을 지우려는 듯 뜨거운 차를 식히지도 않고 벌컥벌컥 마셨다. 카린이 깜짝 놀라서 황당하게 그걸 바라보았다.

"혹시 목말랐니? 더 줄까?"

차가 더 필요하냐는 말에 유리엔은 고갯짓으로 사양했다. 충동적으로 벌인 짓에 혀와 목구멍이 뜨거웠다. 아까부터 대체 뭘 하는 짓인지. 차 대신 얼음을 띄운 음료를 부탁한 유리엔이 다시 입을 열었다.

"아무튼, 내가 찾아온 이유는 말이야."

"안 들어도 알 것 같아. 반은 내가 보고 싶어서고, 나머지 반은……."

"……."

"아버지 때문이지?"

들고 있던 찻잔을 내려놓은 카린이 선수를 쳤다. 유리엔은 작게 주억거리며 긍정했다. 카린의 아버지인 하르셈 백작은 군사와 관련하여 막강한 영향력을 행사하는 요직에 앉아 있었다. 황제와 친분이 두터웠던 그의 권위는 중앙 귀족 중에서도 알아주는 축에 속한다. 한데 그런 백작의 이름을 유리엔은 아까 두 번째 종이에서 보았다. 2번 파, 즉 황녀를 황제로 추대하고자 하는 무리.

"아버지가 전부터 좀 그런 면이 있으셨지. 네가 황제가 되면 나라가 더욱 잘 먹고 잘살 거라고."

"착각이셔."

"그러게. 내 생각에도 업무가 싫다고 창문을 뛰어넘어 가출하는 황제는 좀 아닌 것 같아."

"뭐? 너 날 너무 잘 아는 거 아냐?"

"이 정도야!"

두 소녀가 서로를 마주 보고 소리 내 킥킥 웃었다. 웃는 얼굴이 천진난만했다. 마침 하녀가 내온 차가운 음료를 유리엔에게 건네며 카린이 말을 이었다.

"아버지는 너무 걱정하지 마. 내가 몇 날 며칠이 걸려서라도 설득할 테니까."

"몇 년쯤 걸려도 괜찮아."

"내 시간도 좀 생각해 줄래?"

이래 봬도 바쁜 여자라며 카린이 타박을 놓았다. 유리엔이 웃으면서 응수했다. 뭘 하느라 바쁜데?

"한창 청춘사업 중이라서."

"청춘사업?"

"내가 요즘 아카데미를 다니고 있는 건 알아?"

"들었어."

"그곳에서 내 운명을 만났거든."

유리엔은 눈을 껌벅거렸다. 낯간지러운 단어가 등장했다. 운명.

"운명의 적수?"

"청춘사업이라고 했잖아! 운명의 사랑 말이야. 사! 랑!"

카린이 강세까지 두며 강조했다. 그에 유리엔이 흐음, 비음을 흘리며 눈을 가늘게 떴다. 그녀의 친구가 사랑 타령을 하는 것은 드문 일이 아니었다. 그리고 대체로 그리 오래가지도 않았다. 이번엔 또 어떤 놈팡이야? 유리엔은 그 질문을 약간 순화했다.

"또 어떤 얼굴만 반반한 놈이야?"

"아냐! 네가 그렇게 말할 줄 알았어. 하지만 정말 건실한 사람이거든?"

카린은 부탁이니 과거의 남자들은 전부 잊어달라며 현재 애인의 장점을 줄줄이 늘어놓기 시작했다. 얼굴이 잘생기고, 얼굴이 매끈하고, 얼굴이 휘황하고, 얼굴이 찬란하다는 일괄된 칭찬으로만 끝을 맺었던 예전과 달리 이번 특징들은 제법 내적인 것들이었다. 가령 말씨가 곱다든가, 배려심이 많다든가, 약자에게 다정하고 불의를 보면 참지 못한다든가, 뭐 그런 내용들.

이번엔 웬일이냐고 생각하며 유리엔은 친구의 일장 연설을 열심히 들어주었다. 어느새 그녀의 이야기는 운명을 처음 만나던 순간을 설명하고 있었다.

"봄이 만발하던 하루였지……. 난 걱정 반, 기대 반으로 아카데미에 입학했어. 아, 너 내가 예전부터 연금술에 관심이 있었다는 건 알지? 그걸 속성으로 따로 가르치는 클래스가 있더라고."

"기억나. 사랑의 묘약을 만들 거라며."

"……그건 잊어줘. 철없을 때의 환상이었으니까. 아무튼 난 연금술 클래스에 입학했고, 거기서 운명을 처음 만났지. 그런데 사실 운명의 첫인상은 썩 좋진 않았어. 네 표현을 빌리자면, 좀 재수 없었지."

"첫눈에 반한 게 아니었어?"

"아냐. 처음엔 영 별로였어. 사람이 고지식하고, 융통성도 없고……."

"잘생기지도 않고?"

"지금이야 물론 세상에서 가장 잘생겨 보이지만, 그땐 그랬다는 거지. 그래서 솔직히 마음에 안 들었다? 그런데 우연히도 내가 운명과 같은 조가 된 거야! 이 클래스는 2인 1조로 수업이 진행되는데, 같은 조가 되면 거의 하루 종일 붙어 다녀야 돼."

"오호."

"과제며 수업 준비며 뭐든 함께해야 하거든. 그렇게 해서 난 운명과 마치 찰떡처럼 붙어 다니게 됐지. 이 일이든 저 일이든, 아주 사사건건 둘이서 같이 해결하게 된 거야. 그런데 사람 마음이란 게 신기하더라? 분명 처음에는 마냥 재수 없고 마음에 안 들던 상대인데, 어느 순간부터 곁에 있는 게 점점 익숙해지더니 나중엔 없으니까 허전한 느낌이 드는 거 있지? 어딘지 아쉽고, 쓸쓸하고, 문득 보고 싶기도 하고."

"……."

"그러다 깨닫게 된 거야. 아, 좋아하는 거구나! 이건 사랑이야!"
"아냐!"
"뭐?"
한참 도취되어 설명하던 카린이 멈칫했다. 바람직하게 이야길 경청하던 친구가 갑자기 황당한 반응을 보였다. 대뜸 아니라니? 뭐가?
"아니긴 뭐가 아냐?"
"……."
"설마, 사랑이 아니라는 거야? 어머, 얘. 아무렴 너보단 사랑꾼인 내가 더 잘 알지. 이건 틀림없이 사랑이야!"
카린의 어조는 단호했다. 유리엔의 검은 눈동자가 흔들렸다. 사랑. 사! 랑!
"……사랑이라고?"
"그래!"
"계속 곁에 있던 놈이 사라졌는데, 괜히 허전하고 이상하게 보고 싶고…… 그게?"
"물론이지! 좋아해서 그런 거야. 마음이 없으면 그런 감정이 들겠니? 그냥 잠깐 시원섭섭하고 말겠지."
"……."
"어? 너 표정이 왜 그래?"
"……."
"유리엔?"
눈에 보이지 않는 운석들이 떨어져 내리면서 유리엔을 때렸다. 쾅! 콰광! 머릿속에선 계속 같은 문장이 맴돌았다. 좋아해서 그래. 너 그거 상대를 좋아하는 거야. 좋아해! 좋아한다! 사! 랑! 러! 브!

"아니야!"

"……너 괜찮니?"

카린이 친구의 상태를 걱정했다. 유리엔은 그런 그녀의 염려를 뒤로 하고 벌떡 자리에서 일어났다. 그리고 그대로 도망쳤다. 동작이 얼마나 날쌘지 카린은 순식간에 사라지는 제 친구를 그저 지켜만 봐야 했다.

"왜 저러지? ……설마?"

카린이 창가로 이동했다. 창문 너머로 부리나케 멀어지는 유리엔의 모습이 보였다. 십 년을 넘게 알고 지낸 친구의 이상한 반응. 그런데 하필 주제가 사랑. 카린의 표정이 의미심장하게 변했다.

날을 꼬박 새운 유리엔의 낯이 좋지 못했다. 린은 간밤에 유리엔이 총 다섯 권의 로맨스 소설을 읽다 말고 반으로 찢었다는 것을 알고 있었다. 처음에는 웬 로맨스 소설? 설마 황녀님께서 사랑 이야기에 관심을? 하고 생각하며 신기해했으나, 곧 책을 동강 내는 것을 보곤 다른 쪽으로 납득했다. 근력 운동을 하시려는 거구나.

그런 린이 미처 모르는 사실이 있었다. 유리엔의 손에서 최후를 맞이한 책들은 하나같이 공통된 소재를 담은 사랑 이야기였다. '티격태격 얄밉던 그놈이 어느새 사랑으로?' 유리엔은 결국 초반부를 넘기지 못하고 책들을 모조리 작살내고 말았다.

"안색이 나쁘십니다."

유리엔이 새벽같이 시킨 일을 오후쯤 되어 보고하러 온 레윈이 슬그머니 말을 꺼냈다. 척 보기에도 상대의 낯빛이 평소보다 초췌했으니 안부를 묻지 않을 수가 없었다. 유리엔의 검은색 눈동자가 도르륵 굴러 레윈을 시야에 담았다. 이내 못마땅한 듯 미간에 주름이 졌다.

"너 뭐야?"

"네?"

"뭔데 머리가 빨간색이야?"

"……네?"

"머리 색이 뭐 그래? 토마토야? 어?"

"왜, 왜 그러십니까? 제 정체성이나 다름없는 붉은색 머리를……."

"재수 없어. 가서 염색해. 아님 가리든가."

"어흐윽."

영문 모르게 타박을 당한 레윈이 마음의 상처를 입고 눈물과 함께 사라졌다. 곁에 있던 오윈은 속으로 쯧쯧 혀를 찼다. 뭔진 몰라도 잘못 보인 게 있는 모양이었다. 그러니 저리 갑자기 구박을 당하지. 상대를 짧게 동정한 오윈이 이내 대신 보고를 올리기 위해 나섰다.

"황녀 전하."

"그러고 보니 카라멜 중에는 오렌지 맛도 있다지? 그게 그렇게 인기라던데."

"예?"

"넌 뭔데 머리 색이 주황색이야?"

"……예?"

"오렌지 맛 카라멜이야? 그래? 야, 너도 꺼져."

"……!"

오윈도 사라졌다. 상처 입은 청년 둘이 만들어낸 눈물의 길이 반짝거렸다. 그쯤 되자 엘윈은 자연히 잔뜩 굳어 유리엔의 눈치를 살폈다.

오늘 뭐지? 무슨 날인가? 숨만 쉬어도 욕먹는 날? 다행히 옐윈은 별말을 듣지 않았다. 유리엔은 사무적으로 지시했다.

"보고해."

"아, 예. 우선 폐하께서 서거하시면서 군사 쪽은 히미세 후작이, 행정은 일자레 공작이 실권을 쥐게 되었습니다. 둘 다 우직하게 폐하께 충성을 다했던 인물이라 반란의 위험은 없습니다."

"아딘과의 관계는?"

"둘 모두 안면이 있습니다. 특히 히미세 후작은 지난 국가 행사 때 아딘 전하를 곁에서 직접 보필했습니다."

"아버지의 입김이었겠네."

"그렇습니다."

유리엔은 추가적인 보고와 그를 증빙해 주는 서류들을 받아 들었다. 흑요석 같은 눈동자가 좌에서 우로 부지런히 움직였다. 서류를 몇 장 넘긴 유리엔이 이내 옅게 웃었다.

"엄청 바쁘게 뛰어다니셨잖아?"

중도파 귀족의 대부분이 아딘과 인연이 있었다. 이게 우연일 리가 없다. 지금 같은 상황이 되었을 때 유리엔이 어떻게 행동할지 눈에 그리듯 알았던 것처럼 황제는 안배를 통해 그녀의 행보를 도왔다.

"덕분에 할 일이 줄어들었네."

"5년씩이나 걸리지 않을 겁니다."

"아니, 걸려. 아딘이 아직 준비가 안 되었거든."

유리엔은 지금부터 열심히 상을 차릴 것이다. 정성 들여 완성한 다음, 그곳에 남동생을 앉힌다. 차리는 것 자체는 어렵지 않을지도 모른다. 정작 시간이 필요한 것은 덜 자란 남동생의 성장이었다. 차려준

상을 빼앗기지 않도록 필요한 만큼 자라주어야 한다.

"귀족들도 순회해야 하고, 아딘도 어르고 달래고 가르쳐야 하고, 어머니도 도와야 하고. 바쁠 거야. 그렇지?"

"그러시겠죠."

"시간을 가장 빨리 흘러가게 하는 방법이 뭔지 알아?"

"뭔데요?"

"바쁘게 지내는 거."

길 것 같지만 그렇지 않을 것이다. 유리엔은 창밖을 바라보았다. 벌써 가을이었다. 그녀는 아침까지 저를 괴롭혔던 혼란스러움을 잠시 접어두었다가 나중에 다시 꺼내보기로 했다. 상대를 직접 만나 면전에 대고 확인할 수 있을 때, 그때 다시 꺼내서 펼쳐 보기로. 가지에 매달린 나뭇잎의 색이 선명했다. 유리엔은 가늘 하늘을 잠깐 눈에 담았다가 이내 몸을 돌렸다.

Chapter 10

다시 봄

"계약자! 야! 계약자!"

"왜 그렇게 난리야?"

키슬리키가 부산을 떨며 방으로 급습했다. 몇 년이 지났음에도 그는 저 혼자 변한 것이 없었다. 여전히 열 살 남짓한 어린아이의 모습을 하고 키슬리키는 버럭 소리쳤다.

"변태 마법사 죽여도 돼? 어? 죽여도 되지?"

"안 된다고 했잖아."

"아악! 씨! 왁!"

키슬리키가 새빨개진 얼굴로 분에 못 이겨 악을 썼다. 유리엔은 황당하게 그런 상대를 쳐다보았다. 저번에 듣기론 나이가 70이 넘었다던데 하는 짓만 보면 거기서 0을 떼야 할 것 같았다. 미운 일곱 살이니?

"별걸 가지고 그래."

"별거? 별거어? 이게 남의 일이라고 쉽게……."

"악마님! 여기 계셨군요! 악마님은 역시 화내는 모습도 영롱하십니다. 부디 제게도 그 자태를 좀 더 보여주시지 않겠습니까?"

"히익."

키슬리키가 활짝 열어놓은 방문으로 다른 사람이 등장했다. 로브를 입은 남자는 키가 크고 마른 체형의 미청년이었다. 눈처럼 흰 머리카락을 하나로 단정하게 묶은 그는 얼굴 가득 황홀한 미소를 짓고 있었다. 황금색 눈동자가 별처럼 반짝였다. 상대가 나타나자마자 키슬리키는 학을 뗐다.

"왜 죽이면 안 되는데? 왜?"

"이든이 얼마나 유용한 노동력인데. 남의 인력을 멋대로 죽이려 들지 말아줄래?"

"저딴 게 대체 뭐가 유용하단 거야!"

"악마님, 제게도 화를 내주세요! 제발 저를 향해서도 그 아름다운 목소리를!"

"히익!"

결국 키슬리키는 바락바락 외치다 말고 자리에서 도망쳤다. 작은 몸이 짐승처럼 날쌔다. 순식간에 방을 빠져나가 사라지는 것에 마법사, 이든이 애타게 상대를 불렀다.

"악마님!"

이윽고 이든 또한 방을 벗어나며 빠르게 자취를 감췄다. 잠시 소란으로 가득했던 거처가 금방 도로 잠잠해졌다. 언젠가부터 그리 새삼스럽지도 않은 광경이었다. 유리엔은 반쯤 마신 차를 마저 목 안으로 넘기며 재작년을 회상했다.

"아들이 있다고?"

늦여름이었다. 여름만 되면 집 요정이 되는 유리엔은 그날도 어김없이 실내에서만 시간을 보냈다. 귀족들을 포섭하고 조지는 일은 그쯤 어느 정도 마무리가 되었다. 열다섯의 생일을 보낸 아딘은 제법 의젓한 척을 하며 누나의 일을 덜어주었기에, 당시 유리엔은 전보다 제법 한가해진 상태였다.

그런 상황에서 외출을 삼가고 있으려니 문득 심심해졌고, 심심해지니 잊고 있던 것이 떠올랐다. 유리엔은 제가 언젠가 마법사의 소식을 찾아봐야겠다고 다짐했던 것을 생각해 냈다. 십오 년, 아니, 십팔 년 전 작은 왕국에서 왕녀의 호위를 맡았던 평민 마법사. 가진 재능이 비범했으니 살아 있다면 분명 이름을 날리고 있을 것이다. 유리엔은 기억이 일자마자 얼른 발닦개들을 출동시켰다.

그렇게 해서 입수한 정보는 몹시 의외의 사실을 담고 있었다. 아들이라니. 보고를 받은 유리엔이 고개를 갸웃했다.

"전쟁터에 자원해서 그 해를 넘기지 못하고 전사했다고 되어 있잖아. 그럼 그때 아들을 가졌다는 소리야?"

"호적은 그때 등록한 걸로 되어 있습니다."

"애 어머니는?"

"서류상으로는 없습니다."

"애가 어떻게 자란 거지? 혹시 행적을 알 수 있을까?"

"사실 그것도 알아보았는데, 현재 제국 내 마탑에 적을 두고 있습니다."

"마탑?"

묘한 우연이었다. 유리엔이 끼고 있는 반지를 만든 마법사, 그 마법사의 아들이 장성하여 지금 카르나 제국의 마탑에서 지내고 있었다.

유리엔은 반지를 만지작거리며 고민했다. 왕녀와 서로 사랑하는 사이였을 거라던 마법사. 한데 그런 마법사에게 아들이라니. 그녀는 오래 고민하지 않고 명령을 입에 담았다.

"부를 수 있지?"

그리고 대상은 빠르게 불려왔다. 마탑은 제국 황녀의 부름을 거절할 수 있을 만큼 독립적인 단체가 아니었다. 상대는 유리엔을 대면하자마자 정중히 무릎을 꿇었다.

"인사드리게 되어 영광입니다. 탑 소속 마법사, 이든이라고 합니다."

이든을 처음 마주했을 때 유리엔은 우선 놀랐다. 상대의 나이가 그녀의 생각보다 많았기 때문이다. 이든은 얼추 이십 대 중반으로 보였고, 실제로도 그랬다. 나이를 묻자 스물다섯이라고 답한 그는 일국의 황녀를 앞에 두고도 담담하고 차분한 기색을 유지했다. 눈동자는 맑았으며 목소리에는 안정감이 있다. 유리엔의 외모에도 별달리 동요하는 낌새가 없었다.

호기심이 인 유리엔은 상대에게 이것저것을 물었다. 결과적으로 이든은 마법사의 양자였다. 그는 어릴 적 전쟁으로 마을을 잃고 마법사를 처음 만났다. 난민이 된 어린아이는 마법사의 배려로 하룻밤 비를 피하고 굶주린 배를 채울 수 있었다. 그렇게 하루를 보낸 다음 날, 마법사는 아이를 붙들고 말했다. 네가 마법을 배울 수 있도록 해주마.

아이는 십 년에 한 번 날까 말까 한 마법에 대한 천부적인 재능을 지니고 있었다. 마법사는 그것을 알아본 것이다. 그는 이미 삶에 미련이 없었지만 아이는 아니었다. 이대로 사장되기엔 너무도 아까운 재능이고 목숨이었다.

마법사는 알던 사람에게 부탁해 아이를 호적에 올렸고, 모아둔 재산을 털어 마법 아카데미에 입학시켰다. 마법사가 서류로나마 아이의 아버지가 되어준 것은 양친 중 한 명이라도 존재해야 아카데미의 입학이 가능했기 때문이었다.

그리하여 아이는 마법사가 되었다. 그것도 고작 이십 대의 나이로 탑 내에 적수가 몇 없을 정도로 눈부시게 성장했다. 죽은 마법사는 이든에게 은인이자 아버지인 셈이었다.

사정을 들은 유리엔은 고개를 끄덕거렸다. 궁금증이 풀렸다. 알고 싶던 것을 들었으니 더 이상 붙잡아둘 이유가 없었다. 그녀는 고마웠다며 이만 상대를 물렸다. 아니, 물리려고 했다. 키슬리키가 난입한 것은 그때였다.

"계약자! 들었어? 남쪽에 웬 무지개색 버섯이…… 엥? 이 하얀 놈은 뭐야."

폴짝폴짝 뛰어 들어온 키슬리키가 이든을 발견하곤 멈칫했다. 키슬리키는 유리엔더러 나가자고 설득하러-정확히는 막무가내로 조르러-찾아온 마당이었다. 잡다한 호기심이 많은 키슬리키는 간혹 제국의 구석을 탐방하기를 원했는데, 제약 탓에 혼자서는 멀리까지 나갈 수가 없으니 계약자를 움직이려 이리 걸음 한 것이다.

키슬리키는 낯선 인간의 존재에 잠깐 시선을 주었다가 이내 신경을 껐다. 모르는 놈이 있든 말든. 무심하게 넘긴 키슬리키가 막 용건을 꺼내려던 순간이었다. 이든이 불쑥 외쳤다.

"악마님!"

"……엥?"

"맞죠? 악마님이시죠? 이 기운은 결코 사람의 것이 아닙니다. 악마님이 아니십니까?"

"에엥?"

대체 어떻게 알았냐며 키슬리키가 펄쩍 뛰었다. 유리엔도 놀라긴 마찬가지였다. 보통은 키슬리키가 인간이 아니라는 것조차 알아채지 못한다. 유달리 감이 좋은 사람이나 겨우 긴가민가할 뿐, 범인의 눈에 비치는 키슬리키는 영락없이 평범한 어린아이였다. 한데 인간이 아니라는 걸 넘어 악마라는 것까지 파악하다니? 그것도 보자마자!

"나 혹시 이마에 악마라고 쓰여 있어? 계약자, 네가 써놨어?"

"이든, 왜 악마라고 생각했는지 알려줄 수 있나요?"

"그게…… 별건 아닙니다만, 제가 원래 전부터 악마에 대해 관심이 많았습니다. 연구도 오랫동안 해왔구요."

이든은 어딘지 머쓱해하며 주저리주저리 설명을 늘어놓았다. 아카데미를 다닐 시절 우연히 보게 된 악마의 초상화, 그 아름다운에 반해 버려 그때부터 쭉 이어져 온 악마에 대한 외사랑이 어쩌고저쩌고, 단언컨대 악마란 세상에서 가장 뛰어난 종족이며 아름다움은 신과 같으니 블라블라……. 들을수록 유리엔은 확신했다. 광팬이네. 요약하자면 악마에 대한 사랑이 하늘처럼 드높아 그 힘으로 알아볼 수 있었다는 소리였다.

키슬리키는 열성적으로 악마를 찬양하는 제 신봉자를 떨떠름하게 내려다보았다. 악마라는 종족에게 이렇게 반응하는 인간은 또 처음이었다.

"제 생전에 악마를 실제로 보게 되는 날이 오다니…… 하아, 감격입니다. 눈물이 날 것 같군요."

말뿐이 아닌지 이든의 얼굴에는 정말로 감동이 넘쳐흘렀다. 황금색 눈동자가 아롱거리며 키슬리키의 동선을 좇았다. 키슬리키가 시키기만 하면 발치에 넙죽 엎드리는 것도 마다하지 않을 기세였다. 마치 신을 만난 신자 같은 모습이다. 유리엔의 놀람이 신기함으로 바뀌었다.

"키슬리키, 네 신도라잖아. 악수라도 해줘."

"으음."

"좋아할 줄 알았더니 표정이 영 떨떠름하네?"

"아니, 악마가 아름다운 종족인 거야 뭐 당연한 건데…… 인간이 저러니까 느낌이 이상해서."

적응이 안 된다며 키슬리키가 솔직하게 말했다. 하기야 일반적으로 악마란 인간들에게 공포와 배척의 대상이었으니 키슬리키가 느끼는 어색함을 이해하지 못할 것도 없었다. 유리엔이 납득하는 순간, 이든이 진짜로 엎드렸다. 다만 키슬리키의 앞은 아니고 유리엔을 향해서였다.

"……이든?"

"황녀 전하, 감히 청할 것이 있습니다."

"뭐죠?"

"황녀 전하의 사람으로서 이 한 몸을 바치고 싶습니다."

"네?"

"부디 받아주십시오."

이든은 대뜸 저를 바치고 싶다고 말했다. 시키는 일은 뭐든 하는 휘하의 수족이 되겠단 소리다. 찰나 황당해한 유리엔은 잠시 후 이든이 저러는 이유를 알아챌 수 있었다.

키슬리키는 유리엔을 두 번이나 '계약자'라고 칭했다. 누가 봐도 묶여 있는 관계였다. 이든은 지금 앞으로도 키슬리키를 종종 영접하기 위해 제 노동력을 헌납하겠다고 말하고 있는 것이다.

"흐음. 정말로 성심껏 바칠 자신이 있나요?"

"물론입니다."

"좋아요."

유리엔은 딱히 고민할 것도 없이 수락했다. 천재 마법사를 휘하에 두는 건 악마를 얻는 것만큼이나 나쁘지 않은 수확이었다. 그냥 마법사도 쓸모가 많은데 천재 마법사라면 뭐, 말할 필요도 없이 무궁무진하다. 몹시 유용한 인력이었다.

"감사합니다. 이 은혜, 온몸 바쳐 일하는 것으로 갚겠습니다."

그리고 그 이후부터 이든은 유리엔의 명령이 있을 땐 그것을 수행하고, 임무가 없을 땐 하루 종일 키슬리키를 쫓아다니며 시간을 보냈다. 놀라운 것은 이든이 키슬리키가 있는 곳을 매번 귀신같이 찾아낸다는 점이었다. 유리엔은 기척이 전혀 없는 상대를 대체 어떻게 발견하는 건지 궁금했는데, 알고 보니 이든은 자기가 만들어낸 악마 전용 추적 마법을 구사하고 있었다. 천재적인 재능에 광적인 신앙이 어우러져 전에 없던 마법을 창조하는 지경에까지 이른 것이다. 유리엔은 그저 감탄할 수밖에 없었다. 과연 대단한 광팬.

키슬리키는 처음에는 이든의 열광적인 스토커 짓을 그러려니 하며 무심하게 넘겼으나, 날이 갈수록 점차 학을 떼기 시작했다. 이든이 그냥 얌전히 쫓아다니는 게 아니라 머리카락을 달라느니, 발바닥에 키스를 하게 해달라느니, 자기한테 소리를 질러달라느니 하면서 따라붙었기 때문이다. 2년이 지난 지금은 키슬리키가 저놈의 미친 마법사를 죽여 버리고 싶다며 길길이 날뛰는 것이 일상적인 광경이 되었다.

"시끌벅적하다니까."

완전히 빈 찻잔을 한쪽으로 치운 유리엔이 턱을 괬다. 중얼거리는 목소리에선 웃음기가 묻어났다. 넓게 난 창밖으로 보이는 눈은 어느새 거의 다 녹아 있었다. 마침 과자를 가지고 들어온 린이 창 너머의 풍경을 보곤 눈을 동그랗게 떴다.

"벌써 눈이 녹았네요?"

"그러게."

"올해 겨울은 유독 짧은 것 같아요."

눈이 녹는다는 것은 곧 봄이 온다는 뜻이다. 작년과 비교하면 꽤 일찍 물러간 혹한이었다. 머잖아 꽃도 피겠다며 린이 밝은 목소리로 떠들었다. 모국으로 돌아와 네 번째 흘려보내는 겨울. 그리고 봄.

"린."

"네?"

"즉위식이 끝나고 나면 완연히 봄이겠지?"

"지금 날씨로 보면 그렇죠!"

"너는 어때?"

"뭐가요?"

"보고 싶은 사람 있어?"

유리엔이 물었다. 어찌 보면 뜬금없는 질문이었다. 린은 물음을 받고 잠시 동안 침묵했다. 그리고 조금 뒤 입을 열었다.

"뽀삐가 보고 싶어요……."

목소리가 울먹울먹한다. 유리엔이 손을 뻗어 분홍색 머리카락을 쓰다듬었다. 그녀 또한 마찬가지로 보고 싶은 사람이 있었다. 생각하지 않으려 해도 문득 눈앞에 떠오르는 얼굴이나 표정, 말투. 그녀는 어린 날의 자신보다는 이제 조금 더 솔직해졌다. 즉위식은 어느덧 일주일을 앞두고 있었다.

페듀린 공작가의 고명딸인 젤디아 폰 페듀린은 자그마치 6년 만에 고국 땅을 다시 밟았다. 꿀 같은 금발이 허리 아래로 물결치고, 녹색 눈동자가 영롱하게 반짝거렸다. 아직 생일이 지나지 않아 열아홉인 그녀는 누가 보더라도 감탄이 나올 만한 미녀였다.

젤디아는 갓 미모가 꽃피던 열네 살의 겨울에 제국을 떠났다. 명목은 유학이었지만, 실은 남편감을 찾아 각국을 돌아다닌 것이다. 그렇게 십수 번이 넘는 계절을 타국에서 보내며 그녀가 깨달은 것은 한 가지였다.

"역시 전하만 한 남자가 없단 말이야."

가지런히 정리한 손톱을 점검하듯 내려다보며 젤디아가 중얼거렸다. 권세 높은 귀족인 페듀린 공작은 하나뿐인 귀한 딸의 부탁이라면 뭐든 들어주려 애썼다. 그것은 즉 젤디아가 다른 사람보다 훨씬 카엘을 자주 만날 수 있었다는 뜻이기도 했다. 흠잡을 데 없이 깔끔한 손톱에서 시선을 뗀 그녀는 이내 황홀하게 미소 지었다.

"여전하시겠지? 아니, 더 잘생겨지셨으려나?"

젤디아는 타국의 남자들을 만날 때마다 족족 카엘과 비교했다. 그녀가 아는 가장 잘생긴 남자가 카엘이었기 때문이다.

그녀는 아직도 황궁의 행사에서 상대를 처음 마주하던 순간을 잊을 수가 없었다. 무료함을 담아 풍경을 응시하던 열여섯 소년의 그림 같은 얼굴. 그의 시선이 느긋하게 이동해 제게로 닿았을 때, 젤디아는 벼락처럼 생각했다. 그래, 내 남편이라면 저 정도는.

그때부터 젤디아의 기준은 카엘이 되었다. 자신의 짝이 되려면 저만한 외모에 저만큼의 능력은 지녀야 한다고 믿었다. 그리 남편감의 조건을 정하고 유학길에 오른 그녀는 아쉽게도 몇 년간 각국 어느 곳에서도 원하는 수준의 남자를 발견할 수 없었다. 시간이 흐를수록 확실해진 것은 그저 카엘 같은 얼굴이 유일무이하다는 것뿐이었다.

"슬슬 정착할 때도 됐지."

고작 열네 살의 나이에도 사교계의 꽃이라며 칭송받았던 미모였다. 6년에 가까운 시간이 흐르면서 젤디아의 외모는 완전히 물이 올랐다. 꽃처럼 만개하여 누군들 가까이서 본다면 넋을 잃을 수밖에 없을 것이다. 젤디아는 자신하며 웃었다. 고국으로 돌아왔으니 이제 남은 것은 카엘을 제게 빠지게 만들어 황태자비의 자리에 오르는 일뿐이다. 젤디아는 시녀를 불렀다. 머리를 다시 손질하는 그녀의 녹안이 기대를 안고 반짝였다.

미모에 물이 오른 사람은 여기에도 있었다. 대관식 날을 맞이해 모처럼 치장을 마친 유리엔은 그녀의 실체를 누구보다 잘 아는 네 청년마저 넋을 잃었을 만큼 아름다웠다. 레윈을 비롯한 네 사람은 입을 헤벌리고 한참 동안 구경할 만큼 구경한 뒤, 뒤늦게 바닥을 치며 한탄했다.

"사람이란……!"

"외모가 대체 뭐라고!"

"사나이는 결코 미모에 혹하지 않는다."

"침이나 닦고 말해."

밤낮없이 굴렀던 그림자들이 이럴 정도니 나머지는 말할 것도 없었다. 사용인들은 길에서 마주치는 족족 움직임을 멈췄고, 아딘은 팔불출이 되어 하루 종일 누이의 미모를 칭찬했다. 눈이 부시다며 다섯 번쯤 말한 아딘은 즉위식을 마친 후 안 되겠다며 팔을 걷어붙였다.

"누님한테 편지를 보냈던 그 얼간이들 말입니다! 아무래도 찾아가서 다 반쯤 죽여놔야겠어요. 어디서 주제도 모르고!"

그가 언급한 '편지'는 작년 여름쯤부터 유리엔에게 쏟아지기 시작했다. 그전까진 눈치만 보던 타국의 귀족이며 왕족들이 카르나의 차기 황제가 완전히 결정되었다는 소문이 돌자마자 앞다투어 서신을 보내온 것이다. 내용들도 하나같이 똑같았다.

너 계승 싸움에서 졌다며? 갈 곳 없겠네? 특별히 받아줄 테니 이리 와.

유리엔이 일부러 남동생에게 황위를 양보했다는 것을 그들이 알 리 없었다. 사정을 모르는 남들이 보기엔 유리엔은 그저 황권 다툼에서 패배한 힘 잃은 황녀일 뿐이었다.

보통 계승 싸움에서 밀려난 후계자는 오래지 않아 귀족들의 등쌀에 밀려 먼 나라나 변두리로 치워지게 마련이다. 그들은 당연히 유리엔 또한 그런 처지에 놓였을 거라 생각하고 기세등등하게 제안을 보냈다. 평상시라면 상상도 못 했을 태도들이었다.

"가진 건 쥐뿔도 없는 것들이! 예쁜 건 알아서! 참나!"

편지는 물론 도착하는 족족 겨울을 나는 땔감으로 쓰였다. 분노한 것은 외려 아딘이었다. 그는 황제도 되었겠다 이제 아무도 자신을 막을 수 없다며 눈에 쌍심지를 켰다.

"감히 뭐? 받아줘? 이것들을 그냥 당장!"

"아딘."

"말리셔도 소용없습니다!"

"누가 말린대? 내 말은 굳이 네가 움직일 필요는 없다는 거야."

"네?"

창밖을 응시하던 유리엔이 고개를 돌려 환하게 웃었다. 천사나 다름없는 아름다운 미소인데 아딘은 순간 이상하게 소름이 돋았다. 그리 웃은 유리엔이 입을 열어 말을 꺼냈다. 상냥한 어조였다.

"이든이 최근 독을 하나 만들었다는 걸 알고 있니?"

"아, 네. 들었습니다."

"무색무취의 독이고, 피부로 접촉하는 순간 스며들어 효과를 나타내지."

천재 마법사인 이든은 독에도 또한 조예가 깊었다. 특히 그는 대상을 죽음에 이르게 하는 일반적인 독극물이 아니라, 다소 특이한 증상을 일으키는, 전에 없던 약품을 만드는 것을 좋아했다. 그런 이든이 이번에 신작이라며 제조해 낸 것을 얼마 전 유리엔은 손에 넣었다.

"이름은 좀 길어. '당신의 아침에게 작별을'이라고. 줄여서 '아작'이라고 부르긴 하지만."

"무슨…… 효과인데요?"

"이 독에 접촉하면 말이야."

이든은 독을 만들어낸 뒤 굉장히 기뻐했다. 효력이 꽤 짜릿하다는 이유에서였다. 레윈을 비롯한 네 남자는 독의 효과를 듣자마자 기겁하며 그를 피했다. 어떻게 그럴 수 있냐며, 잔인한 놈이라는 욕도 잊지 않았다.

"최소 3년 이상 남성이 힘을 잃어."

"……네?"

"안 선다고. 무슨 짓을 해도."

"……."

"이든은 아작 말고 이걸 성작이라고도 부르더라. 당신의 성별에게 작별을."

유리엔은 이든에게 독을 받자마자 답장을 준비했다. 지금껏 편지를 수신해 온 이들에게 보낼 특별한 답서였다. 그녀는 서간에 글씨를 쓰는 대신 이든의 독을 잔뜩 묻혔다. 편지의 내지를 처음 만지는 이들은 무조건 중독될 수밖에 없는 넉넉한 양이었다.

본인들도 최소한 머리가 있다면 자기들이 보낸 편지가 떳떳한 내용이 아니라는 건 알 것이다. 그런 서신에 대한 답장은 보통 혼자만 몰래 읽어볼 확률이 높았다. 아무리 제 손 쓰기 싫어하는 게으름뱅이라도 기다리던 편지까지 사용인을 시켜 읽게 하지는 않는다.

"이렇게 쉽고 간단한 방법이 있는데 뭐 하러 네가 나서? 안 그러니, 아딘?"

"……."

화사한 미소가 한여름의 햇살처럼 눈이 부셨다. 아딘은 조용히 마른침을 삼켰다. 조금 전까지만 해도 분노가 솟구쳤는데, 갑자기 그것이 가라앉고 대신 연민이 샘처럼 솟아올랐다. 역시 누님은 누님이었다.

제론은 카엘이 스무 살이 되던 날 호위를 때려치웠다. 카엘의 경지가 기어이 검의 정점에 다다랐기 때문이다. 혼자서 왕국을 상대할 수 있다고 알려진 소드 마스터에 이른 사람한테 호위는 무슨 호위? 형식적인 호위는 다른 한가한 기사를 데려다 세우라며 제론은 미련 없이 직책을 벗어던졌다.

그렇다고 그가 백수가 되었다는 뜻은 아니다. 그는 본래 호위이자 동시에 황태자의 보좌관이었다. 전자를 그만두었으니 이제 후자만 남았다. 제론은 이제 온전히 행정 업무에 대한 보좌로서만 카엘을 보필했다.

호위를 때려치웠다 한들 제론이 기사라는 사실이 어디 가는 건 아니다. 바쁜 와중에도 훈련을 게을리 하지 않는 그는 여전히 규칙적이고 정갈한 걸음걸이를 유지했다. 일정한 보폭으로 긴 복도를 가로지르는 제론은 현재 카엘이 요청한 정보를 들고 그의 집무실로 가는 길이었다.

복도를 절반쯤 이동한 제론이 우뚝 걸음을 멈췄다. 맞은편에서 모퉁이를 돌아 나타난 금발에 녹안의 미녀가 살갑게 웃으며 그에게 아는 체를 해왔기 때문이다. 야살스레 접히는 상대의 눈웃음을 보자마자 제론은 반사적으로 생각했다. 아 씨, 아침부터. 그는 겨우 억지웃음을 지었다.

"오랜만에 뵙습니다, 공녀님."

"제론 경! 이렇게 만나니 무척 반갑네요. 못 본 새 더욱 훤칠해진 것 같아요."

"과찬이십니다. 공녀님께서도 훨씬 아름다워지셨습니다."

"호호, 뭘요."

꽃처럼 아름다운 미녀가 입을 가리며 카나리아처럼 맑게 웃었다. 그저 곱고 여성스러운 모습이었으나 제론의 마음속 평가는 그와 달랐다. 아오, 저 가식덩어리.

젤디아 폰 페듀린. 상대의 이름을 속에서 짜증과 함께 굴린 제론이 한숨을 삼켰다. 그러고 보니 공녀가 제국을 떠났던 게 벌써 6년 전이었나. 곧 온다는 소식을 들었던 것 같긴 한데, 설마 그게 오늘일 줄이야.

제론은 해묵은 기억을 끄집어냈다. 그는 젤디아의 두 얼굴을 전부 경험해 본 몇 없는 사내 중 한 명이었다.

열네 살 가을, 유학길에 오르기 전 젤디아는 틈만 나면 갖은 핑계를 대며 궁을 찾았다. 당연히 카엘을 보기 위해서였다. 그때도 제론은 카엘의 보좌를 맡아 궁에서 기거하고 있었는데, 복도에서 우연히 마주친 젤디아를 알아보지 못했다는 이유로 온갖 모욕적인 언사를 들어야 했다. 훈련 탓에 평기사 복장을 하고 있었으니 저를 그리 만만히 본 것이리라.

그랬던 주제에 젤디아는 상대가 카엘의 심복이라는 사실을 알자마자 백팔십도로 태도를 바꿨다. 경멸을 담아 구겨지던 표정은 상냥한 미소로, 버러지니 어쩌니 하던 호칭은 '제론 경'으로 살갑게 탈바꿈했다. 그때 느꼈던 황당함이 제론은 아직도 선연했다. 무슨 변신 괴물인 줄? 그가 외모에 연연하지 않는 성격이었기에 망정이지 만약 사교계의 꽃을 남몰래 사모하던 기사 1이었다면 충격으로 삼 일 밤낮을 앓아누웠을 일이다. 아무튼 젤디아에 대한 제론의 인상은 썩 좋지 못했다.

"궁에는 어쩐 일로 오셨습니까?"

제론은 다 알면서 예의상 물었다. 보나마나 황태자를 만나겠다고 기별도 없이 대뜸 찾아왔겠지. 공작가의 고명딸은 제가 뭐라도 되는 양 구는 것이 꽤 심한 아가씨였다. 상대의 혹평을 모르는 젤디아는 그저 수줍게 미소 지었다.

"전하께 인사를 좀 드릴까 하고요. 오랜만이니까요."

"그러시군요."

"응접실에서 기다리고 싶은데. 안내해 주실 거죠?"

"……물론입니다."

바쁜데. 제론은 구겨지려는 미간을 겨우 폈다. 마음 같아선 응접실이고 나발이고 두 발 달렸으면 너 혼자 찾아가라며 버리고 떠나고 싶었으나, 언제나 그렇듯 신분이 깡패였다. 속내야 어떻든 그는 일단 정중히 목적지로 안내했다.

가는 도중 젤디아는 사용인을 한 명 잡았다. 시종이었다. 시종은 멀리서부터 가까워지는 젤디아를 몰래 힐끔힐끔 쳐다보다가 호명을 당하곤 깜짝 놀랐다. 젤디아는 웃으면서 이리 오라 손짓했다.

"부탁을 하나 해도 될까요?"

"예, 예. 뭐든 말씀하십시오."

"다른 게 아니라 전하께 말을 좀 전해주었으면 해요. 내가 뵙길 청한다고."

"아, 알겠습니다. 그런데 누구시라고 전해 드릴까요?"

젤디아의 표정이 찰나 굳었다. 시종이 저를 모른다는 것에 기분이 상한 것이다. 그녀는 힐끗 눈을 돌려 제론을 쳐다보곤, 곧 다시 미소를 머금었다. 제론이 여전히 카엘과의 친분을 유지하는 한 그는 그녀에게 있어 변함없이 잘 보여야 할 대상이었다. 젤디아는 천것의 무례를 이 순간에만 너그러이 넘어가 주기로 했다.

"흐음…… 아! 그냥 이름은 밝히지 말아주세요."

"예?"

"그냥 누군가가 응접실에서 기다린다고만 전해주겠어요?"

"아, 예. 그러겠습니다."

허리 숙여 읍한 시종이 이내 바삐 물러갔다. 시종을 보내고 다시 목적지로 향하는 그녀의 두 눈이 장난기로 반짝거렸다. 처음에는 상대가 감히 제게 신분을 물었다는 것이 괘씸했지만, 차분히 생각해 보니 외려 재미있는 수가 떠오른 것이다. 정체 모를 누군가가 기다린다 하여 의아함을 품고 내려온 응접실. 한데 문을 여니 보이는 것이 대륙 제일의 미녀라면?

"후훗! 전하께서 깜짝 놀라시겠죠?"

"……."

제론은 대답을 아꼈다. 황태자가 똥개도 아니고 정체도 밝히지 않은 이가 부른다고 넙죽넙죽 튀어나올 거란 생각은 대체 어디에서 솟는 건지 모를 일이었다.

그는 미녀의 멍청한 오만에 남몰래 고개를 저었으나, 한 가지 걱정되는 것은 있었다.

'시종이 말을 어떻게 전하냐에 따라, 심장이 한 번 떨어졌다 올라오시겠는데…….'

그리고 그런 제론의 염려가 들어맞았다. 잠시 후, 집무실에서 시종의 전언을 들은 카엘은 움직이던 펜을 멈췄다.

"……뭐라고?"

"응접실에서 기다리고 계십니다. 보아하니 트아로민 자작님과 친분이 두터워 보이셨고, 아마 몇 년 만에 궁을 방문하신 것 같았……."

시종이 깜짝 놀라 말을 끊었다. 카엘이 듣다 말고 실내를 박차고 뛰어나갔기 때문이다. 집무실에 덩그러니 남은 시종의 눈이 동그래졌다.

그가 전한 것은 스무 살쯤으로 추정되는 엄청난 미녀가 알현을 청했다는 내용이었다. 엄청 예쁘고, 정말 엄청 예쁜데, 트아로민 자작과도 친분이 있어 보이는 데다 요 몇 년 새 마주친 기억이 없는 걸 보니 오랜만에 이곳을 찾은 것 같다고.

"……기다리던 분이셨나?"

시종이 고개를 갸웃했다. 근래 저렇게 열렬한 반응은 처음이었다.

"전하!"

젤디아가 함박웃음으로 상대를 맞이했다. 웃음이 절로 나올 수밖에 없었다.

오랜만에 만나는 카엘은 못 본 사이 그녀의 기대보다 훨씬 근사해져 있었다. 큰 키에 균형 잡힌 체격, 그리고 이젠 앳된 티가 사라진 꿈결 같은 외모. 급하게 뛰어온 건지 다소 흐트러진 매무새마저 어딘지 묘한 매력을 더해줬다. 젤디아의 가슴이 설렘으로 뛰었다.

'저런…….'

한편 제론은 응접실 문을 박차고 들어온 카엘을 보며 그저 혀를 찼다. 누구를 기대하고 저리 달려왔을지 싫어도 알 수 있었다. 젤디아와 눈이 마주치던 순간 얼굴 위로 선명하게 피어나던 짙은 실망감. 어찌나 노골적인지 알아채지 못한 젤디아가 멍청이로 보일 지경이었다. 제론은 뒤돌아 말없이 눈물을 훔쳤다. 사랑에 빠진 남자는 애달픈 법이다. 어서 '진짜' 기다리는 사람이 돌아와 주길 바랄 뿐이었다.

"가는 거니?"

"네."

유리엔의 표정은 홀가분했다. 대답 또한 명쾌하다. 그녀는 어머니를 비롯한 식솔들의 배웅을 받으며 어제의 한낮을 떠올렸다.

봄을 알리던 햇살, 창문을 투과하는 그 눈부신 빛 아래 만인의 앞에서 황관을 쓰던 남동생의 의젓한 모습. 원하던 것은 이루었다. 이젠 떠날 차례였다. 아딘은 근엄한 황제에서 하루 만에 어리광쟁이 동생으로 돌아와 제 누이를 품에 껴안았다. 유리엔은 팔을 뻗어 그런 동생의 등을 토닥거렸다. 떨리는 어깨가 마냥 사랑스러웠다.

"누님……."

"어허, 뚝."

"……."

"아내는 꼭 참한 아가씨로 맞이해. 내가 늘 하던 말 기억하지? 얼굴만 따지다간?"

"패망한다."

"옳지."

눈물겨운 작별이었다. 황후와도 포옹을 마친 유리엔은 이내 마차에 올라 성을 떠났다. 마차는 크고 화려했으나, 실어놓은 짐은 그리 많지 않았다. 그녀는 가벼운 몸으로 고국을 벗어났다. 짐 대신 우르르 따라붙은 것은 사람이었다.

"이야, 경치 좋다."

마차 위에 엉덩이를 붙이고 앉은 레윈이 풍경을 보며 감탄했다. 마차는 어느새 외성을 벗어나 인적이 드문 길을 달리고 있었다. 옆에 앉은 오윈이 말을 받았다.

"저기 봐, 벌써 꽃도 폈어."

"진짜? 오오!"

"완전히 봄이네."

너른 마차의 지붕에 나란히 안착한 네 사람이 부산을 떨었다. 그들이 그런 곳에 앉아서 이동하는 이유는 간단했다. 그게 폼 난다고 생각했기 때문이다. 유리엔 또한 별말 없이 그것을 허락해 주었다. 원래 모험소설에서도 일행은 자주 마차 위에 앉는다.

"그런데 네 분은 왜 함께 가시는 겁니까?"

마부석에 앉은 이든이 물었다. 그는 몹시 당연하게 유리엔의 여정에 따라붙었다. 유리엔이 있는 곳에 키슬리키가 있고, 키슬리키가 있는 곳에는 마땅히 제가 있어야 한다는 이유에서였다. 이든의 물음에 네 청년이 일시에 대답했다.

"유리엔 제국에 미인이 많다더라!"

그들은 자기들도 이제 여우 같은 마누라와 토끼 같은 자식들을 얻을 때가 되었다며, 길드를 후계자에게 물려준 뒤 옹기종기 유리엔을 뒤따랐다. 유리엔에 미인이 많다는 정보는 어디서 들었는지 모를 일이었다. 어쨌든 네 사람은 그것을 철석같이 믿고 있었다. 이든은 듣자마자 비웃었다.

"고작 그런 사유입니까?"

"고작? 고작이라니! 이게 지금 미인을 무시했어?"

"살다 보면 사람의 겉가죽만큼 허망하고 덧없는 것도 드물다는 사실을 알게 될 겁니다. 첨언하건대 외모에 대한 집착을 버리십시오. 그게 인생을 한층 풍요롭게 살 수 있는 길입니다."

"듣고 보니 맞는 말……."

"맞긴 뭐가 맞아! 야! 그럼 악마의 겉가죽은? 걔들 생김새도 허망하냐?"

"어허, 어찌 악마에게 인간의 기준을 들이댄단 말입니까?"

"그럴 줄 알았다! 이중 잣대 쩌는 놈!"

마차 바깥이 시끌벅적했다. 전날 밤을 새운 린은 마차 안에서 새근새근 잠들어 있었다. 유리엔은 그런 린을 응시하다가 창문 너머로 시선을 돌렸다. 이어 누군가를 불렀다.

"레윈."

"그나저나 이렇게 앉아 가는데 춥지도 않고! 날씨가 그새 아주…… 예?"

호명당한 레윈이 떠들다 말고 말을 멈췄다. 대답하며 밑을 내려다보자 새하얀 손에 잠깐 내려오라며 손짓하는 것이 보인다. 나머지 청년들이 덩달아 반응했다.

"엥? 왜 부르시는 거지?"

"혹시 심심하신 거 아닐까? 마차 안에만 계시니까."

"그런데 왜 하필 얘만?"

"그건 내가 제일…… 잘생겨서?"

"미친놈."

"꺼져!"

온갖 타박을 들으며 레윈이 지붕에서 쫓겨났다. 유리엔은 부른 상대가 마차 안으로 들어오자마자 그에게 명령을 내렸다.

"자해 좀 해봐."

"네?!"

"쉿. 린 깨겠다."

"저, 그, 저, 황녀 전하, 언제부터 그런 취향이……."

"그런 거 아니니까 작게 생채기 같은 거나 좀 내봐. 바로 치료해 줄 테니까."

레윈의 동공이 사시나무처럼 떨렸다. 유리엔이 겁먹지 말고 어서 하라며 그런 레윈을 다그쳤다. 결국 그가 시키는 대로 얌전히 손등에 상처를 낸 것은 유리엔이 종내 주먹을 들어 올렸을 때였다.

"꼭 말로 하면 안 들어."

"들을 만한 명령을…… 하셔야죠……."

"똑바로 안 해? 이게 상처야?"

레윈이 만들어낸 생채기는 눈을 부릅뜨고 살펴야 발견할 수 있을 정도로 희미했다. 보이지도 않는다며 유리엔이 구박하자 결국 그는 눈을 딱 감고 조금 더 큰 상처를 만들었다. 이제 보일 정도는 된다. 소심한 놈이라며 고개를 내저은 유리엔이 이내 오른손에 끼워져 있던 반지를 뺐다. 백금으로 된 테에 붉은색 마나석이 박힌 반지였다. 마법이 걸려 있으나 왼손에 낀 채로는 효과가 발동하지 않는다던, 그래서 제게 준다고 했던 그 반지. 유리엔은 그것을 왼손으로 옮겨 낀 다음 시동어를 입에 담았다.

"큐어."

그러자 반지에서 빛이 일었다. 마냥 깨끗하고 화사한 느낌을 주는 새하얀 빛무리였다. 잠시 후 레윈의 손등에 있던 상처가 온데간데없이 사라졌다. 레윈이 눈을 휘둥그레 떴다.

"헉! 황녀 전하 마법사셨어요? 언제부터?"

손등이 말끔해진 레윈이 호들갑을 떨었다. 유리엔은 대꾸하는 대신 물끄러미 반지를 내려다보았다. 반지는 왼손에 낀 상태로도 아무런 이상 없이 마법이 발현되었다.

"등신."

"네?"

"솔직하지 못하기는."

그렇게 말하며 유리엔이 웃었다. 그리고 레윈은 찰나 넋을 놓았다가 곧 손을 들어 제 눈을 비볐다. 유리엔이 웃는 것은 드문 일이 아니었다. 그녀는 자주 웃었다. 종종 사람을 조지면서도 입가에 미소를 띠곤 했으니 웃음 자체는 특이할 것이 없다. 한데.

'잘못 봤나?'

레윈이 고개를 갸웃했다. 방금 전 유리엔이 소리 없이 웃던 순간, 그녀는 마치 소녀처럼 보였다. 그것도 갓 사랑을 시작한 수줍은 사춘기 소녀처럼.

'으응, 잘못 봤겠지.'

레윈은 머쓱하게 뒷머리를 긁적거렸다. 황녀 전하와 수줍은 사랑이라니, 누가 들었다간 당장 자기를 의원 앞에 데려다 놓을 거라고 생각하면서.

젤디아는 카엘에게 간단한 인사만을 건네고 돌아갔다. 기껏 얼굴을 보겠다며 여기까지 찾아온 것치고는 허무한 퇴장이었는데, 그녀는 먼저 자리를 비우면서 '몸이 좋지 않아서'를 귀가의 이유로 들었다.

그녀가 그리 일부러 제 몸 상태를 운운한 이유는 간단했다. 두 가지를 어필하고 싶었기 때문이다. 고된 여정을 견디지 못할 정도로 자기가 몹시 연약한 레이디임을 강조하면서, 동시에 아픈 몸에도 불구하고 너를 만나러 왔다는 사실을 알려 상대를 향한 제 마음을 은근히 드러낸다. 요약하자면 작업을 건 것이다. 젤디아는 마치 낚시하듯 유혹의 떡밥을 던졌다.

물론 카엘이 그것을 덥석 물어줄 리 없었다. 그녀는 스스로 나름 성공적이었다고 생각했지만, 안타깝게도 실상은 전혀 달랐다. 애초에 카엘의 안중에 젤디아가 없었으니 당연한 결과였다. 그는 젤디아가 아프든 말든 먼저 가든 말든 신경도 쓰지 않았다. 카엘의 머릿속을 채운 것은 온통 다른 것이었다. 이 자리에서 그 '다른 것'이 뭔지 아는 사람은 제론뿐이다. 제론은 헛기침으로 목을 가다듬은 뒤 말을 꺼냈다.

"전하."

"얘기해."

"가능한 백방으로 알아보았습니다만, 행방이 묘연하십니다."

"……."

"아마 황제 쪽에서 일부러 정보를 차단한 것 같습니다."

최근 카르나 제국에서 즉위식이 거행되었다는 소식이 들렸다. 황위에 오른 이는 황태자였던 아딘 드 카르나였다. 그에 따라 세간의 관심은 자연히 황권 다툼의 패자가 된 황녀 쪽으로 집중되었는데, 그런 그녀의 행적이 현재 불투명한 상태였다. 최대한 공을 들였으나 제론이 알아낸 것은 대상이 즉위식 다음 날 제국을 떠났다는 사실뿐이었다. 그 외에는 목적지가 어디인지, 지금쯤 어디를 지나고 있는지도 전혀 알 수 없었다. 보고를 들은 카엘은 대답 대신 침묵을 지켰지만, 제론은 그 고요에서 일종의 초조함을 읽어낼 수 있었다.

'속이 타겠지.'

애가 닳을 것이다. 제론은 생각했다. 긴 기다림이 끝나고 이제야 그 결과가 눈앞까지 왔다. 오래 지나지 않아 뚜껑을 열어볼 수 있을 상자의 속에 든 것은 과연 사탕일까, 고배일까?

"힘내세요! 분명 사탕일 겁니다."

"뭐?"

"참, 그리고 전에 말씀하셨던 것 말입니다. 그건 더 이상 신경 쓰지 않으셔도 될 것 같습니다. 굳이 이쪽에서 손쓸 필요가 없게 돼서."

"……그게 무슨?"

"전부 고자가 됐답니다."

"뭐라고?"

유리엔의 행보가 묘연한 것은 그녀의 의지는 아니었다. 그녀 또한 가능한 소란 없는 이동을 원하기는 했지만, 이 정도까지 정보가 차단된 것은 전적으로 아딘이 뒤에서 힘을 썼기 때문이었다. 이유를 말하자면 일종의 심술에 가깝다. 소중한 누이를 데려갈 상대인데, 어디 도착 전까지라도 애 좀 태워보라고.

사실을 모르는 유리엔은 그저 편안하게 이동 중이었다. 해가 지면 가까운 마을에 들러 하루를 머무른 뒤 다음 날 해가 밝으면 다시 떠났다. 마차는 일부러 황가의 문양을 가려두었기에 얼핏 보면 흔한 귀족 아가씨의 유람 정도로 보여 크게 눈에 띄지 않았다. 재물을 노리고 몰래 접근하는 도둑들은 굳이 유리엔이 나설 것도 없이 네 청년과 이든이 알아서 두들겼다.

그러기를 사흘째 아침, 유리엔은 심심하다는 이유로 그림자들과 함께 마차 위에 올랐다.

"오, 여기 생각보다 경치 좋다?"

"그렇죠? 날씨가 따뜻해서 별로 춥지도 않아요."

"가끔 엉덩이가 좀 아프긴 한데, 그럴 땐 누우면 된답니다!"

"맞아, 맞아."

마부는 처음에는 유리엔이 마차 지붕에 앉는 것을 보며 눈이 튀어나오게 놀랐으나, 시간이 지나자 슬슬 그러려니 했다. 다만 마차를 모는 손길에 주의를 더했을 뿐이다.

눈을 감고 봄바람을 음미한 유리엔이 이내 입을 열었다.

"이든."

"부르셨습니까?"

"왜 악마가 좋은 거야?"

이든이 그녀의 휘하로 들어오면서 유리엔은 그에게 말을 놓았다. 다소 뜬금없는 질문에 대한 답변은 금방 돌아왔다.

"아름답기 때문입니다."

"악마가?"

"예. 특히 키슬리키 님은 그중에서도 더욱 아름답습니다."

레윈을 비롯한 네 남자의 표정이 일그러졌다. 떠오른 빛은 '또냐'라는 의미를 담고 있었다. 이든의 키슬리키 찬양은 하루 이틀이 아니었으니 2년을 동고동락한 그들이 지겨워할 만도 했다. 유리엔은 상대의 한결같음이 마냥 신기할 따름이었다.

"하지만 키슬리키는 겉보기엔 그냥 어린아이잖아?"

"아닙니다. 전혀 그렇지 않습니다. 키슬리키 님은 손톱 끝이나 머리카락 한 올마저 전부 빛이 납니다. 어쩔 때는 너무 눈이 부셔서 쳐다보기도 힘들 정도입니다. 고작 어린아이라는 말로는 감히 키슬리키 님을 표현할 수 없습니다. 키슬리키 님은 인간을 구분하는 기준으로는 결코 정의 내릴 수 없는, 마치 그 자체로 영원히 영롱하고 무한히 찬란한 빛과 같은…….”

“그만! 와악! 저 변태 마법사 입 좀 막아!”

“어? 너 자는 거 아니었어?”

새빨개진 얼굴로 키슬리키가 마차에서 튀어나왔다. 그는 내키는 대로 마차 바깥에서 따로 이동하기도, 마차 안으로 들어와 늘어져라 잠을 청하기도 했다. 지금은 후자였는데 미처 잠이 들지 않은 모양이었다. 유리엔이 키슬리키를 향해 고개를 돌렸다.

“깬 거야?”

“안 잤어! 그보다 저 변태 마법사한테 그딴 거 자꾸 묻지 마!”

“왜? 욕하는 것도 아니고 찬양인데.”

“네가 백날 같은 말을 단어만 바꿔서 들어봐! 소름 끼친다고, 소름!”

“하아, 악마님! 제게도 화를 내주십시오! 저에게도 부디 그 찬연한 숨결을!”

“히익.”

결국 키슬리키는 이번에도 도망쳤다. 익숙한 상황이었다. 멀어지는 키슬리키를 이든이 진심으로 안타깝게 응시하는 것을 보며 유리엔이 웃음을 삼켰다. 천재 중엔 멀쩡한 사람이 없다더니 이든 또한 딱 그짝이었다. 하루라도 키슬리키를 찬양하지 않으면 입에 가시가 돋는 모양이다.

유리엔이 몇 년간 상대와 함께하면서 알게 된 사실이 있는데, 키슬리키의 눈동자 색은 그의 감정 상태에 따라 바뀌었다. 평온하고 무심할 때는 갈색, 놀람이든 당황이든 감정이 격해졌을 때는 피처럼 빨간색으로 변한다. 이든과 같이 있을 때의 키슬리키는 늘 새빨간 눈동자를 유지했다. 기실 이쯤 되었으면 익숙해질 만도 한데, 여전히 눈동자를 물들이는 것을 보면 키슬리키도 어지간히 한결같은 타입이었다.

정오 무렵까지 마차 위에서 시간을 보낸 유리엔은 점심 식사-사용인들을 대동하지 않았기에 매번 마을에서 음식을 샀다-를 마친 뒤 낮잠이나 한숨 자겠다며 도로 안으로 들어갔다. 네 청년 또한 식곤증을 이기지 못하고 저마다 지붕 위에 자리를 잡고 널브러졌다. 멀쩡한 것은 마부와 이든뿐이었다.

길은 평탄하고 한적했다. 얼마나 더 마차를 몰았을까? 지루함을 이기지 못한 마부가 막 하품을 하려던 무렵이었다. 갑자기 시커먼 것들이 전방에서 여럿 튀어나와 마차의 앞을 가로막았다.

"크하하하! 멈춰라!"

"이 길을 지나가고 싶다면 우리에게 통행세를 내시지!"

식상한 대사에 전형적인 등장이었다. 마부가 흠칫 놀라 고삐를 쥔 손에 힘을 주었다. 유리엔이 깨어 있었다면 손뼉을 치며 반색했을 일이나 안타깝게도 그녀는 현재 잠들어 있었다. 마부가 반사적으로 마차를 멈추려는 것을 보며 이든이 입을 열었다.

"가속하세요."

"예?"

"가속."

그리고 마부는 시키는 대로 순순히 가속했다. 감히 마법사의 말을 거스를 배짱은 그에게 없었다. 마차의 속력이 빨라지고, 말들은 위협적으로 달렸다. 곧 산적들이 혼비백산하며 가로막았던 길을 비켰다.

쌩.

마차는 빠르게 그들을 스쳐 지나갔다. 조금이라도 피하는 게 늦었다면 몇 놈은 치이자마자 그대로 골로 갔을 속도였다. 인정사정없이 멀어지는 마차의 모습에 산적들이 뒤에서 동공을 흔들었다. 저런 잔인한 놈들.

식은땀을 훔치는 마부와 달리 이든은 마냥 태연했다.

"몇 놈 죽어도 되니까 앞으로도 이런 일이 생기면 무조건 가속하세요. 일일이 멈출 필요 없습니다."

"아, 네, 네."

"정 사람 죽는 게 마음에 걸리면 치유 마법으로 숨만 붙여놓을 테니 얘기하시고요."

"……."

그렇게 말하는 이든의 표정은 평소와 다를 것이 없었다. 마부는 재차 식은땀이 흐르는 것을 느끼며 고개를 끄덕였다.

짱그랑!

"죄, 죄송합니다! 죄송합니다!"

물을 길어오던 하녀가 복도에서 그만 실수로 항아리를 놓쳐 깨뜨렸다. 고가의 장식품도 아니었으니 여기까진 그러려니 할 수 있는데, 문제는 안에 든 물이 쏟아지면서 하필이면 근처에 있던 젤디아의 드레스 자락을 적셨다는 것이다. 하녀는 혼비백산하여 급히 엎드려 잘못을 빌었다.

하녀가 공작저에서 일한 경력은 짧지 않았다. 그 말은 즉 젤디아의 겉보기완 다른 포악한 성정을 익히 알고 있다는 뜻이다. 바닥에 넙죽 엎드린 하녀의 등이 공포심으로 잘게 경련했다. 젤디아는 물이 묻은 드레스의 밑단을 짜증스럽게 내려다보았다.

"천것이……."

물은 고작 끝단을 조금 적셨을 뿐이다. 하나 그것만으로도 젤디아의 신경을 거스르기란 충분했다. 고운 미간에 주름을 잡은 젤디아가 잠깐 고민한 후 입을 열었다. 늘 하던 대로 간단한 매질이나 시킬 심산이었다.

그때 그녀의 눈에 무언가가 들어왔다. 반지. 하녀는 왼손 약지에 반지를 끼고 있었다. 보석은 없으나 금테로 된 것이 척 보기에도 하녀 일을 하는 처지에는 예사로 구할 수 없는 물건이었다. 끼고 있는 위치로 보아 못해도 결혼 예물이나 약혼 예물로 보였다. 젤디아의 눈이 가늘어졌다.

'건방져.'

얼굴도 모난 데다 신분도 비천한 주제에 예물이라니? 젤디아가 천천히 입매를 비틀었다. 추악한 성격이 제 모습을 드러냈다. 이윽고 흘러나오는 목소리가 은근했다.

"그래, 죄송한 것을 알면 그만한 대가를 치러야지?"

"부, 부디 선처를……."

"네 손가락 말이야. 딱히 쓸모도 없어 보이는데 자르는 건 어떨까?"

"……네?"

하녀는 처음에는 무슨 말인지 알아듣지 못했다. 그러나 곧 젤디아의 시선이 제 왼손 네 번째 손가락을 향하고 있다는 것을 눈치챘다. 그녀의 낯빛이 사색이 되었다.

"고, 공녀님. 살려주세요. 제발……."

"어머! 누가 죽인다니? 겨우 손가락 하나를 자른다고 사람이 죽을 리 없잖아?"

"제, 제발……!"

하녀는 눈물을 흘리며 애원했다. 온몸이 사시나무 떨듯 떨렸다. 제 손가락을 안으로 감추며 필사적으로 비는 하녀를 젤디아가 막 끌고 가라며 병사에게 넘기려던 순간이었다. 마침 반대편에서 누군가가 이쪽으로 걸어오는 소리가 들렸다.

젤디아의 시선이 그리로 이동했다. 같은 사용인이거나, 혹 귀족이더라도 여성이라면 상관이 없다. 하나 공교롭게도 상대는 훤칠한 키에 수려한 외모를 지닌 미청년이었다. 더구나 차려입은 것을 보니 꽤 고관의 자제로 추정된다. 파악을 마친 젤디아가 즉시 자세를 바꿨다. 그녀는 마치 엎드린 하녀를 일으켜 세우려는 듯한 동작을 취했다.

"무슨 일이십니까?"

예상대로 그냥 지나치지 않고 청년은 말을 걸어왔다. 젤디아가 고개를 들었다. 조금 전까지 짓고 있던 조소는 온데간데없고 그저 난처하다는 표정이었다. 청년과 눈이 마주치자 수줍은 듯 손으로 입가를 가린 젤디아가 부드러운 목소리로 말했다.

"다른 게 아니라…… 이 하녀가 사소한 잘못을 하나 저질렀는데, 괜찮으니 그만 일어나라고 해도 이렇게 엎드려서 말을 듣질 않네요. 아무래도 제가 무섭게 보였나 봐요."

"예? 하하, 그럴 리가요. 누가 이렇게 아름다운 레이디를 보며 무섭다고 생각하겠습니까?"

"어머나, 아니에요."

눈 맞춤을 유지하며 젤디아가 배시시 웃었다. 가까서 마주한 상대는 멀리서 봤을 때보다 한층 근사한 생김새였다. 특히 웃을 때 가지런히 드러나는 새하얀 치아가 매력적이다. 속으로 상대의 점수를 10점 만점에 8점 정도로 매긴 젤디아가 내심 입맛을 다셨다. 카엘만 아니었다면 한 번쯤은 만나볼 생각을 했을 텐데. 아까운 미남이었다.

'황태자비에 오른 다음 몰래 유혹하는 것도 괜찮겠지. 우선은 전하가 먼저니까.'

그렇게 생각한 젤디아가 아쉬움을 뒤로하고 청년을 보냈다. 혹 도와드릴 것이 있냐고 물은 청년은 젤디아가 괜찮다며 사양하자 두 번 묻지 않고 도로 제 갈 길을 갔다. 멀어지는 상대의 뒷모습을 미련이 담은 눈길로 잠시 좇은 그녀가 이내 고개를 돌렸다. 엎드려 있던 하녀는 그새 도망갔는지 보이지 않았다.

'흥, 운 좋은 것.'

젤디아는 굳이 대상을 찾아내는 수고까진 들일 생각이 없었다. 하녀의 입장에선 정말로 운이 닿은 일이다. 잠시 후 젤디아가 복도를 걸어 본래의 목적지로 이동했다.

젤디아가 8점을 매긴 귀족 청년, 네이시온은 볼일이 있어 잠시 페듀린 공작저를 방문한 길이었다. 그는 용건을 끝내자마자 바람처럼 달려 약혼녀를 만나러 갔다. 작년에 약혼식을 올린 루제는 망아지처럼 달려드는 약혼자를 두 팔 벌려 맞이해 주었다. 이내 루제를 와락 껴안은 네이시온이 그녀를 들고 제자리에서 한 바퀴 돌았다. 사방으로 하트가 날아다녔다.

"자기야!"

"왔어?"

"자기, 보고 싶었어……."

"어제도 봤으면서, 뭘."

루제를 품에 안은 채로 네이시온이 어리광을 부렸다. 5년 사이 키가 훌쩍 자란 그는 전보다 쉽게 루제를 품에 가두고, 또 번쩍번쩍 들어 올릴 수 있었다. 루제는 벌어진 체격차가 불만이었지만 네이시온은 마냥 마음에 들 뿐이었다.

"참, 있잖아."

"응?"

"나 오늘 페듀린 공녀 만났다?"

껴안은 것을 풀지 않으며 네이시온이 머리 위에서 조잘거렸다. 루제 또한 여전히 약혼자의 등을 꼭 감싼 채로 대꾸했다.

"정말? 어땠어?"

"소문이랑 똑같더라."

"예쁘다고?"

"아니, 다른 쪽."

"두 얼굴이라고?"

"응."

젤디아를 둘러싼 소문은 두 가지였다. 하나는 천상의 선녀처럼 아름답다는 것, 다른 하나는 생긴 것과 다르게 성격이 마녀처럼 더럽다는 것. 앞의 소문은 주로 사교계의 남자들에게, 뒤의 소문은 사용인과 여자들에게 널리 퍼져 있었다. 네이시온은 그중 후자를 언급한 것이다.

"복도를 걷는데 공녀가 누가 봐도 잡아 죽일 기세로 하녀를 겁박하고 있는 거야. 그래서 일부러 발소리를 내면서 가까이 다가갔지. 그랬더니 갑자기 수줍고 자애로운 영애로 변신해서 나한테 내숭을 떨더라? 나 그때 소름 쫙 돋았잖아."

"호오."

"공녀한테 계속 말을 걸면서 하녀에게는 어서 도망치라고 손짓했는데, 그러면서 슬쩍 보니까 하녀의 얼굴이 완전히 눈물범벅이더라? 대체 얼마나 겁을 준 건지. 그래놓고 나한테는 막 눈웃음을 치더라니까!"

"그래서 무서웠어?"

"응…… 난 그런 두 얼굴의 여자 싫어……. 자기가 세상에서 제일 좋아."

"그래, 그래."

덩치 큰 어린애 같다고 생각하며 루제가 네이시온을 토닥거렸다. 야누스처럼 두 얼굴을 지닌 사교계의 꽃이라. 흥미롭긴 하지만 어차피 저와 관계될 일은 없는 인물이었다. 루제는 껴안은 팔을 풀고 대신 상대의 손을 잡으며 다른 주제를 꺼냈다.

"그런 것보다…… 황녀 전하께선 대체 언제쯤 돌아오실까?"

목소리에서 그리움이 묻어났다. 얼핏 막연한 물음이었지만, 사실 답이 있었다. 바로 지금.

유리엔은 도착하자마자 황제를 알현해 인사를 올렸다. 이든은 따로 쉴 방을 안내받았으며, 린은 정원으로 향했다.

레윈을 비롯한 네 청년은 자기들이 바로 유리엔의 직속 호위대라고 바득바득 우겨-아주 틀린 말은 아니었지만-집무실의 바로 앞까지 함께할 수 있었다. 물론 안으로 들어갈 수는 없었으므로 그들은 입구 근처의 복도에 사이좋게 쭈그려 앉았다. 가장 먼저 하품을 한 것은 오원이었다.

"심심하다."

"언제 나오실까?"

"글쎄. 야, 여기 바닥 되게 깨끗해."

"어디? 오오, 그러네. 광택이 흐른다."

"얼굴 비벼볼래? 네 얼굴이 더 더러울 것 같은데."

"죽는다."

"뭐? 날 죽인다고? 네가? 깔깔! 네가?"

"이 개새……."

"둘 다 조용히 해. 누구 온다."

투닥거리기 시작한 레원와 오원을 옐원이 나서서 막았다. 그는 둘의 입에 각각 검지를 들이대더니 이내 고갯짓으로 오른쪽을 가리켰다. 옐원의 말마따나 누군가가 발자국 소리와 함께 이쪽으로 가까워지고 있었다. 저벅저벅, 소리가 점점 커졌다. 그리고 네 사람은 곧 나란히 눈을 휘둥그레 떴다.

"헐?"

"맙소사."

"사람이야?"

"말도 안 돼."

조각상이 복도를 가로질러 다가오고 있었다. 수려한 눈, 수려한 코, 수려한 입, 수려한 땀구멍. 머리카락 한 올까지 장인이 정성들여 빚어낸 것 같은 미의 결정체가 긴 다리를 이용해 성큼성큼 거리를 좁혔다.

환상적이라는 말이 딱 어울리는 상대의 외모에 레윈이 입을 떡 벌렸다.

"누가 내 눈이 좀 잘못됐다고 말해줘."

"네 눈알 맛 갔어."

"고마워."

레윈과 오윈이 훈훈한 대화를 주고받는 사이, 그들에게 거한 충격을 안겨준 미남자가 지척까지 가까워졌다. 상대는 그들을 지나쳐 가면서 무심코 시선을 주었는데, 그 눈길을 받은 옐윈이 저도 모르게 침을 삼키면서 사이에 묘한 정적이 내려앉았다. 옐윈은 본인이 침을 넘겼다는 걸 뒤늦게 깨달았다.

"……나 방금 왜 침 삼킨 거야?"

"내가 아냐? 와, 덕분에 저 미남 기분 엄청 더러웠겠다."

"끔찍했겠는데?"

"나였으면 벌써 칼 뽑았어."

"다, 닥쳐."

소곤거리는 네 사람을 지나쳐 이내 미남이 커다랗고 화려한 문 앞에 섰다. 문 너머에는 다름 아닌 황제가 있었다. 지키는 기사들이 막거나 신분을 묻지 않고 곧바로 비켜서는 것을 보며 그윈이 순간 탄성을 질렀다.

"아!"

"뭐야?"

"너희 누군지 모르겠어? 방금 저 미남……."

그때 미남이 문을 확 열어젖혔다. 뭐가 그리 급한지 열어주겠다는 것도 마다하고 손수 밀고 들어간다. 그러면서 내뱉는 말이 다음과 같았다.

"아버지!"

"……."

"……."

문이 천천히 도로 닫히는 것을 바라보며 레윈을 비롯한 세 사람이 나란히 침묵했다. 눈은 저마다 튀어나올 듯 커져 있었다.

아버지. 아버지란다. 그들이 알기로 현재 저 문 안쪽에 있는 사람은 이 나라의 황제와 유리엔뿐이었다. 설마 어떤 정신 나간 놈이 유리엔을 아버지라 부를 리는 없을 테고, 그럼…….

"카류엘 황태자! ……전하?"

높게 외친 레윈이 기사의 눈총을 받고 뒤에 얼른 존칭을 붙였다. 그윈이 의기양양해져서 말했다.

"난 너희보다 진작 알았지. 이 멍청한 것들!"

"고작 몇 초 차이면서 유세 봐라."

"야, 근데 카류엘 황태자라면 전에 검의 마지막 경지에 올랐다고 한참 떠들썩하지 않았어?"

"맞다, 그랬지."

"미친…… 저 외모에 그 실력?"

"세상 진짜 불공평하다."

"우린 혹시 만들어질 때 신한테 옹알이로 욕했나? 그래서 같은 인간이면서 이렇게 차이 나게 태어난 건가?"

"크윽!"

한참 감탄과 불평불만이 쏟아지던 와중, 레윈이 갑자기 괴로운 표정으로 신음을 흘렸다. 가장 가까이 있던 오윈이 먼저 반응했다.

"뭐야? 혀 깨물었어?"

"크읏…… 너무나 괴롭다."

"갑자기 왜 이래?"

오윈이 미쳤냐는 표정을 지었을 때였다. 레윈이 고통에 일그러진 얼굴로 말을 뱉었다.

"나는 왜…… 하필이면 빨간 머리인 걸까!"

"……!"

레윈을 제외한 나머지 세 사람이 일제히 굳었다. 그래, 그렇다. 레윈의 머리 색은 빨간색이었다. 바로 황태자의 것과 같은 색인 것이다. 사실을 깨닫자마자 옐윈이 떨리는 손을 들어 입을 막았다. 황태자, 이 잔인한 남자. 왜 붉은색 머리를 가지고 태어났단 말인가? 세상에 하나뿐인 오색 찬란 무지개 머리 따위를 지닐 것이지, 어찌 군데군데 종종 존재하는 적색 머리카락으로 태어나 세상의 수많은 붉은 머리 남자를 절망으로 빠뜨리는 것인가! 한탄하는 레윈에게로 오윈이 손을 뻗었다. 그리고 어깨를 툭툭 쳤다. 그렇게 토닥거리면서 그가 입을 열었다.

"괜찮아. 비교된다고 생각할 것 없어. 왜냐면 넌 빨간색 머리고, 황태자는 붉은색 머리니까."

"……."

뭐가 다르지?

"고, 고마워."

그러나 레윈에겐 나름 위로가 된 것 같았다. 생각해 보니 왠지 미묘한 차이가 느껴진다. 우선 글자 모양이 다르지 않은가? 오윈의 격려를 받아들인 레윈이 한결 밝아진 얼굴로 감사 인사를 건넸다. 오윈은 그저 웃음으로 화답했다. 네 사람의 사이에 훈훈한 분위기가 형성되었다.

카엘은 그대로 굳었다.

그는 황제로부터 기별을 받았다. 당장 튀어오면 기다리던 것이 있을 거라는 내용이었다. 듣자마자 심장이 덜컥거릴 정도로 놀란 카엘은 들고 있던 서류도 내팽개치고 한달음에 이곳까지 찾아왔다. 그리고 가타부타 생각할 겨를도 없이 문을 열었다.

정말로 있다.

기대감으로 잔뜩 부풀어 오르면서도 한편으론 긴가민가했던 것이 사실이다. 황제는 충분히 이런 일로 아들을 놀릴 만한 위인이었으니까. 그런데 정말로 있었다.

"……."

정적이 흘렀다. 5년은 제법 긴 시간이었다. 그러나 낯설면 어쩌나 했던 상대의 모습은 전과 다름이 없었다. 마치 기억을 찢고 그 속에서 꺼내 온 듯 여전한 모습으로 그녀를 마주 보고 섰다.

"……오랜만이다."

카엘은 한참 만에 말을 꺼냈다. 황제의 앞이라는 것을 인식할 정신도 없었다. 그는 이 순간 열일곱의 소년으로 돌아가 있었다. 자기 마음도 제대로 모르고, 솔직하지도 못했던 5년 전의 여름으로.

"오랜만이야."

유리엔이 응수하여 웃었다. 목격한 레윈이 눈을 비비고 스스로의 정신이상을 의심했던 바로 그 웃음이었다. 마침 창을 투과한 한낮의 햇살이 그런 두 사람의 위로 나란히 쏟아졌다. 어쩐지 잊히는 것 같은 느낌이 든 황제가 슬그머니 입을 열었다.

"크흠, 짐도 여기 있단다."

돌아오는 대답은 없었다.

서툴던 가위질이 능숙했다. 마냥 새하얗던 피부는 건강한 색으로 그을려 있었다. 싹둑, 과감하게 잘라낸 썩은 가지가 아래로 떨어졌다. 의자에 올라선 채로 청년은 열심히 나무를 손질하는 것에 집중했다. 나름 전문가의 손길이었다. 군데군데 상하거나 모나던 가지들이 점차 가지런히 모양을 잡아갔다.

잠시 쉬는 시간인지 청년이 가위질을 멈췄다. 오후의 햇볕 아래 송골송골 맺힌 땀을 손등으로 훔쳤다. 반듯한 이마 위로 하늘색 머리카락이 질서 없이 흐트러져 있었다. 그때 누군가가 청년을 불렀다. 맑고 높은 목소리였다. 의자에 선 채로 그가 뒤를 돌았다. 그리고 잠시 후 그대로 넘어졌다.

콰당! 의자가 정원의 바닥을 구르고 청년이 엉덩방아를 찧었다. 멍청한 표정을 짓는 그의 하늘색 머리 위로 나뭇잎이 몇 가닥 떨어졌다. 초록색 나뭇잎을 마치 장식처럼 얹고 청년이 위를 올려다보았다. 싱그러운 녹음 사이 소녀가 바구니를 들고 서 있었다. 아니, 이젠 여인이었다. 여인이 된 소녀가 익숙하게 혀를 차며 손을 내밀었다. 청년은 한참을 그것을 바라보기만 했다. 그러다가 믿을 수 없다는 듯 제 눈을 비볐다.

손에 묻어 있던 흙이 들어가기라도 했는지 곧 주룩주룩 뺨을 타고 눈물이 흘렀다. 바구니를 내려놓은 여인이 다가가 그런 청년을 두 팔로 껴안았다.

정원의 바닥에 주저앉은 여인의 치맛자락에 풀 냄새가 배었다. 청년에게서 나는 것과 같은 내음이었다. 이내 청년이 마주 손을 들어 여인을 안았다. 마치 실체라는 걸 확인하고 싶어 하듯 힘주어 끌어안는다. 여인이 청년의 등을 토닥거렸다. 잠시 후 여인은 청년의 머리에서 나뭇잎들을 떼어주며 웃었다. 코를 훌쩍이던 청년이 그런 여인을 보곤 따라 웃었다. 봄이었다.

Chapter 11

아직도 멀었어요

소외감을 이기지 못한 황제는 손짓으로 두 사람을 내보냈다. 보기 좋은 한 쌍이었으나 산 채로 병풍이 된다는 것은 견디기 힘든 일이다. 황제는 그 와중에도 둘의 오붓함을 위해 카엘에게 유리엔을 거처까지 안내하도록 명령하는 것을 잊지 않았다.

둘은 집무실을 나와 나란히 걸었다. 유리엔은 바닥을 잠시 내려다보았다가 다시 고개를 들었다. 몇 년 만에 거니는 궁은 낯선 듯하면서도 친숙함이 남아 있었다. 어딘지 가슴 한쪽을 따뜻하게 하는 반가움. 그것은 비단 장소에서만 오는 것은 아닐 것이다.

카엘은 아까부터 말이 없었다. 집무실을 나오면서부터 그는 줄곧 꿀 먹은 벙어리 상태였다. 유리엔은 상대가 침묵을 지키는 이유가 긴장해서라는 것을 알 수 있었다. 묘하게 뻣뻣이 굳은 움직임이 자연히 눈에 들어왔기 때문이다. 조금만 더 굳었다간 걸음걸이마다 삐걱삐걱 소리가 날 것 같았다.

물론 유리엔이라고 아무렇지 않을 리 없다. 간질간질한 공기에 저절로 피어나는 어색함을 그녀 또한 충분히 느끼고 있었다. 길고 긴 복도가 끝을 보일 때쯤 유리엔은 일부러 태연을 가장했다.

"키가 더 컸네?"

"……."

"카라멜 주제에 왜 자꾸 길어져?"

카엘이 멈칫했다. 5년 만에 듣는 호칭이었다. 마치 그때로 돌아간 것처럼, 그런 느낌이 들게 하는 말이었다. 그가 입을 열었다. 익숙하게 맞받아쳤다.

"네가 짧아진 게 아니고?"

"뭐? 너 다시 보니까 허리만 길어졌다? 다시 줄어드는 게 미관상 좋겠는데?"

"못 본 새 눈이 많이 나빠졌구나, 검둥아. 이렇게 완벽한 신체더러 허리가 길어졌다니."

"뭐라고? 야, 좋게 말할 때 완벽이라는 단어한테 사과해라?"

예전 같은 투닥거림이 이어졌다. 두 사람이 과거로 돌아간 건지, 아니면 과거를 이곳으로 가지고 온 건지는 모르겠지만, 어쨌든 확실한 건 이런 대화가 마냥 반갑고 편안하다는 사실이었다. 서로 한마디도 지지 않고 티격태격한 유리엔과 카엘은 잠시 후 나란히 웃음을 터뜨렸다. 못내 투명한 웃음소리였다. 조용히 뒤따르던 레윈이 투덜거렸다.

"환상의 커플이네. 누구 염통 아픈 사람?"

오윈이 말을 받았다.

"저요."

엘윈도 동참했다.

"난 눈도 시리다. 누가 내 장기를 보호해 주나?"

그윈이 뒤를 이었다.

"진짜 사나이는 장기도 강한 법이지."

"이 자식은 사나이 타령을 안 하면 혀에 가시가 돋나?"

"아! 아무튼 부럽다. 누군 일이랑 연애했는데."

네 사람은 이러니저러니 불평불만을 늘어놓기 시작했다. 쳐다볼수록 부러워질 뿐이니 눈을 감고 귀도 막자던 그들은 아예 뒤로 걷는 건 어떠냐는 의견을 냈다. 그러더니 서로서로 빠르게 동의하고 즉각 실행에 옮긴다.

그렇게 선남선녀 두 사람이 웃음꽃을 피우며 걸어가고, 그런 둘의 뒤를 빨주노초 네 남자가 뒷걸음질로 따르는 묘한 풍경은 유리엔이 거처에 도착하고 나서야 그 끝을 맺었다.

레윈을 비롯한 네 명은 유리엔이 거처에 도착한 다음, 따로 머무를 방을 배정받았다. 본래는 유리엔이 그냥 쫓아내려던 것을 그들이 갈 곳이 없다고 징징거리며 매달린 결과였다. 뮤리엔에 미인이 많다는 말에 혹해 무턱대고 여기까지 따라온 그들은 여러모로 대책이 없는 상태였다. 유리엔은 그 꼴을 보며 실력이 아깝다고 고개를 저었다.

소문은 빨랐다. 유리엔은 거처에 짐을 푼 지 몇 시간 되지 않아 방문객을 여럿 맞이해야 했다.

"언니님!"

두 눈 가득 눈물방울을 그렁그렁 매단 루네가 폭삭, 달려들어 안겼다. 이제 스무 살이 된 루네는 5년 전 열다섯일 때와 전혀 달라진 점이 없었다. 다람쥐 같은 외양도, 작은 키도 여전했다. 그녀는 유리엔의 품에 안긴 채로 못내 서럽게 펑펑 울었다. 뭐라 뭐라 말은 하는데 우느라 발음이 뭉개져 알아듣기는 힘들다. 여린 등을 그저 쓰다듬고 있으려니 제론이 뒤이어 나타나 말을 걸었다.

"오랜만에 뵙습니다, 황녀 전하."

제론 또한 기억 속에 있는 것과 같은 여상한 모습이었다. 반갑게 그의 인사를 받은 유리엔은 잠시 후 멈칫했다. 제론은 혼자가 아니었다. 팔에 뭔가를 안고 있다. 가만 보니 루네와 제론을 반씩 닮은 조그마한 생명체였다.

"흠흠."

유리엔의 뚫어질 듯한 시선을 받은 제론이 헛기침을 했다. 민망한 기색이었다. 쑥스러운지 제론의 검정에 가까운 남색 눈동자가 애먼 허공을 한 바퀴 배회한다. 잠깐의 침묵 후 그가 입을 열었다.

"딸입니다."

"루제가 전에 급하니 어쩌니 하더니만……."

"예?"

"아냐. 몇 살이야?"

"작년 가을에 태어났습니다."

세상을 만난 지 이제 고작 반년이 되었다. 나이로 치면 0세인 갓난아기였다. 유리엔이 신기한 눈치를 감추지 않고 아기를 응시했다. 저를 쳐다보는 걸 아는지 작은 손을 꼬물거린다. 그러더니 이내 까르르 웃는 것이 몹시 사랑스러웠다.

유리엔이 어디에 정신이 팔렸는지 알아챈 루네가 울음을 멈췄다. 제론에게 안겨 있는 아기와 그런 아기에게 시선을 못 박은 유리엔을 번갈아 쳐다보더니 곧장 활짝 웃으며 소개했다.

"이름은 미네에요! 예쁘죠? 헤헤."

"결혼은 언제 한 거야?"

"제 열여덟 살 생일이 지나고 나서 바로요."

열여덟은 제국법상 완전히 성인이 되는 나이였다. 급한 와중에도 제론이 양심상 성년까지는 기다려 준 것이다. 이젠 더 이상 드아이스 영애가 아니라 어엿한 트아로민 자작 부인이 되었다고 이야기한 루네는 올해 가을 즈음 루제 또한 식을 올릴 것 같다며 조잘거렸다. 호랑이도 제 말 하면 온다더니 그때 루제가 도착했다.

"황녀 전하!"

뛰어왔는지 머리 장식이 흐트러져 있었다. 응접실로 들어서자마자 유리엔에게 달려가 안기는 루제의 뒤로 네이시온이 공손히 인사를 올리는 것이 보였다. 유리엔이 고갯짓으로 상대의 인사를 받기가 무섭게 루제가 엉엉 울음을 터뜨렸다. 루네가 울 때는 그러려니 했는데 루제가 우는 것에는 깜짝 놀란 유리엔이 눈을 동그랗게 떴다.

"루제?"

"황녀 전하, 제가, 막, 얼마나…… 영영 안 오실까 봐, 그럴까 봐, 허어엉."

"저도요! 저도! 흑…… 우아아앙."

"루, 루네."

기껏 그쳤던 루네는 루제가 울자 도로 감정이 북받쳤는지 따라 울었다. 양옆으로 매달린 쌍둥이가 사이좋게 울기 시작했다. 거리를 조금 띄우고 선 각자의 남편과 약혼자는 그저 어색하게 웃을 뿐이었다. 당황한 유리엔은 잠시 굳어 있다가 이내 손을 들어 두 사람의 등을 토닥거렸다.

"많이 기다렸어?"

"으허엉."

"미안해."

"훌쩍, 크응, 훌쩍."

"……고마워."

유리엔이 속삭이듯 말했다. 가슴 언저리가 간질거렸다. 어딘지 따뜻하게 차오르는 것 같기도 했다. 돌아왔다는 기분이 든다. 그래, 정말 돌아왔구나.

반년을 함께했고 5년을 떠나 있었다. 없던 사람처럼 잊힌대도 할 말이 없는 기간이다. 떠날 때 유리엔이 기다리라는 말을 하지 못했던 것도 금방 오겠다는 기약을 할 수 없어서였다. 아무리 철면피라 평가를 받는 유리엔이라도 몇 년이 될지 모르는 기다림을 쉽게 입에 담을 수는 없었다. 그래서 말없이 작별했다. 그랬는데.

그때 문이 벌컥 열렸다. 나타난 이는 카엘이었다.

"……."

뭔가를 전해주러 온 듯한 낌새의 카엘은 응접실 안의 풍경을 눈에 담자마자 멈칫했다. 여럿이 우르르 몰려 있는 것은 둘째 치고, 개중 둘은 유리엔에게 폭삭 안겨 서럽게 울고 있었다. 훌쩍이는 소리가 여기까지 들린다. 카엘은 잠시 입을 다물었다가 이내 픽 웃었다.

"그놈의 인기하고는."

말을 들은 유리엔이 소리 내 웃었다. 웃지 않을 수가 없었다. 아무것도 모르는 제삼자의 눈에는 어떻게 비칠지 모른다. 그러나 그녀에게 이곳은 도피처가 아니라 안식처였다.

젤디아의 기분은 한껏 고양되어 있었다. 황궁에서 연회가 열린다는 소식을 들었기 때문이다. 주최 이유야 말할 것도 없이 '환영'이었다. 그녀는 저 때문에 황실이 연회를 주최하는 것이라 흔들림도 없이 굳게 믿었다.

'연회의 주인공은 나야!'

안 그래도 귀국한 기념으로 성대한 파티를 열 생각이었다. 그를 위해 도착하자마자 유명 살롱의 주인들을 불러 신상 드레스부터 맞췄다. 그러던 차에 들린 소식이었으니 젤디아가 단비를 맞은 땅처럼 기뻐한 것은 당연했다. 어떻게, 어딜 보아도 저를 위한 환영회였다.

'전하께서 힘을 써주신 걸까?'

젤디아의 양 뺨이 발그스레하게 물들었다. 거울 속에 비친 금발의 미녀가 수줍게 제 뺨을 손등으로 가렸다. 곧 카엘의 얼굴을 떠올린 그녀가 길게 달뜬 숨을 내뱉었다. 생각만 해도 가슴이 뛰었다. 만인이 갈망하는 완벽한 남자를 손에 넣는다는 건 상상만으로도 짜릿한 일이었다. 그 보석 같은 사내를 손끝 하나로 좌지우지할 수 있다면.

소리 내어 낮게 웃은 젤디아가 이내 시녀를 불렀다. 연회까지 남은 날짜는 이틀. 그녀는 재차 머리 손질을 명령하며 최근 맞춘 드레스를 가져오라 일렀다.

오랜만에 만났으니 기념이라며 키슬리키는 선심 써 카엘의 앞에 나타났다. 그리고 잘 지냈냐고 인사를 건넸다. 카엘은 마주 인사한 뒤 상대에게 이렇게 물었다.

"넌 안 자라냐?"

그에 키슬리키가 분개하여 길길이 날뛴 것은 당연한 일이었다.

"내 진짜 몸이 얼마나 근사한데! 너 같은 건 비교도 안 돼! 백 년도 못 사는 하등한 인간 주제에! 왁왁!"

유리엔은 그걸 지켜보다 잠자코 카엘을 타박했다.

"애 놀리면 재밌니?"

자연히 키슬리키는 한층 더 화가 나 방방 뛰었다.

이틀은 금방 지나갔다. 물 흐르듯 빠른 속도였다. 연회 당일 아침, 유리엔은 도망치지 않고 의연하게 시녀 군단을 맞이했다. 나이도 있는데 이제 예전 같은 막무가내식 도망은 고루하다. 그녀는 침착하게 시녀들을 안으로 들인 뒤 부드럽게 미소 지으며 말했다.

"기껏 와주었는데 어쩌지? 내가 선약이 있어서."

"네?"

"다른 사람도 아니고 전하와의 약속이라……."

유리엔은 눈 하나 깜짝 않고 카엘을 팔았다. 물론 뻥이었다. 만나기로 한 약속 따위 기억에 없다. 그러나 감히 시녀의 신분으로 그게 정말이냐 사실 여부를 추궁할 수도 없는 노릇이었다. 우물쭈물하던 그녀들이 그렇다면 외출 준비를 돕겠다 나서는 것을 유리엔은 고개를 저으며 일축했다.

"지금 당장 출발하려고. 늦으면 안 되잖니."

그리하여 유리엔은 아침부터 거처를 나섰다. 몸단장에 시간을 빼앗기느니-그것도 굶으면서-차라리 이편이 낫다 싶었던 것이다. 그녀는 한가롭게 궁을 거닐면서 실시간으로 목적지를 고민했다.

'어딜 갈까?'

복도 전체를 잇는 너른 창으로 빛이 흘러들어 와 길을 만들었다. 유리엔은 그 아래로 발을 내디디며 갈등을 이어나갔다.

황제에게 환영받은 인사인 그녀가 가지 못할 곳은 궁 내에 그리 많지 않았다. 생각해 보면 보물찾기의 참가 자격이 주어졌을 때부터 그녀는 이미 황가의 사람으로 인정받았던 것이다. 유리엔은 새삼스러운 기분으로 그것을 자각했다. 처음엔 그것을 속박이라 생각했는데, 지금은…….

"황녀 전하."

생각에 잠겨 있던 유리엔이 문득 고개를 들었다. 맞은편에서 낯익은 인영이 가까워지며 말을 걸어왔다. 눈처럼 하얀 머리에 콧대는 높고 눈매는 선량하다. 유리엔이 눈길을 주자 이든이 정중히 인사를 올렸다.

"어디 가십니까?"

"그냥 좀. 그러는 이든은?"

"산책이나 나가려던 참입니다."

이든의 표정은 무감했다. 웃음이 헤플 것 같은 인상과는 달리 그는 기실 평소엔 시종일관 무표정을 유지하는 편이었다. 이든은 오직 키슬리키와 관계된 일에서만 눈에 보이게 얼굴로 감정을 드러냈다. 유리엔은 상대의 무기질 같은 낯을 올려다보며, 키슬리키를 찬양할 때 상대가 짓던 환희와 희열에 가득 찬 격정적인 표정을 떠올렸다. 역시 특이한 인물이었다.

"천재는 괴짜라더니. 참, 기왕 만났으니 말인데."

"말씀하십시오."

"이 반지 말이야, 마법이 걸려 있거든? 한 쌍인데 다른 쪽 반지를 통해서 이쪽의 위치를 확인할 수 있어."

"예."

"혹시 이거 역으로 가능할까? 그러니까, 이쪽에서 반대로 저쪽을 추적하는 거지."

유리엔이 이든의 눈앞에 내민 것은 왼손 네 번째 손가락에 끼워져 있는 반지였다. 천재 마법사가 어린 왕녀를 위해 며칠간 밤을 새워 만든, 왕녀의 보물이었던 반지. 유리엔은 매번 공격용으로 사용해 왔지만 본래 그러라고 만들어진 것은 아니다. 애초 의의는 반대편에서 이쪽의 위치를 알아내는 것에 있었다.

그녀는 충동적으로 역발상을 떠올렸다. 큰 뜻은 아니고 그냥 이쪽에서 카엘이 있는 곳을 찾아낼 수 있다면 재미있을 것 같아서였다. 이든은 말을 듣더니 어렵지 않다며 고개를 끄덕였다.

"됩니다."

"정말?"

일반적으로는 안 되는 일이었지만 이든은 된다. 말뿐 아니라 그가 정말로 천재라는 뜻이었다. 이든은 유리엔이 손가락에서 뺀 반지를 받아 들고는 안쪽을 세세하게 살폈다. 그렇게 한참을 들여다보더니 잠시 후 알겠다는 듯 엄지와 검지를 서로 튕긴다. 유리엔이 궁금해져서 물었다.

"뭘 하는 거야?"

"보통 이런 반지는 마법진이 테 안쪽에 새겨져 있는 경우가 많습니다. 물리적으로 세공한 것이 아니라 보통 사람의 눈으로는 보이지 않지만요."

"그래? 신기하네."

"아무튼 꽤 섬세한 마법진이군요. 새긴 사람의 실력이 제법 좋았나 봅니다."

유리엔은 그 사람이 다름 아닌 네 은인이자 호적상의 아버지라고 이야기해 줄까 하다가 이내 그만두었다. 굳이 이든이 마법사의 비화를 알 필요는 없을 것이다. 이든은 곧 그녀에게 도로 반지를 반납했다.

"추적은 되는데, 흐음……."

"되는데?"

"마나의 흐름으로 잡아내는 거라 길을 알려 드리기가 애매합니다. 제가 이곳의 지리를 모르다 보니 설명을 드리기도 어렵군요. 괜찮으시다면 제가 앞장을 설 테니 뒤따르시겠습니까?"

"좋아."

반지를 다시 손가락에 낀 유리엔이 흔쾌히 그러마 하고 대답했다. 그렇게 안내자가 된 이든은 서슴없이 척척 걸음을 옮겼다. 일정한 간격을 두고 앞서 걷는 이든의 흰색 로브가 그의 복사뼈 어림에서 팔락거렸다. 유리엔은 상대의 뒷모습을 보며 애도 썼으니 나중에 시간이 되면 키슬리키나 한번 불러주어야겠다고 생각했다. 물론 키슬리키가 들었으면 욕을 하며 펄쩍 뛸 테지만.

두 사람은 이내 실내를 벗어났다. 유리엔이 이든을 뒤쫓으면서 고개를 갸웃했다. 야외? 아침부터?

도착은 그로부터 오래 걸리지 않았다. 카엘은 그녀가 야외로 나오면서부터 예상했던 바로 그 장소에 있었다.

챙!

"실력이 많이 늘었는데? 소오드!"

"고마워, 샐드! 그런데 왜 굳이 뒤에 이름을 붙이는 거냐?"

"이렇게라도 해야 우리의 이름이 등장할 테니까!"

"그것참 슬프구나!"

연무장 안에선 대련이 한창이었다. 진검으로 겨루는지 곳곳에서 날카로운 쇳소리가 간헐적으로 울렸다. 입구는 지키는 사람이 없었기에 이든도 유리엔도 손쉽게 출입이 가능했다.

"대련하는 걸 보는 건 처음이네."

열기가 가득한 풍경을 눈에 담으며 유리엔이 중얼거렸다. 예전에도 연무장을 몇 번 방문했던 적이 있다. 기억을 더듬어보면 서너 번쯤 되었던 것 같은데, 그땐 한 번도 대련 중인 모습을 목격한 적이 없었다. 유리엔은 눈을 빛냈다. 확실히 대련은 체력 단련보다는 흥미로운 구경거리였다. 그때 가까이서 합을 나누던 기사가 그런 유리엔을 가장 먼저 발견했다.

"으악! 이 미친놈아! 갑자기 멈추면 어떻게 해? 찌를 뻔했잖아!"

"……."

"야? 어이? 들려? 이놈이 대체 어딜 보는 거……."

예고 없이 움직임을 멈춘 기사를 타박하던 상대가 곧 그와 똑같은 상태가 되었다. 눈을 부릅뜨고 검을 들고 있던 팔을 아래로 떨궜다. 입은 시간 차를 두고 헤- 벌어졌다. 그리고 그 반응은 점점 사방으로 전염되듯 퍼져 나갔다. 대련의 과반수가 중지되기까지는 금방이었다. 이게 무슨 일인가 싶어 고개를 놀린 카엘이 순간 흠칫 놀랐다.

"너……."

눈이 마주친 유리엔이 저만치서 손을 흔들었다. 카엘은 찰나 제가 잘못 보았나 생각했으나, 연무장 안의 기사들이 워낙 현실감 넘치는 반응을 보여주었기에 상대가 헛것이 아니라는 것을 대번에 알 수 있었다. 잠시 당황해서 멈칫한 그가 이내 그쪽으로 성큼성큼 다가갔다.

"안녕, 카라멜?"

"여긴 어쩐……."

카엘이 말을 멈췄다. 이든을 발견했기 때문이다. 시선이 닿자 이든이 예를 갖춰 고개를 숙였다.

"제국의 작은 태양을 뵙습니다. 이든입니다."

"……이든?"

낯선 이름이었다. 카엘이 눈썹 사이를 좁혔다. 처음 듣는 이름에 처음 보는 얼굴. 물론 해마다 기존의 사람이 나가고 새로운 사람이 들어오는 곳이 황궁이었으니 상대가 생경하다고 해서 특이할 건 없었다. 문제는 그가 유리엔의 곁에 붙어 있다는 거다.

키는 크고 생김새는 멀쑥하여 입고 있는 흰 로브가 정갈하게 잘 어울렸다. 반듯한 이마 위로 사락거리는 새하얀 머리카락이 어딘지 온화한 인상을 주는 미남이었다. 그래, 미남. 이게 중요하다. 카엘의 눈썹이 꿈틀거렸다.

"표정이 왜 그래?"

"누구야?"

"누구? 이든?"

"그래."

"아, 넌 안면이 없겠구나. 나랑 같이 고국에서 여기까지 온 마법사야. 그리고 키슬리키 광……."

아니지. 유리엔이 입을 다물었다. 이건 이렇게 크게 말할 게 아니라 보다 은밀하게 전해야 할 이야기라며 그녀가 카엘의 옷소매를 당겼다.

순순히 끌려오는 상대의 귓가에 입을 대고 낮게 속삭였다.

"키슬리키만 보면 침을 흘려."

"침은 안 흘립니다만."

"들렸어?"

이든의 항변에 유리엔이 천연덕스럽게 웃었다. 카엘은 말의 내용은 둘째 치고 귓가에 직접 닿았던 상대의 숨결 때문에 잠시 동안 아무런 말도 하지 못했다. 들은 것을 인식한 것은 시간이 조금 지나서였다.

"……뭐? 키슬리키? 악마?"

"응. 얘 평생소원이 키슬리키의 발바닥에 입 맞추는 거야."

"아닙니다. 평생소원은 악마님의 머리카락을 베고 잠드는 겁니다."

"입 맞추는 거는?"

"그건 반평생소원입니다."

이든의 대답은 진지했다. 한 치의 거짓도 없다는 듯 진솔한 대답이었다. 유리엔이 하여간 저렇다며, 돌멩이에 키슬리키의 머리카락을 감은 뒤 주워와! 하고 던지면 그걸 주우러 국경도 넘을 놈이라고 말을 덧붙였다. 이든은 그에 한술 더 떴다. 바다도 건널 겁니다.

"아, 생각해 보니 아직 악마님을 영접하지 못했군요. 신성한 아침 영접은 결코 걸러서는 안 되는데 말입니다. 이만 의식을 다하러 가봐도 되겠습니까?"

"그래, 얼른 가."

"감사합니다. 그럼."

인사를 올린 이든이 직후 쏜살같이 멀어졌다. 긴 로브 자락이 바람에 역동적으로 펄럭거렸다. 그가 사라진 뒤 유리엔은 카엘을 향해 어깨를 으쓱했다. 봤지? 저런 놈이야. 카엘은 순식간에 비어버린 자리를 황당하게 쳐다보았다. 그리고 잠시 후 허탈하게 웃음을 터뜨렸다. 뭔가 엄청 쓸데없는 걸 신경 썼던 것 같은 기분이 들었다. 그리 웃는 카엘의 귀 끝이 평소보다 붉었다.

"별난 걸 달고 왔네."

"키슬리키랑 붙여놓으면 보는 재미가 있거든."

"아무튼 여긴 어쩐 일이야?"

심기가 평화롭게 돌아온 카엘이 처음 하려던 말을 다시 입에 담았다. 유리엔은 물음을 받고 잠깐 고민했다.

충동적으로 너를 보러 왔어.

그게 사실이었다. 그러나 곧이곧대로 얘기하려니 이상하게 말이 잘 나오지 않았다. 카엘을 마주하면 열여섯의 어린 날로 돌아가고 마는 그녀는 솔직함도 그와 함께 잃어버렸다. 결국 본심은 입안에서만 굴리다가 바깥으로는 핑계를 꺼냈다.

"그냥, 심심해서."

구경이나 할까 하고 방문했다며 유리엔이 덧붙였다. 카엘은 그걸 그대로 받아들였다. 마침 대련 중이었으니 관람할 만한 것이 있기는 했다. 그는 잠시만 기다리라고 말하더니 곧 깨끗한 수건 하나를 가지고 왔다.

"수건?"

"새 거야."

내미니까 받아 든 유리엔이 상대를 올려다보았다. 이건 왜? 눈으로 묻자 카엘이 대답했다.

"다른 천이 없어서. 너 구경할 거라며?"

"응."

"바닥이나 돌 위에 그냥 앉을 거냐?"

유리엔이 눈을 껌벅거렸다. 그러니까 즉, 그냥 앉지 말고 자리에 이 수건을 깔고 앉으라는 소리였다. 수건과 카엘을 번갈아 쳐다본 그녀가 이내 신기한 표정으로 입을 열었다.

"언제부터 이렇게 섬세했어?"

"얌전히 받아."

"귀 빨갛다?"

"시끄러."

시선을 피한 카엘이 이어 척척 걸어서 멀어졌다. 작아지는 그 뒷모습을 보며 유리엔이 오른손으로 입을 가렸다. 공연히 웃음이 흘러나왔다. 그녀의 귓가 또한 붉게 물들어 있었다.

연무장에서 아침을 보내고 거처로 돌아온 유리엔은 정오쯤 되어 손님을 맞이했다. 루제였다. 연회를 위해 곱게 단장한 차림새로 찾아온 루제는 유리엔을 보자마자 은근한 목소리로 말을 꺼냈다.

"오늘의 연회는 정말 중요해요, 황녀 전하."

"왜?"

"귀족들에게 똑똑히 각인시켜야 하니까요."

"뭘?"

"제국 제일의 꽃은 명실상부 황녀 전하라는 것을!"

소리 높여 얘기하는 루제는 주먹까지 꽉 쥐고 있었다. 그런 그녀의 열정과는 반대로 유리엔은 당연히 심드렁했다.

"또 뭐라고."

"이게 끝이 아니에요."

"그럼?"

"황녀 전하와 황태자 전하께서 서로 진~ 한 사이라는 것을 만인에게 공표해야죠!"

"진한 사이 아닌데?"

"네? 아직 아니에요?"

루제의 되물음은 의미심장했다. '아직'. 아직은 진한 사이가 아니에요? 그 뉘앙스를 눈치챈 건지 만 건지 유리엔은 짧게 고개를 끄덕였다.

"그래."

"으음, 그렇다면 그건 일단 미루는 걸로 하고……. 아무튼, 어쨌든 어마어마하게 중요해요."

"결론적으로 하고 싶은 말이 뭐야?"

"지금부터 치장을 시작하셔야 하지 않을까요?"

루제의 두 눈이 초롱초롱했다. 그래, 목적은 저거였다. 오랜만에 공들여 꾸민 유리엔의 모습을 보고 싶다. 연회의 시작은 저녁이고 지금은 점심 무렵이었으니 때 빼고 광내려면 지금 당장 시작하는 편이 좋았다. 유리엔은 두 번 듣지도 않고 손을 내저었다.

"귀찮아."

"전하께선 가만히 계시기만 하면 시녀들이 다 알아서 할 텐데요?"

"가만히 있는 게 귀찮아."

멈칫한 루제가 눈을 굴렸다. 유리엔의 표정 위로 떠오른 거절의 빛이 단호했다. 이러면 안 된다. 지난 5년간 더 예뻐져서 돌아온 유리엔은 꾸미기만 하면 연회장의 샹들리에도 부끄러워 스스로의 불을 끌

정도로 눈부시게 빛이 날 것이 자명했다. 루제는 그걸 꼭 보고 싶었다. 꼭!

"……그러고 보니 갑자기 생각이 나네요. 얼마 전에 젤디아 폰 페듀린이라는 공녀가 귀국했는데 말예요."

무슨 수를 쓸까 고민하던 루제는 곧 젤디아를 팔기로 했다. 얼굴도 모르는 영양이었지만 들은 소문은 많았다. 특히 사용인들의 사이에서 도는 말은 대체로 믿을 만하다고 봐도 좋다. 그녀는 거기에 살을 덧붙여 꺼내놓았다.

"그 공녀가 세상에, 자기가 대륙 제일의 미녀라고 공공연하게 말하고 다닌다더라고요. 그 누구도 자기의 옆에 서면 들러리가 될 뿐이라면서!"

"그래?"

"이번 황궁 연회도 자길 위해 열리는 거라고 했대요. 자기 외에 연회에 참석하는 여자들은 전부 제 미모를 한층 돋보이게 해주는 비교군일 뿐이라나?"

"그렇구나."

"이 세상에서 자기보다 예쁜 여자는 절대! 그 어디에도! 없다고 단언했대요."

"아하."

"……괘씸하지 않으세요?"

"별로?"

유리엔의 무심한 태도는 여전했다. 젤디안지 젤리인지가 이렇게 떠들든 저렇게 떠들든 관심 없다는 반응이었다. 루제는 순간 주춤했다. 그러나 이대로 물러날 수는 없었다. 들은 말이 안 통한다면 없는 말을 지어낸다!

"황녀 전하를 감히 뒤에서 깎아내린다는 말도 있어요. 전하에 대한 소문은 전부 부풀려진 거고 실제로 보면 외려 못생겼을 거라나?"

"그래."

"자기는 날개 없는 천사처럼 예뻐서 황녀 전하는 제 앞에선 이름도 내밀지 못할 거래요. 도리어 자길 보면 제 미모를 찬양하게 될 거라고."

"아하."

"콧대가 하늘을 찌른대요. 사교계가 자기 밥상인 것처럼 군대요."

"오호."

루제는 나오는 대로 막 뱉고 있었으나, 기실 그것이 전부 실상과 닿아 있다는 것은 말하는 본인도 알지 못했다. 공교롭게도 젤디아는 실제로 저런 발언을 모조리 입에 담았었다. 물론 혼잣말로 중얼거리거나 심복의 앞에서만 꺼냈었지만.

"음…… 그리고…… 또, 오늘 연회에 참석하는 모든 남자가 자기의 포로가 될 거래요."

"아아."

"자긴 여신 중의 여신이라 등장하는 순간 모든 사람이 넋을 빼앗길 거랬어요."

"오오."

"황태자 전하도 마음만 먹으면 얼마든지 넘어오게 할 수 있대요. 이번 연회에서 완전히 자기 걸로 만들어 버리겠다고……."

"뭐?"

"네?"

"방금 뭐라고?"

거의 무아지경으로 말을 늘어놓던 루제가 멈췄다. 드디어 유리엔이 반응을 보인 것이다. 아싸! 예! 마침내! 쌍수를 맞잡고 기뻐하던 루제는 그러나 곧 고개를 갸웃했다. 방금 내가 뭐라고 했더라? 하도 되는 대로 주절거렸더니 바로 기억이 나지 않았다. 루제가 했던 말들을 더듬더듬 되짚어가며 말했다.

"어…… 모든 남자가 포로?"

"아니."

"여신 중의 여신?"

"말고."

"아! 황태자 전하를 자기 걸로!"

"그래, 그거."

유리엔이 웃었다. 한 떨기 꽃처럼 청순한 미소였다. 한데 루제는 순간 왠지 모르게 소름이 돋았다.

"건방지네."

"……그, 그렇죠?"

루제가 침을 꼴깍 삼켰다. 상대는 분명 웃고 있는데 대체 이 한기는 무엇일까. 루제는 잠깐이지만 젤디아 공녀의 앞날을 걱정했다. 죽는 건 아니겠지? 어쨌든 소기의 목적은 달성했다. 잠시 후 만반의 준비를 마친 시녀 군단이 유리엔의 거처로 들이닥쳤다.

고생은 헛되지 않았다. 이게 과연 얼마 만에 느껴보는 현기증인가. 루제는 환희에 찬 표정으로 손등을 이마에 가져다 댔다.

"소녀…… 이대로 죽어도 여한이 없사옵니다."

"유난은."

검은 머리카락이 폭포수처럼 흘렀다. 크고 맑은 눈동자 아래로 장인이 심혈을 기울여 빚어낸 것 같은 콧날의 모양이 섬세했다. 입술은 막 과실을 깨물어 그 즙으로 물들인 듯 붉었으며 피부는 아기의 것처럼 마냥 새하얗고 고왔다. 별다른 화려한 장식 없이 그녀의 몸을 감싼 흰 드레스는 위에서부터 전체적으로 굴곡을 드러내다가 밑단에 이르러 구름처럼 퍼졌다. 루제는 그저 양 엄지손가락을 치켜세웠다. 지금의 유리엔은 꼭 하늘에서 막 내려온 여신 같았다.

"후, 오늘 난리 좀 나겠는데요? 임자 있는 여신에게 사랑에 빠질 영식들은 이제 가엾어서 어쩐대."

고개를 절레절레 저으며 내뱉는 루제의 말은 진심이었다. 뭐 어지간히 예뻐야 잠깐 감탄하고 말지, 현재 유리엔이 뽐내고 있는 미모는 그저 하룻밤의 꿈으로 치부하고 잊기엔 너무할 정도로 아름다웠다. 루제는 오늘 밤 수많은 환자의 탄생을 예감했다. 병명은 말할 것도 없이 상사병.

그때 바깥에서 누군가가 문을 두드렸다. 노크 소리를 듣자마자 루제는 사용인을 물리고 제가 직접 움직였다. 문을 열자 예상했던 대로 근사하게 준비를 마치고 찾아온 두 남자가 보인다. 그중 오른쪽을 향해 사랑의 윙크를 날려준 루제가 이내 입을 열었다.

"황녀 전하! 에스코트하시러 오셨어요!"

"응?"

누구냐는 질문은 던질 필요도 없었다. 활짝 열린 문 너머, 검은색 연미복을 차려입은 카엘이 반듯한 자세로 서 있었다. 적실로 수놓아진 소매의 문양이 화려한 듯하면서도 단정하게 잘 어울린다. 앞머리를 말끔하게 넘겨 드러난 이마 아래 자리한 붉은색 눈동자가 석양에 물든 호수처럼 깊었다. 근사하긴 근사하네. 유리엔은 새삼 객관적으로 상대의 외모를 평가하면서 문가로 다가갔다.

이때 루제는 유리엔에게 등을 보인채로 카엘의 대각선쯤에 서 있었다. 그 상태로 뭔가를 슬쩍 꺼내는가 싶더니, 빠르게 카엘에게 건네주곤 모른 척했다. 눈짓이나 표정이 얼른 숨기라는 뉘앙스라 그는 우선 받아 든 것을 안으로 갈무리했다.

'목걸이?'

감촉으로 판단한 카엘이 눈을 들었다. 이쪽으로 가까워지는 유리엔의 목에는 아무런 장신구도 걸려 있지 않았다. 곧 루제의 의도를 파악한 그가 웃음을 삼켰다. 하여간 열성이다.

유리엔은 금세 카엘의 앞으로 다가와 섰다. 루제는 언제 그만치 이동했는지 복도로 나가 네이시온의 곁에 찰싹 붙어 있었다. 이내 카엘이 상대를 향해 손을 내민다.

"갈까?"

"좋지."

이윽고 눈부신 한 쌍의 커플이 연회장을 향해 걸음을 내디뎠다.

오늘만을 벼르고 또 별렀다. 젤디아는 잔뜩 신경을 쓴 차림으로 연회장에 나타났다. 장미처럼 붉고 화려한 드레스가 풍성하게 원을 그렸다. 탐스러운 금발은 위로 틀어 올려 어깨에서 목으로 이어지는 가는 선을 그대로 드러냈다. 갖은 보석으로 장식한 머리는 비록 무거웠으나 동시에 그만큼 화사하여 아름다웠다. 젤디아는 쏟아지는 시선을 느끼며 입술을 길게 늘려 웃었다.

'오랜만이야.'

수많은 사람 가운데 단 한 명뿐인 주인공이 되는 기분. 저 외의 다른 여인들을 모조리 곁다리로 전락시키는 짜릿함. 고양감에 사로잡힌 젤디아의 미소가 짙어졌다. 무대의 중앙에 선 듯한 느낌은 언제나 그녀를 즐겁게 했다.

아름답다는 것은 좋은 것이다. 그녀는 늘 이것을 무기로 사내들을 발아래 두고 휘둘렀다. 내로라하는 미남자가 제 손짓, 발짓 하나에 애타 어쩔 줄 몰라 하는 것은 제법 나쁘지 않은 장관이었다. 다른 여자들의 질시 어린 눈길을 집어삼키는 것도 만족스럽다.

'아아, 어서 전하께서 입장하셨으면.'

젤디아는 스스로의 미모에 자신이 있었다. 날 때부터 지금까지 받아온 것이 외양에 대한 찬사였으니 당연했다. 지금껏 마음먹고 유혹하여 넘어오지 않은 남자가 없다. 그녀는 당연히 카엘 또한 그럴 것이라 믿어 의심치 않았다. 자고로 사내란 아름다운 꽃을 꺾는 것을 숙명처럼 여기는 족속들이다. 황태자라고 무어 다를까.

잠시 후 기다리던 나팔 소리가 들렸다. 황족의 등장이었다. 이어 화려한 문이 열리며 두 남녀가 나란히 걸어 들어왔다. 그리고 젤디아의 표정이 변했다.

"맙소사……."

"내가 지금 꿈을 꾸고 있는 건가?"

"세상에."

회장 전체가 술렁거렸다. 환상 같은 외모를 지닌 두 사람은 그 누구보다도 찬연한 존재감을 사방으로 내뿜고 있었다. 몇몇은 목격하자마자 놀라 턱이 빠졌다. 과거 유리엔을 본 적이 있던 사람들도 저마다 믿을 수 없다는 듯 탄성을 금치 못했다. 한쪽에서 무리를 이루고 있던 유사모와 카사모 또한 사이좋게 눈을 부릅떴다.

"……저희의 기다림은 헛되지 않았던 겁니다."

"동의해요."

"어떻습니까? 보는 것만으로도 마음이 정화되는 것 같지 않습니까? 가슴이 뿌듯해지지 않나요?"

"맞아요. 이 느낌…… 마치 모든 악이 씻겨 나가는 것 같군요."

"우리의 대립은 의미를 잃었습니다. 모두 부질없는 싸움이었습니다. 세상의 그 누가 두 분보다 더 잘 어울릴 수 있단 말입니까?"

"연합을 하자는 말인가요?"

"그렇습니다."

"좋아요. 그럼 이름은 환사모가 어떨까요? 환상의 커플을 사랑으로 지지하는 모임."

"매우 좋습니다."

두 단체는 그렇게 연합했다. 각 단체의 수장이 서로 손을 맞잡고 뜨거운 눈길을 나누었다.

유리엔과 카엘의 등장이 불러온 반응은 그런 식으로 가지각색이었다. 누군가는 눈을 비비고, 어떤 무리는 하나가 되고, 또 다른 누군가는 자기 뺨을 때렸다. 일부는 그저 말하거나 움직이는 법을 잊은 것처럼 멍하니 넋을 놓기도 했다. 젤디아는 그 와중에 경악으로 몸을 부들부들 떨었다.

'말도 안 돼!'

인정할 수 없었다. 아니, 인정하기 싫었다. 카르나 제국의 황녀가 며칠 전 이곳으로 왔다는 소식은 그녀 또한 최근에 들은 적이 있었다. 하나 듣자마자 무시했다. 황녀가 뭐? 아름답다는 평가는 자자했으나 그래 봐야 소문일 뿐이다. 본래 황녀나 공주는 지닌 신분 탓에 고만고만한 미모가 크게 부풀려지는 경우가 많았다. 그래서 당연히 이번에도 그러리라 생각했는데.

'그럴 리 없어.'

입술을 깨문 젤디아가 걸음을 옮겼다. 착각일 것이다. 잘못 본 것이 틀림없다. 전하의 곁에 있었기에 덩달아 수려하게 보인 것뿐이다. 가까이서 제대로 본다면 분명 보잘것없을 것이다. 필시 그래야 하는데.

"카엘 전하."

둘에게로 다가간 젤디아가 일부러 목소리에 애교를 담아 카엘을 불렀다. 애칭을 허락받은 적은 없었지만 사랑만 받고 자란 그녀는 이미 멋대로 행동하는 것에는 도가 텄다. 카엘이 대답 대신 상대에게 짧게 눈길을 주었다. 용건이 있으면 말하라는 뜻이었다.

"여기서 뵈니 더…… 반갑네요."

목소리가 흔들렸다. 마침 유리엔과 눈이 마주치면서 젤디아가 거한 충격을 집어삼켰기 때문이다. 이곳까지 걸어오며 그녀가 했던 필사적인 부정이 죄 먼지처럼 부질없게 흩어지는 순간이었다. 지척에서 본 상대의 얼굴은 멀리서 눈에 담았던 것과는 비교도 되지 않았다. 젤디아의 손끝이 잘게 경련했다.

패배감. 늘 주기만 했지 받아본 적은 없는 기분 나쁜 굴욕감이 그녀의 전신을 휘감았다. 대륙에서 가장 아름다운 여인은 반드시 저일 거라던 여태까지의 믿음이 산산이 깨어져 유리 조각처럼 발밑을 어지럽혔다.

젤디아가 힘껏 주먹을 쥐었다. 길게 기른 손톱이 손바닥의 연한 살을 파고들었다. 쓰고 역한 치욕이 약을 삼킨 것처럼 속에서 요동쳤다. 자연히 표정 관리가 될 턱이 없다. 젤디아의 얼굴이 제 속내를 고스란히 드러내며 일그러졌다. 평소라면 카엘의 앞에서 결코 짓지 않았을 표정이었다.

유리엔은 그런 상대를 바라보며 루제의 말을 떠올렸다. 젤디아 폰 페듀린 공녀. 금발에 녹안을 지닌 미녀라더니 설명과 똑같다. 유리엔은 다소 묘한 기분으로 젤디아를 살폈다. 얼굴은 낯선데 느껴지는 낌새가 낯설지 않았다. 이건 마치.

'에델리아의 상위 호환?'

진화한 에델리아 같았다. 다르게 표현하면 예뻐진 에델리아. 평가를 마친 유리엔이 잠깐 제국을 걱정했다. 이 나라 괜찮은 거 맞나? 공작이라는 인간들이 왜 하나같이 딸을 저렇게 키워? 유리엔의 걱정을 알 길 없는 젤디아가 애꿎은 입술을 짓씹다가 이내 말을 꺼냈다.

"……안녕하세요?"

녹색 눈동자가 똑바로 상대를 올려다본다. 안녕이라는 단어가 들어갔으니 일단 인사는 맞을 것이다. 문제는 초면에 저보다 높은 계급에게 올리는 것치곤 예의가 꽤 부족하다는 정도일까. 유리엔은 저절로 튀어나올 뻔한 웃음을 참았다. 에델리아 같다고 생각했더니 정말로 비슷하게 행동하고 있었다.

"적대시하는 상대 앞에서 속내를 드러내는 건 하수나 하는 짓이라고 했는데."

"네?"

"<내숭의 모든 것>이라는 책을 추천할게요. 시간 되면 읽어봐요."

그 말을 끝으로 유리엔은 젤디아에게서 주의를 거뒀다. 굳이 길게 상대해 줄 가치가 있는 상대는 아니었다. 그녀는 곧 카엘을 이끌고 자리를 옮겼다. 목적지는 음식이 있는 테이블이었다. 덩그러니 남은 젤디아가 뒤늦게 낯을 와락 구겼다.

'하, 하수?'

그녀는 오만하고 심성이 고약했으나 아주 멍청하지는 않았다. 유리엔이 언급한 하수가 저를 지칭하는 말이었다는 것 정도는 어렵지 않게 알아들을 수 있었다. 더불어 책을 추천해 줄 테니 일독하고 좀 배우라는 설교까지.

'가, 감히! 감히 나한테!'

분이 차오른 젤디아가 제 드레스 자락을 힘껏 쥐었다. 힘이 들어간 손이 부들부들 떨렸다. 위세 높은 공작가의 고명딸로 태어나 늘 칭송만 받으며 살아왔다. 굳이 신분이 아니더라도 빼어난 미모는 많은 순간에서 면죄부와 권력이 되었다. 굴종과 찬양. 여태껏 그 어느 곳에서도 그것이 당연했는데.

젤디아의 눈동자가 유리엔의 뒷모습을 좇았다. 길게 늘어뜨린 검은 머리카락이 비단처럼 걸음에 맞춰 사락거렸다. 그마저도 몹시 마음에 들지 않아 젤디아가 눈살을 찌푸렸다. 엉망이 된 입술을 도로 깨물었다. 그녀는 에델리아보다는 사리분별을 할 줄 알았다. 즉 아무리 화가 치밀어도 이런 곳에서 난동을 피우지는 않는다는 뜻이다. 내키는 대로 날뛰기엔 타인의 이목이 너무 많았다.

'두고 봐.'

녹안을 표독스럽게 빛낸 젤디아가 곧 연회장을 벗어났다.

"자기야, 아~ 해봐."

"아~! 오물오물. 어머, 너무 맛있다! 자기도 아~ 해봐."

"아~"

"어때?"

"음…… 놀라운 맛인걸? 자기가 사랑의 손길로 먹여줘서 그런가?"

"아잉, 몰라, 몰라!"

"……."

유리엔이 짜게 식었다. 연회 음식이 준비되어 있는 테이블에는 미처 생각지도 못했던 복병이 자리하고 있었다. 그녀는 눈에 익은 갈색 머리와 노란 머리를 차례로 시야에 담았다. 둘은 사이좋게 서로의 입에 음식을 넣어주며 차마 눈 뜨고는 못 봐줄 아양을 떨고 있었다. 그들의 옆에 있던 귀족은 이미 예전에 석상이 된 듯 움직임이 없었다. 감히 신성한 밥 앞에서 저게 무슨.

그때 루제가 막 유리엔과 카엘을 발견했다. 눈이 마주치자마자 양껏 반가운 표정을 지었다.

"황녀 전하! 오셨네요. 여기 음식이 정말 맛있으니 좀 드셔보세요. 특히 방금 저희가 한 것처럼 서로 사랑을 담아 먹여주시면 훨씬 더……."

"루제야."

"네?"

"점심때 먹은 것까지 도로 뱉게 만들어주면 다신 그런 짓을 안 할까?"

"……얌전히 안 하겠습니다."

"그래."

착하다며 루제의 머리를 쓰다듬어 준 유리엔이 음식으로 시선을 돌렸다. 넓고 긴 테이블에는 간단한 전채부터 동물 한 마리를 통째로 잡은 것 같은 메인 요리까지 굉장히 다양한 먹을거리가 준비되어 있었다. 그녀의 기준으로 몹시 바람직한 풍경이었다. 개인이 가져갈 수 있도록 비치된 식기를 집어 든 유리엔은 잠시 후 음식을 담다 말고 문득 고개를 갸웃했다.

"그런데 전에는 이런 식의 음식 테이블이 없었던 것 같은데?"

"……."

카엘이 곁에서 잠자코 침묵을 지켰다. 유리엔은 단순히 5년이나 지났으니 바뀌었나 보다 하고 대수롭지 않게 금방 넘겼지만, 실은 이번 연회에 마련된 음식들은 전부 카엘의 입김이 닿은 결과물이었다. 과거 유리엔이 연회 탓에 굶느라 힘들었다며 편지로 투덜댔던 것을 기억하고 있었던 것이다. 카엘의 성격상 입이 찢어져도 그대로는 말 못 할 내용이었다. 그는 그저 모른 척하며 유리엔과 함께 요리를 접시로 옮겼다.

유리엔은 처음에는 적당한 양을 덜더니 곧 뭐가 생각났는지 갑자기 음식을 산처럼 쌓기 시작했다. 제 몫의 음식을 다 담고 지켜보던 카엘이 깜짝 놀랐을 정도였다. 그리 전투적으로 접시 위에 탑을 쌓은 유리엔이 이내 만족스럽게 웃었다.

"됐다."

"……일주일쯤 굶었냐?"

"나만 먹을 게 아니라서."

그러더니 접시를 들곤 따라오라며 냉큼 이동했다. 카엘은 황당해하면서도 순순히 그런 상대의 뒤를 쫓았다. 유리엔이 향한 곳은 테라스였다.

"여긴 왜?"

탁 트인 사방에서 불어오는 바람이 선선했다. 초봄의 공기는 해가 저물어 다소 쌀쌀한 기운이 있었다. 더위에는 약하지만 추위에는 강한 유리엔이 딱 좋은 날씨라며 문을 닫고 난간으로 이동했다. 그러더니 비치된 탁자에 접시와 식기를 내려놓곤 제 손바닥을 강하게 때렸다. 잠시 후 키슬리키가 폴짝 난간을 뛰어넘어 나타났다.

"뭐! 왜!"

테라스로 등장한 악마의 표정이 뾰로통했다. 유리엔이 인사 대신 물었다.

"너 요새 왜 항상 불만에 가득 차서 나타나? 사춘기니?"

"이게 다 누구 때문인데! 씨이, 변태 마법사도 못 죽이게 하고!"

"얘도 참, 그게 다 네 자존심을 신경 써주는 거란 걸 왜 몰라? 너 어차피 허락해 줘도 이든 못 이기잖아."

"아냐! 아니거든? 내가 이겨!"

"흐음."

"내가 이긴다니까! 한주먹거리라고! 진짜야!"

"알았어. 상황 봐서 나중에 데스 매치 한번 주선해 줄 테니까 우선은 와서 이거나 먹어."

방방 뛰는 키슬리키에게 유리엔이 의자에 앉아 손짓했다. 악마 또한 식생활은 인간과 다를 것이 없었다. 사람과 마찬가지로 밀을 재배하여 주식으로 삼고 짐승을 사냥해 고기를 섭취한다. 재료는 비슷했지만 조리법은 이쪽이 더 다양해서, 악마 중 일부 미식가들은 음식 때문에 일부러 소환에 응한다는 얘기도 있었다.

음식을 발견한 키슬리키가 날뛰던 것을 멈추고 시선을 고정했다. 비록 한 접시에 몽땅 때려 넣었지만 그래도 황궁의 음식이었다. 최고의 숙수가 가장 좋은 재료를 이용해 요리했다. 척 보기에도 먹음직스럽고 빛깔이 좋았다. 흔들리는 키슬리키의 눈빛을 눈치챈 유리엔이 웃으면서 재차 손짓으로 불렀다.

"안 그래도 뭘 먹여야겠다고 생각은 했어. 애가 이든한테 시달려서 그런지 좀 야위었더라고."

"안 야위었거든?"

키슬리키는 반박하면서도 착실히 탁자로 다가왔다. 그러고는 포크를 들어 열심히 음식을 입안에 욱여넣었다. 햄스터처럼 볼을 부풀리고는 우걱우걱 잘도 씹는 것에 어린아이에게 약한 유리엔이 흐뭇하게 미소 지었다. 이러고 있으니 왠지 린의 심정이 이해가 간다. 꼭 먹이를 챙겨주는 기분이었다.

"……린? 맞다, 카라멜!"

린을 떠올리자 문득 할 말이 생각난 유리엔이 카엘을 돌아보았다. 그때 키슬리키가 갑자기 먹던 것을 멈췄다. 입에 음식이 든 채로 우뚝 정지하는가 싶더니 곧 들고 있던 포크를 탁 내려놓았다. 그리고 키슬리키는 난간을 훌쩍 넘어 다시 바깥으로 사라졌다.

"뭐야?"

카엘이 영문을 몰라 고개를 갸웃했다. 뜬금없는 퇴장이었다. 접시까지 삼킬 기세로 입안에 밀어 넣던 요리도 반이나 남겼다. 의아해하는 카엘과 달리 유리엔은 마냥 익숙한 낯으로 턱을 괼 뿐이었다. 이내 난간 너머에서 사람 한 명이 불쑥 솟아올랐다.

"악마님! 어라, 여기 계신 것 같았는데?"

흰색 머리카락이 바람에 엉망이었다. 여상히 로브를 차려입은 이든이 테라스의 광경을 시야에 담자마자 눈을 동그랗게 떴다. 황금색 눈동자가 아쉬움을 담고 좌에서 우로 굴렀다. 유리엔이 친절하게 입을 열었다.

"오른쪽."

"감사합니다!"

이든의 표정이 활짝 폈다. 진심으로 감사한 얼굴을 한 그는 곧바로 일러준 방향으로 몸을 날렸다. 흰 로브 자락이 바람에 펄럭이며 순식간에 멀어졌다. 카엘이 황당한 어조로 중얼거렸다.

"매번 이래?"

"응."

곧 네게도 친숙한 광경이 될 거라며 유리엔이 웃으면서 덧붙였다. 그건 카엘이 앞으로도 쭉 그녀의 곁에 있을 거라는 전제를 담은 이야기였지만 무의식중에 내뱉은 유리엔은 미처 그것을 의식하지 못하고 있었다. 그저 카엘만 잠시 멈칫했다가 귓가를 붉혔을 뿐이다.

유리엔은 이든이 대체 언제까지 키슬리키를 쫓아다닐지 궁금하다고 떠들다가, 곧 아차 싶은 얼굴로 주제를 바꿨다. 꺼내려다가 끊긴 말이 다시 떠오른 것이다. 그녀가 얼른 카엘을 올려다보며 입술을 뗐다.

"너 꽃 단 놈 기억하지?"

"누구? 노바카사?"

"그래! 걔 혹시 지난 5년간 뭐 사고 친 건 없어? 하녀를 꾀다가 얻어맞았다든가, 시녀에게 추파를 던지다가 얻어터졌다든가 그런 거."

"글쎄? 아, 그러고 보니……."

"그러고 보니 뭐?"

중요한 문제였다. 시간이 지났어도 여전히 성격 급한 유리엔이 벌떡 몸을 일으켜 카엘에게 다가갔다. 간격을 바싹 좁히며 채근하는 것에 카엘이 순간 놀라 몸을 굳혔다.

"너 린 알지? 작고 귀엽고 사랑스럽고 귀엽고 귀여운 하녀 있잖아. 걔가 요즘 꽃 단 놈을 만나느라 거처엘 안 들어와!"

"그…… 뭐?"

"매일매일 바구니만 줄어들고! 이러다가 곧 우리 사귀게 되었다며 수줍게 손을 맞잡고 소개하러 올 낌새거든? 근데 문제는 꽃 단 놈이 지난 몇 년간 계속 멀쩡한 상태를 유지해 왔냐는 거지. 만약 과거의 버릇을 못 버렸으면? 그럼 그건 아주 큰 문제가 된단 말이야."

"근데, 야, 잠깐."

"물론 린에게 어련히 남자 보는 눈이 있지 않겠냐만은 원래 사랑에 빠지면 가끔 눈이 멀기도 하잖아? 만에 하나 눈먼 린과 제 버릇 못 버린 꽃 단 놈과의 조합이라면 내가 결코 가만히 있을 수는 없는 일이지. 꽃 단 놈을 반으로 접었다가 펴서라도 정신교육을 시켜야…… 그런데 너 왜 여기 안 봐?"

한창 격앙되어 말을 늘어놓던 유리엔이 멈칫했다. 카엘은 그녀를 내려다보는 것이 아니라 되레 고개를 위로 든 채 웬 애먼 허공을 눈에 담고 있었다. 지금 뭘 보냐고 묻는 것에 카엘이 난감한 눈치로 말을 뱉었다.

"숨, 닿아."

"뭐?"

"내가 여기서 고개를 숙이면 네 숨이 닿는다고."

현재 둘은 서로 바짝 밀접해 있는 상태였다. 유리엔이 노카바사와 린의 이야기에 몰입해 자각도 못 하고 성큼성큼 거리를 좁혔기 때문이다. 그 상황에서 고개까지 들었으니 자연히 말할 때마다 그녀의 숨결이 상대의 얼굴로 가서 닿았다. 높은 구두를 신고 있는 탓에 그녀와 카엘의 키 차이는 평소처럼 크게 나지도 않았다.

"……!"

구도를 깨닫자마자 유리엔이 후다닥 뒤로 물러났다. 물러나다 못해 멀찍이 떨어져 반대편 난간으로 가 붙었다. 넘어지지 않은 게 용할 정도로 빠른 속도였다. 시선을 도로 내린 카엘이 잠깐 황당해했다.

"왜 네가 도망가?"

"뭐? 도, 도망 아니거든?"

난간에 등을 붙인 채로 유리엔이 응수했다. 얼마나 당황했는지 이례적으로 말도 더듬었다. 카엘은 그런 상대를 쳐다보며 제 목덜미로 손을 올렸다. 짚어보니 뜨겁다. 괜히 민망해진 카엘이 헛기침을 하며 눈을 돌렸다. 유리엔은 방금 내뱉은 제 대꾸가 어지간히 얼간이 같았다고 생각하며 입을 꾹 다물었다. 그러자 테라스로 침묵이 내려앉는다. 자연히 그를 따라 어색한 기류가 생성되었다. 낯설지 않은 공기였다.

'안 돼!'

이 어색함은! 감지한 유리엔이 소리 없이 절규했다. 도망치고 싶어지는 이상야릇한 기운이 5년 전 어느 때처럼 시간을 넘어 펼쳐지고 있었다. 그녀는 대책을 찾지 못하고 눈동자만 굴렸다. 등 뒤로는 식은땀이 흐르는 것도 같았다.

'진짜 도망칠까?'

테라스의 문은 여기서 멀지 않다. 몇 걸음만 걸으면 다가가 열 수 있었다. 유리엔이 진지하게 갈등하며 문으로 시선을 주었을 무렵, 카엘이 갑자기 몸을 움직였다. 긴 다리를 움직여 이쪽으로 저벅저벅 다가왔다. 유리엔은 깜짝 놀라 눈길을 상대에게 고정했다.

"잠깐! 카라멜! 뭔데? 왜 와?"

"가면 안 돼?"

"어?"

"가까이 가면 안 되냐고."

발을 멈춘 카엘이 잠자코 유리엔과 눈을 맞췄다. 둘의 거리는 이제 고작 두 걸음 정도였다. 갑자기 저렇게 물으니 할 말이 없어진 유리엔이 잠시 동안 침묵을 지켰다. 문 너머에서 흘러들어오는 연회장의 빛이 역광으로 카엘을 비췄다. 순간 심장이 뛰었다. 눈을 한번 질끈 감았다 뜬 그녀가 다시 입을 열었다.

"넌 왜 도망 안 쳐?"

"뭐가?"

"어색하지 않아?"

지금 이 분위기. 전에는 서로 피하고 도망치려 하지 않았었냐며 유리엔이 덧붙였다. 카엘은 바로 대답하지 않고 말을 아꼈다. 둘은 여전히 허공에서 시선을 마주하고 있었다. 잠시 후 카엘이 입술을 뗐다.

"어색해."

"그럼……."

"그런데 싫지는 않아."

"……."

"예전에도, 싫지는 않았어."

목소리에는 확신이 있었다. 꼼짝없이 굳은 유리엔게로 카엘이 마저 다가갔다. 남은 간격이 원래 없었던 것처럼 사라졌다. 가까이 마주 선 카엘이 이내 손을 뻗었다. 상대의 흑단 같은 머리카락을 한데 그러모아 옆으로 넘기더니, 그 안쪽으로 손을 넣어 양손을 유리엔의 목 뒤로 옮겼다. 찰나 끌어안는 것처럼 된 자세에 유리엔이 숨을 멈췄다.

"……예쁘네."

밀착했던 몸이 도로 떨어진다. 유리엔의 희고 가는 목에는 좀 전까지 없었던 목걸이가 걸려 있었다. 은으로 된 줄에 그녀의 눈동자를 닮은 검은색 보석이 본래 있어야 할 자리를 찾은 듯 잘 어울렸다. 시선을 맞춘 채로 카엘이 웃었다.

"예뻐."

낯설어진 카라멜이 재차 그렇게 말했다. 유리엔은 그대로 말하는 법과 움직이는 법을 까먹고 말았다.

식기를 내려놓은 루제가 조심스럽게 움직이기 시작했다. 바닥에 끌리는 드레스의 끝을 살짝 집어 들더니, 그 상태로 살금살금 걸음을 내디뎠다. 그리 은밀한 걸음걸이로 어딜 가나 했더니 그녀는 바깥으로 통하는 연회장의 문을 향해 다가가고 있었다. 네이시온이 그런 루제를 보며 고개를 갸웃했다. 그냥 장군처럼 걸어가도 될 것을 뭐 하러 저렇게?

"자기야?"

깨끗이 비운 접시를 하인에게 넘긴 네이시온이 상대를 불렀다. 루제는 걸음을 멈추지 않으며 대답 대신 어서 따라오라고 손짓했다. 말 잘 듣는 약혼자인 네이시온은 의아해하면서도 순순히 그녀의 곁으로 걸음을 옮겼다.

“어딜 가는 거야?”

“쉿. 그냥 따라와.”

루제가 박력 넘치게 제 약혼자를 이끌었다. 고작 어깨에 닿을 만큼 작으면서 리드하는 폼 하나는 마치 한참 연상의 누님 같았다. 상대에게 속절없이 끌려가면서 네이시온이 몰래 얼굴을 붉혔다. 생각해 보면 이런 모습에 반했었다.

연회장을 나온 루제는 정원으로 이동했다. 정원 자체가 목적은 아니었는지 그녀는 계속해서 쉬지 않고 발을 놀렸다. 걸음걸이는 여전히 조심스러웠다. 잠시 소년으로 돌아가 설렘을 만끽하던 네이시온이 잠시 후 정신을 차렸다.

“……저기, 근데 자기야.”

“응?”

“낌새가 꼭…… 뭘 훔쳐보러 가는 것 같은데, 설마 아니겠…….”

“많이 티 나?”

“…….”

루제가 천역덕스럽게 웃었다. 네이시온은 그에 할 말을 잃었다. 그러니까 저는 지금 이 밤에 약혼녀에게 이끌려 뭔지도 모르는 걸 훔쳐보기 위해 정원을 이동하고 있다는 소리였다. 아니, 이 시간에? 해도 다 떨어진 이 야심한 시간에? 대체 뭘 훔쳐보러? 그리고 왜? 네이시온의 혼란이 가중될 무렵 루제가 발을 멈췄다. 그러더니 이젠 정말로 조용히 하라며 그의 입술에 검지를 가져다 댔다. 네이시온이 착실하게 입을 다물었다.

‘테라스?’

그들이 도착한 곳은 난간으로 둘러진 야외 테라스의 밑이었다. 2층 높이라 위에서는 발견할 수 없는 사각지대가 생긴다. 그곳에 몸을 숨긴 채로 루제가 반짝 눈을 빛냈다.

'자기야.'

루제의 어깨를 톡톡 두드린 네이시온이 입모양으로 말을 걸었다. 루제가 마찬가지로 입만 벙긋거려 대답했다.

'왜?'

'위에 계신 두 분, 설마?'

'맞아.'

눈빛만 봐도 뜻이 통한다는 예비 부부는 소리 없이도 잘만 대화를 나눴다. 루제의 긍정에 네이시온이 눈을 부릅떴다.

'왜 보러 온 거야?'

'궁금하잖아. 두 분도 이제 슬슬 진한 사이로 발전하실 때가 됐어.'

'이래도 돼?'

'아니.'

걸리면 최하 반죽음이었다. 알면서도 루제는 위험을 무릅썼다. 남의 연애사를 구경하고자 하는 의지는 매타작의 앞에서도 그녀에게 굴하지 않는 용기를 불어넣어 주었다. 그때 루제와 네이시온의 위에서 목소리가 들렸다.

"……예쁘네."

'예쁘대! 꺅! 예쁘대!'

남자의 목소리였다. 듣자마자 즉시 루제가 호들갑을 떨었다. 눈을 초롱초롱 빛내며 마구 허공 박수를 쳤다. 그 와중에도 음소거는 잊지 않았다. 잠시 후 같은 사람의 목소리가 다시 들려왔다.

"예뻐."

'꺄악! 두 번이나 말했어! 두 번이나 예쁘대!'

루제는 숫제 제자리에서 방방 뛸 기세로 기뻐했다. 그러면서도 들키지 않겠다는 일념으로 용케 소리를 내지 않는 것이 그저 장하다 싶었다. 네이시온은 조용히 고갯짓으로 그에 호응해 주었다. 두 손을 맞잡아 제 턱밑에 갖다 댄 루제가 두근거리는 심정으로 이어질 말을 기다렸다. 남자가 예쁘다고 두 번이나 말했으니, 이제 여자 쪽에서도 뭐라 응수할 때가 됐다.

그러나 시간이 흘러도 답은 들려오지 않았다. 생각보다 길어지는 정적에 루제가 고개를 갸웃거리다가 슬쩍 자리를 옮겼다. 무슨 상황이기에 말이 없지?

'헉! 혹시 키……!'

순간 드는 상상에 루제가 막 입을 막았을 때였다. 위에서 꾀꼬리처럼 높고 맑은 여성의 목소리가 들렸다.

"그, 그래! 내가 너보단 좀 예쁘지! 하하!"

'……엥?'

로맨틱이나 낭만과는 한참이나 거리가 먼 대사는 심지어 어색하고 뻣뻣했다. 루제가 기어이 슬금슬금 몸을 움직여 위를 올려다보았다. 윤기 흐르는 검은 머리카락을 길게 늘어뜨린 뒷모습이 보인다. 그녀는 어딘지 작위적으로 양손을 허리에 얹고 있었다. 그 상태로 재차 호탕하게 말했다.

"이 목걸이도 너보단 예쁘지!"

'화, 황녀 전하?'

그게 대체 무슨 말씀이신가요? 찾아가서 직접 뜻을 묻고 싶어지는 발언이었다. 아무리 생각해도 이성의 예쁘다는 칭찬에 대한 일반적인 답변으로는 보이지 않았다. 루제의 눈동자가 세차게 흔들렸다.

"그럼 예쁜 나와 목걸이는 이만!"

'어디 가세요!'

어색하고 뻣뻣한 대사를 세 번이나 뱉은 걸로도 모자라 유리엔은 그대로 후다닥 테라스를 빠져나갔다. 도망간다는 것이 딱 어울리는 폼이었다. 황당해진 루제가 입을 떡 벌렸다. 아니, 황당함을 넘어 아연했다.

'자기야?'

석상이 된 루제의 모습에 네이시온이 곁으로 다가와 그녀를 불렀다. 물 만난 고기처럼 펄쩍 뛰며 좋아하더니 갑자기 사람이 뒤통수라도 얻어맞은 것처럼 굳었다. 제 어깨를 톡톡 두드리는 손길에 루제가 끼긱 고개를 돌렸다.

'왜 그래?'

'……자기야…….'

'응?'

테라스는 방금 막 완전히 비었다. 유리엔이 문을 열고 연회장 안으로 도망치면서 카엘 또한 뒤를 이어 자리를 벗어났기 때문이다. 네이시온과 눈을 마주하며 루제가 깊은 한숨을 내쉬었다. 그녀의 표정은 어쩐지 슬퍼 보였다.

"내가 너무 큰 걸 바란 걸까?"

"그게 무슨 소리야?"

"아직도 멀었나 봐……."

"……?"

탄식 섞인 목소리였다. 루제의 갈색 눈동자가 촉촉했다.

잠자리에 들기 전 제론은 황태자의 처소를 방문했다. 낮에 깜박 잊고 전달하지 않은 서류가 있었기 때문이다. 집무실도 아닌 침소에서 일감을 건네받는 것이 얼마나 잔인한 일인지 알고 있었으나 아침 회의에 쓰일 자료였기에 어쩔 수 없었다. 제론은 똑똑 노크를 한 뒤 허락을 받고 문을 열었다.

"전하, 내일 어전회의 자료……."

말이 끊겼다. 제론이 순간 움직임을 멈췄다. 카엘의 얼굴을 정면으로 눈에 담자마자 깜짝 놀랐던 그는 이내 하려던 말 대신 다른 내용을 입에 담았다.

"연회가 아니라 어디 해 쨍쨍한 사막이라도 다녀오셨습니까?"

"뭐?"

"얼굴이 붉습니다."

그냥 붉은 것도 아니고 숫제 토마토라며 제론이 덧붙였다. 카엘은 조용히 명령했다.

"당장 서류나 내려놓고 나가."

린은 야참을 들고 유리엔의 거처를 찾았다. 그런데 평소라면 쌍수를 들고 환영했을 유리엔이 오늘은 어딘지 이상했다. 침대에 앉아 넋을 놓은 그녀는 린이 방 안으로 들어왔음에도 그것을 알아차리지 못한 듯 아무런 반응이 없었다. 음식이 든 쟁반을 탁자 위에 내려놓으며 린이 고개를 갸웃거렸다. 별일이네. 노크도 했는데?

"황녀님."

"……."

"황녀님?"

"……."

"으응? 오늘은 좀 이상하시네. 아무튼 황녀님, 여기 야참을 두고 갈 테니까 이따 드셔보세요. 주방장님이 새로 만든 카라멜……."

"뭐라고?"

"파이…… 네?"

"아, 아냐."

특정 단어에 반사적으로 반응한 유리엔이 이내 헛기침을 하며 고개를 돌렸다. 그러자 린의 표정에 떠오른 의아함이 더욱 짙어졌다. 갸웃거리는 각도가 커졌다.

"황녀님, 무슨 일 있으셨어요?"

"아니! 없어. 아무것도, 절대, 결코, 전혀 없어!"

엄청 있는 것 같은 표정으로 유리엔은 부정을 반복했다. 말로도 모자라 고개까지 흔든다. 린은 궁금했으나 차마 다시 물을 수 없었다.

'뭘까?'

가까운 사람들의 의문만 깊어지는 밤이었다.

Chapter 12
악역의 본분

유리엔은 예전에 그랬던 것처럼 연회의 첫날에만 참석했다. 카엘 또한 마찬가지였다. 루제와 네이시온은 마지막 날까지 참석해 연회의 분위기와 춤을 즐겼으며, 루네는 딸을 돌보기에도 체력이 벅차다며 연회 내내 얼굴을 비치지 않았다. 젤디아는 연회장에 매일 얼씬거리기는 했으나 카엘의 참석 여부만 확인하고는 금방 돌아갔다.

연회는 사흘째 밤에 막을 내렸다. 그리고 유리엔은 그동안 첫날을 제외하고는 한 번도 카엘을 마주칠 기회가 없었다. 안 그래도 어떻게 대해야 할지 골머리를 앓던 와중이었으니 다행이라면 다행인 일이었다. 그녀는 일부러 상대를 더 생각하지 않으려 애썼다. 목걸이는 거처의 한쪽에 반지와 함께 잘 자리를 잡았다.

"황녀 전하! 저희 왔어요."

"언니님!"

노크와 함께 루제와 루네가 모습을 드러냈다. 그녀들은 요새 유리엔의 처소에서 거의 살다시피 하고 있었다. 유리엔이 루네와 제론의 딸, 미네를 유독 좋아했기 때문이다. 유리엔은 소녀와 아이에게 약했지만 갓난아기에게는 더 약했다. 쌍둥이 자매도 이번에 처음 알게 된 사실이었다.

"미네는?"

"짜잔! 미네야, 황녀 전하께 인사해야지?"

"아우아."

"아는 척하는 거 봐요. 벌써 눈에 익었다니까?"

프릴이 달린 분홍색 원피스를 입은 미네가 유리엔을 향해 열심히 손을 허우적거렸다. 아직 한 살도 안 된 미네는 본능인지 미남 미녀를 유달리 선호했다. 울다가도 미인의 품에 안기면 언제 그랬냐는 듯 뚝 그치고 배시시 미소를 지었으니, 갓난아기에게 몹시 약한 유리엔과는 그야말로 환상의 궁합이라 할 수 있었다.

가까이 다가온 루네가 침대 위에 미네를 올려두었다. 미네는 납작하게 엎드리더니 이내 엉금엉금 기어 앉아 있는 유리엔에게로 다가갔다. 그러더니 허벅지를 탁탁 치며 옹알거렸다.

"마으마."

"미네야, 네 엄마는 여기 있어……."

"쟤는 예쁜 사람만 보면 다 마마래."

얼마 전을 떠올린 루제가 흐흐 소리 내어 웃었다. 미네는 이미 네이시온에게도 마마라는 호칭을 사용한 전적이 있었다. 아마 노바카사나 카엘을 보고도 마마라고 할 것이다. 미네에게 황궁은 예쁜 마마들 천지였다.

"난 미네가 말을 할 때마다 놀라."

"아직 옹알이예요."

"소리를 내는 것 자체가 놀라운 것 같아."

유리엔은 그렇게 말하며 미네의 통통한 볼을 콕 찔렀다. 혹여 다칠까 손톱은 진작에 짧게 자른 뒤였다. 흰색 푸딩 같은 아기의 볼이 누르는 대로 말랑하게 들어갔다. 반대편 뺨도 콕 찔러본 유리엔이 전율하며 손을 뗐다.

"귀여워……."

"솔직히 이렇게까지 좋아하실 줄은 몰랐는데."

"맞아."

금방이라도 미네를 안고 구를 기세인 유리엔을 보며 자매가 서로 신기해했다. 유리엔은 의외로 토끼나 병아리 같은 작은 동물에는 딱히 관심을 보이지 않았다. 그녀는 오로지 작고 귀여운 사람에게만 약했다. 특이하다면 특이한 취향이었다. 한참 미네를 보며 이렇게 좋아하고 저렇게 좋아하던 유리엔이 문득 몸을 일으켰다. 그러고는 시녀를 불러 침의를 벗고 외출복으로 갈아입더니 말했다.

"우리 나갈까?"

"네? 밖으로요?"

"응. 정원이나 좀 거닐자. 미네랑 산책이라도 좀 할 겸."

"전 좋아요!"

루제가 빠르게 찬성했다. 손도 번쩍 든다. 이어 루네 또한 좋은 생각이라고 대답하며 미네를 안아 들었다.

밖의 날씨는 적당히 시원했지만 아기에게는 또 어떨지 모른다. 유리엔은 유난이라는 말이 딱 어울리게끔 비단 천으로 미네를 칭칭 감았다. 도중에 루네가 이러다 고뿔 대신 땀띠가 나겠다며 말렸을 정도였다. 미네는 저를 감싼 것이 바다를 건너 황실에 납품된 최고급 비단이라는 것을 아는지 모르는지 그저 팡팡 때리며 꺄르륵 웃었다.

세 사람, 아니, 미네를 포함해 네 사람은 그렇게 거처를 나섰다. 긴 복도를 통과해 바로 우측으로 직진하면 궁의 정원이 나온다. 목적지는 이곳에서 멀지 않았다.

"정원에 도착하면 미네에게 화관을 만들어서 씌워주는 건 어때요?"

"완벽한 의견이야."

"풀잎으로도 만들고, 꽃으로도 만들고."

"화가를 부를까? 화관을 쓴 모습을 그림으로 남기는 거지."

"오오, 좋아요!"

앞서 걷는 유리엔과 루제가 쿵짝이 잘 맞았다. 루네는 미네를 안고 뒤를 따르며 그저 웃었다. 두 사람은 미네에 대한 이야기만 나오면 서로 환상의 콤비가 되고는 했다. 애정이 여기까지 느껴지니 아이의 엄마로서는 마냥 행복할 따름이었다.

그때 누군가가 맞은편에서 가까워지다가 우뚝, 걸음을 멈췄다. 화사한 드레스 차림에 윤기 흐르는 금발을 가지런히 늘어뜨린 미인은 그리 움직임을 멈추더니 이쪽으로 시선을 고정했다. 녹색 눈동자가 구슬처럼 빛났다. 젤디아였다.

그녀의 눈길은 유리엔에게서 떨어지지 않았다. 마치 노려보듯 말없이 계속해서 응시했다. 시선에 담긴 못마땅한 적대감이 피부로 고스란히 느껴졌으나 유리엔은 굳이 상대를 향해 이목을 돌리지 않았다. 기껏 미네와 함께 산책을 나온 마당에 에델리아의 진화 버전이나 상대하기엔 시간이 아까웠다. 유리엔은 그대로 젤디아를 없는 사람처럼 지나치려 했다.

"또 뵙네요? 그것도…… 설마 이런 곳에서."

젤디아가 먼저 말을 걸었다. 고개 하나 까딱하지 않고 입만 나불댄다. 심지어 뉘앙스도 딱히 좋지는 않았다.

난 제국의 공녀야. 권세 높은 집안이라 이렇게 황궁에도 마음껏 드나들 수 있지. 그런데 넌 뭐니? 왜 남의 나라에 뻔뻔하게 눌어붙어 있어? 차암, 염치도 없어라.

표정이나 어조에서 그런 뜻이 대놓고 묻어났다. 아주 둔하지 않다면 누구나 알아들을 수 있을 정도로 노골적인 빛이었다. 이런 데에는 기민한 루제가 슬쩍 미간을 찌푸렸다. 인상착의를 보니 상대가 누군지 어렵지 않게 눈치챌 수 있었다. 허, 성격이 더럽다는 소문은 들었는데 이제 보니 위아래도 없네?

열 받아 하는 루제와 달리 유리엔은 시큰둥했다. 어디 더 짖어보라는 기색이었다. 젤디아가 다시 입을 열었다.

"아무튼 다시 뵈니 반갑네요. 유리…… 시엔 황녀 전하? 맞으시죠? 아, 혹시 틀렸다면 죄송해요. 제가 중요한 게 아니라면 좀체 기억을 못 하는 성격이라. 실례했더라도 이해해 주세요."

젤디아는 그리 말하고는 곧 두 눈을 예쁘게 접어 웃었다. 유리엔은 여기서 에델리아와 젤디아의 차이를 발견했다. 에델리아가 잔뜩 인상을 쓰고 반말로 욕한다면, 젤디아는 곱게 웃으면서 살살 존댓말로 욕한다. 공통점이라면 찬물, 더운물 가리지 못하고 저보다 윗사람에게 개긴다는 정도일까. 유리엔은 픽 웃었다. 마냥 가소로웠다.

정작 욕을 들어먹은 유리엔은 태연했으나 루제는 아니었다. 루제는 당사자보다 더 화가 나 눈에 쌍심지를 켰다. 저게! 저 짜증 나는 게! 내 약혼자보다 머릿결도 푸석한 게! 마음 같아선 당장에라도 뭐라 받아쳐 주고 싶었으나, 자기 일도 아닌데 그녀가 신분의 고하를 무시하고 나설 수는 없는 일이었다. 삭힐 방법 없는 분을 루제가 그저 날숨을 통해 바깥으로 뱉어낼 때였다. 지척으로 다가온 루네가 그녀에게 조그맣게 속삭였다.

"그런데 언니."

"응?"

"누구야, 저 사람?"

"……."

루네가 지칭한 '저 사람'이 누구인지는 뻔했다. 그리고 딴에는 작게 속닥인다고 속닥였겠지만 사방이 워낙 조용했던 터라 그녀의 목소리는 자리에 있던 사람들에게 모조리 전해졌다.

저 사람 누구야?

루제는 순간 터질 뻔한 웃음을 참았다. 루네가 진짜로 몰라서 물어왔다는 걸 알았기 때문이다. 루제는 곁눈질로 젤디아의 표정을 살폈다. 웃는 얼굴에 슬쩍 금이 갔다. 의도치 않게 한 방을 먹이게 된 루제가 속으로 동생을 마구 칭찬하며 입술을 뗐다.

"몰라도 괜찮아. 안 중요하거든."

모양은 속삭이는 자세를 취했지만 소리는 다 들릴 만큼 컸다. 자기가 했던 말을 고대로 되돌려 받은 젤디아가 얼굴에서 미소를 지웠다. 꿈틀. 눈가가 경련했다. 방방 뛸 기세로 통쾌해하는 루제를 보며 유리엔이 결국 웃으면서 입을 열었다. 저렇게까지 하는데 호응은 해주어야 할 것 같았다. 이내 은쟁반을 구르는 옥구슬처럼 듣기 좋은 목소리가 상냥하게 흘러나왔다.

"그러면 안 되지, 루제야."

"네?"

"아는 건 곧 힘이라는 말도 있잖니? 아무리 하찮고 먼지보다 쓸모없는 것처럼 보여도 모르는 것보단 알아두는 것이 더 나을 때도 있단다.

비록 그게 지나가던 개미를 밟은 구둣발에 묻은 닦다 만 흙먼지보다도 더 같잖은 거라도 말이지."

"아……! 그렇군요. 제 생각이 짧았어요."

"다음부턴 그 어떤 하잘것없고 무가치한, 알아봤자 뇌 용량이나 버릴 것 같은, 말하는 데 드는 에너지가 더 아까울 듯한, 대체 왜 세상에 존재하는지 그 이유를 알 수 없는 잡스러운 거라도 친히 상대에게 알려주도록 해."

"알겠어요."

루제가 크게 고개를 끄덕였다. 진심으로 깊은 가르침을 얻었다는 듯한 태도였다. 그런 루제를 장하다며 한 번 토닥여 준 유리엔이 다시 걸음을 옮겼다. 이만 가자. 그런 유리엔의 뒤를 따르며 루제가 루네에게 또박또박 말을 전했다.

"생각해 보니 아무리 하찮은 거라도 소중히 여길 줄 알아야 훌륭한 사람이 되는 것 같아. 가령 길 가다 눈에 보이면 인사를 해준다든지."

"그렇구나."

잠시 후 자매가 나란히 젤디아를 스쳐 지나갔다. 그때 루네가 생긋 미소를 지으며 젤디아에게 인사를 건넸다.

"오늘 하루 여신의 축복과 함께하시길……."

무난한 작별 인사였다. 그리고 루제는 상대와 멀찌감치 떨어지자마자 결국 웃음을 터뜨렸다. 유리엔 또한 웃지 않을 수 없었다. 아무것도 모를 미네도 그저 좋다고 꺅꺅 박수를 치며 까르륵거렸다.

와장창!

화병은 이야기했다. 오늘은 내 안에 어떤 예쁜 꽃을 담게 될까?

그리고 깨졌다.

접시는 이야기했다. 오늘은 내 위에 어떤 맛있는 음식을 담게 될까?

그리고 깨졌다.

유리잔은 이야기했다. 오늘은 내 속에 어떤 달콤한 음료가 담길까?

그리고 깨졌다.

조각은 이야기했다. 오늘도 나의 아름다움으로 방을 빛내게 되겠지?

그리고 깨졌다.

닥치고 그냥 다 깨졌다. 오늘도 유리 조각이 카펫에 스친다.

하녀 A는 경건한 마음으로 읊던 자작시를 멈췄다. 젤디아의 팔운동이 마침내 끝을 맺었기 때문이다. 체력이 다한 듯 그녀는 헉헉거리며 침대 위로 주저앉았다.

방 안 풍경은 엉망이었다. 오전 일찍 외출했다가 돌아온 젤디아는 귀가하자마자 미친 듯이 손에 잡히는 물건을 집어 던지기 시작했다. 오랫동안 그녀를 곁에서 모셔 온 사용인들은 온갖 장식이며 식기가 깨지는 것을 놀라는 기색도 없이 구석에서 얌전히 지켜보았다.

아가씨는 자주 이러지는 않았지만 종종 이랬다. 새삼스러울 것도 없었다. 딸 사랑이 지극한 공작은 알면서도 젤디아가 하고 싶은 대로 하도록 내버려 두었다.

한바탕 난리를 친 젤디아는 이제야 진정이 된 듯 앉은 채로 숨을 골랐다. 악귀처럼 일그러져 있던 표정이 겨우 사람처럼 풀어졌다. 이성을 좀 찾은 듯한 모습에 젤디아의 측근이 조심스레 그녀에게로 다가갔다.

"괜찮으십니까?"

젤디아는 대답하지 않았다. 대신 뭔가를 생각하듯 잠자코 눈을 굴린다. 잠시 후 그녀가 입을 열었다.

"알아볼 것이 있어."

"네."

"유리시엔 황녀에 대해 조사해 와. 왜 이곳에 있는지, 전하와의 관계는 어떻게 되는지, 누구와 친분이 있는지도 전부 다!"

"알겠습니다."

시녀는 공손히 읍했다. 그러곤 몸을 돌려 방을 나섰다. 측근이 퇴장한 후 젤디아는 손짓으로 나머지 사용인도 모조리 바깥으로 물렸다. 사람을 곁에 두고 싶은 기분이 아니었다.

"유리시엔 황녀……."

젤디아가 싸하게 웃었다. 가만히 놔두면 예쁠 인형 같은 이목구비가 차갑게 일그러져 싸늘한 미소를 만들어냈다. 그녀는 마치 상대가 곁에 누워 있기라도 한 것처럼 손톱을 세워 침대의 천을 긁었다. 당장에라도 잡아 찢어버리고 싶다는 흉악한 악의가 손끝에서 넘실거렸다.

"후회하게 될 거야. 날 그리 취급한 것을."

저를 싫어할 수는 있어도 감히 무시할 수는 없다. 치를 떨며 적의를 내비치는 것은 웃으면서 넘길지언정 하찮은 벌레 보듯 업신여기는 것은 결코 용서할 수 없었다. 녹색 눈동자에 찰나 악독한 기미가 광채처럼 서렸다.

며칠 전 기사단 내부에서 일이 터졌다. 덕분에 성년이 되면서 황실 기사단에 관한 전권을 위임받은 카엘은 요 며칠 집무실에서 거의 살다시피 지내야 했다. 황태자가 그 지경인데 보좌인 제론이라고 마냥 한가했을 리 없다. 어제까지 쪽잠으로 버틴 제론의 눈 밑은 멀리서도 보일 정도로 검었다. 마지막 서류에 막 사인을 마친 카엘이 길게 한숨을 내쉬었다. 펜은 내려놓는 것이 아니라 숫제 던졌다. 작은 분풀이였다. 제론은 시종을 시켜 차를 내오도록 했다.

"좀 드시죠. 피로가 풀리실 겁니다."

"경도 마시지? 누가 보면 눈 밑에 화장한 줄 알겠는데."

"물론 제 것도 부탁했습니다."

시종은 금방 돌아왔다. 모락모락 김이 올라오는 찻잔 두 개를 조심스레 내려놓곤 사라졌다. 앉은 채로 기지개를 켠 카엘이 이내 잔을 들었다.

"내가 기사단을 관리하는 건지, 망아지들을 관리하는 건지……."

"젊은 청년들 아닙니까. 사랑에 눈이 먼 거죠."

얼마 전 기사 둘이 결투를 벌였다. 문제는 허락받지 않은 진검 싸움이었다는 것이다. 심지어 장소도 연무장이 아니었다. 덕분에 한 놈은 왼팔을 찔리고 다른 한 놈은 복부를 찔리고 기물은 보기 좋게 파손되었다. 카엘은 처음 소식을 들었을 때 자신이 뒷목을 잡고 넘어가지 않은 것이 대견하다고 생각했다.

"여자 하나 때문에 인생 종 칠 건가?"

"흐음? 전하. 전하께서 그렇게 사랑을 비웃으셔도 됩니까?"

"무슨 소리야?"

"다 들었습니다."

"……뭘 들어?"

"며칠 전 연회에서 유리시엔 황녀 전하와 둘만의 달콤한 시간을 가지셨다고."

"……."

카엘은 조용히 찻잔을 내려놓았다. 한 모금이라도 입안에 머금고 있었다간 그대로 뿜을 뻔했다. 책상에 비치된 손수건으로 입가를 닦은 카엘이 고개를 들었다.

"말도 안 되는."

"장소는 테라스였다고."

"……."

"매개는 목걸이였다고."

"……."

"분위기가 꿀처럼 달콤했다던데요?"

"……어디서 들은 거야, 그런 건?"

꿀처럼 달콤했는지는 모르겠지만 테라스와 목걸이는 맞았다. 제론은 어깨를 으쓱하며 대강 얼버무렸다.

"원래 세상에 완전한 비밀은 없는 법입니다."

실은 루네에게 전해 들었다.

"아무튼 축하드립니다."

"뭘 축하해?"

"뭐라도 있으셨을 거 아닙니까. 테라스에, 목걸이에, 달콤함인데."

"없었어. 딱히."

달콤함이 좀 잘못된 것 같다며 카엘이 정정했다. 목걸이까지는 사실과 일치하는데 달콤한 분위기는 이견의 여지가 많았다. 우선 달콤이고 나발이고 뭘 해보기도 전에 상대가 도망갔다. 그래, 도망. 그때를 다시 떠올린 카엘의 낯이 민망하게 붉어졌다.

“아무것도 없었는데 얼굴은 왜 또 토마토 직전으로 붉히십니까? 수상쩍은데요?”

“뭐? 시끄러워.”

“그저 상대를 상상만 해도 좋으신 겁니까?”

“안 나가?”

제론은 기어이 쫓겨났다. 깐죽거리던 보좌를 내보내고 조용해진 공간에서 카엘이 얼굴을 짚었다. 토마토 직전이라더니 말마따나 손바닥을 타고 열기가 올라왔다. 거울을 보지 않아도 알 것 같은 제 상태에 카엘이 난처하게 비음을 흘렸다.

테라스, 목걸이, 그리고 도망친 유리엔.

유리엔의 성격을 잘 안다. 그는 나름 자부할 수 있었다. 만약 정말로 싫거나 불편했다면 그런 식으로 도망치지도 않았을 것이다. 그녀는 동요했다. 동요하고 흔들렸기에 그리 반응했던 것이다.

“미치겠네.”

미치겠다는 주제에 카엘은 웃고 있었다. 손가락 사이로 드러난 얼굴이 실실거렸다. 제론이 보았다면 또 잔뜩 즐거워하며 놀렸을 텐데, 아쉬운 일이었다.

한가로운 오후였다. 유리엔은 티타임 초대장을 받았다. 의외인 것은 보낸 이의 신원이었다.

"젤디아 폰 페듀린 공녀?"

초대장에 적힌 글씨체가 깔끔하다. 제가 직접 쓴 건 아닌 것 같았다. 실제로 젤디아는 사소한 일까지 수족을 부려 시키는 것이 취미였으므로 제대로 본 것이 맞았다. 유리엔은 장미가 그려진 예쁘장한 초대장을 잠시 응시하다 탁자 위로 내려놓았다.

"한가하니까, 뭐."

젤디아가 괜히 황궁에서 시비를 걸었다가 되로 주고 말로 받은 것이 어제의 일이었다. 그러고는 하루 뒤에 보내오는 것이 차나 한잔 마시자는 초대장이라니. 유리엔은 간단하게 외출 채비를 마쳤다. 어떻게 나오려나 그런 대로 궁금하기는 했다.

공작저는 궁에서 멀지 않았다. 공작은 북부의 넓은 땅을 제 영지로 소유하고 있었으나 일부러 수도의 대저택을 구입하여 그곳에서 머물렀다. 황궁을 보다 쉽게 오가기 위해서였다. 마차에 오른 지 얼마 안 되어 유리엔은 금방 목적지에 도착할 수 있었다. 저택의 사용인은 그녀를 공손히 후원으로 안내했다.

"이번에 새로 들여온 잎차예요. 쓴맛이 덜하고 한층 부드러우니 한번 드셔보시죠."

야외에 마련된 티 테이블에서 손님을 맞이한 젤디아는 한동안 차에 대한 얘기만 꺼냈다. 유리엔은 한 귀로 듣고 두 귀로 흘리며 대충 맞장구를 쳐주었다. 말처럼 차는 꽤 맛이 좋았다. 처음에는 차에 뭐라도 탔나 싶었으나 그런 건 아닌 것 같았다. 하긴 초대장까지 보내놓은 마당에 그런 짓을 저지르는 건 흔적이 너무 크게 남는 행동이다. 유리엔은 상대가 최소한 에델리아보다는 앞뒤를 가릴 줄 안다고 재차 생각했다.

젤디아가 본론을 꺼낸 것은 막 차를 세 잔째 따랐을 때였다.

"개인적으로 존경스럽네요."

새로 채워진 찻잔에서 김이 올라왔다. 호응 없이 잔을 입으로 가져가는 유리엔을 보며 젤디아가 재차 말을 이었다.

"저라면 감히 엄두도 내지 못했을 거예요. 제대로 성사되지도 않은 정략혼을, 그것도 5년 전의 이야기를 빌미로 이렇게 타국에 눌러앉다니……."

유리엔은 여전히 조용히 청취했다. 표정에는 변화가 없었다. 고개를 살짝 숙인 젤디아가 어깨를 떨며 웃었다.

"푸훗, 아, 죄송해요. 너무 우스워서 그만. 설마 바보도 아니고 그때의 구두 약속이 아직까지 유효하다고 믿는 건 아니죠? 그렇다면 너무 안쓰럽잖아요. 어쩜, 가엾어서 어째."

"……."

"정략혼이란 건 서로의 지위가 엇비슷할 때나 통용되는 일이죠. 곧 제국을 물려받게 될 황태자와 황권 다툼에서 밀려나 갈 곳 없는 신세가 된 이름뿐인 황녀라……. 풋, 격이 너무 떨어진다고 생각하지 않나요? 아하하."

"너 조심해."

그때까지 가만히 듣기만 하던 유리엔이 대뜸 말했다. 경고였다. 그에 젤디아가 비뚜름하게 한쪽 입꼬리를 말아 올렸다. 표정 전체로 노골적인 비웃음을 드러냈다.

"조심하라뇨? 명목뿐인 지위로 감히 저를 어떻게 할 수 있으리라 생각……."

"웃을 때 조심하라고. 앞니에 파슬리 가루 큰 거 꼈으니까."

"뭐, 뭐라고요?"

"점심으로 뭐 먹었어? 완전히 정중앙에 꼈네. 흉하다, 야."

"……!"

유리엔의 표정은 진지했다. 눈에 보이는 대로 솔직하게 말해준다는 듯한 태도였다. 잔뜩 당황한 젤디아가 입을 가리며 황급히 거울을 찾자, 그걸 보며 유리엔이 다시 말했다.

"거짓말이야. 믿었어?"

"……!"

"그걸 믿다니, 평소에도 종종 끼나 본데? 이 사이가 좀 벌어진 편인가 봐?"

"……."

"음식 가려 먹어야겠다, 너."

그렇게 말하며 유리엔이 해사하게 웃었다. 구름 한 점 없는 가을 하늘처럼 해맑은 미소였다. 눈을 부릅뜬 젤디아가 탁자 아래로 제 치맛자락을 와락 움켜쥐었다. 엿을 먹었다. 그것도 아주 달달한 엿을. 얼마나 달달한지 아주 토할 것 같았다. 젤디아의 낯이 치욕으로 붉게 물들었다.

"그, 그따위 말장난을……."

"어? 다시 보니까 진짜 꼈네. 이제 보니 윗니가 아니라 아랫니잖아?"

"닥쳐요!"

분을 참지 못한 젤디아가 홧김에 찻잔을 집었다. 그리고 그대로 힘껏 상대를 향해 뿌렸다.

촤악!

채 식지 않은 찻물이 잔을 벗어나 허공을 수놓았다. 식상한 행위였지만 매번 효과는 좋았다. 젤디아는 상대가 찻물을 뒤집어쓰고 물에 빠진 생쥐 꼴이 되었을 거라 믿어 의심치 않았다. 그러나 눈에 들어온 광경은 상상과 달랐다.

"피, 피했어?"

"나 참."

찻물은 애꿎은 의자와 바닥만을 적셨다. 애초 목표물이었던 유리엔은 드레스의 소매 끝만 조금 물들었을 뿐 멀쩡했다. 물에 빠진 생쥐 꼴은커녕 머리카락 한 올 젖지 않은 모습이다. 유리엔이 한심하다는 듯 혀를 끌끌 찼다.

"누가 그렇게 티 내면서 물을 끼얹어? '향이 참 좋네요' 이러면서 천연스럽게 자기가 마시는 척하다가 갑자기 확 끼얹어야 상대가 모르고 당하지."

"……!"

"아니면 말하는 도중에 숨 쉬는 것처럼 자연스레 끼얹든가. 이렇게 말이야."

"어풉!"

유리엔의 손이 번개처럼 움직였다. 잔 안에 반쯤 남아 있던 찻물이 소리를 내며 정확히 젤디아의 얼굴에 명중했다. 차가 그새 식어서 뜨겁지 않았던 게 그녀에게는 행운일 것이다. 본의 아니게 코로 찻물을 마시게 된 젤디아가 괴로운 표정으로 기침했다.

"콜록, 콜록!"

"사람을 봐가면서 덤벼. 넌 단순히 머리채를 잡고 싸우는 몸싸움으로도, 배경을 내세우는 권력 싸움으로도 나한테 안 돼. 이름뿐인 황녀? 이름 하나만 있어도 너한테는 이기는데 어쩌지?"

"……."

"차는 맛있더라. 용건 끝났지? 그럼 잘 있어."

손을 흔들며 인사도 건네준 유리엔이 이내 뒤를 돌았다. 들어올 때와 마찬가지로 차분하고 규칙적인 걸음걸이로 후원을 빠져나갔다. 잠시 후 젤디아가 괴성을 지르며 테이블을 걷어찼다.

"황녀님!"

궁으로 돌아온 유리엔은 가장 먼저 린을 마주했다. 외출한 주인을 거처 앞에서 기다렸는지 그녀는 유리엔이 등장하자마자 폴짝폴짝 뛰며 다가왔다. 문제는 혼자가 아니라는 점이었다.

"황녀 전하, 오랜만에 뵙습니다."

"꽃 단 애야."

"노바카사입니다."

이젠 그만 이름을 기억해 달라며 노바카사가 새삼 스스로를 소개했다. 유리엔은 나란히 저를 찾아온 한 쌍의 남녀를 가만 쳐다보다가 곧 제 이마를 짚었다. 둘은 서로 손을 꼭 맞잡고 있었다.

"나한테…… 기어이 선견지명이……."

"네?"

"그래서, 사귄다고?"

"네!"

린이 해맑게 대답했다. 마냥 밝고 당당한 린과 달리 노바카사는 수줍은 듯 볼을 빨갛게 물들이고 있었다. 척 봐도 관계를 주도하는 게 어느 쪽인지 나오는 그림이었다. 다행이라면 다행일까. 유리엔의 심경이 복잡해졌다.

"언제부터?"

"오늘부터요!"

"전엔 그저 뽀삐가 떠오를 뿐이라고 해놓고는."

뽀삐는 개였다. 멍멍이 취급을 하더니 언제 이렇게. 유리엔의 말에 린이 활짝 웃으며 이야기했다.

"만나다 보니 뽀삐와 결정적으로 다른 점이 있더라고요."

"뭔데?"

"잘생겼잖아요."

뽀삐는 귀여웠지만 잘생기진 않았었다고 린이 덧붙였다. 애초에 사람과 멍멍이를 비교하는 것 자체가 어불성설이었지만 어쨌든 린은 진지한 눈치였다. 유리엔은 잠시 침묵을 지키다가 이내 고개를 끄덕였다. 그래, 네 뜻이 정 그렇다면.

"그런데 전부 알고 사귀는 거야?"

"뭘요?"

"상대에 대해서."

"노바카사가 전에 상종 못 할 바람둥이에 얼굴만 예쁜 소문난 쓰레기였다는 거요?"

"리, 린."

표현이 신랄했다. 유리엔이 눈빛을 바꿨다. 아주 잘 알고 있구나.

"노바카사가 저한테 날 잡고 고해성사를 했거든요. 하지만 전 괜찮아요. 일단 과거의 일이고, 제가 아는 지금의 노바카사는 그냥 어딘지 좀 모자라고 울보에다 나사 하나가 부족한 잘생긴 멍청이일 뿐이라서."

“정말 좋아하는 거 맞아?”

“네?”

“아냐.”

“아무튼 여자 여럿 울린 카사노바였다는 것도, 사실이긴 하겠지만 솔직히 잘 믿기지는 않아요. 어제 노바카사가 어땠는지 아세요? 고작 볼에 뽀뽀하는 걸로 어디 큰일 난 사람처럼 양손을 부들부들…….”

“그, 그런 얘긴 왜 해.”

부끄러운지 노바카사가 린을 잡아당기며 말렸다. 유리엔은 할 말을 잃고 그런 둘을 바라보았다. 대체 언제 노바카사가 저리 수줍은 소녀가 되었는지 모를 일이었다. 아니, 생각해 보면 남작에게 붙잡혔을 때부터 은근히 비슷한 기미가 보였던 것 같기도 하고.

“……잘 어울리네.”

“그렇죠? 그렇죠?”

인정받은 린이 아이처럼 팔짝뛰며 좋아했다. 노바카사 또한 쑥스럽게 뒷머리를 긁적거리는 것이 제법 기쁜 모양이었다. 걱정이 아주 안 되는 커플은 아니었지만 어쨌든 이렇게 보기엔 마냥 어울리는 것이 사실이라 유리엔은 재차 긍정하며 고개를 끄덕여 주었다. 뭐, 나중에라도 노바카사가 허튼짓을 할 것 같으면 그때 가서 복날 개 패듯 잡아도 되는 일이고. 그렇게 린과 노바카사는 공식 커플이 되었다. 누가 봄 아니랄까 봐 꽃처럼 피어나는 사랑의 향연이었다.

젤디아는 살벌한 기세로 저택의 복도를 이동했다. 속에서부터 끓어

오르는 분노가 날카로운 구두 굽을 통해 바깥으로 표출되었다. 콱콱! 숫제 전투적으로 바닥의 대리석을 찍으며 그리 걸음을 옮겼다. 그녀의 목적지는 제 아버지인 페듀린 공작이 있는 집무실이었다.

"아버지!"

딸의 기별 없는 급습이 당황스러울 만도 하건만, 공작은 그저 허허 웃으며 젤디아를 맞이했다. 그녀는 어린 시절 부친으로부터 이름 대신 공주님이라고 불리며 하고 싶은 모든 것을 내키는 대로 하며 자랐다. 그 버릇이 장성한 지금도 여전히 남아 있었다. 젤디아는 집무실 문을 열고 안으로 들어서자마자 공작에게 달려가 안겼다.

"무슨 일이라도 있느냐?"

"흐흑, 아버지……."

젤디아는 일부러 어깨를 떨며 울음을 연기했다. 겉보기에는 뭔가 크게 억울한 일이라도 당한 사람 같았다. 딸의 갑작스런 방문에도 태연했던 공작이 깜짝 놀라 품에 안긴 딸을 다독였다. 떨리는 가는 몸이 애처로웠다.

"왜 그러느냐? 무슨 일인지 어서 말해보거라."

"아버지, 아버지도 아시죠? 유리시엔이라는…… 카르나 제국의 전 황녀."

말의 어조가 은근했다. 젤디아는 구태여 황녀라는 칭호 앞에 '전'을 가져다 붙였다. 비록 태어나기는 황녀로 태어났으나 지금은 황위 다툼에 밀린 패배자 신세이니 실상 뭣도 아니지 않냐는 뜻이었다. 그를 알아들었는지 못 알아들었는지 공작은 고개를 끄덕였다.

"그래. 그런데 그분이 왜? 혹 네가 이러는 것과 관련이 있는 게냐?"

그분. 젤디아가 멈칫했다. 공작은 당연한 것처럼 상대를 언급할 때

존칭을 사용했다. 사적인 자리에서도 말을 조심해야 할 만큼 상대를 귀이 여기고 있다는 의미였다. 젤디아가 이를 까득 깨물었다.

'왜 그런 년에게?'

젤디아는 아주 둔한 편은 아니다. 이 문제에서만큼은 아버지가 원하는 대로 제 편이 되어줄 수 없다는 것을 그녀는 어렵지 않게 알아차렸다. 상대에게서 시선을 떼고 아래로 내리깔리는 녹색 눈동자에 찰나 못마땅한 기미가 어렸다. 쳇.

"……아니에요, 아버지. 그냥 좀 부탁드릴 게 있어서요."

"부탁?"

"들어주실 거죠?"

"내가 언제는 네 말을 아니 들어준 적이 있더냐? 얘기해 보거라."

공작은 인자한 미소를 지으며 그렇게 말했다. 말마따나 그는 지금껏 제 능력 안의 일이라면 딸이 원하는 것을 전부 그녀의 품에 안겨주었다. 아들만 셋인 집안에 태어난 막내딸은 그리 손짓 하나로 모든 것을 쥐며 성장했다. 젤디아가 기쁘다는 듯 화사하게 웃으며 말을 꺼냈다.

"폐하를 뵙고 싶어요."

"……폐하를?"

"네. 가능한 빠를수록 좋아요. 독대를 하고 싶어요, 아버지."

"으음……."

공작은 잠시 고민했다. 냉큼 들어주마 호언하기엔 솔직히 갈등하지 않을 수 없는 문제였다. 황제와 독대하게 해달라? 평소였다면 이리 고뇌하지 않았을 지도 모른다. 황제는 하늘과 같은 존재였지만 그렇다고 정말로 손닿지 않는 곳에 위치한 신은 아니었다. 필요하다면 얼마든지 독대를 청할 수도 있었다. 물론 받아줄지 말지는 황제의 마음이

더라도. 딸의 요청은 쉽지는 않아도 그렇다고 아주 불가능한 것도 못 되었다.

그래, 기실 굳이 안 된다 할 것도 없는 부탁이다. 하나 공작은 한 가지가 마음에 걸렸다. 유리시엔 황녀.

그의 딸은 조금 전 황녀를 언급했다. 낌새로 보아 결코 고운 뉘앙스는 아니었다. 공작은 가늘고 길게 사는 것을 추구하는 사람이었다. 제 신변에 풍파가 일기를 원하지 않았다. 그런 의미에서 황태자와 긴밀한 사이로 추정되는 유리시엔 황녀와 마찰을 빚는 건 가능한 있어서는 안 될 일이었다. 부친의 갈등을 눈치챘는지 젤디아가 살살 웃으며 아양을 떨었다.

"염려 마세요, 아버지. 제가 누구 딸인데 그러세요? 아시잖아요, 결코 아버지께 폐를 끼치는 일은 없도록 할게요."

"……알겠다."

공작은 결국 마지못해 수락을 입에 담았다. 하긴 제 딸은 이제 어엿한 성인이었다. 집 안에서는 이리 어리광을 부려도 바깥에서는 알아서 제 앞가림을 할 줄 알 것이다. 그는 제 막내딸을 믿기로 했다.

그러나 공작은 딸을 믿어서는 안 되었다. 낌새를 눈치챘을 때 뭐든 못 하게 막고 그녀를 뒤늦게라도 훈육했어야 했다. 그랬다면 나중에 벌어질 대참사는 막을 수 있었을 것이다. 원하는 것을 얻어낸 젤디아의 녹안이 반짝 빛났다. 낙관으로 가득 찬 그녀는 미처 예정된 자신의 미래를 알지 못했다.

초대장이 또 도착했다. 저번에 받았던 것과 발신인도 같고, 수신인도 동일했다. 단지 달라진 것이 있다면.

"과자가 추가됐네?"

이번 내용은 다과를 제안하고 있다는 점이었다. 전에는 티타임이었으니 유리엔의 말처럼 과자가 더해진 것이 맞다. 그녀는 앉아 있는 의자에서 몸을 길게 빼며 가볍게 갈등했다. 가? 말아?

"어쩔까."

유리엔은 중얼거리며 초대장을 다시 펼쳤다. 호기심을 불러일으키는 것은 종이에 적혀 있는 장소였다. 다름 아닌 손님 궁의 응접실. 제 앞마당이나 다름없는 공작저로 부르지 않고 젤디아는 이번에는 황궁을 만남의 무대로 설정했다. 얼핏 생각하기엔 이해되지 않는 일이었다. 본인이 더 유리하게 날뛸 수 있는 장소를 놔두고 왜 굳이?

'꿍꿍이가 있다는 소린데.'

갈등은 짧았다. 유리엔은 시녀를 불러 간단하게 나갈 채비를 마쳤다. 어제 그 꼴을 당하고도 하루 만에 재차 만남을 요청하는 상대의 행동이 나름 신기하기도 했다. 그야말로 포기를 모르는 불굴의 의지가 아닌가. 호기심 반, 흥미 반으로 유리엔이 거처를 나섰다. 내성 바깥으로 나가는 것이 아니라 수행원은 일부러 대동하지 않았다. 손님 궁은 그녀가 머무는 곳에서 가까운 거리에 있었다.

응접실에 도착하자-길을 잘 몰랐으므로 사용인의 안내를 받았다-먼저 자리에 앉아 있던 젤디아가 몹시 건방지게 고개만 까딱해 인사를 건넸다. 일종의 도발이라고도 볼 수 있었으나 유리엔은 그저 픽 웃고 말았다. 에델리아에 비하면 예의 바른 수준이다. 상대가 맞은편에 앉자마자 젤디아는 바로 입을 열었다.

"내가 왜 보자고 한 건지는 아나요?"

오늘은 시작부터 본론을 꺼낼 심산인 모양이었다. 유리엔이 앞에 놓인 과자를 하나 집어 들며 응수했다.

"글쎄. 옷 사주려?"

"뭐라고요?"

"어제 네가 뿌린 찻물에 내 드레스 소매가 좀 물들었잖아. 양심의 가책을 느껴서 새로 한 벌 사주려고 부른 거 아냐?"

"……."

젤디아가 기가 차서 말을 아꼈다. 그렇게 따지면 옷을 더 크게 버린 것은 외려 자신이었다. 물론 상대방도 진심으로 말한 것은 아닐 테니 그런 걸 언급해 봤자 이쪽만 더 우스워질 뿐이다. 그녀는 표독스레 입술을 짓씹었다.

"아주…… 여유가 넘치는군요."

"그럴 만한 자리니까."

"재미있네요. 어디 두고 보죠, 잠시 후에도 그런 여유를 유지할 수 있을지."

그리 뱉어낸 젤디아는 한동안 아무런 행위도 하지 않았다. 과자의 맛이 조금만 떨어졌다면 성격 급한 유리엔이 진작 자리를 박차고 떠났을 고요였다.

그렇게 얼마나 정적으로 시간을 흘려보냈을까? 유리엔이 이번엔 얘가 지루함으로 상대를 열 받게 하려는 건가 고민했을 무렵, 마침내 젤디아가 몸을 움직였다. 그녀는 제 몫의 찻잔으로 손을 가져갔다. 그리고 그것을 주저 없이 아래로 던져 깨뜨렸다. 쨍그랑! 요란한 소리와 함께 잔의 파편과 찻물이 바닥을 어지럽혔다. 이유를 알 수 없는 황당한 소행이었다.

젤디아는 거기서 끝내지 않고 이쪽으로 다가와 유리엔의 찻잔마저 깨뜨렸다. 바닥이 두 배로 더러워졌다. 얘가 대체 뭘 하나 싶어 유리엔이 의아하게 상대에게 시선을 주었을 때였다. 젤디아가 지금까지보다 더 황당한 짓을 저질렀다.

철썩!

마찰음이 크게 울렸다. 젤디아의 고개가 우로 획 돌아갔다. 자기가 자기 뺨을 후려친 것이다. 그러더니 그녀는 유리엔이 뭐라 말할 새도 없이 갑자기 흐느끼며 빌기 시작했다.

"죄, 죄송해요……! 제가 다 잘못했어요!"

그 순간 응접실의 문이 벌컥 열렸다. 공교로운 타이밍이었다. 열린 문 사이로 모습을 드러낸 이는 미처 예상치 못한 내부의 광경에 눈을 커다랗게 떴다.

"이건……."

"저, 전하!"

젤디아가 기다렸다는 듯 대상을 호칭하며 고개를 돌렸다. 나타난 사람은 바로 카엘이었다.

긴히 하고 싶은 말이 있으니 부디 시간을 좀 내달라고 젤디아로부터 연락이 왔다. 마침 하던 일이 전부 마무리되어 한가한 상태였던 카엘은 잠깐 고민하다 그 청을 받아들였다. 젤디아를 봐서라기보다는 그의 아버지인 페듀린 공작을 생각해서였다. 제 목숨 소중한 줄 아는 공작은 언제나 황실에 충성을 다했다. 그는 충신인 듯 충신 아닌 충신 같은 고관이었다.

젤디아가 손님 궁의 응접실에서 기다리겠다 명시한 시각은 정확히 정오였다. 카엘은 조금 이른 점심 식사를 마무리하고 느긋하게 장소로 걸음을 옮겼다. 할 말이 무엇인지는 모르겠으나 혹 별 용건이 아니라면 다음부터는 알현을 아예 거절하도록 해야겠다. 그런 생각을 하며 그가 거의 목적지에 다다랐을 무렵이었다. 문 너머로 날카로운 소리가 들렸다.

챙그랑!

'……깨지는 소리?'

카엘이 멈칫했다. 그는 범인보다 청각이 예민한 편이었다. 두꺼운 문 안쪽에서 발생한 소리가 고스란히 귀로 전해졌다.

'뭐라도 떨어뜨렸나?'

그때였다. 이어서 철썩! 하는 새된 소리가 울렸다. 앞서 것은 몰라도 이건 절대 그냥 지나칠 수 없는 소음이었다. 어떻게 들어도 누가 맞는 것 같은 소리라 카엘이 급히 문고리를 잡고 돌렸다.

"죄송해요……! 제가 다 잘못했어요!"

높은 목소리가 애처롭게 흐느꼈다. 문을 연 카엘이 몸을 굳혔다. 눈에 들어오는 응접실 안쪽의 풍경은 한 마디로 엉망이었다. 바닥은 깨진 찻잔과 찻물로 어지럽고, 젤디아는 무릎을 꿇은 채 상대에게 빌고 있었다. 그리고 그녀가 그리 용서를 구하며 비는 대상은 다름 아닌 유리엔이었다.

"이건……."

"저, 전하!"

카엘의 등장에 젤디아가 놀란 듯 고개를 돌렸다. 본래는 눈처럼 하얀 피부를 자랑할 그녀의 왼쪽 뺨이 눈에 띄게 붉었다. 붉게 달아오른 것뿐만 아니라 제법 부어 있기까지 한 것이 어딜 봐도 한 대 얻어맞은 모습이었다. 그런 젤디아의 얼굴을 마주한 카엘이 깜짝 놀랐다. 놀라지 않을 수 없었다.

'너무 멀쩡한데?'

상황상 유리엔이 젤디아를 때린 것 같은 구도다. 그러나 유리엔에게 맞았다기엔 젤디아의 뺨은 몹시 멀쩡했다.

"흐흑, 전하……."

카엘이 놀란 이유를 알 길 없는 젤디아는 상대의 표정을 저 좋을 대로 해석했다. 계획의 성공을 예감하며 속으로 승리자의 미소를 지었다. 내심이야 어떻던 젤디아의 목소리는 여전히 애달팠다.

"흑…… 아, 아니에요. 이건, 그러니까…… 절대 유리시엔 황녀님께선 찻잔을 바닥에 던지지도, 제 뺨을 때리지도 않으셨어요. 그냥, 다…… 제가 잘못한 거예요, 전하."

보석 같은 녹색 눈동자에 눈물이 가득 어렸다. 빨갛게 부어오른 제 뺨을 손으로 애써 가리려 노력하는 가냘픈 몸짓이 그저 안타깝다. 어깨를 가늘게 떨며 젤디아가 고개를 숙였다. 어느 모로 봐도 힘없는 피해자의 모습이었다.

반면 유리엔은 그 뒤에서 의자에 앉아 어느새 다리까지 꼬고 있었다. 태연한 얼굴에 당당한 풍채가 영락없는 힘센 가해자의 형상이다. 둘을 번갈아 응시하는 카엘의 눈동자가 미세하게 흔들렸다. 상대의 동요를 눈치챈 젤디아가 더욱 연기에 박차를 가했다.

"전 괜찮아요. 그, 그냥 다 제 잘못이니까…… 정말 괜찮…… 흐윽, 흑."

슬프고 억울하고 서럽지만 억지로 웃는다는 티를 팍팍 내며 밝은 표정을 지어 보이던 젤디아는 이내 벌벌 떨리는 손으로 깨진 찻잔을 치우다 결국 두 손바닥에 얼굴을 묻었다. 구슬픈 흐느낌이 안쓰럽게 흘러나온다. 듣기만 해도 마음이 아파지는 울음소리였다.

누가 보더라도 이 순간의 젤디아는 핍박받는 비련의 여주인공이나 다름이 없었다. 착한 여주인공, 못된 악녀에게 괴롭힘을 당하는 여주인공, 그럼에도 애써 괜찮은 척하려다 결국 무너진 여주인공, 연약하고 가녀려 반드시 지켜줘야 할 것 같은 여주인공, 내가 바로 신데렐라, 그리고 쟤가 계모!

손바닥 안에 얼굴을 묻은 채로 젤디아가 귀를 쫑긋 세웠다. 이 정도면 할 만큼 했다. 이제 남은 것은 카엘의 반응을 기다리는 것뿐이다. 당연히 화를 내겠지? 실망한 목소리로 지금 이게 무슨 짓이냐며 상대를 비난하겠지? 그러나 들려온 말은 그녀의 기대와는 전혀 달랐다.

"봐준다고 살살 때렸나?"

"……?"

젤디아가 우는 연기를 하느라 어깨를 떨던 것을 멈췄다. 저게 무슨 말인지 바로 이해할 수가 없었다. 카엘의 목소리는 계속 이어졌다.

"아니지. 그렇게 미지근하게 할 리가 없는데?"

"……전하?"

무슨 소린지 모르겠다. 젤디아의 표정에 가장이 아닌 진짜 당황이 서렸다. 그러거나 말거나 카엘은 진지한 낯으로 제 턱을 매만지며 가까이 다가왔다. 구둣발에 찻물이 닿기 직전 멈춰 선 그는 잠시 후 알겠다는 얼굴로 손가락을 튕겼다. 그러더니 말했다.

"범인은 바로! 이 안에 있다."

대뜸 소설의 장르를 바꿔 버리는 한마디였다. 젤디아가 황당해서 말을 잃거나 말거나, 카엘은 눈을 빛내며 추리를 시작했다.

"뭔가가 산산이 깨지는 소리와 뺨을 내려치는 소리. 그리고 문을 열자 보인 것은 바닥을 엉망으로 어지럽힌 찻잔의 파편들과 뺨이 부어오른 A가 의자에 앉은 B에게 용서를 빌고 있는 장면이었지. 그럼 일반적으론 이렇게 생각하기 쉬워. 맙소사, B가 성격 파탄자처럼 찻잔을 던져 깨뜨리고 죄 없는 A의 뺨을 올려붙인 건가?"

"……."

"얼핏 보면 그럴듯한 추론 같지만, 안타깝게도 여긴 두 가지 오류가 있어. 우선 이상할 정도로 멀쩡한 A의 얼굴. 범인을 훨씬 상회하는 B의 힘으로 봤을 때, 정말로 A가 B에게 맞았다면 A의 얼굴은 최소한 바닥에 몇 번 패대기쳐진 사람처럼 엉망이었어야 해. 보통의 연약한 여인이라면 그대로 날아가 기절했을 일이고, 맷집이 좋다 한들 최소한 입술 정도는 터졌어야 정상이지. 그런데 A는 고작 뺨이 조금 부었을 뿐 전체적으로 멀쩡한 상태야."

"……."

"그렇다면 혹시 B가 일부러 살살 때린 건 아닐까? 하지만 그건 B의 성격으로 보아 딱히 신빙성이 없어. 하면 앉아서 때리느라 미처 팔에 힘을 다 싣지 못한 거였을까? 그러나 이것도 말이 안 되지. 정말 그랬다면 아예 발로 상대를 깠을 테니까."

말은 또박또박 이어졌다. 마치 무대 위에서 관중에게 하는 연설의 대사 같기도 했다. 카엘은 그리 설명을 계속하며 다시 걸음을 옮겼다. 와작, 작은 파편이 굽에 밟혀 바스라졌다.

"그리고 다음 오류. 바닥을 어지럽힌 건 찻잔뿐만 아니라, 찻물도 함께였어. 즉 찻잔을 깨뜨릴 때 미처 다 마시지 않은 내용물이 남아 있었단 소리지. 하나 B는 마실 것을 포함해 음식이라면 꽤 존중하는 성격이라, 어지간히 화가 나지 않고서야 찻물이 든 찻잔을 바닥으로 집어 던졌을 리가 없어. 던지더라도 다 마시고 던졌겠지. 그럼 B가 먹을 걸 소중히 한다는 평소의 지론을 깰 정도로 화가 났던 걸까? 그랬다면 고작 뺨이 붓기만 할 정도로 살살 때리진 않았을 테니 또 여기서 모순이 생기지."

카엘은 젤디아의 바로 앞에 다다라서야 발을 멈췄다. 말이 잠시 끊기고, 내려앉는 시선이 서늘하다. 젤디아가 저도 모르게 흠칫했다.

"젤디아 폰 페듀린 공녀."

"……."

"자해까지 해서 상대를 모함하고 싶거든, 적어도 상대에 대해 제대로 조사하는 성의 정도는 보여야 하지 않나?"

조금 전까지 어투에 담겨 있던 장난기가 사라졌다. 바닥에 무릎 꿇은 자세를 유지하고 있던 젤디아의 몸이 뻣뻣하게 굳었다. 그녀는 고개를 들 수가 없었다. 느껴지는 시선과 목소리만으로도 충분히 싸늘해서, 차마 상대의 표정을 쳐다볼 용기가 나지 않은 것이다. 카엘은 곧 고개를 들었다. 젤디아에게서 주의를 거둔 그가 이어 시야에 담은 것은 유리엔이었다. 그는 젤디아를 그대로 지나쳐 유리엔의 앞에 섰다. 이윽고 천천히 손을 내밀었다.

"허접한 모함과 멋진 추리를 구경하느라 수고하셨습니다. 이만 가실까?"

정중한 자세와 다르게 입가에는 장난스런 미소를 머금었다. 상대의 얼굴을 마주한 유리엔이 픽 웃으며 내밀어진 손을 잡았다.

"멋진 추리는 무슨."

"멋진 게 아니라면, 환상적이었나?"

"그런 말 스스로하면 안 부끄러워?"

이내 두 사람이 투닥거리며 응접실을 나갔다. 서로에게 편안하고 익숙한 모습으로 둘이 그렇게 자리에서 사라질 때까지 젤디아는 여전히 굳은 채로 조금도 움직이지 못했다.

유리엔은 눈을 굴려 카엘을 힐끗 올려다보았다. 기민하게 시선을 느낀 카엘이 마주 눈을 내렸다.

"왜?"

"아니, 뭐."

맞잡았던 손은 응접실을 나오면서 도로 풀었다. 손끝에서부터 간질거리는 감각이 타고 올라와 오래 잡고 있을 수 없었기 때문이다. 나란히 걸으면서 유리엔은 괜히 머쓱해져서 헛기침을 했다. 시선은 도로 전방으로 돌렸다.

티는 내지 않았지만 사실 그녀는 내심 놀란 상태였다. 불과 방금 전에 있었던, 각본 젤디아, 연출 젤디아, 배우 젤디아, 감독 젤디아, 협찬 젤디아로 구성된 잠깐의 연극. 카엘이 바보같이 속아 넘어가리라 생각했던 건 아니다. 그러나 그런 식으로 나올 거라고는 또한 생각하지 못했다. 상대의 가장에 탐정이 되어 대응할 줄이야.

"약간 의외였어."

"뭐가?"

"조금 전에 말이야."

"응접실에서? 나도 알아. 엄청 멋있었지?"

카엘이 능청을 떨었다. 그에 유리엔은 조금 긴장이 가시는 것을 느꼈다. 연회 이후 상대를 어떻게 마주해야 할지 줄곧 고민하던 참이었다. 한데 상대편에서 먼저 평소처럼 편하게 나와주니 이쪽도 마음 놓고 익숙하게 응수할 수 있었다. 오히려 그럴 계기를 만들어준 젤디아가 고마울 지경이었다.

"멋있는 게 다 죽었네."

"그리고 나만 남았지?"

"얼씨구?"

"감명 깊었다는 거 다 알아."

"뭐, 나름 볼만하긴 했지. 점수 매겨줘? 10점 만점에……."

"10점?"

"욕심이 과하네. 그 끝도 없는 자만을 태도 점수에 반영해 종합 4점을 주겠어."

"내 명추리가 4점? 너무한 거 아냐?"

"0.4점이 아닌 거에 감사한 줄 알아."

평상시와 같은 가벼운 티격거림이 오간다. 궁의 복도에는 간혹 지나가는 사용인을 제외하면 카엘과 유리엔 둘뿐이었다. 둘은 시녀나 시종이 가까워질 때는 잠시 목소리를 낮추고, 대상이 멀어지고 나면 다시 크기를 키웠다. 타인이 본다면 잘들 논다 싶을 광경이었다.

그리 떠들다 복도가 끝났다. 여기서부턴 각자 가야 할 길이 나뉜다. 인사라도 나누고 헤어져야 하나 유리엔이 잠깐 갈등했을 무렵이었다. 카엘이 먼저 등을 보이며 말을 꺼냈다.

"나니까 그렇게 할 수 있었던 거야."

"뭐?"

"너에 대해 그만큼 잘 아니까, 그럴 수 있었던 거라고."

뜬금없지만 조금만 생각하면 금방 알아들을 수 있는 말이었다. 응접실에서 있었던 일의 연장선을 입에 담은 것이다. 그 발언을 남기고 카엘은 성큼성큼 멀어졌다. 어딘지 평소보다 뻣뻣한 걸음걸이였다. 유리엔은 기습을 당한 사람처럼 순간 멍청한 표정을 지었다.

"……!"

멍하니 서 있다 이내 입을 가렸다. 덥지도 않은데 얼굴 가득 홍조가 올랐다. 풀렸다고 생각했던 긴장이 다시 찾아왔다.

'자꾸 왜 저래! 낯설게!'

유리엔이 소리 없는 비명을 질렀다. 심장이 평소보다 빠르게 뛰고 있었다.

젤디아의 턱이 떨렸다. 얼마나 힘주어 깨물었는지 입술에는 피딱지가 앉았다. 부들부들 경련하는 입술 사이로 마찬가지로 떨리는 목소리가 흘러나왔다.

"말…… 도 안 돼…… 말도……."

그녀는 자신했다. 남들이 보기엔 자만이었으나 스스로는 자신이었다. 그녀는 제가 카엘에게 특별한 취급을 받고 있다고 믿었다. 여성 혐오증이네 뭐네 하며 이성을 꺼리는 황태자가 그래도 저는 매번 피하지 않고 만나주었으니, 어린 마음에 당연히 상대가 저를 귀히 여겨 그런 것이라 생각했다. 공녀는 꿈을 꾸었다. 그것이 꿈인 줄도 모르고.

"아니야, 아니야. 이럴 리가 없어!"

부정이 발작처럼 터져 나왔다. 젤디아는 현실을 인정할 수가 없었다. 카엘이 저를 두고 다른 이의 편을 들었다. 그건 있을 수도, 있어서도 안 되는 일이었다. 어떻게 저를 두고. 어찌 저에게 그런 매정한 눈길을. 어째서 그리 차갑게.

"다, 다 그년 때문이야."

갈망하는 대상이 제게 가치를 두지 않는다는 것은 견디기 힘든 일이다. 그녀는 애꿎은 타인에게로 화살을 돌렸다. 타인에게 제멋대로 죄를 만들어 씌우면서 받아들이기 싫은 현실의 본질을 바꾸었다. 손마디가 불거지도록 젤디아가 주먹을 힘껏 쥐었다.

"분명 그년이 전하를 꾀어낸 거야. 더럽고 천박한 수로 꾀어낸 거라고……!"

보고 싶은 것만 보고, 믿고 싶은 것만 믿는다. 그녀는 특히 그런 것이 심했다. 보고 믿을 것이 없으면 상상을 해서라도 원하는 것을 만들어냈다. 보기 싫은 진실은 외면하고 마음에 드는 허상은 실제처럼 여긴다. 지금도 똑같았다.

"전하께선 그년의 천한 술수에 잠시 넘어갔을 뿐이야. 그래, 그거야. 그러니까 그년만…… 그년만 없으면."

마디가 도드라진 하얀 손등에 핏줄이 섰다. 크기를 더한 악의가 발악하듯 제 몸집을 부풀렸다. 젤디아는 이내 고개를 숙인 채로 흐흐, 간헐적으로 웃음을 흘렸다. 길게 늘어뜨린 풍성한 금발이 어지러웠다. 머릿속으로는 얼마 전 유리엔이 던졌던 비웃음이 떠올랐다.

'하수?'

젤디아가 천천히 몸을 일으켰다. 드레스의 치마에 찻물이 들어 엉망이었다. 그 상태로 그녀는 차분히 걸음을 옮겼다. 응접실의 문을 열자 바깥에서 대기하고 있던 시녀가 눈이 마주치곤 흠칫 놀란다. 젤디아는 그대로 시녀를 스쳐 지나갔다.

하수라고 했겠다. 그럼 이번엔 실망시키지 말아야지. 더는 그딴 말로 비웃을 수 없도록 기대를 충족시켜 주어야지. 그녀는 보는 사람도 없는 복도에서 녹색 눈을 예쁘게 접어 웃었다. 거처로 돌아가면 심복이 조사해 바쳤던 정보가 있을 것이다. 찢어 죽이고 싶은 상대를 직접 건드리는 건 하수나 하는 짓이지. 젤디아의 발걸음이 빨라졌다.

젤디아가 황제와의 독대를 청한 것은 그의 앞에서 눈물로 연기하여 유리엔을 모함하기 위해서였다. 황태자는 비록 상대의 간악한 꼬임에 넘어가 제정신이 아니라지만 황제는 다를 거라 생각한 것이다. 그녀의 상식으로는 고국에서 버림받다시피 쫓겨난 껍데기뿐인 타국의 황녀를 황제가 결코 귀히 여길 이유가 없었다. 젤디아가 볼 때 유리엔은 귀한 손님이 아니라 그저 쓸모없는 객식구였다.

그래서 통할 거라고 생각했다. 지닌 건 이름뿐인 남의 나라의 황녀보다는 당연히 제국의 공녀인 제 말을 들어줄 거라고. 그리 의심도 없이 믿었는데.

벌컥!

"오, 오셨어요?"

바닥을 닦던 하녀가 젤디아의 갑작스런 귀환에 깜짝 놀라 저도 모르게 인사를 올렸다. 젤디아는 대꾸하지 않고 성큼성큼 걸음을 옮겨 침대 위에 주저앉았다.

하녀는 굽혔던 허리를 펴서 바닥 대신 창틀을 닦으며, 슬쩍 공녀에게로 시선을 주었다. 젤디아의 고운 얼굴은 잔뜩 일그러져 있었다. 평소의 아름다운 외모를 상상할 수도 없을 만큼, 지금의 그녀는 마치 악귀 같았다. 속으로 비명을 삼킨 하녀가 이내 구석으로 바짝 몸을 붙였다. 아침 일찍 나가더니 간 곳에서 일이 뜻대로 풀리지 않은 모양이다. 이런 날엔 젤디아가 꼭 물건을 집어 던지며 화를 풀고는 했다. 하녀는 어깨를 잔뜩 움츠리며 곧 들려올 날카로운 파열음을 기다렸다.

"……?"

그러나 아무리 기다려도 시끄러운 소음은 들려오지 않았다. 계속되는 고요에 하녀가 의아하게 눈을 돌렸다. 젤디아는 여전히 제 침대 위에 얌전히 앉아 있었다. 조용한 것이 꼭 생각에 빠진 것 같기도 했다. 의외의 광경에 하녀가 놀라 입을 벌렸다. 웬일이래? 이번엔 어쩐 일로 잠잠한가 싶었다. 평소였다면 이미 방 안에 남아나는 것이 없었어야 정상이다. 하녀는 놀라움을 넘어 숫제 신기해졌다. 그래서 그만 해서는 안 될 말을 내뱉고 말았다.

"오늘은 물건 안 던지시네."

"뭐?"

"헉!"

하녀가 뒤늦게 소스라치며 제 입을 막았다. 혼잣말로 작게 흘러나온 중얼거림이었지만 침묵을 유지하고 있던 젤디아가 듣기엔 무리가 없었다. 그녀의 눈길을 받은 하녀가 새하얗게 질렸다.

"그래, 그것이 서운했느냐? 물건을 던지지 않아서?"

"아, 아, 아니요. 그게, 그러니까 그것이……."

"원한다면 그에 부응해 주어야지. 자아, 가만히 있으렴."

"고, 공녀님, 제가 잘못……."

"이런, 엎드리지 말거라. 서 있는 편이 맞히기가 쉬우니."

얼굴에서 핏기가 가신 하녀가 부들부들 떨었다. 제 주인 아가씨가 지금 무슨 짓을 저지르려 하는지 끔찍하게도 눈에 그리듯 예상할 수 있었다. 당장에라도 뒷걸음질 쳐 도망치기를 원하는 발이 주춤거렸다. 엎드려서 용서라도 빌고 싶었으나 젤디아는 그마저도 허락하지 않았다. 곧 새하얀 섬섬옥수가 가장 가까이 있던 유리잔을 집어 들었다.

쨍!

"꺄악!"

하녀의 이마에 명중한 유리잔이 산산이 깨어졌다. 파편이 아래로 떨어져 바닥을 더럽혔다. 하녀가 비명을 지르며 그 자리에 주저앉았다. 붉은 액체가 점점이 카펫에 얼룩을 만들었다. 젤디아는 거기서 멈추지 않았다. 찢어진 이마에서 피가 흐르는 하녀를 보면서도 그녀는 무감한 눈으로 다른 물건을 더듬어 찾았다. 이어 화병을 손에 쥐고는 그대로 사정없이 위에서 아래로 내려쳤다.

"제, 제발 살려…… 꺄아악!"

챙그랑!

화병은 산산조각이 났다. 머리를 얻어맞은 하녀가 결국 버티지 못하고 그대로 쓰러져 실신했다. 기절한 그녀의 주위로 피가 웅덩이를 이루며 번졌다. 젤디아는 제가 만들어놓은 끔찍한 광경에도 눈 하나 깜짝하지 않았다. 변함없이 무심한 녹색 눈동자는 어딘지 미친 사람 같았다. 고꾸라진 하녀를 앞에 두고 우두커니 선 젤디아가 조금 전을 회상했다.

"여인의 투기가 이리 추악한 것인 줄 이제야 알았구나."

아버지를 졸라 황제를 알현할 수 있었다. 그리고 마주앉은 그녀의 눈물 어린 호소를 들은 황제는 정확히 저리 말했다. 차가운 표정에, 냉랭한 말투였다.

"이번 무례는 공작을 생각해 보아 넘기겠다. 하나 두 번은 없다는 것을 명심해야 할 게다."

"……하."

붉은 입술이 비틀렸다. 젤디아가 헛웃음을 뱉었다. 미쳤다. 전부 다 미쳐서 돌아버렸다. 그렇지 않고서야 감히 그런 계집을 싸고돌 수가 없다. 어찌 그따위 계집을.

"마리."

"예, 공녀님."

하녀를 그대로 방치하고 몸을 돌린 젤디아가 제 심복을 불렀다. 마리라고 불린 시녀가 공손히 다가와 주인의 곁에 섰다. 곧 젤디아에게서 음산한 목소리가 흘러나왔다.

"준비해야 할 것이 있어."

세상에는 수없이 많은 바보가 있다. 그리고 그중에서도 가장 조심해야 할 바보는, 바로 생각하는 바보다.

"생각하는 바보는 끊임없이 생각한다. 바보이면서도 생각할 줄 안다는 것은 일견 축복처럼 보일 수 있으나 실은 전혀 그렇지 않다. 생각하는 바보는 끊임없는 생각을 통해 지칠 줄 모르고 연성되는 바보짓을 계속해서 실행한다. 문제는 생각하는 바보가 보통 본인이 바보라는 사실을 자각하지 못한다는 점이다. 그는 자신의 행동이 옳은 짓이라고 믿으며, 그것이 주변에 피해가 되든 말든 바보짓을 하고 또 하고 또 하며 반복한다. 그러다 보면 결국 그 산처럼 쌓인 바보짓에 의해 비참하게 자멸하는 경지에 이르게 되는데, 학계에선 이를 바보의 정점, 즉 '킹 오브 바보'에 다다른 모습이라 일컫는다. 줄임말로는 바보킹이라고 부를 수도 있다…… 라고 쓰여 있네."

"무슨 책이에요, 그거?"

"바보학개론. 저자는 엘리아티나 냥트리체스. 그럭저럭 읽을 만한 책이야."

며칠 전부터 유리엔은 때아닌 독서 삼매경에 빠져 있었다. 기실 그녀는 책을 나름 좋아하는 편이었다. 로맨스 소설만 아니라면 단순한 이야기책부터 종교, 철학 서적까지 가리지 않고 읽었다. 얼핏 보기에 독서는 아름답고 고매한 아가씨와 썩 잘 어울리는 취미였지만, 몸싸움으로 남자를 고꾸라뜨리고 말을 타고 활을 쏘아대는 유리엔의 성미를 아는 루네 및 다른 사람들은 그저 고개를 갸웃할 수밖에 없었다. 황녀 전하와 책이라니. 솔직히 의외였다.

주변의 반응이야 어떻든 유리엔은 오늘도 오전부터 책 읽기에 여념이 없었다. 실은 그것이 일종의 현실도피에 가깝다는 것을 다른 사람들은 알지 못했다. 그녀는 책을 읽음으로써 머릿속을 깨끗하게 비우고 있었다. 원치 않게 자꾸만 복잡해지는 머릿속을 도로 평온하고 깨끗하게.

그때였다. 유리엔이 책의 마지막 장을 막 넘겼을 무렵, 린이 거의 형식적인 노크를 하고 안으로 뛰어들어 왔다. 힘껏 달려왔는지 치마는 구겨져서 엉망이고 숨은 턱까지 닿았다. 문고리를 잡고 호흡을 고르며 린이 말했다.

"화, 황녀님……."

"무슨 일이야?"

"지금 응접실에서 트아로민 자작님과 자작 부인, 그러니까 루네 아가씨께서 기다리고 계세요. 그런데……."

린이 말끝을 흐렸다. 표정만 봐도 예삿일이 아니었다. 유리엔이 망설일 것 없이 즉시 침소를 나섰다. 그 뒤를 루제가 급히 따랐다.

"황녀 전하."

응접실의 문을 벌컥 열고 들어선 유리엔을 제론이 정중하게 맞이했다. 유리엔은 안의 풍경을 눈에 담자마자 잠시 몸을 굳혔다. 루네의 작은 얼굴이 온통 눈물로 엉망이었다. 그녀는 우느라 차마 유리엔에게 인사조차 건네지 못하고 있었다. 그런 아내를 대신해 제론이 입을 열었다. 늘 차분함을 잃지 않았던 목소리가 이번에는 위태롭게 떨려 나왔다.

"……미네가 사라졌습니다."

정적이 흘렀다. 잠시 후 먼저 비명을 지른 것은 루제였다.

루네는 애들로나 백작 부인과 교류가 있었다. 루네의 신혼집-대리인이 관리하는 제론의 영지는 남부 끝이었기에 식을 올리면서 수도의 저택을 한 채 샀다-이 애들로나 백작저와 가까워 산책이라도 나가면 종종 마주쳤기 때문이다.

마침 백작 부인 또한 아직 한 살이 되지 않은 갓난아이를 슬하에 두고 있었으니 루네와 그녀는 자연히 남보다 친밀한 교감을 나눌 수밖에 없었다. 몇 번 만나지 않았는데도 둘은 급속도록 친해졌다.

그러다 하루는 부인으로부터 티타임에 초대를 받았다. 장소는 애들로나 백작저였다. 아이들끼리 두면 또 서로 잘 놀지 않겠냐며, 백작 부인은 자기도 아이를 대동할 테니 그쪽도 아이와 함께 오지 않겠냐는 제안을 했다. 사람 의심할 줄 모르는 루네는 그저 알겠노라, 어린 미네를 품에 안고 아이의 유모와 함께 백작저를 찾았다. 그게 불과 한나절 전의 이야기였다.

"그런데 차를 마시던 도중 이 사람이, 그러니까 루네가 저도 모르게 잠시 정신을 잃었다고 합니다. 깨어났을 때는 이미 미네는 사라진 뒤였고요. 처음에는 백작 부인을 의심했으나 그녀 또한 마찬가지로 쓰러졌다가 깨어나 보니 아이가 실종된 상황이었습니다."

"차를 내어왔던 시종은?"

"알아봤습니다만…… 명부에 없는 인물이었습니다. 이름도 가짜였고, 사용인 중 아무도 얼굴을 아는 사람이 없었습니다."

"처음부터 아이를 납치할 계획으로 사람을 심었단 소린데……."

유리엔이 손가락 끝으로 탁자를 두드렸다. 어조는 침착했으나 온도가 낮았다. 백작 부인이 초대한 티타임에서 미네가 사라졌다. 정황상 그녀 또한 피해자이긴 했으나 여러모로 석연치 않은 것이 사실이었다. 백작 부인이 정말 피해자일까? 실은 그렇게 가장했을 뿐, 알고 보니 범인과 협력한 공조자라면?

"어디 가십니까?"

"오래 걸리진 않을 거야. 루네 좀 돌봐줘."

응접실을 나온 유리엔은 빠르게 복도를 가로질렀다. 그녀가 향한 곳은 1층에 있는 여러 개의 손님방 중 하나였다. 지키는 사람 없는 방의 문을 그녀는 도착하자마자 다짜고짜 확 열어젖혔다.

"어멋!"

굵은 목소리가 가녀린 비명을 내질렀다. 손님방에서 기거하고 있는 이들은 다름 아닌 빨주노초 머리 색의 청년 네 명이었다. 유리엔의 직속 호위이자 그림자이자 발닦개. 벗고 있지도 않으면서 괜히 제 가슴팍을 수줍게 가리는 옐윈을 뒤로하고, 레윈이 앞으로 나섰다.

"황녀 전하? 어쩐 일이십니까?"

그들은 오랜만에 유리엔을 마주했다. 제국에 도착한 뒤로는 줄곧 없는 인간들처럼 방치되어 왔기 때문이다. 물론 아무도 그에 불만은 없었다. 제때 꼬박꼬박 밥이 나오는 배부르고 등 따신 곳에서 할 일 없이 뒹굴며 논다는 것은 그저 행복한 일이었다. 심심하면 바깥을 구경하러 나가면 된다. 유리엔의 이름을 등에 업은 그들은 궁 내외로의 출입이 자유로운 편이었다.

안쪽 의자에 앉아 〈사나이의 길〉을 읽고 있던 그윈이 책을 덮었다. 유리엔의 표정만 보아도 상대가 놀자고 찾아온 것이 아님을 알 수 있었다. 이어 네 사람이 빠르게 일렬로 정렬했다.

"시키실 일이라도 있으십니까?"

레윈이 대표로 다시 용건을 물었다. 유리엔은 네 청년에게 차례로 눈길을 주었다. 그러곤 긴장으로 뻣뻣하게 몸을 굳히는 상대에게 말한다.

"너희 여기서도 일할 수 있어?"

"예?"

"고국에서처럼 제 몫을 할 수 있냐고. 여긴 너희 산하 길드도 없잖아."

"저흴 뭐로 보시는 겁니까? 원래 정보 길드는 인맥으로 일하는 겁니다. 여기가 무슨 산속 오지에 있는 부족 마을도 아닌데, 충분히 가능합니다."

늘 하던 대로 뭐든 맡겨만 달라며 레윈이 제 가슴을 탕탕 쳤다. 실상이야 어떻든 겉보기에는 꽤 믿을 만한 모습이었다. 옆에 나란히 선 나머지 세 사람도 함께 고개를 끄덕거린다. 자신감 넘치는 네 청년의 태도에 유리엔이 표정을 풀고 픽 웃었다.

"하긴, 원래 일은 어디서 하냐가 아니라 사람을 어떻게 굴리냐에 달려 있는 법이지."

"이번에도 굴러야 합니까?"

"오래 걸리는 일은 아니야. 그냥 뭘 좀 조사하고, 감시할 게 있어."

"그거야 뭐, 저희 전문이네요."

오윈이 대수롭지 않게 말했다. 특히 몰래 숨어서 대상을 감시하는 건 그의 전담 분야였다. 그는 마음만 먹으면 상대가 하루에 화장실을 몇 번 가는지도 알아낼 수 있다며 덧붙였다. 물론 유리엔은 그딴 더러운 정보는 필요 없었다.

"그럼 잘 들어. 너희가 조사해야 할 대상은 애들로나 백작 부인이야. 부인이 최근 며칠간 사적으로 만난 사람 중에 페듀린 공녀가 있는지 알아내. 그리고 지금부터 단 한시도 눈을 떼지 말고 대상을 감시하고."

"알겠습니다."

임무를 들은 넷이 동시에 씩씩하게 대답했다. 그윈은 사나이답게 당장에라도 명을 수행하려 튀어나갈 기세였다. 유리엔은 그런 그들을 보며 그 자리에서 즉시 드레스에 붙어 있던 보석을 떼어냈다. 그러곤 자금이라며 건네주었다.

"중요한 일이야. 최대한 빨리 알아내."

"맡겨주십시오!"

이내 네 사람이 같은 방향으로 달려 나갔다. 유리엔은 왔던 길을 되돌아 도로 응접실로 걸음을 옮겼다. 차분한 발걸음이었으나 표정은 전에 없이 차게 굳어 있었다.

보고는 생각보다 빠르게 올라왔다. 세상에 완전한 비밀은 없는 법이다. 애들로나 백작 부인이 남의 이목을 피해 몰래 만났던 사람 중에 젤디아가 있다는 것이 확인되었다. 날짜 또한 최근이었다.

"이 치졸한……!"

루제가 견딜 수 없다는 듯 허공에 대고 욕을 했다. 심증으로도, 정황상으로도 이번 사태의 범인은 젤디아가 가장 유력했다. 마침 젤디아는 현재 며칠 전부터 행방이 묘연한 상태였다. 애들로나 백작 부인을 만난 뒤 다음 날 종적을 감췄으니, 아예 '나 범인이오' 하고 광고를 하는 꼴이었다. 루제가 눈물이 그렁그렁한 눈으로 이를 갈았다.

"미친, 정신 나간, 회까닥 돈, 뇌가 존재하지도 않는, 금수만도 못한, 먼지나 곰팡이 따위나 다름없는……."

욕을 쏟아내고도 분에 못이긴 루제가 네이시온의 품에 안겨 씩씩거렸다. 네이시온은 잠자코 제 약혼녀의 작은 몸을 토닥여 주었다. 루네는 울다 울다 지쳐 지금은 잠든 상태였다. 온 기력이 다할 때까지 눈물을 쏟아내며 루네는 끊임없이 스스로를 질책했다. 내가 바보같이, 내가 멍청해서, 내가 그때 그렇게 미네를 데리고 나가지만 않았더라면.

천성이 순해 사람을 쉽게 믿은 것이 어찌 죄일까. 죗값을 치러야 한다면 그건 전부 그런 순수를 이용해 먹은 상대의 몫일 것이다. 벽에 등을 기댄 유리엔이 잠자코 생각에 잠겼다.

백작 부인을 감시하는 쪽에서는 아직 별다른 보고가 없었다. 상대가 딱히 수상한 움직임을 보이지 않고 있다는 뜻이었다. 백작 부인은 하루아침에 아이를 잃은 애꿎은 피해자를 착실히 연기하고 있었다. 듣기로는 하루 종일 울다 혼절하여 현재는 방에서 칩거 중이라 했다.

'미네는 젤디아가 직접 데리고 있을 확률이 높아.'

유리엔은 추측했다. 아마도 비장의 카드를 쥐었다 생각하며 희희낙락하고 있을 것이다. 지금껏 젤디아가 보여준 성정을 생각한다면 무리도 없는 일이었다. 걸음마도 떼지 못한 갓난아이를 유괴해 놓고는 양심의 가책은커녕 제 계획이 성공했다 여기며 추악하게 웃고 있겠지.

'그냥 바보인 줄 알았더니.'

그걸 넘어 바보킹이었다. 유리엔이 한기가 느껴질 정도로 차게 웃었다. 그래, 그렇게까지 자멸하고 싶다는데 도와주지 않을 수 없지. 젤디아의 행위는 용서를 구할 수 있는 범위를 한참 넘어섰다. 남은 것은 저지른 일에 대한 책임을 져 비참하게 무너지는 것뿐이다. 다신 이번 같은 발악은커녕 꿈틀거릴 수조차 없도록.

그날 저녁, 유리엔의 앞으로 익명의 편지가 전해졌다.

"자정. 애들로나 백작저의 후원. 반드시 혼자 올 것. 안 올 경우엔……."

편지를 읽던 유리엔이 말을 멈췄다. 종이에 적힌 글귀는 거기서 끝이었다. 대신 그 뒤에는 그림이 그려져 있었다. 예쁜 원피스를 입은 갓난아기의 그림.

"이거 찢어도 되죠?"

입술을 깨문 루제가 말했다. 그녀는 저택으로 돌아가지 않고 루네와 함께 계속 궁에 머물고 있었다. 미네를 찾을 때까진 이곳에서 같이 움직이는 게 좋지 않겠냐고 유리엔이 제의했기 때문이다.

유리엔은 말없이 편지를 루제에게 건넸다. 편지가 마치 젤디아라도 되듯 분노의 손길로 갈기갈기 찢는 루제를 뒤로하고, 유리엔이 하녀에게 눈길을 주었다. 편지를 전달한 하녀는 분위기가 심상치 않은 것에 바짝 겁에 질려 있었다. 굳은 일로 거칠어진 작은 손이 초조하게 꼼지락거렸다. 감히 이쪽을 올려다보지 못하고 눈을 내리까는 하녀에게 유리엔이 입을 열었다.

"이걸 전해준 사람이 누구지?"

"펴, 편지요?"

"그래."

"모르는…… 사람이었어요. 시녀 복장을 하고는 있었는데, 생각해 보니 궁에서 본 적이 없는 얼굴이었어요."

"생김새는? 떠오르는 대로 이야기해 봐."

"그게, 주근깨가 있고, 피부는 흰 편에…… 아, 머리는 가발인 것 같았어요. 금발이었는데 왠지 어색했거든요. 눈동자는…… 연갈색이었나? 주황색? 그, 워낙 잠깐 마주하고 말아서."

"키랑 체형은?"

"키는…… 제가 얼굴을 쳐다보기 위해 이 정도로 눈을 들어야 했어요. 체형은, 어, 조금 마른 편?"

"목소리."

"그것까진 잘 기억이……."

"알았어. 수고했어, 이만 가봐."

"가, 감사합니다!"

하녀는 살았다는 얼굴로 꾸벅 읍하곤 부리나케 사라졌다. 혹 편지를 전한 일 때문에 경을 치진 않을까 조마조마했던 것이다. 간혹 하녀 중에선 심기를 거스르는 편지나 물건을 전했다는 이유로 수신인에게 매질을 당하는 경우도 있었다.

유리엔은 하녀를 내보내고 몸을 돌렸다. 편지를 백 조각 퍼즐보다 잘게 조각낸 루제가 그런 유리엔을 향해 걱정스러운 시선을 주었다.

"나가실 거예요?"

"오라는데 가야지."

염려가 가득한 루제와 달리 유리엔의 목소리는 정작 태연했다. 범인 쪽에서 분명 어떻게든 연락을 해올 거라고 생각했다. 기껏 카드를 쥐었는데 써먹지 않으면 아까우니까. 수신한 편지는 따지자면 기다리고 있던 연락이었다. 다만.

"대신 몰래 가야겠어."

"네?"

"느낌이 좋지 않거든. 잘 들어, 우린 조금 뒤 다 같이 산책을 나갈 거야. 나는 머리카락 한 올 보이지 않게 꽁꽁 싸매고 나갈 거고, 돌아올 때는 네가 나 대신 그리 꽁꽁 싸매고 돌아오게 될 거야. 누가 말을 걸면 무시하고, 그대로 침소에 들어가 아침까지 나오지 마. 시중은 전부 린이 들도록 하고."

"제가…… 황녀 전하의 대역을 맡으라는 말씀이에요? 전하께서 애들로나 백작저에 다녀오시는 동안?"

"그래. 난 오늘 산책을 다녀온 이후로는 절대로 방을 나간 적이 없는 거야. 명심해."

"알겠어요."

루제가 고개를 끄덕거렸다. 잠시 후 유리엔은 린을 비롯한 다른 사람들을 불러 위의 내용을 똑같이 설명했다. 그들은 저마다 알아들었다는 표정으로 동일한 답을 입에 담았다.

그리고 시간이 흘렀다. 완연한 밤이 되자 유리엔을 위시한 일행은 다 함께 야외의 정원으로 산책을 나섰다. 굽이 거의 없이 낮은 신발을 신은 유리엔은 머리카락을 위로 남김없이 틀어 올린 뒤, 짙은 베일이 달린 모자를 썼다. 그 상태로 드레스 위에는 밤바람이 차다는 핑계로 커다란 망토를 두르니 얼핏 봐서는 옷차림이나 생김새를 전혀 알아볼 수가 없었다. 이내 그 차림은 긴 드레스 자락 안으로 높은 구두를 신은 루제에게로 넘어갔다.

유리엔은 인적이 드문 곳에서 은밀하게 일행과 헤어졌다. 그리고 그녀가 향한 곳에는 초록색 머리의 그윈이 기다리고 있었다.

"오셨어요?"

"시킨 건?"

"여기 있습니다."

그윈이 건넨 것은 하녀복과 후드였다. 유리엔은 입고 있던 가벼운 원피스 위에 하녀복을 걸치고 후드를 뒤집어썼다. 역시 만만한 것이 하녀 분장이었다. 둘은 철없는 귀족 가문의 영식과 그의 개인 하녀로 위장하고 성문을 빠져나왔다. 언제 준비했는지 그윈은 위조 신분 패마저 가지고 있었다. 마차에 오르자 애들로나 백작저까지는 그리 멀지 않았다. 유리엔은 그새 덜컹거리는 마차 안에서 눈을 붙인 그윈을 매정한 손길로 깨웠다.

철썩철썩!

그윈이 울먹거리며 깨어났다.

"먼저 갈 테니 넌 거리를 띄우고 몰래 뒤따라와."

"진짜 사나이란 모습을 감추지 않는 것……."

"책 찢어버린다."

"보이지 않는 그림자가 되어 따라가겠습니다."

유리엔은 일부러 저택과 조금 떨어진 곳에 마차를 세운 뒤 걸음을 옮겼다. 그윈은 최대한 기척을 죽인 채 명령대로 조용히 그녀를 뒤따랐다. 편지에는 혼자 오라고 쓰여 있었으니 그윈의 존재는 가능한 감추는 편이 좋았다. 잠시 후 저택의 정문에 도달한 유리엔이 잠시 발을 멈췄다.

'……기절?'

문의 양측에는 각각 경비병이 한 명씩 있었다. 문제는 둘 다 찬 바닥에 쓰러져 있다는 점이었다. 어두워서 혈색은 보이지 않았지만 미약하게나마 숨소리가 들리는 것을 보아 시신은 아닌 것 같았다. 유리엔이 미간을 좁혔다.

'이거 설마…….'

정문을 통과해 안으로 들어서는 걸음걸이가 전보다 신중해졌다. 아주 예전, 맛이 간 루제가 에델리아와 합작으로 일을 벌였을 때와 상황은 비슷하지만 느낌이 제법 달랐다. 그때처럼 단순히 폭력으로 손이나 좀 봐주자고 부른 건 아닌 것 같았다. 물리지도, 세워두지도 않고 하필이면 쓰러진 상태로 놔둔 경비병. 무력을 통한 겁박 외에 노리는 것이 있을 가능성이 크다. 유리엔은 어두운 건물의 뒤편으로 향하면서 손바닥을 슬쩍 매만졌다. 여차하면 키슬리키를 불러 도망칠 생각이었다.

이내 그녀는 저택의 후원에 다다랐다. 편지에서 지정했던 장소였다. 달이 떠오른 백작저의 정원은 화원이 크게 조성되어 있는지 꽃 냄새가 짙었다. 내려앉은 고요 속에서 잠시 침묵을 지킨 유리엔이 곧 입을 열었다.

"불렀으면 마중 정도는 나오는 편이 예의일 텐데?"

그렇게 말한 직후였다. 갑자기 뒤에서 인기척이 느껴졌다. 가까워지는 타인의 발소리는 비록 크기를 죽였으나 어둠 탓에 예민해진 청각이 잡아내기엔 무리가 없었다. 주먹을 힘주어 말아 쥔 유리엔이 타이밍을 재고 확 뒤를 돌았다. 상대가 누구든 일단 한 대 패고 볼 심산이었다.

"어?"

그리고 유리엔은 깜짝 놀랐다. 막 날리려던 주먹이 갈 곳을 잃고 허공에서 어정쩡하게 멈췄다. 지척에 선 상대의 분위기가 몹시 낯익었기 때문이다. 후드로 반쯤 가린 얼굴 아래로 드러난 단정한 입매나, 유려한 턱선 같은 것이 마찬가지로 익숙함을 더해주었다. 설마가 확신으로 바뀐 것은 상대의 목소리를 들었을 때였다.

"왜 이렇게 무모해?"

"……카라멜?"

상대의 정체는 다름 아닌 카엘이었다. 생각지도 못했던 만남에 유리엔이 눈을 휘둥그레 떴다. 얘가 왜 여기에?

"뭐야? 너 왜 여기 있어?"

"너 때문에."

"어?"

"넌 대체 뭘 믿고 여길 혼자 찾아온 거야? 상대가 어떤 걸 준비했을 줄 알고? 위험에 빠지는 게 취미야? 그래?"

"갑자기 잔소리를……."

"걱정하는 사람은 생각도 안 해?"

순간 유리엔이 입을 다물었다. 걱정. 카엘이 입에 담은 단어는 그녀를 꿀 먹은 벙어리로 만들었을 만큼 직설적이었다. 직설적이고 노골적이다. 그는 에둘러 표현하지도 않고 직구를 던졌다.

"……."

유리엔은 바로 뭐라 대꾸하지 못하고 잠시 침묵을 지켰다. 장소에 맞지 않게 기분이 간질간질했다.

카엘은 저번부터 속내를 감추지 않고 있었다. 본심과 다른 말을 하고, 마음 한 자락이라도 들키면 큰일이 나는 것처럼 굴었던 과거와는 이제 정말로 다르다는 듯, 그리 솔직하게 하고 싶은 말을 한다. 여전히 열여섯 어린 날에 머물러 있는 유리엔에겐 아직 조금 어색한 일이었다. 그녀는 결국 우물쭈물하다 화제를 돌렸다.

"넌 어떻게 알았는데, 이 장소?"

"제론한테 들었어."

제론은 유리엔이 늘어놓은 계획은 들은 뒤 잠시 고민하다 바로 카엘을 찾아갔다. 범인이 악의를 품은 대상이 명백한 상황에서 유리엔이 직접, 그것도 혼자 나서는 것이 아무래도 걱정되었기 때문이다. 말린다고 들을 대상이 아니란 걸 알았으니 그는 대신 카엘에게 전부 털어놓는 것을 택했다. 덕분에 제론은 본의 아니게 카엘에게 포상 휴가를 받았다.

"말 나온 김에 얘기하자. 너 왜 말 안 했어?"

"뭘?"

"미네가 납치된 거. 그리고 범인이 편지로 너를 이런 곳으로 불러낸 거. 왜 나한테 얘기 안 했어?"

"그야……."

굳이 말할 필요가 없다고 생각돼서.

아니, 아니다. 유리엔은 떠오른 답을 고개를 저어 부정했다. 필요가 없다니? 카엘은 병풍이 아니다. 대접해 준 기억은 없지만 엄연히 제국의 황태자였다. 그가 두 팔 걷어붙이고 나선다면 미네를 찾고 범인을 치죄하는 일은 분명 훨씬 쉬워질 것이다. 유리엔 또한 그것을 알고 있었다. 그럼에도 얘기하지 않은 건.

미처 말할 겨를이 없어서?

이것도 아니다. 틀렸다. 카엘이 어디 먼 지역에 출장을 나간 것도 아닌데 지난 이틀간 내내 말미가 없었다는 건 제가 들어도 황당한 주장이었다. 유리엔이 허공을 배회하던 눈을 똑바로 정면으로 향했다. 후드 너머로 가려진 눈을 마주 봤다. 사실 진짜 이유는,

"너한테 도움을 받으면 네가……."

신경 쓰여서.

"아니, 그러니까, 네게 도움을 받고 나면 자꾸 네가……."

생각날 것 같아서.

"……몰라! 그냥 그런 게 있어! 알려고 들지 마! 다쳐!"

유리엔은 기어이 얼버무렸다. 차마 저걸 곧이곧대로 이야기할 수가 없었다. 남들은 저를 돕든 몸 바쳐 구하든 단지 고맙기만 할 뿐 별다

른 느낌이 없었는데, 유독 너만 특별해서 이렇게 신경 쓰이고 저렇게 신경 쓰인다는 말을 어떻게 면전에 대고 할까. 그녀는 그저 마법의 대답을 꺼냈다. 그 어떤 질문도 회피할 수 있는 마법의 만능 답변. 알면 다쳐.

"갑자기 다치긴 뭘 다쳐?"

"어허! 그런 게 있다니까. 지나친 호기심은 화를 부르는 법."

"……저기요?"

그때 그윈이 슬그머니 끼어들었다. 한번 존재감을 죽인 것 그냥 이대로 쭉 죽이고 있으려 했으나, 할 말이 생기는 바람에 어쩔 수 없었다. 그는 두 사람이 시선이 제게 이동하는 것을 보며 손가락으로 한쪽을 가리켰다.

"대화 중에 죄송하지만 여기도 좀 봐주셔야 할 것 같은데요."

그리고 그윈이 지목한 곳에는 한 여성이 서 있었다. 조금 전까진 분명 인적이 없었는데 언제 내려왔는지 모를 일이었다. 여성은 원피스 차림으로 한 손에는 등을 들고 있었다. 사위가 어둠으로 가득한 가운데 저 혼자만 불빛으로 밝다. 이내 여인을 시야에 담은 유리엔이 눈가를 찌푸렸다. 하얀 원피스. 그리고…….

"피?"

원피스에는 일부러 물들이기라도 한 것처럼 붉은 얼룩이 크게 자리하고 있었다. 사람의 것인지는 알 수 없었으나 얼핏 보기엔 혈액과 색이 같았다. 잠시 후 여성이 입을 열었다.

"……미안해요."

밑도 끝도 없는 사과였다. 카엘은 그런 상대의 얼굴을 알아보았다. 과거 건국제에서 인사를 나눈 적이 있다. 그녀는 바로 애들로나 백작 부인이었다. 백작 부인은 영문 모를 사과를 건네자마자 직후 찢어져라 비명을 질렀다.

"꺄아아악!"

"마님의 비명이야!"

"후원이다!"

"정문의 경비병도 당했다! 서둘러!"

비명과 동시에 저택 여기저기서 불이 켜졌다. 그리고 병사들이 쏟아져 나왔다. 자정을 넘긴 시각이라기엔 지나칠 만큼 기민한 대응이었다. 마치 미리 준비하고 기다리기라도 하고 있었던 것처럼.

"이런……."

이걸 노렸나? 저마다 횃불을 들고 가까워지는 병사들을 보며 유리엔이 미간을 좁혔다. 여기선 도망치는 것 외엔 길이 없었다. 결백을 주장하는 거야 당연히 통하지 않을 테고, 마법을 사용해 저들을 무찔러봐야 더욱 범인이 원하는 대로 될 뿐이다. 카엘은 혀를 찼다. 내가 오길 잘했지.

"꽉 잡아."

"……!"

이어 유리엔의 몸이 번쩍 들렸다. 한 팔로는 무릎 뒤를, 다른 한 팔로는 등을 받쳐 그대로 그녀를 안아 든 카엘이 즉시 몸을 날렸다. 가볍게 뜀박질을 하는가 싶더니 저택의 담을 도움닫기처럼 밟고는 높게 솟구쳤다. 둘은 순식간에 다른 저택의 지붕 위를 밟았다. 마치 잠깐이나마 하늘을 나는 것 같았던 움직임이었다. 안긴 채로 유리엔이 눈을 동그랗게 떴다.

"너, 방금 되게 조류 같았어."

"……기왕이면 새라고 해줄래?"

카엘은 여전히 유리엔을 안은 자세를 유지하며 집집의 지붕을 뛰어넘어 이동했다. 그가 한번 발을 박찰 때마다 두 사람의 인영이 훌쩍 날아 이 지붕에서 다음 지붕으로 옮겨 갔다.

그렇게 몇 번 반복하자 애들로나 백작저는 금세 멀어져 육안으로 보이지 않을 정도가 되었다. 그만큼 거리를 띄우고 나서야 카엘은 유리엔을 도로 땅에 내려놓았다. 병사들의 추적은 진작 요원해졌다. 허무할 정도로 쉽게 함정을 빠져나온 유리엔이 얼떨떨하게 상대를 응시했다.

"엄청 빠르네."

"이 정도야."

카엘은 별것 아니라는 듯 대꾸했지만 유리엔의 감탄은 진심이었다. 깃털 같다는 표현이 어색하지 않을 만큼 가볍게 몸을 띄웠다. 순간이었지만 놀랍고, 신기하고, 솔직히 덧붙이자면 재미있었다. 업힌 채로 절벽을 올랐던 적도 있지만 따지자면 이번이 더 감흥이 크다. 유리엔은 그렇게 생각하다가 이어서 또 깨달았다. 결국 도움을 받았구나.

"……키슬리키를 불렀어도 되는데."

민망함 탓에 마음에도 없는 말이 흘러나왔다. 빚을 진 마당에 고맙다는 인사는커녕 이건 뭐 네 도움은 딱히 필요 없었다는 식의 언사가 아닌가. 말해놓고 유리엔은 내심 흠칫했다. 카엘은 딱히 기분이 상하거나 발끈해하는 기색 없이 담담히 말을 받았다.

"내가 더 유용해."

"어?"

"키슬리키보다 내가 더 쓸모 있다고. 날 놔두고 뭐 하러 걜 불러?"

"……."

“앞으론 날 먼저 써먹어. 무조건.”

어딘지 유치한 듯하면서도 낯간지러운 발언이었다. 카엘이 알겠어? 하고 덧붙이는 것에 유리엔은 얼결에 고개를 끄덕거렸다. 한편, 덩그러니 남겨진 그윈은 저 혼자 나 살려라 도망쳐야만 했다.

애들로나 백작 부인이 칼에 찔렸다. 백작이 영지의 일로 잠시 자리를 비운 사이 수도의 자택에서 벌어진 일이었다. 배에 큰 자상을 입었으나 다행히 목숨을 부지했다고 알려진 백작 부인은 다음 날 아침, 정신을 차리자마자 범인을 지목했다. 그리고 그녀가 가리킨 범인은 바로 유리엔이었다. 당연히 황궁은 발칵 뒤집혔다.

그녀는 이렇게 진술했다. 잠시 오지 않아 잠시 밤 산책을 나간 와중이었다. 한데 웬 낯선 이들이 저택을 침입해 후원에서 수상하게 돌아다니더라. 낌새를 보아하니 저택 내부로 몰래 잠입하려는 것 같아 정체를 알아내려 가까이 다가갔다. 한데 들키면 안 되는 일이었던지 제가 상대의 얼굴을 확인하자마자 상대가 즉시 살인 멸구를 시도하더라. 칼에 찔려 정신을 잃으면서도 똑똑히 범인의 얼굴을 다시 확인했다. 등의 불빛 아래 드러난 검은 머리카락에 검은 눈, 틀림없는 유리시엔 황녀였다.

백작 부인은 유리엔을 비롯한 총 세 명의 침입자를 보았다고 말했다. 그리고 그중 황녀를 제외한 둘은 현장에서 붙잡았다며, 웬 용병 두 명을 범인이자 증좌로 내세웠다. 모진 심문을 당한 듯 꼴이 엉망인 용병 둘은 순순히 본인의 범행 사실을 시인하며, 유리시엔 황녀로부터 돈을 받고 고용되었다고 털어놓았다. 진술이 전해지자마자 귀족들은 불같이 들고 일어났다.

"타국에서 이런 범죄라니!"

"백작 부인께선 생명마저 위험하셨소! 이게 얼마나 큰일인지 모르겠소?"

"결코 치죄를 면할 수 없는 중죄외다!"

"재판을 열어야만 하오!"

그들은 마치 유리엔이 대역죄라도 저지른 양 소리 높여 규탄했다. 재미있는 점은 그들이 하나같이 페듀린 공작에게 연줄을 대고 있는 귀족들이란 사실이었다. 남작부터 백작까지 직위도 다양한 그들은 저마다 입을 모아 당장 황녀를 제국에서 추방시켜야 한다고 주장했다. 잔악무도한 범죄자를 어서 본인의 나라로! 한시 빨리 내쫓아 버리고 예비 황태자비의 자리에는 대신 젤디아 공녀를!

물론 이쪽도 앉아서 당하고 있지만은 않았다. 현행범으로 잡혔으면 모를까 무사히 귀환한 이상 할 말이 충분했다. 애초에 공식적으로 유리엔은 어젯밤 성 밖을 나간 사실조차 없었다.

"반박할 가치도 없는 누명입니다."

"황녀 전하께선 어젯밤 산책을 다녀오신 뒤 아침까지 줄곧 거처에서 나오지 않으셨습니다. 그런데 어찌 범인이실 수가 있겠습니까?"

"전하께서 외출을 하지 않으셨다는 사실은 성의 사용인과 경비병도 증언을 해줄 겁니다."

"재판을 받아야 할 건 감히 위증으로 황녀 전하를 모함한 상대측입니다."

루제는 진범이 함정을 기획했다는 증거라며 조각난 편지를 도로 꺼내왔다. 열이 올라 찢기는 찢었으나 버리지 않고 가지고 있었던 것이다. 하나 특수한 염료를 쓴 것인지 편지에 적혀 있던 글자는 이미 하룻밤 새 없었던 것처럼 지워진 뒤였다. 유리엔은 그저 피식 웃었다. 젤디아치고는 제법 영악하게 일을 꾸몄다.

어쨌든 귀족들이 아무리 날뛰어봐야 유리엔을 죄인으로 만들 수는 없었다. 범죄가 일어나던 시각 그녀가 백작저가 아닌 궁의 처소에 있었다는 것을 입증해 줄 사람은 수없이 많았다. 귀족들은 황녀 측 사람의 증언을 어찌 믿을 수 있겠냐고 반박했지만, 루제나 제론 등을 제외하고라도 경비나 궁 내 사용인들의 진술이 존재하는 마당이었으니 딱히 효력은 없는 주장이었다. 황제는 더 볼 것도 없다는 듯 유리엔의 손을 들어주었다. 혐의 없음! 땅땅땅!

루제는 거처에서 치를 떨었다.

"감히 누구한테 그따위 누명을 씌우려고! 이 더럽고 치졸한!"

"왜…… 이렇게까지 하는 걸까요?"

루네는 진심으로 궁금하다는 투였다. 하는 짓만 보면 상대는 마치 유리엔에게 부모님의 목숨 빚이라도 진 것 같았다. 물론 그럴 리 없다. 그녀는 상대의 무서울 정도의 악의를 이해할 수가 없었다. 유리엔은 간단하게 대답해 주었다.

"그냥 그렇게 태어난 거야."

"태어나요?"

"세상에는 날 때부터 삐뚤어진 인간들이 꼭 있게 마련이거든. 혹자는 성장 환경이 사람을 만드는 것이 아니냐고 하지만, 글쎄, 모든 고위층과 하층민이 동일한 성정을 지니고 있진 않잖아? 환경의 영향이 아주 없지는 않았겠지만 젤디아 정도면…… 천성이라고 봐야지."

키슬리키가 들었다면 팔짝팔짝 뛰며 '그래! 진짜 나쁜 건 악마가 아니라 인간이라니까!'라며 좋아했을 말이었다. 유리엔은 그렇게 말해준 뒤 이내 루네와 루제에게 나갈 채비를 하라 일렀다. 직속상관에게 휴가를 받아 한가해진 제론도 함께 따라붙었다.

"어딜 가는 겁니까?"

채비를 마친 이들은 나란히 유리엔의 뒤를 쫓았다. 앞서 걸어가며 유리엔이 물음에 대답했다.

"미네 찾으러!"

유리엔은 거침없는 걸음걸이로 집무실을 급습해 카엘을 일행에 집어넣었다. 이미 이럴 걸 예상하고 일정을 미뤄두었는지 그는 당황하거나 망설이는 기색도 없이 태연하게 무리에 합류했다. 그렇게 결성된 원정대는 곧바로 수도의 공작저로 향했다. 계획은 물론 있었다.

"하녀를 시켜 내게 편지를 전달한 시녀 말이야. 페듀린 공작저의 사용인일 확률이 얼마나 된다고 생각해?"

"십중팔구요."

"나도 그래. 피부는 흰 편에 주근깨가 있고, 연갈색인지 주황색인지 헷갈리는 눈에 금발은 아마도 가발. 키는 루네보다 반 뼘 정도 크며 마른 체형이라고 했지."

"찾을 수 있을까요?"

"시녀는 왜 하필 가발을 썼을까?"

"네?"

"공작저는 손님방만 수십 개인 대저택이야. 일하는 사용인들이 몇 명이나 될까? 그리고 그중에 흰 피부에 주근깨가 있는, 마른 체형에 흔한 눈에 흔한 머리 색을 지닌 여자가 과연 한둘일까?"

"……아!"

"만약 그 시녀가, 아니, 시녀인지도 확실하지 않지. 그저 황궁에서 눈에 띄지 않기 위해 시녀복을 구해다 입었을 수도 있으니까. 아무튼 그녀가 흔한 갈색이나 고동색 머리를 지니고 있었다면 어땠을까? 과연 가발을 썼을까? 눈동자 색은 이미 본 사람이 제대로 기억하지 못할 정도로 특징 없이 평범해. 머리 색도 동일했다면 굳이 어색함을 감수하고 가발을 쓰지는 않았을 거야."

"그렇다면 그 시녀의 머리 색이…… 굉장히 특이할 수도 있겠네요? 한 번 보면 기억에 확 남을 만큼?"

"맞아."

유리엔은 고개를 끄덕거렸다. 그녀는 젤디아가 아무에게나 편지를 전달하는 일을 시키진 않았을 거라고 생각했다. 아마도 심복처럼 부리던 사용인에게 명을 하달했을 확률이 높았다. 유리엔은 그 대상을 잡아다 족칠 심산이었다. 자고로 심복이란 주인의 행방 정도는 알고 있는 것이 미덕이다.

이윽고 제도를 달리던 마차가 멈췄다. 일행은 한둘씩 마차에서 내렸다. 이내 가장 마지막에 내려서는 유리엔을 에스코트하며 카엘이 그녀에게 속삭였다.

"굳이 시녀를 찾을 필요 없어."

"응?"

"더 빠르고 확실한 수가 있으니까."

"뭐?"

그게 뭔데? 유리엔이 시선을 주며 물었다. 카엘은 웃는 얼굴로 짧게 대답했다.

"공작."

시녀 말고 공작을 족치는 편이 낫지 않겠어?

그리고 잠시 후, 카엘은 말한 것처럼 정말로 단둘이 페듀린 공작을 대면했다.

카엘은 제가 다 알아서 할 테니 가만히 있으라고 말했지만, 그런다고 진짜로 가만히 있으면 유리엔이 아니다. 그녀는 접객실로 안내받아 자리에 앉자마자 일부러 목소리를 높여 중얼거렸다.

"역시 이곳도 영 단조롭네. 실망스럽게."

어딘지 작위적인 어투였다. 루제가 예민하게 눈치를 채고 얼른 말을 받았다. 언성은 주변에 다 들릴 크기로 키웠다.

"뭐가 단조로운데요?"

"머리 색 말이야."

"머리 색이요?"

"예전에 들렀던 대저택에는 분홍색 머리를 한 하녀가 있었어. 분홍색이라니! 얼마나 독특하고 예뻐? 쳐다만 봐도 생동감이 살아나는 것 같았지."

접객실에는 시중을 들기 위한 하녀가 한 명 대기하고 있었다. 유리엔은 하녀의 주의가 이쪽으로 쏠리는 것을 확인하곤 재차 말을 이었다.

"그런데 그곳 이후로는 어딜 들러도 그처럼 특이한 머리 색을 찾을 수가 없더라. 여기도 마찬가지야. 오면서 사용인을 좀 살펴봤는데, 죄

고동색에 연갈색에…… 보기만 했는데도 어찌나 지루하던지."
"어머! 설마 모두가 다 그럴까요, 이 넓은 저택에?"
"뻔하지 않겠어? 다르다고 해봐야 금발이겠지. 아아, 지겨워라."
"하긴, 독특한 머리 색을 찾는 게 쉬운 건 아니죠."
"전하께서 돌아오시면 이곳에도 딱히 볼 건 없었다고 말씀드려야겠어."

공작저라기에 혹시나 했는데 참 실망이야. 그렇게 덧붙인 유리엔이 앞에 놓인 찻잔을 들어 내용물을 한 모금 넘겼다.

귀족 영애 중에는 머리 색이나 눈 색 등 신체의 색채에 묘한 집착을 보이는 경우가 더러 있었으므로-예쁜 것을 좋아하는 성미의 일환으로-유리엔이 보인 행동은 크게 유별난 건 아니었다. 실제로 몇몇 귀족은 머리 색을 기준으로 전용 하녀를 뽑기도 했다.

그때 하녀가 슬그머니 입을 열었다. 조금 전부터 하고 싶은 말이 있었는지 계속 입술을 달싹거리던 참이었다. 앳된 목소리가 조심스럽게 흘러나왔다.

"저어…… 실례가 되지 않는다면 한 말씀 올려도 될까요?"

유리엔이 즉시 속으로 미소를 지었다. 걸렸다. 어린 하녀는 드리운 낚싯줄을 훌륭하게 덥석 물었다. 유리엔은 일부러 변화 없이 무심한 표정을 유지하며 눈을 돌렸다.

"무슨 이야긴데? 해봐."
"머리 색에 대해서 말씀을 나누시기에, 그게, 저희 저택에도 되게 독특하고 예쁜 머리 색을 지닌 분이 있어서."
"그래? 무슨 색?"
"연녹색이요! 그…… 색이 정말 밝아서, 실제로 보시면 놀라실 거예요. 숲의 잎사귀나 잔디보다 훨씬 밝은 색이에요."

색깔 탓에 멀리서도 쉽게 알아볼 수 있다고, 한 번 보면 기억에 확 남는다며 하녀가 조잘거렸다. 밝은 연녹색이라. 웃음을 감춘 유리엔이 일부러 흥미를 가장해 눈을 동그랗게 뜨며 물었다.

"한번 직접 보고 싶네. 그 머리 색을 지닌 아이의 이름이 뭐라고?"

하녀는 의심도 없이 마냥 밝게-상대가 관심을 보인 것이 기쁜 듯-대답했다.

"마리 님이요!"

공작은 집무실에서 손님을 맞이했다. 카엘이 직접 그리로 행차했기 때문이다. 신분이 깡패인 이 세상에서 입지 단단한 황태자의 걸음을 막을 만한 건 딱히 많지 않았다. 제지도 없이 문을 열고 들어선 카엘은 무법자처럼 뻔뻔하게 비치된 소파에 가 앉았다.

기별 없는 방문에 공작은 당연히 턱이 빠져라 놀랐다. 황가의 문양을 단 마차가 막 정문을 통과했다는 급한 보고가 올라온 것이 불과 방금 전이었다. 그것만 해도 충분히 당황스러운 일인데, 보고를 들은 지 얼마나 되었다고 이젠 황태자가 직접 쳐들어왔다. 공작은 손님을 맞이하러 나가기 위해 어정쩡하게 몸을 일으켰던 그 자세 그대로 굳었다. 카엘은 편안하게 등받이에 몸을 기댄 채로 고개를 들었다.

"봤으면 와서 앉지, 공작."

그에 굳어 있던 공작이 엉거주춤 몸을 움직였다. 그는 잰걸음으로 이쪽으로 다가와 카엘에게 인사를 올린 뒤 맞은편에 조심스럽게 앉았다. 소파 시트에 앉아 두 다리를 모으고 허리를 편 공작의 어깨가 긴장으로 뻣뻣했다.

"어인 일로 여기까지 몸소……."

"공작."

"예?"

"그거 압니까? 나는 공작을 꽤 믿는 편입니다."

공작이 침을 삼켰다. 말만 들으면 감읍할 내용이었다. 장차 평생 모시게 될 대상으로부터 신뢰한다는 말을 듣는 건 분명 황송하고 값진 일이다. 한데 그는 마냥 좋아할 수가 없었다. 알 수 없는 불안감이 등줄기를 타고 찌릿하게 올라왔다. 공작의 손바닥에서 땀이 배어 나오기 시작했다. 카엘은 느긋하게 말을 이었다.

"내가 믿는 것이 무엇인지 압니까?"

"무엇…… 인지요?"

"공작의 성정입니다. 제 몸의 안위를 살필 줄 알고, 지닌 권력을 소중히 여길 줄 알고, 쓸데없는 허욕과 만용이 없는 그대의 성정."

붉은색 눈동자가 똑바로 공작의 주름진 얼굴을 응시했다. 그때 공작은 깨달았다. 황태자는 지금 미리 경고하고 있는 것이다. 사지 멀쩡히 지닌 권력을 간수하고 싶다면, 감히 황실에 반기를 들 생각이 아니라면, 이제부터 그가 할 말에 복종 외에는 다른 것을 꺼내지 말라고. 공작의 손끝이 잘게 떨렸다. 장성한 황태자는 이미 황제의 눈을 하고 있었다.

"단도직입적으로 묻겠습니다. 공녀, 어디 있습니까?"

공작은 젤디아에게 진작 감시를 붙여두었다. 며칠 전부터 딸의 낌새가 이상했기 때문이다. 해달라는 것을 다 해주며 오냐오냐 키워온

고명딸은 비록 성정은 제멋대로였으나 여태껏 정도 이상의 사고는 치지 않았다. 일을 벌이더라도 그녀의 힘으로 해결이 가능하거나, 조금 지나치더라도 공작의 입김이면 충분히 무마가 되는 범위 내를 지켰다. 늘 그래 왔다.

하나 그것도 이젠 과거의 얘기다. 공작은 착잡한 눈으로 걸음을 옮겼다. 감시자를 통해 젤디아가 저지른 일에 대해 보고를 받았을 때, 그는 도저히 믿을 수가 없었다. 인정할 수 없었던 것 같기도 했다. 제 핏줄을 타고난 딸이 이만큼이나 멍청하다는 것을.

'눈이 있으면서 어찌 보지 못했단 말이냐.'

딸은 유리시엔 황녀를 무시했다. 싸움에 지고 고국에서 쫓겨난 패배자라 가진 것이 아무것도 없다고 여겼다. 그러나 조금만 자세히 관찰했다면 알 수 있었을 것이다. 그녀가 정녕 이름뿐인 패자의 신세라 황녀로서의 권력은 동원할 수 없다 해도, '황태자의 약혼녀'로서 내밀 수 있는 패는 무궁하다는 사실을.

공작은 어림짐작으로나마 황태자와 유리시엔 황녀의 사이를 눈치채고 있었다. 그래서 젤디아가 계획한 일이 벌어졌을 때 기함을 금치 못했다. 이번은 사안이 크다. 페듀린이라는 가문의 힘을 내세우더라도 수습하지 못할 가능성이 높았다.

그는 젤디아를 설득하여 일을 없었던 것으로 되돌릴 생각이었다. 아이를 무사히 돌려주고, 누명을 씌우려 했던 일은 애들로나 백작 부인을 시켜 공식적으로 사과를 하도록, 그렇게.

그러나 늦었다. 그는 수습이 아니라 예방을 목적으로 움직였어야 했다. 카엘은 조금만 시간을 주면 딸을 공작저로 불러오겠다 이야기하는 공작에게 그럴 필요 없다고 단호히 고개를 저었다. 그리고 이어 말했다.

"나는 지금 당장 그녀가 있는 곳으로 안내받기를 원합니다."

'후우…….'

앞장서 일 층으로 내려가는 공작의 걸음이 무거웠다. 가늘고 길게 살기를 추구하는 그는 딸을 위해 황태자의 뜻을 거역할 만한 인사가 아니었다. 카엘은 의심이 아닌 확신을 하고 찾아왔다. 그런 상황에서 범인을 변호하겠답시고 상대의 뜻을 거슬러 봐야 남는 건 화일 뿐이다.

'미안하구나.'

하지만 어쩔 수 없는 일임을 알아다오. 속으로 그리 중얼거린 공작은 이내 사용인을 시켜 접객실의 문을 열었다.

"빨리 왔네?"

접객실에는 카엘의 일행이 있었다. 공작은 황태자가 홀로 방문한 것이 아니라 유리시엔 황녀를 비롯한 다른 인물들과 동행했다는 사실을 알았을 때 또 한 번 절망했다. 혹 카엘 혼자라면 옛정 따위를 들먹여서라도 선처가 가능하지 않을까 미약하게 기대를 품었던 것이다. 물론 그것은 일행 중에 납치당한 아이의 가족이 있다는 것을 알자마자 우스스 모래처럼 바스러졌다.

"뭐 하는 거야?"

카엘은 접객실 내부의 풍경을 눈에 담자마자 황당하게 말을 꺼냈다. 금방 도착할 것을 알았는지 저마다 약속이나 한 듯 자리에서 일어서 있는 것은 둘째 치고, 방 안에는 웬 모르는 사람이 한 명 늘어나 있었다. 그것도 유리엔에게 멱살을 잡힌 채로. 하나로 단정히 땋아 내린 연녹색 머리카락이 보지 않으려 해도 저절로 시야에 들어왔다. 카엘의 시선을 느낀 유리엔이 대수롭지 않게 답했다.

"얘도 이제 일행에 넣을 거야."

"왜?"

"증거라서."

"……설마 마차에서 언급했던 시녀?"

"정답! 젤디아가 평소에 심복으로 부렸고, 나한테 애들로나 백작저로 나오라는 편지를 보낸 바로 그 시녀!"

잡은 지 얼마 안 돼서 아직 자백은 못 들었지만 이동하는 동안 몇 대 패면 알아서 술술 불지 않겠어? 유리엔은 해맑게 웃으며 그리 덧붙였다.

시녀는 멱살을 붙들린 채로 그저 하얗게 질려 벌벌 떨기만 했다. 흰 피부에 주근깨, 연갈색 눈동자에 루네보다 조금 큰 키와 마른 체형까지. 그녀는 하녀에게 돈을 쥐여 주며 편지를 전달하라 시켰던 장본인이 맞았다.

"그걸 기어코 찾았단 말이야? 나 참, 가만히 있으랬더니."

"정말로 가만히 있을 거라고 생각했어?"

"그건 아니지만."

공작이 있든 말든 카엘과 유리엔은 편하게 말을 주고받았다. 그리고 공작은 조금 전부터 내심 놀란 심정을 감추지 못했다. 대화의 격식이야 그렇다고 치더라도, 둘 사이에서 느껴지는 친밀감이 생각 이상이었기 때문이다. 두 사람은 마치 오랜 시간 알고 지낸 연인처럼 서로를 대했다. 지금의 둘을 본다면 누구도 정략혼으로 맺어진 사이라고는 상상하지 못할 것이다.

'5년 전에 고작 반년을 머물렀을 뿐이라 들었거늘…….'

공작의 낯이 침통하게 가라앉았다. 확신할 수 있었다. 딸의 처우는 이제 전적으로 유리시엔 황녀에게 달렸다. 황녀가 원하는 게 무엇이든 카류엘 황태자는 기꺼이 그를 따를 테니까.

"……마차를 준비시키겠습니다."

손짓으로 사용인을 부른 공작이 입을 열었다. 그에 가장 먼저 응수한 것은 유리엔이었다.

"아뇨, 그럴 필요 없어요. 저희가 타고 온 마차가 있으니까요."

그녀가 일행과 함께 타고 온 마차는 크고 화려했다. 그리고 더 중요한 건 황가의 문양이 크게 새겨져 있다는 점이었다. 여차하면 카엘을 앞세워 깽판을 칠 생각이었던 유리엔은 일부러 눈에 잘 띄는 마차를 골랐다. 상황에 따라 이쪽이 충분히 황실의 힘을 동원할 의사가 있다는 것을 상대에게 알리기 위해서였다.

공작은 마침내 딸을 포기했다. 잠깐 인물을 마주 대한 것만으로도 충분히 알 수 있었다. 황녀는 결코 이번 사건에 자비를 베풀 마음이 없다. 외려 공녀에게만 책임을 묻는 것을 그나마 다행으로 여겨야 할 것이다.

잠시 후, 여럿을 태운 마차가 공작저를 출발했다.

"슬슬 마리가 추이를 알려올 때가 됐는데……."

매끄러운 제 금발을 손가락으로 꼬아내며 그리 중얼거렸다. 젤디아는 즐거운 눈으로 거울에 비친 자신을 응시했다.

그녀가 획책한 내용은 다음과 같았다. 우선 아기를 납치해 그걸 미끼로 유리엔에게 누명을 씌운다. 다음 제 입김으로 움직일 수 있는 귀족들을 이용하여 감히 타국에서 범죄를 저지른 황녀에겐 예비 황태자비의 자격이 없다며, 약혼 관계를 파한 뒤 고국으로 추방해야 한다는 여론을 만들어낸다. 그러는 동안 아기의 가족들에겐 아이를 돌려받고 싶다면 황녀를 배신하고 등질 것을 요구하고, 마지막에는 고립된 상대를 찾아가 마치 도와줄 것처럼 손을 내밀었다가 거두며 실컷 조롱하는 것이다. 젤디아의 입가에 매달린 미소가 짙어졌다. 떠올리는 것만으로도 달콤한 상상이었다.

도와달라고, 자길 구제해 달라고 발목을 잡고 매달리면 뭐부터 시키는 것이 좋을까? 우선 무릎을 꿇고 빌어보라고? 아니, 아니지. 벌어진 붉은 입술 사이로 고양된 웃음소리가 흘러나왔다.

"그 짜증 나는 외모를 먼저 망쳐 놓는 것이 가장 좋겠어. 머리는 쥐가 파먹은 것처럼 잘라놓고, 피부에는 칼자국을 잔뜩 내는 거야. 그러고선 그 상태로 진창을 뒹굴도록 하면…… 호호호!"

벌컥!

젤디아가 웃음을 멈췄다. 방의 문이 예고도 없이 갑자기 열렸다. 한순간에 얼굴에서 미소를 지워낸 젤디아가 눈썹 사이를 찌푸리며 눈을 돌렸다. 감히 누가? 이곳에는 자신을 제외하면 사용인들밖에 기거하지 않는다. 상대의 무례에 그녀가 막 호통을 치려던 참이었다. 열린 문 사이로 한 인영이 넘어질 듯 뛰어들어 왔다. 엉망으로 헝클어진 연녹색 머리카락이 가장 먼저 시선을 앗았다. 순간 젤디아가 멈칫했다.

"……마리?"

"고, 공녀님."

마리는 여기까지 오는 동안 알고 있는 모든 것을 남김없이 불었다. 굳이 몇 대 맞을 필요도 없었다. 그녀는 유리엔이 접객실에서 찻잔을 가루로 만들 때부터 이미 잔뜩 겁에 질려 있었다. 시키는 일만 열심히 해왔다 뿐이지 딱히 악도 배짱도 없었던 마리는 굳이 묻지 않은 것까지 자동 응답기처럼 술술 털어놓았다.

“이런 곳에 숨어 있었어?”

여유로운 목소리로 중얼거리며 유리엔이 방 안으로 들어섰다. 덕분에 전말을 모조리 알게 되었다. 애들로나 백작 부인을 무엇을 빌미로 협박한 건지, 납치한 미네는 어떻게 하려고 했던 건지 전부 다. 고풍스러운 내부를 눈에 담은 유리엔이 빙긋 웃었다. 젤디아가 눈을 부릅떴다.

“어, 어떻게…….”

그녀는 가문이 소유한 별택 중 한곳에 몸을 숨겼다. 수도의 외곽에 위치한 작은 저택이었다. 나름 은밀하게 움직이겠다고 가족에게도 제가 어디로 가는지 알리지 않았다. 자신 외에 이 장소를 아는 사람이라고는…….

“마리, 이년!”

“애 잡지 마. 길 안내는 다른 사람이 해줬으니까. 그리고 어차피 지금 중요한 건 내가 어떻게 여길 찾았냐가 아니라 지금부터 네가 여기서 어떻게 될지거든?”

웃는 얼굴을 유지하며 유리엔이 양 손목을 돌렸다. 우둑, 우둑. 가는 손목에서 소리가 위협적이게도 울린다. 그리 손을 푸는 유리엔의 뒤로 일행이 한 명씩 등장했다. 루네는 미네를 품에 꼭 안은 채였다.

저택에 도착하자마자 눈에 보인 사용인을 쥐어 팰 기세로 닦달해 미네를 데려오도록 했다. 잠이 든 아이는 엄마를 찾아 울었는지 눈가가 빨간 것 외에는 다른 이상이 없었다. 루네는 다행이라고, 너무 다행이라고 몇 번을 중얼거리며 미네를 안아 들었다. 그녀는 아이를 안고 이곳까지 이동하는 내내 눈물을 멈추지 않았다.

공작은 젤디아가 머무는 방으로 함께하지 않고 1층에 남았다. 올바른 선택이었다. 어차피 말리지도 못할 일. 딸이 무참히 죗값을 치루는 모습을 굳이 눈으로 보아 좋을 것이 없다. 그는 부디 치죄가 끝난 젤디아가 숨은 붙어 있기만을 바랄 뿐이었다.

손목을 다 푼 유리엔이 다음으로는 발목을 돌리며 말했다.

"애들로나 백작 부인에게 사생아가 있다며?"

애들로나 백작 부인은 혼인 전에 아이를 낳았다. 아직 백작 부인이 되기 전, 후작가의 어린 영양일 때의 이야기였다. 사랑하는 사람과의 사이에서 가진 아이였으나 아비의 신분이 비천하여 인정받지 못했다. 후작 부부는 아이를 지울 바에야 차라리 죽어버리겠다고 선언하는 딸에게 오로지 출산만을 허락해 주었다. 그러고는 아이의 아버지는 즉시 생사를 확인할 수 없는 오지로, 딸은 다음 해 친분이 있던 백작가로 강제로 시집을 보냈다. 아이는 출생의 비밀을 간직한 채 다른 가문에서 양자로 자라났다. 나이로는 이제 다섯 살이었다.

"그런데 네가 시키는 대로 따르지 않으면 사생아의 존재를 공표하겠다 협박했다지?"

카르나는 남자와 여자 사이에 제도상의 차별이 없다. 하지만 뮤리엔은 조금 달랐다. 우선 여자는 황제가 될 수 없었고, 가주의 지위 또한 승계받을 수 없었으며, 재산 분할에서도 불리했다. 그리고 가장 중요한 것은 바로 인식의 차이였다.

남자 귀족에게 사생아가 있다. 으음, 썩 보기 좋진 않지만 그럴 수도 있지. 귀족 부인에게 사생아가 있다. 뭣이 어째? 맙소사! 세상에 어찌 이런 일이!

부인의 혼외 자식은 남편의 경우와 비교해 훨씬 더 혹독하게 배척을 받았다. 부인에게 거센 비난이 쏟아지는 것은 물론이요, 문제는 아이에게까지 그 화살이 향한다는 점이었다. 귀족 부인의 사생아로 밝혀진 아이는 평생 어디에서도 인정받지 못한다. 귀족 사회에 속해 있는 한 어디서 어떤 직종에 종사하더라도 늘 꼬리표가 따라붙었다. 마치 탄생 자체가 죄라는 것처럼.

젤디아는 그것을 알고 이용한 것이다. 그녀는 백작 부인을 만나 사생아의 존재를 언급했다. 그리고 아이의 인생이 망하는 것을 보고 싶지 않다면 제 일에 성심껏 협조하라 으름장을 놓았다. 안 그래도 아이에게 죄책감을 가지고 있었던 애들로나 백작 부인은 상대의 협박에 무너지지 않을 수 없었다.

발목마저 전부 푼 유리엔이 이젠 목을 돌렸다.

"그리고 미네는 무사히 돌려줄 것처럼 해놓고는 크게 다치게 만들어서, 그 책임을 내게 전가시킬 계획이었다며?"

"……!"

"내가 순순히 네게 사과 한마디만 했어도 순순히 돌려줄 생각이었는데, 쓸데없이 자존심을 세워 그 한 마디를 뱉지 않는 바람에 미네가 다칠 수밖에 없었다는 식으로. 그렇게 이간질할 생각이었잖아. 안 그래?"

마리는 많은 것을 알고 있었다. 젤디아가 저 혼자만 알고 있기엔 너무나 아까운 계획이다 싶어 심복을 붙잡고 아주 열심히 떠벌렸기 때문이다. 유리엔의 입에서 제가 한 짓, 그리고 하려던 짓이 술술 흘러나오자 표정을 딱딱하게 굳힌 젤디아가 입술을 깨물었다. 이렇게 될 거라고는 상상도 해보지 않았다. 분명, 분명 성공할 거라고 생각했는데.

그때 유리엔이 성큼성큼 젤디아에게로 다가갔다. 거침없는 걸음이었다. 상대의 갑작스런 접근에 젤디아가 흠칫 놀라는 사이, 지척까지 간격을 좁힌 유리엔이 입을 열었다.

"빵 줄까?"

"뭐?"

"선빵."

퍼억!

"꺄악!"

젤디아가 비명을 지르며 앉은 자리에서 옆으로 넘어갔다.

우당탕!

의자가 쓰러지며 요란한 소리가 울렸다. 바닥에 널브러진 채로 젤디아는 한동안 정신을 차리지 못하고 신음했다. 뭐지? 방금, 무슨 일이 일어난 거지? 주먹으로 얼굴을 맞았다. 스무 해가 넘는 그녀의 인생에 처음 있는 일이었다. 상황을 인지하자마자 왼쪽 얼굴에서 상상도 못할 격통이 밀려왔다. 입안에서는 침 같은 것이 자꾸만 고인다. 꿀꺽 삼키자 비릿한 맛이 올라왔다. 피였다.

"이, 이게…… 이게 무슨."

"응? 뭐라고? 아직 배고프다고? 그럼 이 빵도 먹어."

퍽!

"꺄악!"

"죽빵."

간신히 몸을 일으킨 젤디아가 이번엔 반대로 넘어갔다. 쿵, 넘어져 바닥에 머리를 찧자 골이 울렸다. 맞는 순간의 충격이 너무 커서 넘어지면서 몸을 가눌 수가 없었다. 카펫에 얼굴을 대고 쓰러진 자세로 그녀는 손끝을 떨었다. 남에게 가한 적은 있어도 본인이 당해본 적은 없는, 생에 최초의 폭력이었다. 왼손, 오른손을 사이좋게 차례로 사용한 유리엔이 손바닥을 탁탁 털며 그런 젤디아를 내려다보았다. 상대의 몸 위로 떨어지는 목소리가 서늘했다.

"아프지? 벌써 기절하면 안 되니까 힘 조절은 했지만 그래도 이빨 두어 개 정도는 흔들릴 거야. 그러게 왜 이딴 짓을 했어? 여태 엿 먹고 물 먹고 했으면 됐지 뭐 하러 빵까지 먹으려 납치 따위를 해? 타고난 욕심쟁이야? 그래?"

"나, 나한테…… 나한테 무슨 짓을……."

"너무 살살 때렸나? 발음이 멀쩡하네."

"가, 가, 감히!"

통증과 충격으로 반쯤 나갔던 넋을 도로 주워 삼켰다. 정신을 차린 젤디아가 눈을 치뜨고 발악했다. 피가 통하지 않을 정도로 꾹 쥔 주먹에 마디가 도드라졌다.

"감히 내게 이런 짓을 해?! 가, 감히 나를! 죽여 버릴 거야! 네년을 당장 갈기갈기 찢어서 돼지우리에 처넣어 버릴 거라고! 토막 내어 가축의 먹이로 던져줄 거야!"

루네에게서 아이를 건네받은 제론이 잠자코 미네의 귀를 가렸다. 잠들었지만 또 모르니까. 바락바락 외치는 것을 말없이 들어준 유리엔은 이내 어깨를 으쓱했다.

"유언 한번 저질이다, 너."

"뭐라고……!"

"일단 내 차례는 여기까지."

유리엔은 그렇게 말하곤 뒤로 물러났다. 빈자리를 대신 채운 것은 루네였다. 남편에게 미네를 넘긴 루네는 어느새 양 소매를 걷어붙인 차림이었다. 손에는 약한 근력을 대신해 줄, 대걸레를 닮은 무기까지 들었다. 전에 없이 독한 얼굴을 한 루네가 천천히 입을 열었다.

"순간이나마 아이를 잃었던 어미의 고통을 당신 같은 사람이 알 리 없겠죠. 하니 이렇게나마 그 고통의 일부를 체험해 보기 바랍니다. 지금껏 사람을 때려본 적은 없지만, 왠지 오늘은 될 것 같네요."

"지치면 나한테 넘겨!"

"응, 언니."

루네의 갈색 눈동자에 불이 일었다. 아이를 납치했던 범인을 눈앞에 뒀다. 이 순간만큼은 그녀는 더 이상 작고 연약한 여인이 아니었다. 자루를 쥔 손에 힘이 들어갔다.

"오늘이 지나면 애들로나 백작 부인에게도 마음 깊이 사죄하세요."

"자, 잠깐! 잠깐만, 잠…… 꺄아아악!"

높은 비명이 방 안을 뒤흔들었다. 널어놓은 가죽이라도 두들기듯 시원한 매타작 소리가 끊이지 않고 실내의 공기를 장식했다. 유리엔은 흐뭇한 눈길로 그 광경을 지켜보다, 곧 산책이나 해야겠다며 방을 나섰다. 그런 유리엔을 카엘이 당연한 듯 뒤따랐다.

저택의 왼편에는 화원이 조성된 아담한 뜰이 있었다. 크기는 작은데 꽃의 종류는 많다. 유리엔은 그것들을 물끄러미 바라보다가, 이내 어느 한곳을 가리켰다.

"저거 너 닮았다."

"뭐?"

"잎이 네모난 데다 갈색이잖아. 학명이 뭘까? 카라멜꽃?"

"그럴 리가."

"없으면 내가 등록해야겠다."

"저기 네 꽃이나 등록해. 검은색 잎이 마치 강아지 꼬리 같은데."

"마음이 변했어. 꽃보다 저 흙덩이가 더 카라멜을 닮은 것 같아."

"나도 정정하지. 저쪽에 있는 반쯤 깨진 검은색 돌 보여? 딱 너네."

유치한 말싸움이 오갔다. 루제가 총총 뛰듯이 걸어 다가온 것은 그때였다. 한결 시원해진 낯으로 그녀는 유리엔을 찾았다.

"황녀 전하!"

"응?"

"루네가 젤디아 공녀를 반쯤 죽여놨어요."

해맑게 보고하는 내용이 살벌하다. 유리엔은 깜짝 놀란 표정을 지었다.

"반이나 살아 있어?"

"……."

"가서 더 죽여. 십 분의 일만 살려놔."

"네!"

깨달음을 얻은 루제가 왔던 길을 되돌아갔다. 그리 멀어지는 상대를 따뜻한 시선으로 응시하던 유리엔은 문득 뭔가가 생각났다는 듯 치마를 그러모아 앉았다. 뜬금없이 주저앉아서는 양손을 꼼지락거리기 시작하는 그녀를 카엘이 의아하게 내려다보았다.

"뭐 해?"

유리엔은 대꾸하지 않았다. 대신 곧 몸을 일으키더니 뭔가를 손에 들고는 상대를 말똥말똥 응시했다. 눈이 마주쳤다.

"……그게 뭐야?"

"딱 보면 몰라? 머리 좀 낮춰봐."

아래로 좀 내려오라며 유리엔이 열심히 턱짓을 했다. 그에 카엘이 순순히 상체를 숙여 몸을 낮추자, 그녀가 냉큼 손에 든 것을 상대의 머리 위로 올렸다. 툭, 가볍게 얹자 무리에서 벗어난 꽃잎이 하나 팔랑거리며 떨어졌다.

붉은색 꽃들을 엮어 동그란 띠를 만들었다. 급조한 탓에 모양은 조금 엉성했으나 화관이었다. 스스로의 작품을 감상하며 유리엔이 만족스럽다는 듯 웃었다. 카엘은 숙였던 몸을 바로 세웠다. 꽃 내음이 나는 것 같았다.

"잘 어울리네. 꽃의 요정 같고."

"갑자기 이건 왜?"

"그냥."

여러모로 고맙다고. 도와줘서.

뒷말은 속삭이는 것보다도 작게 흘러나왔다. 소리 없이 입만 벙긋하는 것과 별반 차이가 없을 정도였다. 카엘은 암호나 다름없는 그걸 용케 알아듣고는 곧바로 응수했다.

"당연하게 여겨도 돼."

"뭐?"

"말했잖아, 필요할 땐 무조건 날 써먹으라고. 난 네 일이면 앞뒤 안 가릴 자신 있어."

그렇게 말한 카엘이 머리 위의 화관을 톡 건드렸다. 그러면서 흰 이를 드러내어 웃는다. 어딘지 즐거워 보이는 웃음이었다.

"이건 잘 만들었네."

기분이 좋아 보이기도, 약간은 쑥스러워 보이기도 했다. 그리고 그것을 마주 보며 유리엔은 순간, 머릿속에서 울리는 외침을 들었다.

이래도 모르겠어?

누구의 외침인지 알 수 없었다. 아니, 제 머릿속이니 저의 외침이겠지. 유리엔은 반쯤 멍하니 서서 눈을 깜박였다. 소리는 다시 한번 들렸다.

네 일이면 앞뒤 안 가릴 자신 있다잖아. 그리고 그전에 했던 말들도 기억해 봐. 저번에도, 그 저번에도. 하나씩 다 떠올려. 그래도 아직 모르겠어?

정말 몰라?

"너……."

"응?"

유리엔은 충동적으로 입을 열었다. 입술이 남의 것처럼 저절로 달싹였다. 너 혹시.

"나 좋……."

좋아해?

정신이 돌아왔다. 저 말을 그대로 뱉을 뻔한 유리엔이 서둘러 입을 가렸다. 검은색 눈동자가 당황으로 동그랗게 뜨였다. 방금 나 뭐라고 말하려 한 거지? 좋아하냐고? 너 나 좋아해?

"조?"

"……조랑말을 타면 재미있을까?"

"무슨 소리야?"

"아냐."

아무 말도 아니었다는 듯 고개를 저은 유리엔이 급히 무릎을 굽혔다. 방금처럼 그리 화단을 향해 앉아서는 다시 뭔가를 바삐 만드는 척했다. 그러나 기계적인 손놀림으로 꽃을 꺾어 품에 모으는 그녀의 머릿속은 온통 다른 생각으로 가득 차 있었다.

좋아한다? 나를 좋아해? 카라멜이 나를?

우뚝. 손이 멎었다. 그새 많이도 딴 꽃이 한가득 소매에 안겨 짙은 꽃 내음을 풍겼다. 밀려오는 봄 냄새를 맡으며 유리엔이 느릿하게 눈을 깜박였다. 긴 속눈썹이 드리워진 검정색 눈동자가 장막 아래로 잠시 사라졌다가 도로 드러났다. 새하얀 귀로 빨갛게 열이 오른다. 늦은 깨달음이었다.

Chapter 13

그와 그녀의 동상동몽

젤디아는 표현 그대로 죽기 직전까지 얻어맞았다. 아마 못해도 다섯 번은 강 너머에서 조상이 부르는 목소리를 들었을 것이다. 그리 반나절을 흠씬 두들겨 맞고 떡이 된 젤디아는 요양을 핑계로 오지나 다름없는 지방의 별장으로 보내졌다. 그녀의 고립은 카엘의 뜻이었다. 공녀의 만행은 사교계를 비롯한 귀족 사회에 널리 알려져 한동안 사람들의 입방아에 지칠 줄 모르고 오르내렸다.

물론 백작 부인의 사생아는 비밀에 부쳐졌다. 부인은 직접 유리엔을 찾아와 사죄했으며, 공녀의 입김을 받고 유리엔을 공격했던-유죄라고-귀족들 또한 공식적으로 사과의 뜻을 밝히고 용서를 빌었다.

미네는 건강했다. 여전히 미인을 좋아했고, 예쁜 사람을 보면 '마마'라며 옹알이를 했다. 다행히 고초를 겪지 않은 듯 전과 다름없이 마냥 밝았다.

루네는 사건 이후로 체력이 부치는 것도 상관 않고 하루 종일 미네를 안고 돌보았다. 유모는 오로지 젖을 먹일 때만 아이를 받아 들었다. 덕분에 그런 루네와 함께 온종일 육아에 시달린 제론은 휴가가 끝나고 외려 한층 피곤해진 기색으로 복귀해야만 했다. 그는 집무실에서 아침 일찍 카엘을 대면하자마자 다음과 같이 선언했다. 앞으로는 휴가를 주시면 그냥 사용 않고 적립하겠습니다.

어쨌든 도로 찾아온 평화였다. 제국의 앞날이 아주 망하지는 않을 모양인지, 젤디아를 마지막으로 에델리아의 상위 호환이나 하위 호환은 더 이상 나타나지 않았다. 평온하고 잔잔한 일상은 계속해서 이어졌다. 그러던 와중 카엘은 반가운 손님을 맞이하게 되었다.

"형님!"

"로웬?"

노을을 닮은 주황색 눈동자가 개구쟁이처럼 반짝거렸다. 귀한 손님이 찾아왔다는 보고에 응접실로 내려온 카엘은 상대를 마주하곤 깜짝 놀랐다. 로웬 드 뮤리엔. 열다섯 전후로 보이는 소년의 정체는 다름 아닌 카엘의 첫째 동생이자 제국의 2황자였다.

"기별도 없이……."

"놀라셨어요? 흐흐!"

흰 이를 가지런히 드러내며 로웬이 마냥 장난스럽게 웃었다. 겨울 태생인 그는 벌써 생일이 지나 열여섯 살이었다. 카엘은 작년에 잠깐 귀국했을 때와 별반 달라진 것이 없는 동생을 곧 반갑게 끌어안았다. 열두 살에 국제 아카데미에 입학한 로웬은 아직도 학부생 신세였다.

"아카데미가 벌써 방학이던가?"

"그럼요! 보름이나 지났다구요. 전 기숙사에서 정리할 게 있어서 조금 늦게 들어온 거예요."

로웬이 다니는 국제 아카데미는 꽃이 만발하기 시작하면 그때부터 학생들에게 방학을 주었다. 날씨가 가장 좋을 때 집에 돌아가 가족들과 시간을 보내고 오란 의미였다. 올해는 꽃이 일찍 피어서 시기가 작년보다 일렀다. 평소 누구보다 잘 따르던 친형과 재회의 포옹을 나눈 로웬은 이내 탁자에 몸을 걸치곤 열심히 조잘거렸다.

"형님, 지난번에 아카데미에 들르셨을 때 기억나세요? 재작년 겨울에요."

"그야 기억나지."

"그때 형님한테 들이댔던 풍마니야 공주 있잖아요. 저와 같은 학부인데 2년 선배였던. 일부러 얇은 옷을 몸에 찰싹 달라붙게 입고 자기 어떠냐고 물어봤었다면서요? 작년에 이걸 질문해야지, 하다가 그만 깜박했었거든요. 그때 공주에게 뭐라고 답해주셨어요?"

소년의 눈이 호기심으로 빛났다. 카엘은 질문을 듣고는 잠시 기억을 더듬었다. 재작년 초겨울, 재직 중인 교수에게 볼일이 있어 잠시 아카데미를 방문한 적이 있었다. 기왕 찾은 것 며칠 머무르면서 로웬의 수업이나 발표를 관람하기도 했는데, 그런 카엘에게 첫눈에 반했는지 내내 근처를 맴돌며 말을 걸던 한 소녀가 있었다. 이름은 풍마니야. 먼 서쪽 왕국의 공주인 그녀는 나이답지 않게 풍만한 몸매가 특징이었다.

하루는 카엘이 산책을 나선 야밤, 어떻게 알고 따라 나왔는지 공주는 다른 사람이 보았다면 눈이 튀어나올 만한 파격적인 차림새를 하고 카엘의 근처에서 일부러 넘어지는 시늉을 했다. 신사인 카엘은 일단 잡아주었고, 덕분에 달빛 아래 두 남녀는 서로를 가까이서 마주 보는 상태가 되었다. 인적 없는 밤의 정원, 요요한 달빛. 옆선이 길게 트인 드레스 사이로 공주의 매끄러운 허벅지가 그대로 드러났다. 그녀는 일부러 제 다리가 더욱 잘 보이도록 치맛자락을 쓸어 올리며 카엘을 향해 은근히 속삭였다.

"전하……. 저, 어떤가요?"

달큰한 목소리였다. 카엘은 그런 공주를 위에서 아래로 천천히 관찰하듯 살폈다. 그러곤 입을 열어 대답했다. 나름 진지한 답이었다.

"대퇴근이 부실하군."

"헉! 정말 그렇게 얘기하셨어요?"

"그래."

"어쩐지 그 선배가 형님이 떠나고 난 뒤에 갑자기 하체 운동을 하더라니……."

아닌 게 아니라 정말로 그랬다. 풍마니야는 그날 거센 충격을 받고 다음 날부터 생전 해보지 않은 근력 운동에 돌입했다. 의욕이 넘쳐 도구도 이용하고 연무장도 돌았다. 그리고 일주일 만에 카엘을 포기했다.

로웬은 떠올리니 우습다는 듯 킥킥거리며 배를 잡았다. 형님의 말이 진심이었다는 걸 알았기에 더욱 웃음이 나왔다. 공주는 너무 큰 성을 넘봤다. 아마 카엘에게 그녀는 '옷을 꽤 끼게 입는 약해 보이는 사람' 정도였을 것이다. 딴에는 회심의 유혹이었겠지만 그게 통하는 사람이 있고 아닌 사람이 있는 법이다. 로웬은 한참을 실컷 웃었다.

"형님은 여전하시네요. 아직도 파티의 영애들을 보면 많이 약해 보이는 사람, 보통 약해 보이는 사람, 덜 약해 보이는 사람 이렇게 구분하시죠?"

"잘 아는구나."

"미인들은 슬프겠어요! 형님이 자기 진가를 몰라줘서."

"실없는 소리 말고, 간만에 만났으니 식사나 함께하자. 시간 괜찮지?"

"헤헤, 물론이죠!"

싱글거리며 로웬이 카엘을 따라나섰다. 우상인 형님과 함께하는 시간은 그게 뭐든 즐거웠다. 아, 검술 훈련만 빼고. 일 년 만에 집에 온 열여섯 소년의 발걸음이 마냥 가볍게 폴짝거렸다.

루제는 요즘 들어 유리엔의 기분이 좋아 보인다고 생각했다. 그리고 그것은 비단 루제만 느낀 것은 아니었다. 루네도, 린도, 노바카사도, 제론도, 네이시온도 하나같이 유리엔에게서 느껴지는 즐거움과 고양을 감지했다. 심지어 미네도 아는 것 같았다. 주방으로 음식을 훔쳐 먹으러 가다 유리엔과 마주친 키슬리키 또한 당연히 그런 상대의 변화를 눈치챘다.

"계약자, 무슨 일 있어?"

"왜?"

"허파에 바람 든 것 같아서."

"갑자기 무슨 헛소리야? 이든 불러 버린다."

"안 돼! 그러기만 해!"

키슬리키와 헤어진 뒤에는 그런 키슬리키를 찾던 이든과 마주쳤다. 이든 또한 마찬가지로 유리엔을 그냥 지나치지 않았다.

"황녀 전하, 무슨 일 있으십니까?"

"없는데?"

"구름이라도 밟고 계신 것 같습니다. 외람되지만 허파에 바람……."

"똑같은 헛소리를 하네. 키슬리키 확 마계로 보내 버린다."

"안 됩니다! 부디 그것만큼은!"

매달리는 이든을 걷어찬-그러나 평소보다는 분명 상냥한 발길질이었다-유리엔은 거처에 들렀다가 잠시 후 린과 함께 도로 나왔다. 린은 한 손에 바구니를 들고는 앞서 걷는 유리엔을 종종걸음으로 뒤따랐다. 린이 손에 든 바구니는 다른 날처럼 노바카사에게 주기 위한 것은 아니었다. 둘은 간만에 피크닉을 나서는 길이었다.

유리엔은 인정하지 않았지만 그녀는 최근 들어 확실히 기분이 좋았다. 정확히는 며칠 전부터 그랬다. 린은 바삐 걸음을 놀리면서 손가락을 꼽아 날짜를 세어보았다. 하루, 이틀, 사흘, 나흘…… 응, 그래. 계산을 마친 린이 작은 머리통을 끄덕거렸다. 젤디아가 제 별택에서 흠씬 두들겨 맞아 떡이 된 날, 유리엔은 그날 이후로 줄곧 저런 상태였다.

"어디로 갈까?"

"피크닉 장소요?"

"응."

"저는…… 음…… 아카시아궁의 정원이요!"

"사심이 낙낙한데?"

"헤헤."

"그래, 그럼 그리로 가자."

아카시아궁의 정원에서는 노바카사가 근무한다. 주인을 모시고 함께하는 피크닉을 감히 제 데이트의 현장으로 만들겠다는 린의 용감무쌍한 야망에도 유리엔은 그저 웃으면서 고개를 끄덕여 주었다. 린은 황녀님의 자애 가득한 얼굴을 보며 역시 상대의 기분이 상공 어디

쯤을 노닐고 있는 것이 분명하다고 생각했다.

목적지를 정하고 나서는 린이 앞장섰다. 도착은 금방이었다.

"린! 보고 싶었…… 헉, 황녀 전하."

린만 발견하고는 두 팔 벌려 뛰어오던 노바카사가 뒤늦게 유리엔의 동행을 알아차리곤 깜짝 놀라 자세를 바로 했다. 린은 옆구리에 끼고 있던 휴대용 양탄자를 바닥에 넓게 깔았다. 바구니를 내려놓고 자리를 잡으며 일러줬다.

"오늘은 놀아주러 온 거 아니야. 황녀님이랑 피크닉 나왔어."

"그, 그렇구나."

노바카사는 빠르게 시무룩해졌다. 마치 없는 꼬리가 처진 것 같았다. 린이 어깨를 토닥거려 주자 그가 못내 아쉽다는 듯 이이잉거리며 애교를 떨었다. 몸을 뒤틀며 콧소리를 내놓고는 이내 자기가 흠칫했다. 그는 조심스레 하늘색 눈동자를 올려 유리엔의 심기를 살폈다. 전에 습관처럼 주위도 잊고 이런 식으로 굴었다가 마침 주변인이었던 유리엔에게 한 대 맞을 뻔했던 적이 있었기 때문이다. 노바카사도 자기 애교가 남들이 보기엔 가히 몹쓸 짓이라는 것을 알고는 있었다. 하지만 린만 보면 나오는 걸 어떡해.

그는 큰 키가 무색하게 겁 많은 강아지처럼 린의 뒤로 가서 숨었다. 평소였다면 유리엔이 한 대 때릴 걸 두 대 때리게 만들었을 행동이었으나, 웬일로 그녀는 그저 자비롭게 웃기만 했다.

"됐어, 괜찮아. 기왕 만난 김에 둘이 놀아."

웃는 것도 모자라 선심까지 쓴다. 노바카사는 자기가 눈을 비비는 것과 귀를 파는 것 중 어느 것을 먼저 해야 할지 고민했다. 린은 어느 정도 예상하고 있었다는 듯 놀라지 않았다.

한 쌍의 커플에게 데이트를 허락한 유리엔은 홀로 여유롭게 정원을 거닐었다. 정원사의 노고가 묻어나는 깔끔한 풍경이 보기에 나쁘지 않았다. 잔디를 밟으며 걸음을 내딛던 그녀는 충동적으로 허리를 굽혀 꽃을 하나 땄다. 산뜻한 색과 커다란 꽃잎이 마냥 예쁘다.

먹으려고 딴 것은 아닐 테니 걷는 동안 손에 들고 감상할 요량인 것 같았다. 과거 길거리에 놓인 좌판에서 식용 꽃을 찾았던 것을 생각하면 몹시 파격적인 행동이었다. 없던 감수성이 생겨난 유리엔이 한 손에 꽃을 든 채로 녹음 사이를 걸었다. 천천히 걸음을 내딛고 있으려니 머릿속으로 자연히 상념이 차올랐다. 걷는 속도가 한층 느려졌다.

"예전에도, 싫지는 않았어."

"걱정하는 사람은 생각도 안 해?"

"난 네 일이면 앞뒤 안 가릴 자신 있어."

생각에 빠져 시선을 아래로 내렸던 유리엔이 다시 고개를 들었다. 꽃, 나무, 풀, 눈에 들어오는 모든 것이 새삼 예뻤다. 그래, 새삼. 그녀는 굉장히 새삼스레 세상이 참 화사하다고 생각했다.

상대의 마음을 깨달은 열여섯의 소녀는 그때부터 자신을 돌아보았다. 애써 모르는 척했던 내면을 조금씩 살폈다. 자기가 품은 감정을 하나씩 꺼내어 눈으로 확인하면서, 그렇게 소녀는 자라나기 시작했다. 보다 솔직해질 수 있는 어른으로. 유리엔의 입가가 자각도 없이 기분 좋은 곡선을 그렸다. 사람의 목소리가 들린 것은 그 순간이었다.

"저, 저기!"

앳된 음색은 여성의 것이라기엔 울림이 낮았다. 유리엔은 저를 부르는 듯한 목소리에 그를 따라 주의를 돌렸다. 시선을 준 곳에는 웬 소년이 서 있었다. 주황색과 붉은색의 그 어디쯤, 석양이 지는 하늘을 담아놓은 것 같은 머리카락이 가장 먼저 눈길을 끈다. 그 아래 자리한 주황색 눈동자는 유리엔을 똑바로 응시하고 있었다.

'어디서 봤나?'

유리엔은 고개를 갸웃했다. 익숙했기 때문이다. 이목구비는 둘째 치고 눈 색과 머리 색이 영 낯설지가 않았다. 분명 전에 한 번 이상 본 적이 있는 것 같은데. 그때 소년이 입을 열었다.

"처, 첫눈에 반했습니다!"

사람을 부르더니 그다음은 다짜고짜 고백이다. 뭔가 순서가 많이 생략된 것 같은 전개였다. 유리엔은 황당하게 눈을 깜박거렸다. 엥?

로웬은 식후 산책 겸 정원으로 향하며 제 형님과 함께했던 식사 자리를 떠올렸다. 정확히는 그때 나누었던 대화를 머릿속으로 상기했다.

"형님, 실은 이번 학기에 제가 관찰을 제법 했어요."

"무슨 관찰?"

"형님의 신붓감 관찰이요!"

로웬은 유리엔에 대해 알지 못했다. 아니, 그보다는 잊고 있다는 표현이 더 어울렸다.

유리엔이 제국에서 머물렀던 5년 전, 열한 살이었던 로웬은 당시 단식투쟁까지 마다하지 않으며 원하는 것을 쟁취하느라 정신이 없었다. 한 가지에 그리 온 신경을 쏟았으니 자연히 다른 것이 눈에 들어올 턱이 없다. 에델리아의 재판으로 떠들썩하던 때에는 잠시 황궁을 비우기까지 했었으니, 로웬은 시간이 흐르면서 자연스럽게 형의 옛 약혼녀를 기억 속에서 지워 버렸다. 매년 방학을 맞이해 집에 올 때마다 형님의 옆자리에 아무도 없었다는 것 또한 그의 망각에 한몫했다.

로웬이 볼 때 카엘은 엄연히 아내를 맞이할 때가 되었다. 뮤리엔 제국에서 유일하게 남녀에게 차별을 두지 않는 것이 있다면 바로 혼인 적령기였다. 남자나 여자나 귀족 사회에서는 열일곱 살부터 스물 서넛까지를 혼기가 찬 나이로 보았다. 카엘이 올해로 스물하나, 생일이 지나면 스물둘이었으니 내일 당장 결혼식을 올리더라도 급하지 않은 나이인 것이다. 식당에서 로웬은 양고기를 썰던 것도 잊고 열변을 토했다.

"형님께는 아름답고! 지적이고! 현숙하고! 아무튼 여러모로 완벽한 여성이 어울려요. 그래서 말인데요, 이번 방학식 때 킹디엄 왕국의 1공주가 졸업생 자격으로 축하 연설을 한다고 왔었거든요? 미모야 말할 것도 없이 빼어나고, 듣자 하니 재학생 때는 늘 수석을 놓치지 않아서 회계부의 여신이라고 불렸대요. 또 말은 어찌나 차분하고 부드럽게 잘하는지, 사용하는 단어만 봐도 여성스러움이 막 느껴지더라니까요? 직속 후배의 얘기로는 성격도 그렇게 천사처럼 착하대요!"

"숨은 쉬면서 얘기해라."

"아무튼, 어때요? 네? 어차피 형님은 어떤 여자라도 다 똑같이 약해 보이는 사람으로 보이실 뿐이잖아요. 그럼 기왕이면 그중에서도 방금 말씀드린 공주처럼 착하고, 똑똑하고, 조신한……."

"있어."

"네?"

"아닌 사람."

"아닌 사람이요?"

"똑같이 약해 보이는 사람 말고, 다른 사람."

특별한 사람이라고 덧붙이며 카엘이 웃었다. 그리고 로웬은 그 순간 들고 있던 포크를 놓치고 말았다. 처음 보는 표정이었다. 얼핏 보기엔 평소와 다를 것 없는 미소였으나 형님바라기인 로웬은 알 수 있었다. 형님께 좋아하는 상대가 생겼다. 형님께! 좋아하는 사람이!

"이건 진짜 올해 들어 가장 놀라운 소식이야. 대체 어떤 사람일까?"

그렇게 중얼거리며 로웬은 익숙한 길을 따라 발을 옮겼다. 아카시아궁의 다른 말은 황자 궁이다. 그는 정원 내의 가장 경관이 좋은 산책로를 눈감고도 찾을 수 있었다. 식후 산책은 로웬에게 필수와도 같은 일과였다.

'이성이 벗고 유혹해도 대퇴근부터 살피는 형님이 사랑이라니…….'

로웬의 표정이 진지해졌다. 궁금증이 더 커졌다. 정말로 어떤 사람이기에? 아깐 너무 놀라는 바람에 제대로 묻지 못했던 것이 이제 와 후회가 되었다. 아무리 생각해도 평범한 여자는 아닐 것 같은데.

'……설마 강해 보이는 사람?'

대퇴근을 비롯한 모든 근육이 완벽한 최강의 레이디? 눈빛만 쏘아도 행인이 나자빠지는 강인한 이목구비에 그날의 기분을 이두박근의 꿈틀거림으로 표현하는 카리스마?

엉뚱한 곳으로 튄 소년의 상상은 끝을 모르고 이어졌다. 로웬이 막 형님의 그녀가 날카로운 손날로 나무를 가르고, 강철 같은 이마로 바위를 깨부수는 걸 그려보았을 때였다. 앞쪽에서 웬 인기척이 느껴졌다.

'사람?'

궁의 정원은 딱히 출입이 제한되는 구역은 아니다. 산책 도중 타인과 마주치는 것이 별스러울 일은 못 되었다. 로웬은 걸음을 멈추지 않고 상대에게 다가갔다. 얼굴을 확인해 아는 사람이면 인사를 나누고, 그렇지 않으면 그대로 지나칠 생각이었다. 그때 상대가 숙이고 있던 고개를 들었다. 오후의 햇살 아래 섬세한 이목구비가 빛을 받으며 고스란히 드러났다. 풍성한 속눈썹이 깃털처럼 가볍게 깜박거린다. 새하얀 피부가 아직 녹지 않은 초봄의 눈처럼 화사하고 맑았다.

로웬의 발이 멈췄다. 아주 잠깐, 그는 자신이 그림을 보았다고 생각했다. 싱그러운 녹음이 가득한 궁의 정원. 만연한 초록을 배경으로 어느 명화가가 정성을 다하여 그려낸 미인도. 상대가 그림 속 미인이 아니라 실제로 살아 움직이는 사람임을 깨달은 것은 붉은 입술이 즐거운 듯 미소를 머금었을 때였다. 로웬은 저도 모르게 입을 열어 외쳤다.

"저, 저기!"

그의 부름에 상대가 반응했다. 시선이 이쪽으로 이동하자 눈이 마주쳤다. 전에는 사람의 눈동자를 보석이나 밤하늘에 비유하는 것이 마냥 유치하다고 생각했는데, 이 순간 로웬은 그 표현을 십분 이해할 수 있었다. 상대의 검은 눈동자는 정말로 별이 가득 뜬 밤하늘을 옮겨다 놓은 것 같았다.

심장이 요란하게 뛰었다. 얼굴에는 화끈거리며 열이 올랐다. 달변가는 아니어도 어디 가서 말 못 한다는 소리는 들어본 적이 없는데, 이상하게 지금은 혀와 머리가 굳기라도 한 것처럼 말을 만드는 것이 어려웠다. 불러놓고 한동안 침묵만 지키던 로웬이 내뱉은 것은 결국 뜬금없는 고백이었다.

"처, 첫눈에 반했습니다!"

다듬어지지 않은 본심이 여과 없이 날것으로 튀어나왔다. 입 밖으로 꺼내고 나서야 로웬은 정신을 차렸다. 방금 내가 무슨 말을. 로웬의 표정이 당황으로 물들었다. 그리고 그건 상대 쪽도 마찬가지였다.

"……나한테 한 얘긴가요?"

난데없이 고백을 받은 사람, 그러니까 유리엔이 혹시나 싶어 확인하듯 물었다. 물론 제게 한 말이 맞을 것이다. 상대가 나무나 풀벌레에게 고백하는 특이한 취향을 가진 것이 아니라면 말이다. 로웬은 얼굴을 새빨갛게 물들인 채로 우물쭈물하다, 이내 작게 고개를 끄덕였다.

"레이디께 드린 말씀이 맞습니다. 혹, 실례가 되지 않는다면…… 제게 이름을 알려주실 수 있는지요?"

새빨간 얼굴은 금방이라도 터질 것 같았다. 로웬은 고백을 먼저 하고 이름을 뒤에 묻는 획기적인 순서를 선보였다. 유리엔은 잠시 말없이 그런 상대를 바라보았다. 평소였다면 주저할 것도 없이 실례니까 꺼지라고 매정하게 말해주었을 테지만, 그녀는 지금 자꾸 다른 것이 신경 쓰여 대답을 미루는 중이었다. 지는 석양을 닮은 머리 색. 내가 이걸 정말 어디서 봤더라?

유리엔의 시선과 침묵을 어떻게 해석했는지, 로웬은 곧 허둥지둥하며 재차 말을 꺼냈다.

"제 소개를 먼저 했어야 하는데, 죄송합니다. 제 이름은 로웬 드 뮤리엔. 이곳 뮤리엔 제국의 2황자입니다."

그리고 유리엔은 그제서야 상대의 눈동자와 머리카락을 어디에서 봤는지 기억해 냈다. 5년 전 이맘때, 그녀를 위해 황성에서 열렸던 환영 파티. 그 파티의 첫날 황제를 비롯한 황가의 식구들이 잠깐이지만 전부 참석했었다. 유리엔은 그때 노을을 봤다. 어린 두 황자 중 그나마 조금 큰 쪽이었다. 스쳐가듯 찰나 눈에 담았던 것이라 바로 떠올리지 못했다.

"흐음……."

유리엔은 고민했다. 상대의 정체를 알았으니 거절 멘트를 조금 바꿔야 한다. 만나자마자 고백부터 한 이 소년은 생판 모르는 남의 집 영식이 아니라 장차 그녀와 가족이 될 도련님이었다. 늘 해오던 것처럼 '꺼져! 다시 올 거면 다음 생에 찾아와!' 하고 박력 있게 외쳐주기에는 아무래도 약간 곤란한 것이다.

고뇌가 깊어진 유리엔이 미간 사이에 주름을 잡았다. 막상 부드럽게 거절하려니 초면에 들이대는 남자에게 상냥히 대해본 경험이 없어 영 낯설었다. 물론 구면에 들이대는 남자도 마찬가지다. 온통 욕과 육탄전으로 점철된 제 과거를 상기한 그녀가 짧은 한숨을 삼켰다. 그래, 이번에 이례를 만들어보자. 생각을 정리한 유리엔이 곧 살갑게 미소를 지었다.

"반가워요, 황자 전하. 전 유리시엔 드 카르나, 카르나 제국의 황녀예요. 그리고……."

뒷말을 끌며 그녀가 상대에게 손짓했다. 가까이 오라는 뜻이었다. 이름을 듣자 저도 어렴풋이 생각나려는 뭔가가 있는 모양인지, 고개를 모로 슬쩍 기울이던 로웬은 유리엔의 손짓을 보곤 순순히 그에 따랐다. 금방 지척으로 다가오는 소년을 보며 유리엔이 빙긋 웃었다. 거리가 좁혀지자 그녀는 상대의 귓가로 입을 가져갔다. 그러곤 상냥하게 속삭였다.

"당신의 형수님이기도 하답니다."

콰광!

로웬의 머리 위로 천둥이 치는 순간이었다.

마냥 밝고 명랑하던 둘째 아들이 갑자기 침상에 드러누웠다. 그러더니 하루 종일 시름시름 앓았다. 날이 바뀌고도 그것이 계속되자 황후의 걱정은 자연히 하늘을 찔렀다.

"괜찮은 거니, 로웬?"

"괜찮아요…… 심려 마세요."

입으로는 괜찮다 주장하지만, 하고 있는 몰골을 보아서야 영 신빙성이 없다. 볼이 핼쑥해진 로웬은 이마에 열을 내려주는 찬 주머니를 얹고 있었다. 말을 내뱉는 목소리에도 힘이 없었으니 누가 어떻게 보아도 병약한 환자의 형상이었다. 그는 마치 병든 닭 같았다. 돌도 씹어 먹을 기세였던 건강한 사춘기 소년이 어쩌다 이렇게 되었을까. 새벽같이 불려온 궁의가 진찰 후 남긴 소견은 간단했다.

"마음의 병입니다."

열여섯 소년이 앓을 만한 마음의 병이라야 뻔하다. 가족들은 그 이후 돌아가며 로웬에게 물었다. 대체 누구니? 어느 가문 영양이니? 아카데미에서 만난 아이니? 보고 싶어 이러는 거라면 그 아이를 이곳으로 데려오면 되지 않겠니? 호, 혹시 남자니? 연이은 질문에도 로웬은 묵묵부답으로 그저 고개만 가로저었다. 다 틀렸다. 귀족 가문의 영양 아니고, 아카데미에서 만난 것 아니고, 아무튼 다 아니다. 그렇다고 실은 이러이러하다 속내를 이야기할 수도 없었다.

나 사랑 때문에 아파요!

여기까진 괜찮다.

그런데 그 사람이 우리 형 부인 될 사람이에요!

이건 좀 문제였다. 이걸 어떻게 입 밖으로 꺼내나. 특히 저를 걱정스럽게 내려다보는 형님의 앞에서는 절대로 말할 수 없었다.

'약혼이라니…….'

끙끙 앓으며 로웬은 형의 얼굴을 올려다보았다. 잘생겼다. 보통 이런 각도에서 쳐다보면 대체로 굴욕이게 마련인데 형님은 이마저도 근사했다. 이리 뒤집고 저리 뒤집으며 눈을 씻고 찾아봐도 오점을 잡아낼 수 없을 것이다.

더구나 외모만 빼어난 것이 아니라 형님은 검술 실력 또한 남달랐다. 젊은 나이에 이미 제국에 견줄 자가 없었다. 약관이 되기 전에 검의 끝에 오른 사람은 역사를 다 뒤져봐도 카엘이 최초였으니 더 말해 무엇할까. 그리 천재이면서 형님은 심지어 일까지 잘했다. 완벽하다. 그래서 우상이었다. 핑 도는 눈물을 참느라 로웬의 콧구멍이 벌름거렸다.

'너무 잘 어울려! 큽! 조금만 덜 어울렸어도!'

그는 어제 정원에서 만난 천사를 떠올렸다. 폭포수처럼 물결치던 검은 머리카락에 밤하늘이라는 수식어조차 부족하게 느껴지던 검은 눈. 살면서 단연코 처음 보는 미인이었다. 엄밀히 말하면 과거 연회에서도 잠깐 본 적이 있었지만, 워낙 어릴 때고 그마저도 뒷모습을 주로 본 것이 다라 그때의 인상은 지금에 와 머릿속에 남아 있지도 않았다. 로웬은 머릿속으로 떠올린 천사를 형님의 곁에 세워 보았다.

'완벽해!'

로웬은 양손을 들어 눈을 가렸다. 부정할 수 없는 현실에 마음이 아팠다. 형님과 천사는 떼어놓는 순간 세상의 지탄을 받을 것만 같은 환상의 커플이었다.

"로웬."

"말 걸지 마세요. 전 지금 성장하는 중이니까."

이마에 얼음주머니를 얹은 채로 로웬은 그렇게 말했다. 듣는 사람이야 어떻게 받아들이든 본인의 목소리는 마냥 진지했다.

아픈 만큼 성숙하는 거야. 사랑을 포기하기로 마음먹은 열여섯 살 소년은 어쩐지 자기가 조금 자란 것 같다고 생각했다.

로웬이 앓아누웠다는 소식을 들은 유리엔은 고민하다가 과일 바구니를 들었다. 반쯤은 충동적인 결정이었다. 어쨌든 이쪽도 어느 정도 탓은 있었으니까. 너무 예쁜 탓.

로웬은 문병을 온 유리엔을 맞이하고는 깜짝 놀랐다.

"몸은 좀 괜찮아요?"

"아, 저기, 네."

일어나려는 로웬을 유리엔이 손을 뻗어 만류했다. 그녀는 무리하지 말고 편하게 누워 있으라며 이야기하고는 가져온 과일 바구니를 탁자 위에 올려놓았다. 이내 의자를 끌어다 침상에 가까이 앉았다. 로웬은 심장이 쿵쿵 뛰는 것을 느끼며 눈을 굴렸다.

실연의 슬픔을 이겨내고 성숙한 남자가 되겠다고 다짐한 것이 고작 반나절 전이었다. 로웬은 자꾸만 주책 맞게 널뛰는 마음을 가라앉히고자 애썼다. 정신 차려! 눈앞에 있는 사람은 형수님이야! 나의 천사가 아니라 형수님!

“저, 저기…….”

“편할 대로 불러요.”

“그, 그럼 누님이라고 불러도 될까요?”

로웬은 눈을 질끈 감고 내뱉었다. 어쩌면 이편이 나을지도 모른다. 상대를 형님과 같은 선상에 두고 여기는 것이다. 형님처럼 가족으로, 동경의 대상으로서 생각한다. 말이라도 이렇게 호칭하다 보면 언젠간 지금의 설렘이 ‘우리 누님이 이만큼이나 예쁘다!’ 하는 가족의 뿌듯함으로 바뀔지도 몰랐다. 그런 로웬의 결심을 아는지 모르는지 유리엔은 흔쾌히 고개를 끄덕였다.

“그렇게 해요.”

“저, 누님…… 제게 말을 놓아주세요!”

상대를 누님으로 여기려면 이쪽도 ‘동생’ 취급을 받아야 했다. 유리엔은 요청을 듣자마자 냉큼 대답했다. 매우 쉬운 일이었다.

“그래.”

“…….”

“사실 고국에 남동생이 한 명 있거든. 널 보니까 문득 생각이 나네.”

유리엔은 로웬이 ‘누님’이라는 호칭을 입에 담았을 때 자연스럽게 아딘을 떠올렸다. 나이도 비슷하고, 지금 보니 키도 얼추 비슷한 것 같았다. 그걸 인식하고 나니 갑자기 상대가 완전히 남동생처럼 느껴졌다. 유리엔은 새삼스러운 시각으로 로웬을 응시했다.

"정말로 동생 같아."

"……."

"동생으로 생각해도 되지?"

"무, 물론이죠!"

로웬은 누운 채로 힘차게 긍정을 표시했다. 그렇게 서로에게나마 누나, 동생이 된 둘은 간단한 이야기들을 조잘거리며 나눴다. 뭔가 대화가 계속될수록 처음 생각했던 천사 이미지는 점점 사라지는 것 같은 기분이 들었지만, 어쨌든 식구가 될 사이에 서로 친해진다는 것은 좋은 일이었다. 로웬은 누운 자세를 유지하며 헤실헤실 웃었다.

"그런데요, 누님."

"응?"

"누님은 어떻게 형님을 좋아하게 되셨어요?"

"……나?"

로웬은 카엘과 유리엔의 약혼 관계가 사랑의 산물이라고 굳게 믿고 있는 것 같았다. 물론 아주 틀린 믿음은 아니었다. 과거라면 몰라도 지금 유리엔이 상대의 곁에 머무르는 것은 전적으로 그녀의 의지였으니까. 유리엔은 손가락을 들어 제 콧잔등을 긁적였다. 로웬의 마냥 해맑은 질문 덕에 그녀의 머릿속은 갑자기 복잡해졌다. 으음.

"그냥……."

"그냥?"

"……잘 모르겠어."

유리엔은 솔직하게 대답했다. 정말 모르겠다. 언제부터였는지, 무엇이 계기였는지. 그나마 좋아한다는 표현을 부정하지 않은 것이 그녀의 진심이었다. 로웬은 유리엔의 대답을 듣고는 이번엔 제가 이마를 긁적거렸다.

"뭐, 자기도 모르는 게 자기 마음이라잖아요. 그럼 고백은 어떠셨어요?"

"어?"

"형님 말예요, 지금껏 누굴 좋아하기는커녕 쏟아지는 이성의 구애를 온갖 기상천외한 방법으로 거절하기 바빴거든요."

대퇴근을 다시 떠올린 로웬이 킥킥거렸다. 생각할 때마다 우스웠다. 그걸 들었을 때만 해도 형님에게 연정이란 영영 먼 별나라의 이야기일 줄로만 알았는데. 좋아하는 사람이 있다는 것을 알고 얼마나 놀랐었는지.

"그런 형님이 고백이라니! 어떻게 했을지 정말 궁금해요."

"……."

"장소는 어디였어요? 야외? 실내?"

"……."

"혹시 한쪽 무릎을 꿇고 기사의 예를 올리듯 고백한 건 아니죠? 앗, 이거 형님이라면 가능성 있는데."

"……."

"반지를 바쳤을지, 꽃을 바쳤을……."

열심히 떠들던 로웬이 곧 이상함을 느끼고 멈칫했다. 상대에게서 호응이 없었다. 보통 커플에게 던지면 가장 뜨거운 대답이 돌아오는 것이 바로 이 주제였다. 프러포즈, 고백. 그런데 왜 아무런 답이…….

"저…… 누님?"

"안 했는데?"

"네?"

"아직 안 했어. 그러고 보니 정말 어떤 식으로 할까? 네 말을 듣고 나니까 괜히 궁금해지네."

"……고백을 아직…… 안 들으셨다고요?"

"응."

유리엔은 대수롭지 않게 대답했다. 카엘은 그녀를 좋아하는 티는 냈지만, 아직까지 그것을 직접적으로 입에 담은 적은 없었다. 사실 상대가 티를 내고 있었다는 것도 얼마 전에야 알았다.

그때 로웬이 스프링처럼 누운 자리에서 몸을 일으켰다. 튕겨 나온다는 표현이 딱 알맞을 정도로 격한 움직임이었다. 유리엔이 눈을 동그랗게 떴다.

"왜 그래?"

야외였다면 벌에 쏘였냐고 물었을 것이다. 로웬은 믿을 수 없다는 표정으로 높게 외쳤다.

"고백이 아직이라니! 말도 안 돼요!"

"왜? 그럴 수도 있지."

"아뇨!"

로웬은 두 주먹을 불끈 쥐었다. 처음 들었을 때 제 귀를 의심했다. 그는 당연히 형님이 근사한 고백을 마쳤을 거라고 생각했다. 박력 있게 자기의 마음을 고백하고, 그에 대한 답을 통해 상대의 마음을 확인한다. 그것이 연인 관계의 기본이 아니던가?

'형님은 너무 안이해!'

약혼을 한 사이라기에 이미 한참은 진척이 된 줄 알았더니 그게 아니었다. 로웬의 기준에서 형님은 아직 제대로 시작조차 하지 않았다.

그건 자칫하면 타인에게는 기회처럼 보일 수도 있었다. 둘 사이로 파고들 기회.

'안 되지! 이렇게 된 거 고백을 넘어 바로 프러포즈다.'

로웬은 결심했다. 형님이 세상에서 가장 멋지고 낭만적인 프러포즈를 바치는 것을 보고야 말 것이다. 이건 결코 양보할 수 없는 일이었다. 형님은 반드시 최고의 청혼을 해야만 한다.

'그렇지 않으면…….'

미련이 생길지도 몰랐다. 로웬은 혹시나 하는 기대를 품는 얼간이 같은 짓은 하고 싶지 않았다. 자신은 분명 아픈 만큼 성숙해졌다. 그 성숙을 이어가고 싶다.

"누님, 기대하세요!"

"로웬?"

"최고의 프러포즈!"

언제 병든 닭처럼 앓았냐는 듯 로웬은 아주 씩씩했다. 그새 어디서 얻은 건지 활력이 넘쳤다. 환자의 흔적이라고는 다 녹아서 바닥에 떨어진 얼음주머니밖에 없다. 그걸 보며 유리엔은 이제 그만 병문안을 마쳐도 되겠다고 생각했다.

용을 사냥하라.

로웬이 병상을 털고 일어난 다음 날, 난데없이 카엘에게 떨어진 명이었다. 소식을 듣자마자 유리엔은 깜짝 놀라 펄쩍 뛰었다.

"용이라니?"

뮤리엔 제국의 서쪽 끝에는 커다란 숲이 하나 있었다. 사시사철 녹음이 가득한 숲은 본래는 그리 유명하지 않았다. 이름도 따로 없었다. 그냥 어디서나 볼 수 있는 좀 크고 우거진 수림일 뿐이었다. 한데 그곳에서 반년 전부터 묘한 소문이 돌기 시작했다. 용이 출몰한다더라.

물론 진짜 용이 살 거라고 믿는 사람은 없었다. 용은 전설이나 이야기책 속에서나 나오는 존재였다. 단순히 희귀한 것과는 격이 달랐다. 대부분은 용이 아니라 그저 도마뱀을 조금 닮은 변종 몬스터일 거라고 생각했다. 빗대어 볼 만한 그림이나 표본이 있는 것도 아닌데 목격한 것이 용인지 아님 그를 약간 닮은 몬스터인지 어떻게 구분할 것인가. 여론은 무지한 목격자의 착각에서 비롯된 헛소문일 거라는 쪽이 우세했다.

"그런데 또, 마냥 아니 땐 굴뚝의 연기라 치부하기엔 미심쩍은 부분이 있어요."

"어떤?"

"용에 대해 다룬 고서를 보면, 그들은 대체로 굉장히 흉포하고 인간을 싫어한다고 적혀 있거든요? 그래서 한번 용이 출몰하면 그 지역의 근처에 있는 마을은 하루아침에 사람이 싹 사라져 버린대요. 용이 자기 은신처 주변에 인간이 있는 걸 못 견뎌서 모조리 죽여 버린다는 거죠."

"근데?"

"용이 나온다고 알려진 숲 말이에요, 그 숲에서 가장 가까운 마을이 어느 날 갑자기 텅 비어버렸대요. 그것도 소문이 돌기 시작한 뒤에요."

린의 목소리가 은근하게 낮아졌다. 용이 나타나면 그 주변의 마을은 사람의 씨가 마른다고 한다. 용이 야밤을 타 전부 잡아 죽이기 때문이다. 한데 숲에서 용이 출몰했다는 소문이 돌기 시작하고 며칠 뒤,

그 숲의 인근에 있던 마을 하나가 통째로 빈집이 되었다. 어제까지만 해도 멀쩡히 사람이 살던 마을이 한순간에 유령 마을로 변한 것이다.

"공교롭죠? 의견은 이에 대해서도 분분해요. 다 같이 이주를 했을 뿐이다, 먹고살기가 힘들어서 주민들이 전부 화전민이 되었을 거다, 용의 소행이라기엔 시체도 없고 집들이 멀쩡하지 않느냐. 반면, 이주를 한 거라면 왜 세간이 고스란히 남아 있겠느냐, 마을의 밭을 두고 굳이 화전민이 될 이유가 없다, 용이 사람들을 숲으로 유인해 죽였을 수도 있다, 이건 필시 용의 짓이다."

얼핏 들으면 의견이 팽팽히 대립하고 있는 걸로 보인다. 그러나 실제로는 전자를 주장하는 사람의 수가 훨씬 많았다. 애초 여론부터가 용의 출현이 헛소문이라는 쪽에 기울어 있었으니 당연했다. 일부는 용의 존재를 믿는 사람들을 몽상가라며 비웃기도 했다.

"숲에서 용을 목격했다는 사람 말이야. 그 사람은 어떻게 용을 보고도 살아 있는 거래? 용이 전해지는 것처럼 인간을 싫어한다면 진작 그곳에서 죽었어야 하지 않아?"

"그게, 본인이 주장하는 말로는 자긴 잠들어 있는 용을 봤대요. 그래서 무사할 수 있었다고."

"흐음."

용이라.

흥미로운 주제였다. 유리엔은 5년 전의 이맘때쯤을 떠올려 보았다. 그땐 사냥터에서 골드피그를 잡겠다고 설쳤었지. 실존한다는 보장만 있다면 용은 골드피그와는 분명 비교도 되지 않는 신기한 영물이었다. 온몸은 강철 같은 비늘로 뒤덮여 있고, 입에서는 용암을 뿜는다고 한다. 날개가 달려 있어 여차하면 하늘을 날 수 있다고도 알려져 있었다.

검은색 눈동자가 다소의 갈등을 담고 좌에서 우로 반 바퀴 굴렀다. 용.

"그런데 린, 넌 어떻게 그리 자세히 알고 있어? 그 소문에 대해서?"

"노바카사한테 들었어요. 맨날 저한테 이런 소문, 저런 소문에 대해서 이야기해 주거든요."

"아하."

"참, 황녀님. 그리고 그거 아세요?"

"뭐?"

"용은 있잖아요……."

카엘은 사흘 연속으로 혼이 빠졌다. 그저께는 로웬이, 어제는 아버지가, 오늘은 유리엔이 차례로 사이좋게 그의 넋을 나눠 가졌다.

우선 로웬. 멀쩡한 안색으로 거처까지 척척 찾아왔기에 상사병을 생각보다 일찍 털어냈나 보다 하고 그저 기뻐했다. 그러나 그 기쁨도 잠시, 형을 대면한 로웬은 다짜고짜 폭탄선언을 날렸다.

"사실 제가 첫눈에 반해서 끙끙 앓았던 대상은 바로 유리시엔 황녀 전하예요!"

여기까지만 해도 충분히 놀랄 일이었다. 카엘이 들고 있던 펜을 책상도 아닌 바닥으로 놓쳤으니 알 만했다. 하나 로웬의 선언은 거기에서 끝나지 않았다.

"무대는 마련해 두었으니 완벽한 프러포즈를 준비하셔야 할 거예요! 안 그럼 내가 확 뺏어버릴 테니까!"

매번 형님, 형님거리던 귀여운 동생이 갑자기 당돌한 경고를 남기고 사라졌다. 그것도 몹시 폭풍 같은 내용이었다. 카엘은 넋이 나가서 그날 남은 업무를 다음 날로 미뤘다. 옆에서 제론이 사랑과 전쟁이라며 놀리는 것도 제대로 들리지 않았을 정도로 충격이 컸다. 그리고 다음 날, 카엘은 오후가 되자마자 황제에게로 불려갔다.

"서쪽의 숲에 대해선 너도 소문을 들은 바가 있을 것이다."

"……."

"용을 잡거라."

"예?"

폭탄 발언은 그곳에서도 기다리고 있었다. 용. 실재하는지 아닌지도 알 수 없는 용을 잡으란다. 황제는 대뜸 그리 명령하고는 당황스러워하는 카엘에게 다음과 같이 덧붙였다.

"용을 잡고 프러포즈를 해!"

카엘은 할 말을 잃었다. 용을 잡으라는 것보다 뒷말이 두 배는 황당했다. 그리고 시간이 조금 흘러서야 그는 로웬이 전날 아버지를 만났었다는 것을 알 수 있었다. 황제는 살가운 둘째 아들의 애교에 약한 위인이었다.

'로웬, 대체 무슨 짓을…….'

용. 프러포즈. 일견 아무런 상관이 없어 보이나 실은 모종의 관계가 존재한다. 주로 낭만적인 설화에 관심이 많은 소녀들이 잘 알 법한 이야기였다.

용은 본래 하늘의 종족이었다. 신의 반려로서 영원한 수명을 지녔다. 그러나 그중 간혹 죄를 저지르는 용이 나타났고, 그들은 족족 신의 눈 밖에 나 영원을 박탈당하고 지상으로 떨어졌다. 지상으로 떨어진 용은 하늘에서 가졌던 특징을 전부 잃게 되는데, 그중 유일하게 일부나마 남아 있는 것이 바로 심장이었다. 용의 심장은 파란색 불꽃으로 이루어져 있다. 그리고 그 불꽃은 용이 죽어도 삼백 년간 꺼지지 않는다. 대륙에 최초로 제국을 세웠던 바느휘혈 1세는 용을 죽여 그것의 심장을 황후에게 바치며 프러포즈를 했다.

"이 불꽃이 꺼질 때까지 당신을 사랑하겠소."

삼백 년이라는 시간은 인간에겐 영원이나 다름없다. 황제는 영원의 상징을 바치며 사랑하는 연인에게 청혼한 것이다. 듣는 사람마다 사랑꾼이라며 손뼉을 치는 그 일화는 야사로 기록되어 몇백 년이 훨씬 지난 지금까지도 전해져 내려오고 있었다. 증거가 남아 있는 것이 아니라 진위 여부는 가릴 수는 없었으나, 사람들은 입을 모아 이리 말하기를 주저하지 않았다.

어쩜, 세상에서 가장 낭만적인 프러포즈야!

그리하여 카엘에게 갑작스런 황명이 떨어진 그다음 날, 다른 말로 표현하면 오늘, 이번에는 유리엔이 씩씩하게 기습했다.

"용 잡으러 간다며?"

뒷말은 굳이 듣지 않아도 알 수 있었다. 차림새만 보아도 이미 숲으로 들어가겠다는 의지가 낙낙하게 느껴졌기 때문이다.

그리고 이건 판을 준비한 로웬이 예상하지 못했던 전개였다. 그는 용을 잡고 성대하게 귀환한 카엘이 연인에게 타오르는 푸른색 심장을 바치는 로맨틱한 그림을 그렸다. 그 연인이 '나도 같이 잡을래!' 하고 무기를 챙겨 사냥길에 따라붙는 것이 아니라.

"위험할지도 몰라."

"그건 용이 진짜로 있을 때 얘기지."

"있으면?"

"네가 지켜줄 거잖아?"

정작 카엘에게 '지켜줄게' 같은 말을 들었다면 느끼한 말 말라며 주먹으로 퍽퍽 때렸을 위인이 자기가 먼저 입에 담는 건 잘만 했다.

결국 카엘과 유리엔은 함께 용을 잡기 위한 여정에 올랐다. 뒤늦게 소식을 접한 로웬만 눈이 튀어나왔을 뿐이었다.

"정말로 용이 있을 거라고 생각하는 게냐?"

카엘을 보낸 황제는 둘째 아들과 식사 자리를 가졌다. 달칵달칵, 접시 위의 요리를 썰던 소리가 멈췄다. 로웬이 고개를 들었다.

"반반이요."

"반반?"

"전 용이 존재할 확률이 반은 된다고 생각해요. 실은 이번 아카데미에서 있었던 학술회에 그 주제가 나왔거든요. 용의 실재에 대해서."

실제로 학계에서는 현재 첨예한 대립이 벌어지고 있었다. 발굴된 증거가 연이어 제시되고, 그 증거에 대해서 갑론을박을 한다. 아는 사람들만 아는 논쟁이었기에 아직까지 민간에서는 용에 대한 인식이 바뀌지 않고 있었다.

"만약 숲에 용이 있으면 정말로 신화 속에서나 나오던 낭만적인 프러포즈가 완성되는 거고, 만약 그곳에 용이 없으면……."

"없으면?"

"작은 심술이 되는 거고요."

없는 용을 찾아 하루 종일 너른 숲을 누벼야 할 것이다. 로웬은 입을 삐죽 내밀었다. 이 정도 심술은 괜찮지 않아요? 동의를 구하는 것에 황제는 그저 너털웃음을 터뜨렸다.

'용의 심장을 바치며 프러포즈를 하는 것이 가장 좋겠지만, 만약 용이 없더라도 돌아와서 다른 멋진 청혼을 준비해야 할 거예요!'

로웬은 그렇게 생각하며 흥, 콧바람을 뿜었다. 아무리 형님이라지만 천사와 이어지려면 그 정도 노력은 해주어야 한다. 그것도 없이 채가면 자기가 기어이 흰 띠를 두르게 될 것 같았다.

'그러게 누가 놀고만 있으래요!'

그리고 잠시 후, 제국의 서쪽과 통하는 워프 게이트를 카엘 혼자가 아닌 두 명이 이용했다는 내용은 식사가 끝난 후에야 로웬에게 전해졌다.

카엘은 놀고만 있지 않았다. 들었다면 억울했을 말이다. 그가 타인의 눈을 피해 남몰래 제작을 맡겼던 반지가 막 이틀 전 그의 수중에 들어온 참이었다. 보석이 아니라 마나석을 세공하는 것이라 시간이 제법 걸렸다. 그는 유리엔을 5년 만에 재회한 바로 다음 날 반지의 제작을 주문했다. 실은 아주 급한 남자였던 것이다. 로웬은 꽤 공교로운 타이밍에 일을 벌였다. 마침이라고 해야 할지, 하필이라고 해야 할지 애매한 노릇이었다.

카엘은 복잡한 눈으로 유리엔의 뒷모습을 바라보았다. 그녀는 길도 모르면서 앞장서고 있었다.

둘은 워프 게이트를 통해 이동했다. 황궁에 총 네 개가 그려져 있는, 마법사들의 고혈이 담긴 이동 마법진이었다. 카엘과 유리엔은 그 중 서단과 연결되어 있는 것을 탔다. 그렇게 해서 도착한 곳은 웬 영지 부근이었다. 유리엔은 그곳에서부터 쭉 앞서 걷는 중이었다. 틀린 길이 아니라 카엘은 일단 내버려 두었다.

“카라멜, 넌 어떻게 생각해?”

“뭐가?”

“정말 용이 있을까?”

“글쎄.”

“있으면 잡을 순 있는 거지?”

“설마 아들을 사지로 내몰았겠어?”

카엘은 그리 대꾸하며 걷는 속도를 올렸다. 이내 유리엔의 곁에 서서 나란히 걸음을 맞췄다. 그는 그 상태에서 옆으로 시선을 내렸다. 편하게 움직이기 위해 납작한 신발을 구해 신은 유리엔의 정수리 가마가 눈에 들어왔다.

그는 유리엔보다 제 마음을 빨리 자각했다. 5년 전 상대를 보내고 얼마 지나지 않아 깨달았으니 확실히 그녀보다는 훨씬 일렀다. 시간이 흘러 재회했을 때는 품고 있던 마음을 다시 확인했고, 그 이후부터는 눈에 이상이 생기기 시작했다.

가마마저 예쁘다. 사람의 머리에 난 길을 보며 예쁘다고 생각하게 될 줄은 생각도 못 했다. 카엘은 왠지 스스로가 변태가 된 것 같아 급히 도로 눈을 돌렸다.

지금껏 이성을 볼 때면 늘 약해 보이는 사람, 또는 그렇지 않은 사람으로만 평가해 왔다. 그 외에는 전혀 감흥이 없었다. 유리엔 또한 처음 보았을 때는 단지 매우 약해 보이는 사람일 뿐이었다. 그랬는데 그게 어느새, 난 자리의 발자국까지 예뻐 보일 지경이 되었다. 정말 어느새. 유리엔은 상대의 시력에 무슨 일이 있어났는지는 꿈에도 모른 채 마냥 진지하게 중얼거렸다.

"기왕이면 정말로 용이 있었으면 좋겠는데. 한 번쯤 보고 싶긴 했거든. 혹시 사람 말도 할 줄 알려나?"

"……설화에서는 보통 할 수 있다고 나와."

"크기가 크니까 팔씨름은 무리겠지?"

"말이라고."

어느 정도 걸은 뒤부터는 사전에 지도를 보고 온 카엘이 앞장섰다. 카엘이 등을 보이자 유리엔은 그때부터 상념에 빠졌다. 머릿속으로는 로웬과 린의 모습이 차례로 떠올랐다.

갑자기 기대하라면서 최고의 프러포즈를 운운했던 로웬, 그리고 린이 들려주었던 용과 관련된 낭만적인 청혼 일화. 거기에 갑자기 카엘이 용을 잡으러 나서게 된 이 상황.

'이건 역시……'

유리엔의 눈길이 카엘의 뒤통수에 닿았다. 궁금했다. 어떻게 아직 고백을 하지 않았을 수가 있냐며 펄쩍 뛰던 로웬이 무얼 원하고 이 같은 상황을 의도했는지는 알 것 같은데, 문제는 카엘의 의사였다. 정말로 프러포즈 할 생각일까? 용이 존재한다면, 진짜로 배를 갈라 그것의 심장을 꺼내서? 실은 절반은 그게 궁금해서 따라왔다. 카엘이 어떤 식으로 나올지 알고 싶어서. 만에 하나라도 용이 있다면…….

"저기가 마을이야."

"어?"

"보이지? 저 낮은 울타리."

유리엔의 생각이 끊겼다. 그녀는 상대의 말에 반응해 시선을 옮겼다. 말마따나 전방에 나무로 된 울타리가 둥글게 둘린 투박한 마을이 보였다. 거리가 제법 있다지만, 한눈에 전체가 들어오는 것을 보아 규모가 제법 작은 모양이었다. 아마도 마을 내의 가구 수를 양손으로 꼽을 수 있을 것 같았다.

"엄청 작은 마을인데?"

"촌락이었네."

카엘이 탄성 섞인 목소리로 말을 받았다. 어쩐지 마을 사람 전체가 사라진 것치고는 근처 영지의 반응이 영 미적지근하다 했더니, 마을의 크기가 작아도 너무 작았다. 이만한 인원이라면 남의 눈에 띄지 않고 전원이 하루아침에 이주하는 것도 불가능한 일은 아니었다.

"보인 김에 살펴볼까?"

"이러고 있으니까 5년 전이 생각난다."

"5년 전?"

"왜, 히멉스 영지에서."

정의를 실현하지 않았었냐고 덧붙이며 유리엔이 추억을 꺼냈다. 그때도 뭔가 수상함을 감지하고, 주변을 살피고, 탐색했었다. 이번에야 딱히 숨은 악이 있을 거라는 생각은 들지 않았지만, 그래도 둘이 함께 특정한 뭔가를 관찰한다는 것이 비슷한 느낌으로 다가왔다.

"알고 보니 이번에도 정의 실현을 하게 되는 거 아냐?"

"글쎄, 용을 잡으면 나름 정의 실현이긴 하지."

"혹시 알아? 그 용을 악한 마법사가 뒤에서 조종하고 있을지."

"……연극 내용을 아직도 기억해?"

"내용만 기억하는 줄 알아? 정의의 가……."

"그만. 너 그거 하지 마."

카엘이 질색했다. 유리엔은 소리 내 크게 웃었다. 둘이 그러는 사이 마을의 입구는 어느새 지척까지 가까워졌다. 어쨌든 탐구 본능이 뛰어난 유리엔이 주저도 없이 냉큼 마을 안으로 발을 들였다.

"정말 텅 비었네."

"세간은 소문처럼 그대로 있어."

"이주할 때 몸만 가는 경우가 아주 없는 건 아니지만……."

유리엔은 고개를 갸웃거렸다. 바깥에서 그저 보기만 할 때는 몰랐는데, 내부로 들어오고 나니 뭔가 묘한 기분이 들었다. 집들은 깔끔하고 발에 밟히는 땅은 비옥하다. 중앙에는 작은 샘이 있었다. 물은 계속 솟는 듯 맑고 깨끗했다.

"표정이 왜 그래?"

"이상한 느낌이 들어. 꼭 위화감 같은 게……."

양미간에 주름이 잡혔다. 유리엔은 걸음을 멈추지 않으며 계속 마을을 살폈다. 처음에는 그저 단체로 이주를 한 것치고는 남은 세간이 많아서 그런 줄 알았다. 그런데 자꾸 보다 보니 뭔가 다른 부분이 마음에 걸렸다. 정체가 바로 떠오르지 않는 찜찜함.

"……아."

유리엔이 발을 멈췄다. 알겠다.

"카라멜, 물을 긷는 도구 말이야."

"물을 긷는 도구?"

"정확히는 가능한 많이 긷고, 그 길은 물을 멀리까지 운반할 수 있도록 돕는 거."

긴 장대의 양쪽 끝에 끈을 달아 각각 커다란 나무 양동이와 연결했다. 양동이에 물을 담아 당대를 어깨에 이고 운반할 수 있도록 만들어진 도구였다. 주로 마을 가까이에 우물이나 냇가가 없는 촌락에서 사용했다. 산이든 숲이든 멀리까지 물을 길으러 가야 했으니까.

"한 개도 아니고 집집마다 문 근처에 놓여 있었어. 이렇게 가까이에, 마을 중앙에 샘이 있는데."

카엘은 그녀가 말하고자 하는 바를 눈치챘다. 그 얘기는.

"샘이 원래부터 있던 게 아닐 거란 소리지?"

"응. 아마 전에는 숲에서 물을 길어왔을 거야. 그런데 우연히 땅을 파던 도중 샘이 솟아난 거지. 저 도구는 샘이 생기기 전에 사용하던 거고."

유리엔은 다시 각 집으로 다가가 도구를 살폈다. 이 도구가 쓸모없어지면 대체로는 끈을 풀어 장대와 양동이를 분리하여 각자 다른 용도로 사용하거나 혹은 그대로 두고 다른 것을 담아 사용한다. 한데 이곳에 있는 도구들은 딱히 분리가 된 것도, 물 외에 다른 것을 안에 담았던 흔적도 없었다.

"샘을 발견한 지 얼마 안 된 거야. 마을 사람들이 사라지던 때는 샘이 이렇게 생겨난 지 며칠 되지 않아서였어."

"이주했을 가능성이 확 줄어드네."

"그렇지?"

갓 솟은 샘을 버리고 마을을 떠나는 경우는 거의 없었다. 상황에 따라 아예 없다고 봐도 좋았다. 심지어 전까지는 잘만 살아오다가 샘을 발견하자 다 같이 마을을 버렸다? 있던 샘이 말라 떠나는 건 봤어도 그 반대의 형국은 못 봤다.

"뭔가 이상해."

자의로 마을을 비운 것이 아니라는 생각이 강하게 들기 시작했다. 유리엔은 좀 더 자세히 살펴봐야겠다며 가장 가까운 집의 문을 열고 냅다 들어갔다. 이것저것 뒤지는가 싶더니 금방 튀어나와 재차 다른 집의 문을 열었다. 그걸 몇 번 반복한 그녀가 이내 눈을 동그랗게 뜨고 외쳤다.

"신발!"

"신발이라고?"

"집집마다 신발이 다 있어. 보통 이런 곳에 사는 사람들이 한 명당 신발을 여러 켤레씩 두진 않잖아."

유리엔의 말처럼 집 안에는 한 곳도 빠짐없이 신발이 있었다. 더구나 죄 흙이 묻어 있는 걸로 보아 전부 신던 신발이었다. 막 생겨난 샘을 버리고 신발도 벗어둔 채 맨발로 이주를 한다? 더 말이 안 된다.

"내 생각에는…… 사람들이 자던 도중에 납치를 당한 건 아닐까?"

신발을 신고 잠자리에 드는 경우는 잘 없다. 가정을 들은 카엘이 고개를 끄덕였다. 가능성이 있었다.

"어디일 것 같아?"

납치가 맞다면, 그건 어디에서 벌인 일일까. 가까운 곳은 두 군데였다. 영지거나, 숲이거나. 카엘은 짧게 고민한 뒤 입을 열었다.

"숲으로 가자."

숲은 넓었다. 유리엔의 걸음으로는 원하는 만큼 살펴볼 수가 없었다. 결국 그녀는 갈등하다 카엘의 등에 업혔다. 안기는 것보단 이쪽이 신경이 덜 쓰일 것 같았기에 내린 결정이었다. 덕분에 카엘은 뒤에서 목을 감아오는 가는 팔이나, 오롯이 등에 닿는 부드러운 상체 때문에 자기가 무슨 정신으로 숲길을 달리는지도 모를 지경이 되고 말았다.

물론 유리엔이라고 그저 멀쩡한 건 아니었다. 그녀는 그녀대로 긴장하고 신경 쓰여 뻣뻣하게 몸을 굳히고 있었다. 과거에도 똑같이 업힌 적이 있었지만 그때는 이렇게 상대와 접촉한 부위 하나하나가 민감하게 다가오지는 않았다. 애들로나 저택 때는 워낙 잠깐이어서 신경을 집중할 새도 없었다.

그렇게 두 사람은 서로를 잔뜩 신경 쓰며 숲을 누볐다. 살피려고 들어온 숲은 제대로 살피고 있는 건지 모를 일이었다. 초목이 잔뜩 우거진 싱그러운 풍경이 둘의 시야로 휙휙 스쳐 지나갔다. 유리엔은 숲의 냄새와 상대의 체취가 조금 닮았다고 생각했다. 포근하고 산뜻한 느낌이 비슷…….

'남의 냄새를 맡으면서 무슨 생각을 하는 거야!'

그녀는 자기가 생각하고 자기가 놀라 눈을 휘둥그레 떴다. 순간 스스로가 변태처럼 느껴졌다. 목덜미에 코를 대고 킁킁거린 것도 아니건만 왠지 그만한 짓을 저지른 것 같은 부끄러움이 밀려왔다. 귓가로 새빨갛게 열이 오르는 것 같았다.

'뭐라도 나타나라! 뭐라도!'

이 상황이 싫은 건 아닌데 민망했다. 유리엔은 일부러 적극적으로 시선을 돌렸다. 이만큼 뛰어다녔으면 뭐라도 발견할 때가 됐는데, 숲은 간간이 울음소리를 내는 짐승을 제외하면 아무것도 보이지 않았다. 하다못해 몬스터도 없었다. 용은커녕 평화의 숲이었다.

'사람의 흔적도 없고…….'

마을 사람들이 숲속으로 납치된 것은 아닐까 했으나 그에 대해서도 나오는 것이 없었다. 사람의 형상이나 말소리는 물론이고, 옷가지나 사체 같은 것도 눈에 띄지 않았다. 날이 아직 한낮인데도 더운 편은 아니었으니 숲으로 들어와 바로 죽었다 치더라도 백골이 되지는 않았을 텐데.

"어!"

그때 유리엔이 표정을 바꿨다. 방금 뭔가가 스쳐 지나갔다. 잘못 본 것이 아니라면 분명 뼈였다. 백골 상태는 아닐 거라고 생각하자마자 뼈를 목격하다니. 물론 사람의 것이라는 보장은 아직 없었다. 유리엔의 반응에 카엘이 발을 멈췄다.

"뭐라도 발견했어?"

대답은 손짓과 함께 돌아왔다. 저쪽. 가리킨 방향으로 훌쩍 이동하자 정말로 뼈가 있었다.

"크네."

다만 사람의 시신이 부패해서 만들어진 백골은 아니었다. 조금 전에는 먼발치서 얼핏 봐서 몰랐으나 가까이서 눈에 담은 뼈는 모양을 떠나 크기부터가 무지막지하게 컸다. 카엘의 등에서 내려선 유리엔은 피 얼룩이 진 뼈를 살피며 눈가를 좁혔다. 멧돼지? 아니, 이건 숫제.

"골드피그 수준인데?"

카엘의 말에 그녀가 동의의 뜻으로 고개를 끄덕였다. 짐승의 것으로 추정되는 뼈는 집채만 했다. 과거 사냥 대회의 추억을 떠올리게 해주는 정겨운 크기였다. 뼈는 몸 전체를 이루지는 않고 일부만 남아 있었다.

"이거 좀 이상하지 않아?"

유리엔이 고개를 갸웃거렸다. 뼈가 이것만 남아 있는 이유를 바로 짐작하기가 어려웠다. 바닥에 남은 핏자국을 보아 이곳에서 죽은 건 맞는 것 같은데, 뼈로 된 사체는 머리를 포함하여 듬성듬성 없는 부위가 많았다. 그나마 모양이 성한 갈비뼈 또한 몇 개가 비었다.

"꼭 누가 나눠서 가져간 것처럼……."

그때 카엘이 몸을 날렸다. 예고도 없이 순식간이었다. 유리엔은 깜짝 놀라 시선으로 상대의 동선을 좇았다. 곧 먼발치서 비명 같은 것이 들렸다. 꽥!

"……뭐야?"

"인기척이 나는 것 같아서 가봤더니."

돌아온 카엘은 손아귀에 웬 목덜미를 붙들고 있었다. 선 채로도 카엘의 허리께밖에 오지 않는 대상은 얼핏 보기엔 마치 어린아이 같았으나, 유리엔은 금방 상대가 아이가 아니라는 것을 알 수 있었다. 아무리 키가 작아도 수염이 덥수룩하게 난 아이는 없을 테니까.

"드워프?"

보는 건 처음이지만 들은 적은 있다. 유리엔은 기억 속에 있는 종족을 입에 담았다. 카엘이 고개를 끄덕였다.

"맞아."

"신기하네."

"큭! 이거 놔라!"

목을 잡힌 드워프가 버둥거렸다. 물론 그런다고 벗어날 수 있을 리 없었다. 카엘이 손아귀에 힘을 더 주자 그가 죽는 소리를 냈다. 꾸웨엑!

"왜 잡아온 거야?"

"수상해서. 날 보자마자 뭔가 엄청 켕기는 표정으로 공격을 하더라고."

"원래 인간이랑 드워프랑 사이가 많이 나쁜가?"

"글쎄?"

유리엔이 눈을 가늘게 떴다. 켕기는 표정? 그러고 보니 상대의 얼굴에선 단순한 적대감을 떠나 어딘지 불안감이나 초조함 같은 것이 느껴졌다. 카엘의 말마따나 정말로 켕기는 표정이었다. 뭐라도 숨기는 것이 있는 것 같은.

흐음. 비음을 흘리며 유리엔이 허리를 숙였다. 드워프는 눈을 마주치지 못하고 다른 곳만 쳐다보고 있었다. 듣고 나니 과연 수상했다. 이런 반응을 보이는 이유가 뭐지?

"드워프도 당연히 무리를 지어 살 거 아냐. 뼈를 가져간 게 얘네 아닐까?"

"뭐, 짐승이 가져갔을 리는 없을 테니."

"그런데 뼈 가져간 게 뭐가 그리 대수라고 이렇게 발을 저려?"

태도만 보면 죄라도 지은 것 같았다. 생각하던 유리엔이 문득 미간을 좁혔다. 혹시.

"마을 사람."

"뭐?"

"마을 사람들, 얘네 소행 아냐?"

떠올리고 나니 그럴듯했다. 애초에 사람을 곱게 납치한다는 것부터가 짐승이나 몬스터가 벌일 행각은 아니었다. 정말로 자는 틈을 노려 어딘가로 한꺼번에 이동시켰다면, 그건 흉수가 머리를 썼다는 말이 된다. 숲에 지능을 지닌 다른 종족이 사는 것이 아니라면 당장은 드워프들이 가장 의심스러운 일이었다. 그리고 마치 그런 유리엔의 의혹에 손을 들어주기라도 하듯, 드워프가 크게 움찔거렸다.

"오호라."

거짓말은 못 하고 살 친구일세. 그렇게 중얼거린 유리엔이 손을 풀었다. 족칠 시간이었다.

숲의 드워프들은 짐승의 뼈를 가공하여 무기나 장신구를 만들었다. 그리고 그걸 보름에 한 번씩 숲 근처를 지나가는 상단에게 팔았다. 값은 돈 대신 그때그때 필요한 것을 골라 받았다. 옷가지일 때도 있었고, 약이나 음식일 때도 있었다. 그들은 그런 식으로 인간과 거래를 하거나, 혹은 때에 따라서는 자기들이 만든 것을 직접 사용하기도 했다.

그리 몇 년을 지내오던 중, 갑자기 숲에 변화가 생겼다. 몇 달 전부터 큰 짐승의 뼈가 부쩍 자주 발견되기 시작한 것이다. 대체로 포식자의 위치를 고수하는 거대한 짐승의 뼈는 쉽게 구할 수 있는 것이 아니었다. 드워프들은 쌍수를 들고 기뻐하며 뼈를 보이는 족족 긁어모았다.

그리고 문제가 생겼다. 일손이 부족했다. 쌓아두면 언젠가 쓰기야 하겠지만 자꾸 시야에 들어오니 괜히 아까운 기분이 드는 것이 생물의 마음. 그들은 빨리빨리 더 많은 완성품을 만들어내고 싶었다.

"인간들의 손을 빌리면 되지 않을까요?"

"인간들? 한데 어디서?"

"저번에 본 적이 있습니다. 숲 근처에 작은 마을이 하나 있던데요?"

그리하여 그들은 야밤을 틈타 납치를 단행했다. 키는 작아도 저마다 힘이 장사였다. 한 드워프당 사람 한 명씩 메고 내달리니 금방이었다. 하루 전날 몰래 약초를 타둔 샘의 물을 마신 사람들은 짐짝처럼 날라지면서도 잠에서 깨지 않았다.

눈을 떠보니 낯선 천장이었다. 소설에서나 나올 것 같은 일을 전원이 사이좋게 겪게 된 마을 사람들은 그렇게 드워프 부족의 요긴한 노동력이 되었다.

"빨리빨리 못 해?!"

그러나 눈물과 곡소리가 절로 쏟아지는 파란만장한 노예 라이프는 의외로 시작되지 않았다. 마을 사람들은 처음 뼈 세공을 해본 뒤 생각했다. 뭐야, 밭일보다 쉬운데? 일은 할 만했다. 거기에 때 되면 밥을 주고 잠도 푹 재웠다. 마을에서도 하루 종일 밭 갈고 먹고 자고만 반복했던 사람들은 드워프와 함께하는 생활이 딱히 낯설거나 힘들지 않았다.

더구나 뼈를 다룬다는 것은 은근히 재미있는 작업이었다. 드워프들이 마을로 돌아가지 못하도록 감시하고 잡아두는 것은 맞았지만, 사람들은 딱히 크게 불만이 없었다. 가족과 헤어진 것도 아닌데 굶지만 않으면 이곳이 어디든 뭐 어떠랴. 아이들도 뼈 장난감을 가지고 노는 것을 즐거워했다. 덕분에 전말을 싹 알게 된 유리엔과 카엘을 할 말을 잃고 말았다.

"정의를 실현하게 되나 했더니……."

붙잡은 드워프를 앞세워 도착한 동굴 안은 마냥 평화로웠다. 유리엔과 카엘을 보자마자 '워메, 천사야?', '아냐, 숲의 요정인 것 같은데' 하며 수군거리는 마을 사람들은 한 명도 빠짐없이 전부 혈색이 좋았다. 분위기도 서로 훈훈했다. 어떻게 보아도 착취를 당하고 있는 낌새는 발견할 수 없었다. 과거 히멥스 영지에서의 일을 떠올린 유리엔이 황당하게 서 있다가 곧 피식 웃었다.

"드워프가 인간보다 더 인간미 있네."

기적의 풀 때와 비슷한 사태를 상상하고 왔더니 웬걸, 완전히 달랐다. 카엘에게 걸린 드워프는 그저 상대가 마을 사람들을 도로 데려가려고 왔을까 봐 쫄았던 것뿐이었다. 카엘을 공격한 것은 단지 한 대 치고 수월히 도망치기 위해서였다고 한다. 나름 긴장하고 찾아왔다가 힘이 빠진 유리엔이 그래도 예의상 물었다.

"돌아가고 싶으세요?"

원한다면 마을로 보내드릴게요. 선택의 권한이 생긴 사람들이 서로를 돌아보았다. 갈래? 너는? 으음, 집이 생각나지 않는 건 아닌데.

"나는 안 갈래요."

"당신?"

"마을에 있을 때는 맨날 나더러 힘이 약하다고 구박했죠? 밭일 못한다고. 그런데 어쩌나? 뼈를 세공하는 일은 힘 약한 내가 당신보다 더 잘하는데. 여기 있으면 외려 내 쪽에서 당신을 구박할 수 있는데 뭐 하러 돌아가겠어요? 난 안 가요."

"뭣이여?"

"나는 엄마 따라갈래."

"어이구."

어느 중년 여성의 선언을 시작으로 여기저기서 나도 이곳에 남겠다는 목소리들이 튀어나왔다. 나이가 많든 적든 주로 여성들이었다. 기가 막힌다는 듯 그걸 바라보던 남자들도 결국 머리를 긁적이며 대세를 따랐다. 그냥 이곳에 있지요, 뭐.

"이 인간들!"

"크으, 우리 드워프 못지않게 의리 있구먼."

드워프들이 그에 감동하면서 공기는 자동으로 훈훈해졌다. 카엘과 유리엔은 서로를 마주 보고는 동시에 으쓱했다.

용의 소행이네 아니네 말이 많던 마을 사람 실종 사건은 이렇게 평화로운 광경을 연출하면서 결론을 맺었다. 한 건 없지만 왠지 사건을 하나 해결한 기분이라고 유리엔이 속닥거렸다. 카엘은 동의했다.

"아무튼 마을이 텅 빈 건 용의 소행과는 아무런 관련이 없었고, 그럼……."

크와아앙!

"용이 있을 가망이 확 줄어드는…… 엥?"

말을 멈춘 유리엔이 눈을 동그랗게 떴다. 방금 무슨 소리가 들리지 않았나. 그것도 우렁차게. 먼저 반응한 카엘이 동굴 바깥으로 발을 내디뎠다.

"뭐였어? 몬스터?"

"여기에선 안 보여."

카엘은 대답하며 눈썹 사이에 주름을 잡았다. 소리는 크게 울렸다. 그래서 가까이에 있을 줄 알았더니 예상외로 상대의 모습은 바로 시야에 들어오지 않았다. 나무가 빽빽한 탓도 있겠지만 그의 시력으로도 눈에도 보이지 않을 정도면 거리가 꽤 떨어져 있다는 뜻이었다. 그만한 거리에 이 정도 울음소리라니.

"용일까?"

용이 어떻게 우는지는 들어본 적이 없다. 그냥 용 얘기를 하던 중에 들려온 괴성이라 꺼내본 추측일 뿐이었다. 카엘은 짧게 응수했다.

"가서 봐야지."

빠른 이동을 위해 이번에도 유리엔은 상대의 등판에 업혔다. 카엘이 힘껏 달리자 대상이 있는 위치까지 도달하는 것은 순식간이었다. 그림자부터 발견한 유리엔이 입을 벌렸다.

"크기만 보면 진짜 용인데?"

"모양은 조금 아닌 것 같지만."

울음소리의 주인공은 거대했다. 몸집이 얼마나 큰지 과장을 좀 보태 골드피그를 한입에 잡아먹을 수 있을 것 같았다. 유리엔은 바닥으로 내려서면서도 계속 대상에게서 눈을 떼지 못했다.

크르르르!

"사람 말은 못 하나 봐."

"용 아니라니까."

두 번 보니까 생각난다. 카엘이 기억을 더듬으며 설명을 꺼냈다. 저건 몬스터야. 희귀하긴 한데 전설까진 아닌.

"무슨 몬스터?"

"이름이 뭐더라, 리자드? 아무튼 용이랑 비교하면 차이점이 많아. 우선, 의사소통이 안 되고."

그때 몬스터가 꼬리를 휘둘렀다. 카엘이 유리엔을 재빠르게 안아 든 뒤 훌쩍 몸을 날렸다. 여유로운 몸놀림이었다.

"몸을 감싼 비늘이 단단하지도 않아. 날개도 없고, 입에서 용암도 못 뿜지."

"뭐야, 시시하게."

"그래도 쉽게 목격할 수 있는 몬스터는 아니야. 이 숲에 잠들어 있었을 줄이야."

리자드는 땅속에서 몇 년씩 동면한다. 그래서 숲이나 산에서 갑자기 출몰하는 경우가 많았다. 꼬리는 길고 이족 보행을 한다. 피부는 털이 없고 비늘로 덮여 있으며, 이빨이 날카롭고 두개골은 세로로 발달했다. 전설 속의 용과 아주 비슷한 생김새는 아니었지만, 모르는 사람이 보면 크기가 크니 마냥 착각할 수도 있었다. 종종 민간에서 용은 '매우 크고 세 보이는 놈' 정도로만 알려져 있기도 했다.

"목격자가 봤다는 용은 그럼, 쟤일까?"

"높은 확률로."

"에이."

아쉽게 되었다. 그 순간 카엘이 유리엔을 안은 채로 몸을 날렸다. 허공에서 관자놀이 부근을 걷어차자 리자드가 괴성을 지르며 주춤거렸다. 대상의 움직임이 둔해졌다. 지면으로 가볍게 착지한 카엘이 입을 열었다.

"활 가져왔지?"

"응."

유리엔이 챙긴 무기는 활이었다. 장소가 숲속이라 불 마법을 쓸 수 없었으니 그녀는 대신 물리 공격을 할 수 있는 도구를 준비했다. 꽁꽁 싸매어 어깨에 메고 있던 것을 풀어, 드러난 활을 손에 쥐었다.

"화살은 한 발만 챙겼어. 딱 한 대만 때릴 생각이었거든."

"숨통을 끊는 결정타?"

"어떻게 알았어?"

유리엔은 능숙한 손길로 화살을 시위에 걸었다. 안긴 채로도 잘만 움직인다. 카엘은 자세를 바꿔 그녀를 다소 위로 올려 앉혔다. 유리엔이 팔을 움직이는 것이 한결 자유로워졌다.

"리자드한테는 약점이 있어."

"어디?"

"목덜미. 왼쪽 목덜미의 한 지점에만 비늘이 없거든. 거길 쏘면 치명타야."

"좋아!"

고개를 끄덕인 유리엔이 시위를 당겼다. 그러자 카엘이 몸을 움직였다. 리자드의 뒷발을 도움닫기 삼아 밟고는 허공으로 솟구친다. 잠시 후 그가 유리엔을 안고 내려선 곳은 리자드의 왼쪽 어깨였다. 시야에 대상의 목덜미가 훤히 들어왔다. 아, 저기가 약점이구나. 유리엔은 시위를 놓았다.

푸욱!

크워어어엉!

화살이 꽂힌 리자드가 크게 울부짖었다. 그러면서 막무가내로 꼬리를 휘두르며 난동을 피우는 것을 카엘이 몸을 날려 간단하게 피했다.

유리엔은 카엘의 품에 안긴 채로 그런 리자드를 잠자코 지켜보았다. 날뛰는 움직임이 어딘지 위태로운 것이 그녀의 눈에도 보였다.

"곧 쓰러질 것 같지?"

말이 끝나기 무섭게 리자드가 휘청거렸다. 거대한 몸체가 균형을 잃으니 마치 산이 쓰러지는 것 같았다. 이내 쿵! 무겁게 땅이 울리며 나무들이 충격으로 잎사귀를 떨어뜨렸다. 해치웠다.

도로 제 다리로 땅을 디디고 선 유리엔이 눈을 껌벅거렸다. 태산만 한 것을 워낙 쉽게 넘어뜨려서 그런지 실감이 나지 않았다. 그러나 쓰러져서 움직이지 않는 리자드는 진짜였다. 축 늘어진 꼬리를 멀뚱멀뚱 바라보던 그녀가 이어 고양된 목소리로 외쳤다.

"잡았어!"

"그래, 잘했어."

곁에 나란히 선 카엘이 칭찬했다. 유리엔은 그를 올려다보았다. 카엘이 일부러 그녀가 잡을 수 있도록 힘써주었다는 것을 당연히 알았다. 어떻게 모를까? 활이니 뭐니 번거롭게 그럴 필요 없이 처음 발견하자마자 그가 검을 한 번 휘둘렀다면 끝났을 일이었다. 그런데도 굳이 머리를 때려 움직임을 둔하게 만들고, 약점을 알려주고, 손수 저를 안고 몸을 날렸다. 유리엔은 잠깐 입을 다물었다. 길지 않은 침묵을 보내고 도로 입술을 떼 물었다.

"있잖아."

"왜?"

"진짜 용이었으면 어떻게 할 생각이었어?"

"응?"

"정말로 심장이 파란색 불꽃으로 되어 있는 용이었다면, 용을 잡고 나한테 심장을 주며 청혼했을 거야?"

카엘이 깜짝 놀랐다. 그 일화를 알고 있었어? 되물은 그가 이내 머쓱하게 제 뒷머리를 긁었다. 그 이야길 안다는 것은 자신이 프러포즈 때문에 용을 잡으라는 명령을 받게 된 것도 알고 있었다는 소리였다. 왠지 민망했다. 그는 헛기침을 한 뒤 대답을 꺼냈다.

"아니."

"아니라고?"

"네가 잡게 해주려고 했어. 이번처럼 어떻게든 대상의 힘을 빼놓고, 결정적인 약점을 찾아서. 그런 다음 말하려고 했지."

"무슨 말?"

"네 손으로 용을 잡을 수 있도록 해주는 남자는 나밖에 없다고."

보통은 잡을 수 있다면 직접 잡으려 들 것이다. 그리고 신화 속에 나오는 영원의 상징을 얻어 연인에게 바칠 것이다. 그러나 카엘은 다른 길을 택했다. 본인이 잡는 것이 아니라 유리엔이 사냥할 수 있도록 몸 바쳐 돕는다. 용의 심장을 받는 것보다 그 편을 유리엔이 더 좋아하리란 것을 알고 있었으니까.

"……세상을 통틀어도 나 하나뿐일 거라고."

그렇게 덧붙인 카엘이 쑥스러운지 시선을 피했다. 목덜미가 붉게 물들어 있었다. 그걸 보며 유리엔은 문득 로웬의 질문을 떠올렸다.

"누님은 어떻게 형님을 좋아하게 되셨어요?"

"알 것 같아."

"뭐라고?"

"네가 왜 좋은지."

"어?"

카엘이 화들짝 놀랐다. 놀람의 정도를 따진다면 방금 전보다 두 배는 되는 것 같았다. 자기가 잘못 들었나 의심하는 상대의 얼굴을 유리엔이 물끄러미 올려다보았다. 시선이 마주치자 카엘의 몸이 굳는 것이 느껴졌다. 그녀가 입을 열었다.

"네 말대로 너 하나뿐일 거야."

"……."

"나를 이만큼 잘 알고, 이만큼 위하고, 이렇게 맞춰주는 건."

그래서 네가 좋은가 봐.

뒷말은 속삭이는 목소리로 흘러나왔다. 그리 내심을 이야기한 유리엔이 이어 활짝 웃었다. 그녀는 드디어 열여섯 살 소녀가 아닌 스물한 살의 어른이 되었다. 조금 뒤 들은 것을 인지한 카엘이 새빨갛게 달아오른 낯으로 말을 더듬었다. 바, 방금 그거.

"너……."

"참, 내가 소원을 아직 안 빌었지? 시간이 꽤 지나기는 했지만, 내기의 상품으로 얻었던 거 말이야."

이야길 꺼내며 유리엔이 몸을 돌렸다. 방금 고백을 해놓고 계속해서 눈을 마주치고 있으려니 아무래도 부끄러웠다. 그녀는 그렇게 등을 보인 채로 말을 이었다.

"그거 지금 얘기할게."

"……."

"만약 날 두고 한눈을 팔면, 그 자리에서 바로 절벽 아래로 뛰어내려."

그러고는 유리엔은 척척 앞으로 걸음을 옮겼다. 아, 역시 부끄러웠다. 잠시 후 뒤에서 성큼성큼 넓은 보폭으로 따라잡는 소리가 들렸다. 이내 단단한 팔이 어깨를 감쌌다. 유리엔의 걸음이 멈췄다. 귓가로 목소리가 들렸다.

"너무해."

"……."

"내가 먼저 고백하려 했는데."

"……넌 프러포즈나 해."

"안 그래도 그럴 거야. 돌아가자마자 할 테니까 기대해야 돼. 엄청 성대하게 인생을 바칠 거니까."

"말은."

유리엔이 킥킥 웃었다. 귀에 닿는 숨결이 간지러워서기도 했지만, 어쩐지 그냥 웃음이 나왔다. 아, 알겠다. 기분이 좋아서 그렇구나. 심장이 두근거리며 뛰었다. 동시에 어딘지 쑥스럽게 간질거리기도 했다. 말로 콕 집어 표현하기에는 어려운 느낌이었다. 그때 귓가로 재차 목소리가 내려앉았다.

"난 너 말고는 이런 식으로 좋아해 본 적이 없어. 관계를 맺어본 적도 없고. 그래서 순서가 맞는지는 잘 모르겠지만."

"……."

"……키스해도 될까?"

말끝이 떨렸다. 유리엔은 대답 대신 침묵을 지켰다. 그리고 곧 눈을 감았다. 잠시 후, 숲과 비슷하다고 생각했던 체향이 그녀에게 조심스럽게 닿았다.

키슬리키는 유리엔과 계약으로 묶여 있었다. 악마는 계약자에게서 아주 멀리까지는 떨어질 수 없다. 그는 자연히 덤으로 서쪽 숲까지 딸려 왔다. 나무 사이에 대충 앉아 있던 키슬리키가 떨떠름하게 중얼거렸다.

"저것들이……."

정녕 쟤들의 연애질을 구경하는 것이 내 운명인가? 키슬리키는 투덜거리다 이내 그냥 눈을 감아버렸다.

로웬은 거의 버선발로 뛰어나가 형님의 귀환을 맞이했다. 그는 유리엔이 카엘과 함께 출발했다는 것을 전해 들은 뒤부터 내내 새가슴이 되어 있었다. 다행히 누님에게선 딱히 고생한 기색은 찾을 수 없었다. 용을 잡았냐는 물음에는 아니라는 답이 돌아왔다. 로웬은 절반쯤 실망했다. 반은 심술이었지만 그래도 반은 기대했는데.

그러다 조금 뒤에 그는 이상한 점을 발견했다. 용을 사냥한 것도 아니라면서 형님은 마치 세상에서 가장 큰일을 해낸 사람처럼 뿌듯하게 웃고 있었다.

……뭐지?

로웬이 그 이유를 알게 된 것은 다소 나중의 일이었다.

밤의 정원에 보름달이 떴다. 마냥 밝지는 않으나 그렇다고 캄캄하지도 않은, 어스름한 달빛 아래에 두 남녀가 함께 있었다. 검은 머리카락을 비단처럼 늘어뜨린 여자가 무어라 말을 하자, 색이 짙은 붉은색 머리카락을 지닌 남자가 이를 드러내며 웃었다. 드러난 이가 보기 좋게 희고 가지런했다.

이어 남자가 바닥에 한쪽 무릎을 꿇었다. 그러곤 내밀어진 여자의 손등을 잡아 그곳에 입을 맞췄다. 입맞춤을 받은 여자는 환하게 웃더니, 잠시 후 허리를 숙여 남자의 이마에 답례의 키스를 주었다. 둘은 곧 서로를 마주 보고는 동시에 웃음을 터뜨렸다. 이내 도로 몸을 일으킨 남자가 바로 여자의 허리를 끌어안았다. 여자는 잠깐 놀란 표정을 지었으나, 이윽고 남자의 목을 마주 끌어안고는 가만히 눈을 감았다. 누가 먼저랄 것 없이 서로를 찾는 깃털 같은 맞닿음이 이어졌다.

먼 허공에서 그런 남녀를 지켜보던 작은 악마가 툭, 한 마디를 뱉었다.

"꼴값은!"

에필로그

날씨 좋은 휴일. 몇 안 되는 관객을 앞에 둔 남자가 천천히 입을 열었다.

"그대의 아름다움을 표현할 수 있는 어휘는 이 세상에 존재하지 않습니다. 그 어떤 수사나 미사여구를 동원한다 해도 그대가 지닌 아름다움의 일부조차 묘사하지 못할 것이며, 보석이나 꽃에 빗대어본들 도리어 그것들이 초라하게 빛을 잃게 될 것입니다. 여신이 질투하고 만인이 찬미할 그대의 아름다움을 마주할 때면, 저는 마치 꿈을 꾸고 있는 듯한 착각에 휩싸이곤 합니다. 아직까지 제가 그대를 시야에 담고도 눈이 멀지 않을 수 있음은, 온 정성을 들여 조각한 피조물을 마음껏 감상할 수 있도록 창조주께서 은총을 내려주셨기 때문은 아닐까요?"

장황한 대사를 마친 남자가 이어 품속에서 작은 상자 하나를 꺼냈다. 모양이며 크기며 왠지 반지가 들어 있을 것만 같은 상자였는데, 그 안에는 정직하게도 정말 반지가 있었다. 나는야 속임수 따위는 모르는 이 시대의 진정한 반지 상자. 내 안에…… 다이아 있다. 우훗.

사람이 느끼하다 보니 들고 있는 상자마저 느끼하게 보이는 것은 눈의 착각일까. 어쨌든 상자를 열고 반짝이는 보석이 박힌 반지를 꺼내 든 남자는 곧 한쪽 무릎을 꿇었다. 그러더니 반지를 누군가의 손에 끼워주는 듯한 시늉을 하며, 재차 말을 이었다.

"부디, 제게…… 하늘의 천사와 평생 함께할 수 있는 영광을 주시겠습니까?"

그 후 말이 끝나기 무섭게 상대의 손등에 키스를 하는 동작까지. 짜잔. 훌륭한 마무리에 관객들이 일제히 박수를 쳤다.

"과연 대단하군."

"어머나, 굉장해요."

"몇 년의 공백기를 거치고도 즉석에서 나오는 문장이 저 정도란 말이지? 역시 저런 건 타고나는 걸까?"

"이건 고작 손발이 오그라드는 수준이 아니야. 최소한 척추! 척추가 오그라들어서 키가 작아지는 경지의 느끼함이야. 놀라운데?"

"와, 정말 저런 시절이 있긴 있었구나."

총 다섯 명의 남녀가 저마다 각기 감상을 뱉었다. 처음부터 차례로 제론, 루네, 네이시온, 루제, 린의 순이었다. 특히 린은 진심으로 신기한 듯 손뼉을 치는 것도 마다하지 않았다. 늘 봐오던 멍청하고 숙맥 같은 모습을 생각하면 아예 다른 사람 같았다.

그렇다. 소품까지 준비하여 짧은 연기를 선보인 남자의 정체는 다름 아닌 노바카사였다. 그는 호평일색인 반응에 쑥스러운 듯 목덜미를 긁적이며 자기 자리로 돌아와 앉았다. 위치는 린의 바로 옆이었다. 의자에 착석하자 린이 잘했다는 듯 머리를 쓰다듬어 줬다. 노바카사가 다시 평소로 복귀해 순박하게 웃었다. 네이시온의 감상만 보아도 알 수 있듯, 노바카사는 몇 년이라는 긴 세월이 무색하게도 과거에 하던 양을 잘 재연해 냈다. 전직 레듀르 제일의 카사노바. 길 가다 칼 맞을 잘생긴 개새끼라 불리었던 이름이 아깝지 않은 솜씨였다.

한데 잘한 건 잘한 거고. 노바카사는 왜 갑자기 해묵은 과거가 된 시절의 작업 멘트와 눈빛을 사람들의 앞에서 꺼내 보인 것일까? 그 의문에 대답이라도 하듯 루제가 양손을 깍지 껴 턱 밑에 갖다 대며 말했다.

"그런데, 역시 황태자 전하께서 저런 대사를 준비하진 않으시겠지?"

"당연한 소릴."

"굳이 사람을 바꿔 생각하자면, 황녀 전하께서 토끼 모양으로 깎은 사과를 상대방의 입으로 가져가면서 '자기야~ 아 해봐~'라고 절대 하지 않으실 것과 비슷하다고 할까."

"목에 칼이 들어와도 안 하시겠네요."

루제의 말을 네이시온과 제론이 각각 받았다. 루제는 즉시 납득했다.

이들은 현재 저택의 객실에 옹기종기 모여 있었다. 바로 루네와 제론의 신혼 저택이었다. 날도 좋은데 미네도 볼 겸 놀러 가는 게 어떻겠냐는 제안은 루제가 먼저 꺼냈다. 그에 곧 남편이 될 네이시온이 자연스럽게 따랐고, 루제와 언니, 동생 하는 사이까지 발전한 린이 자기도 가겠다고 손을 들었다. 노바카사는 진작 린과 한 세트가 된 지 오래였다.

그렇게 해서 모이게 된 인원은 만나자마자 다음의 주제를 화두에 올렸다. 곧 있을 결혼식. 황태자 전하께선 과연 어떤 식으로 신부의 손에 반지를 끼워줄 것인가?

어느새 카엘과 유리엔의 결혼식은 일주일 앞으로 다가와 있었다. 여름이 거의 끝나가고, 곧 다가올 가을을 기다리는 시기. 5년 전 유리엔이 급하게 제국을 떠났던 바로 그 날짜와 일치했다. 이에 대해 이곳의 사람들은 모두 똑같이 의견을 모았다. 노렸네, 노렸어. 일부러 그날로 잡았네.

어쨌든 날짜야 날짜인 거고. 그들이 정말로 관심이 있는 것은 조금 전에도 소개했던 '반지 끼우기'였다. 제국의 결혼식에는 주례사가 끝난 뒤 신랑이 신부에게 반지를 끼워주는 순서가 있다. 정해진 절차였으나 구체적인 의례는 고정된 것이 없었다. 즉 신랑이 무슨 짓을 하며 반지를 끼우든 그건 본인의 자유라는 말이다. 어느 나라의 왕은 유명 음유시인의 시를 읊으면서 반지를 끼워주었다고도 했다.

조금 전 노바카사가 선보인 것은 자리의 모두가 만장일치로 인정한 '가장 일어날 리 없는 상황'이었다. 그런 만큼 실제로 일어난다면 제일 재미있겠지만, 당연히 그럴 리 없을 테니 그저 재미로 한 번쯤 보고 넘기기로 한 것이다. 노바카사의 시연은 일종의 놀이였다.

"아무래도 1번이 가장 유력할까요?"

"말없이 반지만 끼워주는 그거?"

"보통 많이 그러긴 하지."

"우리가 몇 가지를 이야기했더라? 노래, 시, 짧은 느끼한 멘트, 긴 느끼한 멘트."

"짧은 느끼한 멘트라도 하셨으면 좋겠다."

"과연?"

이야기는 한참이나 더 이어졌다. 잠시 담화가 끊긴 것은 식사를 들 시간이 되었을 때였다. 어떻게 알았는지 마침 미네 또한 잠에서 깨어나 칭얼거렸다. 루네는 미네의 유모를 찾았고, 제론은 나머지 사람들을 식당으로 안내했다. 시간은 조용한 숲속의 냇물처럼 평화롭고 막힘없이 흘러갔다.

식을 올릴 준비가 끝났다. 자리를 채운 하객들은 저마다 각기 다른 이유로 긴장하여 마음을 졸였다. 이제 신랑과 신부만 등장하면 식이 시작된다. 그들은 눈이 빠져라 주인공의 입장을 기다렸다. 몇몇은 공연히 제가 애가 타는지 손수건으로 땀까지 훔쳤다.

그때 악단의 연주가 울려 퍼졌다. 귀족들-황족 포함-의 결혼식에서는 악단이 만들어내는 음악으로 신랑과 신부의 입장을 알린다. 순서는 신랑이 먼저였다. 감미로우면서도 웅장한 선율의 끝. 주례가 엄숙하게 선언했다.

"신랑, 입장하십니다."

붉은 카펫으로 곱게 깔아놓은 길이 문의 입구에서부터 이어져 있었다. 곧이어 문이 열리고 카엘이 준비된 길을 밟았다. 뚜벅뚜벅. 균형 잡힌 걸음이 만들어내는 소리가 정갈했다. 타오르는 불꽃같은 적색 머리카락을 깔끔히 넘겨 이마를 드러냈다. 이마와 이어지는 콧대, 그리고 거기서부터 쭉 연결되는 인중과 턱이 황홀할 정도로 완벽한 선을 그린다. 이미 몇 영애는 눈이 풀렸다. 이 자리에서 유부남이 될 남자였지만 잘생긴 건 잘생긴 거였다. 검은색 예복을 차려입은 카엘이 거침없이 걷다 어느 지점에서 발을 멈췄다. 그러자 조용한 침묵이 내려앉았던 식장에 다시 음악이 울리기 시작했다. 잠시 후 주례가 동일한 어투로 알렸다.

"신부, 입장하십니다."

문이 다시 열리고, 이번에는 유리엔이 등장했다. 새하얀 드레스를 입은 그녀가 사뿐히 카펫을 밟았다. 등 뒤로 길게 늘어뜨린 폭포수 같은 검은 머리카락이 움직일 때마다 반투명한 베일 안에서 조금씩 찰랑거렸다. 눈동자에는 별을 수놓았고, 입술에는 앵둣빛을 머금게 했다. 평소보다 유독 아름다운 모습에 누군가가 꼴깍 침을 삼켰다. 그 옆에서는 다른 사람이 호흡곤란을 호소했다.

카엘의 근처까지 도착한 유리엔이 호위의 손을 놓았다. 그리고 신랑의 크고 단단한 손을 붙잡았다. 이어 손을 맞잡은 두 사람이 보폭을 맞춰 나란히 걸음을 옮겼다. 마치 한 폭의 그림 같은 광경이 사람들의 눈앞에 펼쳐졌다. 무슨 말이 필요할까? 그 누가 보기에도 날 때부터 한 쌍이었던 것처럼 잘 어울리는 선남선녀였다. 보고만 있어도 둘을 수사하기 위한 온갖 미사여구가 샘처럼 떠올랐다. 자기도 모르게 멍하니 넋을 놓고 있던 한 영애는 시간이 조금 지나서야 퍼뜩, 정신을 차렸다.

'이, 이럴 때가 아냐.'

영애는 이를 악물었다. 사실 그녀는 속 편하게 식이나 구경하자고 이 자리에 온 것이 아니다. 그녀에게는 단순히 하객으로서 자리를 채우는 것 외에 다른 목적이 있었다.

'결혼식을 방해한다!'

그녀의 진짜 목표는 바로 깽판이었다. 진행 도중에 깽판을 놓아 식을 파투 낸다. 조금만 생각해 봐도 감히 황족의 결혼식에서 마음먹을 만한 짓은 아니었지만, 사람이 회까닥 돌면 뭔들 못 할까. 사랑-이라고 본인은 주장하지만 남들은 인정해 주지 않는-에 눈이 먼 영애는 이내 결의에 찬 표정으로 주먹을 움켜쥐었다. 직후 벌떡! 자리에서 일어섰다.

그리고 미친 사람은 그녀 혼자만이 아니었다. 뇌를 집에 두고 결혼식에 참석한 이는 생각보다 많았다. 영애를 필두로 여럿의 하객이 더 추가로 몸을 일으켰다. 예고 없이 발생한 돌발 상황이었다.

그러나 한편에서 그것을 지켜보던 루제는 당황하지 않았다. 그녀는 태연하게, 아니, 마치 기다렸다는 듯한 얼굴로 오른손을 까딱거렸다.

"……!"

그 순간 대기하고 있던 하녀와 하인들이 쏜살같이 움직였다. 빛보다 빠른 움직임이었다. 그들은 미리 훈련이라도 한 것처럼 능숙하게 미친 하객에게로 다가가 대상을 바깥으로 조용히, 그러나 빠르게 끌어냈다. 한 명당 둘씩 붙으니 하객은 반항도 할 수 없었다. 팔이 붙잡히고 입이 막혀 질질 끌려 나갔다.

영애 및 영식들은 그리 퇴장당하며 기가 차 눈을 부릅떴다. 감히! 내가 누군 줄 알고 고작 하녀와 하인 따위가! 하나 뒤늦게 호통이라도 치며 뿌리치려던 그들은 곧 저를 붙잡은 상대의 얼굴을 확인하곤 깜짝 놀라고 말았다. 하녀나 하인이 아니었다. 복장만 그랬을 뿐 상대는 모두 귀족가의 자제들이었다. 사용인으로 변장한 그들의 정체는 다름 아닌 환사모-환상의 커플을 사랑으로 지지하는 모임, 유사모와 카사모의 연합-회원들이었던 것이다.

현재 식장 안에 진짜 하녀와 하인은 한 명도 없었다. 오로지 결혼식을 무사히 지켜내기 위해 자발적으로 그 같은 분장도 마다하지 않은, 카엘와 유리엔의 신봉자들만이 자리하고 있을 뿐이었다. 그리고 이 모든 걸 계획하고 주관한 루제가 선 자리에서 회심의 미소를 지었다.

'이 신성한 결혼식을 방해하려는 불순분자는 전부 파. 괴. 한. 다.'

갈색 눈동자가 번뜩였다. 나머지 하객들은 순간 섬뜩한 기운을 느껴야만 했다.

카엘은 묵묵히 유리엔의 왼손 약지에 반지를 끼워주었다. 별다른 멘트는 없었다. 다만 입가에 머금고 있었던 미소가 한층 짙어졌을 뿐이다. 일주일 전 루제를 비롯한 여섯 사람이 모였던 자리에서 가장 유력하지 않겠냐고 제시되었던 의견대로 된 것이다.

그러나 진짜는 조금 나중이었다. 반지를 끼워주고, 황제와 황후가 축사를 건네고, 주례의 질문에 대답하며 신랑과 신부가 영원한 사랑을 맹세했다. 그다음 두 사람이 맹세의 키스를 나누어야 할 순간이었다. 그때 카엘이 입을 열었다.

"그 반지, 내 거야."

지척에 있는 상대에게만 들릴 정도로 작은 목소리였다. 뜬금없는 발언에 유리엔이 눈을 동그랗게 떴다.

"갑자기 무슨 소리야? 그리고 내 손에 꼈으면 이제 내 거지."

"아니, 여전히 내 건데."

"반지에 웬 소유욕을……."

심정을 그대로 드러낸 유리엔의 목소리에 황당함이 담겼다. 그러자 카엘이 눈을 반달로 접으며 씩 웃었다. 매력적인 미소였다. 그리 웃으면서 그가 말을 이었다.

"그거 알아? 결혼반지는 한번 끼면 낀 사람의 손과 하나나 다름없게 되는 거."

"그래서?"

"이 반지는 내 거. 그럼 반지와 하나가 된 이 손도 내 거."

맞잡고 있던 신부의 손을 들어 카엘이 손등에 짧게 입을 맞췄다. 말은 아직 끝나지 않았다.

"손과 이어진 팔도 내 거."

"뭐……."

"팔과 이어진 어깨도, 그 위에 목도, 이 얼굴도."

손을 놓은 카엘이 이번에는 유리엔의 얼굴을 감쌌다. 작은 얼굴이 양손 가득 들어온다. 그렇게 자세를 고정한 그가 이내 고개를 숙이며 마지막 말을 덧붙였다.

"그리고 이 입술도."

내 거지.

그 말을 삼킨 카엘의 입술이 그대로 유리엔의 입술을 잡아먹듯 덮었다.

그리고 훗날 유리엔은 제 아이를 앞에 앉혀두고 이야기했다. 평생 살면서 네 아빠가 가장 느끼했던 순간은 바로 저때였다고 말이다.

〈완결〉

외전 2

신혼부부와 사건 사고의 여신

아딘은 혈육의 정을 중시하는 착한 남동생이었다. 다시 말해 누나 말을 잘 들었다. 그는 유리엔이 제국을 떠나던 날 제게 당부하듯 남겼던 마지막 인사를 기억하고 있었다.

"황후는 꼭 참한 아가씨로 맞이해. 알지? 얼굴만 따지다간?"

"패망한다."

"옳지."

누나 말을 들으면 자다가도 빵이 나온다. 유리엔은 아딘을 그런 식으로 가르쳤다. 교육의 과정을 본 혹자는 얼핏 옆 사람과 이렇게 속삭이기도 했다. 저거 세뇌 아니냐? 물론 굳이 그러지 않았어도 아딘은 본래 순하고 정이 많은 성정이라 연장자인 제 누이를 퍽 잘 따랐을 것이다. 더구나 유리엔이 고국에서 지내는 동안 아딘을 위해 불철주야 노력한 것도 사실이었으니, 누나 말을 잘 들으면 자다가도 빵이 나온다는 말이 아주 없는 소리도 아닌 셈이다. 아딘은 유리엔의 당부라면 사소한 것이라도 일단 귀담아 들었다.

그래서일까? 자기가 제국 제일의 미녀라고 콧대를 세우고 다니던 귀족 영애 셋은 나란히 아딘을 유혹하는 것에 실패했다. 우연인 척 만남을 유도하거나 아버지를 앞세워 식사 자리를 같이하거나 급기야는 침소에까지 몰래 숨어들었으나 안타깝게도 번번이 물만 먹었을 뿐이다. 아딘의 거절은 부드러웠으나 동시에 완강했다. 콧대 높은 그녀들은 한 번 콧대가 꺾이자 두 번 덤빌 생각은 하지 못했다.

얼굴만 따지다간 패망한다.

그 말은 얼굴을 따지지 말라는 게 아니라 따질 거면 인성도 함께 따지라는 뜻이었다. 아딘을 유혹하려던 영애들은 만개한 꽃보다도 예쁜 얼굴에 고귀한 배경을 지니고 있었으나 애석하게도 마음씨가 조금 떨어졌다. 아주 악독하거나 못된 것은 아닌데 사려가 부족하고 허영이 있었으며 인내심이 달렸다. 말하자면 성군의 곁에서 함께 나라를 굽어살필 황후의 재목은 아니었다는 것이다. 누님의 조언을 가슴 깊이 새긴 아딘은 그렇게 제국 미녀 삼 인방의 추파를 미련 없이 물리쳤다.

그리하여 제국 내 일등 신랑감 아딘 드 카르나 황제가 즉위 이후 줄곧 미혼으로 지내기를 일 년쯤. 뮤리엔 제국으로부터 불쑥 연통이 도착했다.

결혼했니?

내용은 짧았다. 구태여 발신인를 확인하지 않더라도 제 누이가 써서 보냈다는 것을 어렵지 않게 알 수 있었다. 미혼 아딘은 곧바로 답신을 보냈다.

아니요.

보내고서 며칠이나 지났을까. 연통은 다시 날아왔다. 그리고 아딘은 수신한 서간을 펼치자마자 황당한 표정을 지을 수밖에 없었다.

황후 간택 무도회 열자.

"갑자기 무슨……."

심사위원은 나.

"에엥?"

장안에 소문이 날 만큼 천방지축 왈가닥이던 아가씨가 결혼을 하자 놀랍게도 다른 사람처럼 얌전하고 정숙한 레이디가 되었다는 일화가 있다. 카엘은 그것을 건너 건너 듣고는 생각했다. 남의 일이군.

"꼭 가야 되는 거야?"

"알면서 묻기는."

응수하는 목소리가 경쾌했다. 밤하늘처럼 색이 예쁜 검은 머리카락이 창문으로 들어온 바람을 타고 나부꼈다. 크고 호화로운 마차 안에 앉아 유리엔은 턱을 괴곤 빙긋 웃었다. 카엘이 고개를 내저었다. 나오는 건 한숨뿐이었다.

"돌아가서 밀린 업무로 밤을 새울 생각을 하니 벌써부터 머리가 아프다."

"그러게 굳이 안 따라와도 된다니까."

"네가 가는데 내가 어떻게 안 가."

듣기에 따라서는 낯간지러운 발언이었으나 카엘은 입에 올리는 것을 주저하지 않았다. 유리엔은 그에 흘긋 시선을 주었다가 다시 창밖으로 눈을 돌렸다. 티는 안 냈지만 웃음이 조금 짙어졌다. 이래야 내 남편이지.

"아무래도 남동생이 영 걱정되는 걸 어쩌겠어. 이런 게 바로 어쩔 수 없는 누나의 마음이라는 게 아닐까?"

"단순히 재미를 위해서 가는 거면서."

"들켰네."

둘은 현재 뮤리엔을 벗어나 카르나 제국으로 이어지는 숲길을 달리고 있었다. 왜 이 먼 길을 단출한 인원으로 오르게 되었느냐 하면 그건 전부 유리엔의 의사로 진행된 일이라 하겠다. 그녀는 일주일 전 말을 꺼냈다.

"아딘에게 참한 배필을 짝지어줄 때가 된 거 같아."

뮤리엔 제국 내에서 황태자와 황태자비의 성대한 결혼식이 치러진 지 얼마 되지도 않았다. 다시 말해 유리엔은 신혼이었다. 새 신부 유리엔은 아닌 척하면서도 은근히 달콤한 신혼을 꿈꾸고 있던 새 신랑 카엘에게 폭탄선언을 했다.

"카르나에서 황후 간택 무도회가 있을 거야. 다녀올게."

카르나 제국은 옆 동네가 아니다. 왕복을 위해서는 못해도 보름 이상 잡아야 했다. 카엘은 갓 남편이 된 저를 내팽개치고 그만한 여정을 다녀오겠다 이야기하는 아내를 가만히 쳐다보다 뒷목을 잡았다. 내 신혼. 물론 말려야겠다는 생각을 아예 하지 않은 것은 아니다. 말려봐야 안 들을 것 같지만 그래도 시도 정도는 해볼 수 있으니까. 그러나 유리엔은 그것을 선수 쳐 봉쇄했다.

"말리면 우리 각방."

그렇게 해서 카엘은 말리기는커녕 그녀의 훌륭한 협력자가 되고 말았다는 이야기다. 그는 새로운 무기를 휘두를 수 있게 된 유리엔의 앞에서는 철저한 약자였다.

"황후 간택 무도회라니……."

"네가 생각해도 재미있겠지?"

"한데 카르나에서 그런 걸 열 계획이라는 전갈은 못 받았는데?"

"당연하지. 내가 열라고 한 거니까."

"그래…… 뭐?"

유리엔이 씩 웃었다. 카엘의 표정이 절로 황당해졌다. 원격으로 아주 못 하는 것이 없었다.

"어쩐지. 간택 무도회를 열 만한 인물은 아닐 거라고 생각했는데."

"누가? 아딘이?"

"그래."

"어떻게 알아? 만나본 적도 없으면서."

"들리는 얘기가 있잖아. 즉위 이후 행적만 봐도 알지."

말처럼 아딘은 간택 무도회 같은 것을 추진할 만한 성격은 못 되었다. 다른 걸 떠나 우선 그렇게까지 할 정도로 혼인에 관심이 있지를 않았다. 기실 그가 여태 밀려든 추파를 죄 거절한 것도 그런 무심함에 기반을 둔 일이었다. 누님의 조언을 받들어 신중한 것도 있지만 애당초 결혼에 별달리 흥미가 없다는 점이 한몫한 것이다. 창가에 걸쳤던 팔을 내린 유리엔이 검지를 들어 좌우로 흔들었다.

"난 조카를 보고 싶거든."

"의외로 애를 좋아한단 말이야."

"뭐, 그 이유도 있긴 하지만, 실은 그보다는 배우자가 생긴다는 만족감이 생각보다 나쁘지 않아서."

아딘에게도 그런 걸 알려주고 싶어. 유리엔이 덧붙였다. 여상한 어조였지만 담긴 내용은 여상하지 않았다. 카엘은 그 발언을 제대로 인지하자마자 조금 놀라 상대를 쳐다보았다. 유리엔의 귓가가 평소보다 약간 붉었다.

"너……."

"멈추시오!"

카엘의 표정이 파삭 구겨졌다. 환상의 타이밍에 끼어든 불청객의 목소리가 무시할 수도 없게 우렁찼다. 젠장. 간만에 분위기 좀 잡아볼 수 있었는데. 달콤한 신혼에 대한 갈망이 남아 있는 새 신랑의 속내가 분노로 부글거렸다.

"오, 산적인가? 근데 산적치고는 너무 정중한데?"

그렇다면 혹시 예의 바른 산적? 남의 속도 모르고 유리엔은 마냥 흥미진진하게 눈을 빛냈다. 그대로 마차 밖으로 머리를 내밀려는 유리엔을 간발의 차로 붙잡은 카엘이 한숨을 내쉬었다. 왜 붙잡냐는 상대의 표정을 응시하며 그가 반지를 가리켰다.

"마법."

"아, 참."

유리엔은 왼손 약지에 반지를 끼고 있었다. 결혼식 때 카엘이 그녀에게 손수 끼워주었던 것이다. 즉 결혼반지. 보석이 아닌 마나석이 세공된 반지는 과거 끼고 다녔던 것처럼 두 가지 마법이 걸려 있었는데, 하나는 공격 마법이고 하나는 변용 마법이었다.

카엘은 일부러 그 두 가지 마법을 선택했다. 공격 마법이야 고른 이유를 말할 것도 없다. 유리엔이 마법으로 손수 상대방을 날려 버리는 손맛(?)을 선호했으니 자연스레 그 취향에 맞춘 것이다. 변용 마법을 새긴 것도 그와 비슷한 이유였다.

"깜박했네. 후드나 가면을 챙기는 것보단 훨씬 편한데."

유리엔은 사방팔방 돌아다니는 걸 좋아했다. 저잣거리든 광장이든 흥미만 생기면 가지 못할 곳이 없었다. 그러나 맨얼굴을 드러내고 다녔다간 행동에 제약이 생길 것이 당연했으니 필수적으로 얼굴을 가려야만 했다. 변용 마법은 그걸 위한 것이었다.

"외출 준비."

자체 설정한 주문을 읊조리자 유리엔의 얼굴과 머리를 즉시 빛이 휘감았다. 빛은 순식간에 그녀의 외양을 완전히 다른 사람처럼 바꾸어놓았다. 흑단처럼 검은 머리가 흔한 갈색 머리로, 여신이니 요정이니 추앙받는 미려한 얼굴은 특징 없는 평범한 이목구비로 변했다.

변신을 마친 유리엔이 주저 없이 마차의 문을 열었다. 마차는 그새 완전히 멈춘 상태였다. 유리엔은 바깥으로 폴짝 뛰어내린 다음 즉각 마부부터 확인했다. 그는 고삐를 꽉 쥔 채 어쩔 줄 몰라 하고 있었다. 다만 겁에 질린 기색은 아니었다.

"아, 아가씨."

유리엔은 조용한 이동을 위해 일부러 신분을 숨겼다. 마차는 황가의 문양이 없는 것을 골랐으며 마부는 일당을 주고 고용했다. 마부는 유리엔을 적당한 부잣집 여식 정도로만 알고 있었다.

"무슨 일이죠?"

"죄송합니다. 도움을 청할 일이 있어서 부득이하게 실례를 무릅썼습니다."

유리엔의 시선이 전방으로 이동했다. 마차를 막아선 것은 예상외로 멀끔하게 갑옷-조금 지저분하긴 했으나-을 차려입은 기사였다. 상대가 사죄의 의미로 고개를 숙이는 사이 마차에서 나온 카엘이 유리엔의 곁으로 다가와 섰다. 그 또한 마법으로 외양을 바꾼 상태였다.

"산적이 아니잖아?"

"그러니까."

기사는 잠시 후 숙였던 고개를 들고 호소했다.

"제발 부탁드립니다. 주변에 큰 마을이 없어 도움을 구할 상대가 없었습니다."

"무슨 일인가요?"

그는 호소를 하면서도 여전히 마차의 앞을 가로막고 있었다. 치고 갈 것이 아니라면 일단은 이야기를 들어줘야 했다. 유리엔이 묻자 기사는 기다렸다는 듯 사정을 털어놓았다.

"사실 저는 동료들과 함께 굉장히 중요한 물품을 운반하고 있었습니다."

자초지종은 이랬다. 기사와 그의 몇몇 동료는 귀중한 물건을 마차를 이용하여 함께 운반하고 있었다. 한데 마차가 낡았던 모양인지 산길에 오르면서 바퀴가 말썽을 부렸고, 어쩔 수 없이 바퀴의 상태를 살펴보기 위해 길 중간에 잠깐 마차를 세웠다. 안 그래도 오랜 이동으로 지친 상태였기에 그들은 마차를 멈춘 김에 휴식을 취할 생각이었다. 그런데…….

"하필이면 그때 산적들의 습격을 받은 겁니다."

다행히 습격은 어찌어찌 물리쳤다. 여독으로 지친 상태였지만 그렇더라도 그들은 기사였다. 산적 몇으로부터 마차를 지키는 일이 크게 어렵지 않았다. 문제는 그것이 첫 번째 습격이었다는 것이다.

그렇다. 첫 번째. 첫 번째라는 말은 두 번째도 있다는 이야기다. 두 번째 습격에서 산적들은 무려 세 배나 되는 인원으로 무장하여 그들을 덮쳤다. 머릿수에는 보통 장사가 없다. 그들은 그야말로 속수무책으로 당하고 말았다. 마차는 부서지고 물건은 당연한 수순으로 빼앗겼다.

기사는 싸움 도중 도망쳐 간신히 목숨을 부지했지만 차마 빼앗긴 물건을 되찾으러 갈 엄두는 내지 못했다. 혼자 남은 그가 다수의 적을 상대로 할 수 있는 것은 딱히 없었다. 지금처럼 남에게 도움을 구하는 것 빼고는. 설명을 다 들은 카엘이 턱을 매만졌다. 흐음.

"그래서, 어떻게 도와달라는 거지? 물건을 되찾아달라는 얘긴가?"

"바로 그겁니다."

기사가 목이 빠져라 고개를 끄덕였다. 붕붕 소리라도 날 것 같았다. 카엘은 시선을 내려 유리엔을 응시했다. 어떡할까? 묻는 목소리가 여상하다. 그는 언젠가부터 이런 일이 있을 때면 당연한 듯 유리엔의 의향을 물었다. 유리엔은 대답 대신 기사를 향해 질문을 던졌다.

“가능할 것 같아?”

처음 기사에게 사정을 물을 때는 말을 높여주었던 유리엔이 그새 편하게 하대로 바꾸었다. 전환이 자연스러웠다. 기사는 상대가 제게 말을 놓는 것에는 별다른 감응이 없는 것 같았다. 상대의 정체를 알 수 없는 상황인데도.

“예?”

“가능할 것 같냐고. 물건이 뭔지는 모르겠지만 아직 팔기 전이라면 산적들이 제 본거지에 모셔놨을 거 아냐. 과연 우리가 그 본거지에 있는 산적들을 소탕하고 물건을 찾아올 수 있을까? 고작 둘이서?”

“그건…….”

“뭘 믿고 우리한테 부탁하는 거지?”

산적의 수는 많다. 그건 기사가 털어놓은 자초지종만 듣더라도 충분히 알 수 있었다. 아무리 지쳐 있었다지만 기사들마저 속수무책으로 당했을 정도면 여간 머릿수가 아닐 것이 뻔하다. 그런 다수를 상대로 고작 둘이서 뭔가를 할 수 있을 거라 생각하는 건 일반적으로 어불성설이었다. 물론 카엘의 정체를 안다면 말이 다르지만 지금은 그런 상황도 아니다.

유리엔은 굳이 추궁하듯 날을 세우지는 않았다. 무감한 어조를 유지하며 정말 궁금하다는 듯 물었다. 기사는 달리 고민하거나 말을 고르는 기색 없이 곧장 대답했다.

"실은, 그, 마차를 보고 막아섰습니다."

"마차?"

"예. 마차가 크고 화려하지 않습니까. 저 정도 마차를 빌리거나 소유할 만한 인물이라면 산적이 출몰하는 이 험한 길에 호위도 없이 오르지는 않았을 거라고…… 분명 실력 있는 호위가 동승하고 있겠구나 생각했습니다. 그래서 도움을 요청하려 마음을 먹은 겁니다."

기사의 주장은 설득력이 있었다. 그럴듯하다는 말이다. 편안한 이동을 위해 유리엔이 고른 마차는 확실히 한눈에도 비싸 보이는 것이 사실이고, 부자들이 보통 본인의 안전에 가장 민감한 것 또한 사실이었으니까. 구태여 의심할 만한 정황은 아니었다. 유리엔은 가만히 상대의 눈을 쳐다보았다. 말을 마친 기사는 조금 긴장한 기색으로 그런 그녀의 시선을 묵묵히 받아냈다. 잠시 후 유리엔이 입을 열었다.

"어딘데?"

"네?"

"산적들의 본거지 말이야. 대충 위치는 아니까 찾아와 달라고 부탁하는 거 아냐?"

"도, 도와주시는 겁니까? 감사합니다! 정말 감사합니다!"

"인사는 나중에 하고 위치부터."

"아, 네. 그럼……."

꾸벅 고개를 숙인 기사가 앞장섰다. 유리엔은 카엘과 함께 그런 기사와 다소 거리를 띄운 채 뒤쫓았다. 마부는 마차와 함께 제자리를 지켰다. 카엘이 속삭였다.

"어때?"

곤경에 처한 사람을 도와주는 것은 그다지 어려운 일이 아니다. 더

욱이 이쪽이 눈 감고도 그것을 해치울 만한 무력을 가지고 있다면 말이다. 그러나 유리엔이 기사의 청을 수락한 것은 그런 도의나 측은지심 때문이 아니었다.

"엄청 수상해."

유리엔이 타고난 몇 가지 중 하나는 바로 사람을 보는 눈이었다. 이건 과거 루제가 루네인 척 가장하며 그녀를 속이려 들었을 때 요긴하게 쓴 전적이 있다. 눈동자를 가만히 보고 있으면 어느 정도 상대가 파악이 되었다. 그녀가 기사의 눈을 물끄러미 응시한 것은 그런 이유였다.

"어떤 느낌인데?"

기사에게서 특별히 수상한 점은 없었다. 난투로 더럽혀졌으리라 추정되는 갑옷. 정황상 싸우다 잃어버렸을 검. 사정을 설명할 때 느껴지던 절박함도 나름 진실 되었다. 아마 부서진 마차나 시체 등의 흔적도 이쪽에서 확인하기를 원했다면 볼 수 있었을 것이다.

그러나 카엘은 눈앞의 현상보다 유리엔의 감을 더 믿었다. 그것은 정확이 말하자면 그녀의 감보다는 그녀 자체를 믿는 것이다. 애정에 기반을 둔 무조건적인 신뢰였다. 믿음을 받는 사람도 당연히 그것을 느낄 수 있었다. 유리엔은 조금 쑥스러웠으나 내색하지는 않았다.

"다른 목적이 있는 것 같은 느낌?"

"다른 목적?"

"응. 습격을 당했다는 건 사실일 거야. 그런데 대상이 정말로 산적일지는 모르겠어. 그리고……."

"……."

"너무 저자세야."

아무리 도움을 구하는 입장이라지만 기사의 태도는 과한 데가 있었다. 특히 하대를 듣고도 발끈하는 기색조차 없었던 것이 그랬다.

외견으로 보기에 유리엔과 카엘은 기사보다 못해도 너덧 살은 어려 보인다. 정체를 모르는 데다 나이까지 어린 상대에게 대놓고 반말을 듣고도 언짢아하지 않을 사람은 과연 얼마나 될까.

더구나 유리엔은 지금 얼핏 귀족보다는 돈 많은 졸부나 상인의 딸 정도로 비쳤다. 준귀족으로 대우받는 기사가 꼬박꼬박 존칭을 고수할 위치는 못 된단 소리다.

"자존심이라는 게 있잖아. 보통 사람은 저보다 사회적 지위가 낮아 보이는 상대에게 부탁할 때는 고개를 잘 안 숙이거든. 오히려 대가를 줄 테니 자길 도우라며 뻔뻔하게 나오지."

"하긴."

"우리가 하대를 했는데도 저자세를 고수했다는 건 그 정도는 충분히 감내할 만한 뚜렷한 목적이 있다는 건데…… 왠지 그 목적이 정말로 우리의 도움 같지는 않단 말이야."

그때 기사가 걸음을 멈췄다.

"바로 저깁니다."

그가 멈춰 서서 손짓으로 가리킨 곳에는 웬 동굴이 있었다. 산속에 동굴이라, 인위적이지는 않았지만 수상한 인물이 가리키니 장소도 덩달아 수상해 보였다. 기사와 거리를 좁힌 카엘이 중얼거렸다.

"너무 조용한데? 본거지라면 좀 더 시끄러워야 하지 않나?"

"확실히 저곳이 맞습니다. 저 동굴로 들어가는 것을 목격했거든요. 차마 제가 혼자 잠입하거나 할 수는 없었지만…… 몇 번 미행을 통해 확인했습니다."

"일단 가자."

고민할 것도 없이 유리엔이 성큼 앞장섰다. 거침없었다. 부창부수를 역으로 실천하는 카엘이 그런 유리엔을 자연스레 뒤따랐다. 두 사람이 그렇게 성큼성큼 앞서갈 줄은 몰랐는지 기사는 제자리에서 잠깐 당황하다 얼른 따라붙었다.

입구는 크지 않았으나 동굴의 내부는 보기보다 넓은 것 같았다. 안으로 들어선 카엘이 발치에 굴러다니던 돌을 벽으로 차 간단하게 소리를 만들었다.

"흐음. 울리는 정도로 봐선 내부가 깊은 것 같지?"

"응. 그리고 심하게 조용하네."

동굴 안에 깔린 정적은 어딘지 기이한 구석이 있었다. 공기가 무겁게 느껴지는 건 기분 탓일까? 겉보다 안이 훨씬 수상한 동굴의 내부를 유리엔이 어느 정도 걸어 들어갔을 때였다.

"감사합니다."

"……?"

기사의 목소리는 제법 떨어진 곳에서 들려왔다. 뒤를 돌아보자 그는 저 혼자 안으로 들어오지 않고 동굴의 입구에 우두커니 서 있었다.

"쟤 저기서 뭐 하냐?"

"몰라."

유리엔과 카엘이 한마디씩 주고받았을 때 기사가 다시 입을 열었다.

"도중에라도 의심을 품거나 하면 어쩌나 걱정했는데…… 생각보다 순진하시군요. 다행히도."

기사의 목소리는 차분했다. 차분하게 나는 너희를 함정으로 끌어들였으며 너흰 순진해서 속은 거라고 고백하고 있었다. 유리엔이 카엘을 돌아보았다.

"나더러 순진하다는데?"

"오늘을 기념일로 지정해 놔. 다시없을 칭찬을 들은 날."

"그래야겠다."

기사는 그들이 속았다고 생각했지만 실상은 속아'준' 것이다. 유리엔은 상대가 입구에서 무게를 잡으며 대사를 나불대든 말든 도로 몸을 돌렸다. 들어주기 귀찮은데 동굴 탐험이나 계속해야지. 그녀의 무심한 태도에 되레 당황한 것은 기사였다.

"자, 잠깐! 너희는 속았다! 그곳에 있는 건 산적 따위가 아니라……."

"카라멜, 너 밤눈 밝아?"

"왜? 잘 안 보여?"

"나는 잘 보이는데 네가 넘어질까 봐. 혹시 넘어질 것 같으면 이야기해. 이 누님이 손 정도는 잡아줄게."

"너나 조심하시지."

완전히 무시당했다. 관심을 받지 못한 기사가 황당해서 입만 벙긋거렸다. 그러거나 말거나 유리엔과 카엘은 지체하지 않고 쭉쭉 동굴을 주파했다. 이내 두 사람의 모습이 동굴 안쪽으로 완전히 사라졌다. 그리고 기사는 뒤늦게 깨달았다. 저 둘은 의심하지 않은 것이 아니라 의심하면서도 재미있을 것 같아서 따라온 거란 사실을.

"뭐 이런……."

기사의 표정이 복잡해졌다. 수상함을 느끼면서도 저렇게 태연하다니? 설마 안에 어떤 것이 도사리고 있든 상관없다는 뜻인가?

"혹 문제가 생기는 건…… 아냐, 그럴 리가. 아무리 날고 기어도 전설 속의 소드 마스터라도 되지 않는 이상 불가능하지."

소드 마스터는 검의 끝을 본 사람들을 일컫는 말이다. 대륙을 통틀어도 몇 되지 않았다. 동굴 안에 존재하는 무언가를 떠올린 기사가 오한이라도 든 듯 몸을 떨었다. 그러곤 이내 몸을 돌렸다. 주어진 일은 다했다. 어차피 동굴 안으로 들어간 시점에서 둘은 이미 희생양이 된 것이나 다름없다. 이제 다른 제물을 찾아볼 시간이었다.

"뼈다귀다."

음산하고 수상한 동굴 안에는 무엇이 있었을까? 바로 뼈다귀가 있었다.

-싱싱한 제물이 도착했군…… 큭큭큭.

그것도 말하는 뼈다귀. 유리엔은 못내 신기한 듯 감탄을 숨기지 않았다.

"대단하네. 뼈다귀가 어떻게 말을 하지? 성대도 없으면서."

"리치(Lich)야."

"리치?"

"백골 상태로 말하고 움직이는 몬스터."

능숙하게 설명해 주었으나 사실 카엘 또한 실물을 마주하는 것은 처음이었다. 과거 재미 삼아 읽었던 도감에서 간단한 설명과 그림을 본 것이 전부다. 꽤 희귀한 몬스터라 출몰하는 경우가 극히 드물다고 했는데 이런 동굴에서 보게 될 줄이야. 리치의 동그란 해골에서 재차 목소리가 흘러나왔다. 공기 중에 흩어지는 그것은 마치 모래가 버석거리는 것처럼 건조하고 탁했다.

-겁이 없는 인간들이군. 나를 보고도 벌벌 떨지 않다니.

"너 목소리에 수분이 많이 부족하구나."

-…….

"물 좀 마실래? 아차, 못 마시지."

-뭐 이딴 인간들이 다 있지?

기사의 황당함을 리치가 이어받았다. 눈앞의 인간들은 당황스러울 만큼 위기감이 없었다. 어둡고 스산한 동굴에서 리치를 마주했는데 무슨 동물원에서 멸종 위기의 동물이라도 본 듯한 태도라니. 표정을 찡그릴 수 없는 리치는 한층 낮아진 목소리로 제 언짢음을 표현했다.

-상황 파악을 하지 못하는 모양이군. 그렇다면 이쪽에서 손수 시켜 주는 수밖에. 공포에 질린 영혼이 더 좋은 양분이 되니까 말이야.

"말 잘하네."

유리엔은 여전히 신기한 기분으로 리치를 관찰하듯 응시했다. 몬스터 주제에 어휘를 사람 수준으로 사용해 대니 적잖이 구경하는 재미가 있었다. 목소리가 심하게 건조한 건 조금 듣기 거슬렸지만 물을 못 마셔서 그런 거니 이해할 수 있다.

자기도 모르는 사이 이해받은 리치가 더욱 음산하게 말을 뱉었다.

-크크크…… 영광으로 알도록 해라. 너희의 피를 흩뿌려 위대한 존재를 소환하고 너희의 영혼을 바쳐 그 존재의 힘을 얻을 테니까. 그 힘을 통해 나는 대륙의 위에 군림하게 될 것이다. 크크크.

"묻지도 않았는데 먼저 막 알려주는 거야? 너 입이 되게 싸구나."

-…….

"아무튼 대륙 정복이라니. 뼈다귀의 꿈치고는 제법 원대하네. 그래, 파이팅!"

-죽여 버리겠다.

리치는 말로 상대에게 겁을 주는 것을 포기했다. 말을 나눌수록 몸

속에 피가 도는 것도 아닌데 혈압이 솟구치는 기분이었다. 짜증이 나서 이를 갈고 싶어도 이가 없으니 더 빡쳤다. 말 대신 행동을 선택한 리치가 로브를 펄럭거리며 주문을 외웠다.

-지옥의 불꽃 속에 저들을 가둘지니. 파이어 월!

"뼈다귀가 마법을?"

언어 구사에 이은 해골의 새로운 장기 자랑에 유리엔이 깜짝 놀라는 사이, 카엘이 번개처럼 움직여 그녀를 안아 들고 몸을 날렸다. 두 사람이 사라진 자리에 반 박자 늦게 불기둥이 솟아올랐다. 열기가 뜨겁게 동굴을 데웠다.

-흥. 날벌레처럼 재빠르군.

"와…… 뼈다귀가 마법을 쓸 줄 알아?"

"리치는 조금 특이한 몬스터야. 자연에서 태어나는 게 아니라 주로 인간이 죽으면서 스스로를 리치로 재탄생시키는 거거든. 대체로 살아생전에 마법사인 경우가 많지."

"헐, 그런 출생이 비밀이."

-운 좋게 피했다고 기고만장하지 마라! 노닥거릴 시간도 없게 해주마. 아이스 스피어!

불기둥을 만들어냈던 리치가 이번에는 머리 위로 뾰족한 얼음 창을 소환했다. 잔뜩 소환되어서는 다발로 날아드는 것을 카엘이 유리엔을 안은 채로 이리저리 여유롭게 피했다. 장소가 탁 트인 외부가 아니거나 사람을 품에 안고 있다거나 하는 건 카엘에게 별다른 장애가 못 되었다. 그럴 만한 경지였다.

-쥐새끼 같은……!

"그래도 캐스팅도 없이 마법을 난사하는 건 좀 의외긴 하네. 사람이었을 때 한가락 했던 모양인데?"
"왜 뼈다귀가 된 걸까?"
"그거야 모르지."
-흥, 그건 대륙을 내 발아래 두기 위해서다!
"대답이 거의 자동인데?"
카엘은 리치와 거리를 띄운 채로 옅게 고민했다. 상대를 소멸시키는 것은 어렵지 않았다. 지금 당장에라도 검에 마나를 두르고 대상의 머리를 날려 버리면 된다. 간단한 일이라 유리엔을 품에 안은 상태로도 할 수 있었다.
그는 슬쩍 시선을 내려 유리엔의 표정을 살폈다. 영락없이 흥미진진해하는 기색이었다. 카엘은 리치의 머리통을 날리는 것을 조금 뒤로 미루기로 했다.
-그 사실을 아나? 리치의 몸으로 마법을 써서 사람을 죽이면, 그 영혼을 한동안 자리에 묶어둘 수 있다. 영혼을 제물로 바치는 것이 가능해지는 거지.
"정말? 쓸모없는 지식이지만 신기하네."
-나는 그 존재를 소환해야만 한다. 그 힘을 빌려야 군림할 수 있으니까. 그러니 순순히 제물이 되어라.
"그 존재가 뭔데?"
-죽어라!
"안 궁금한 건 막 설명해 주더니……."
불기둥이 다시 치솟았다. 차이점이 있다면 이번엔 움직인다는 것이다. 불기둥은 마치 이지를 가진 것처럼 이동하며 카엘과 유리엔을 덮쳤다. 카엘은 가까워지는 불기둥을 가만 응시하다 뒤로 물러나지 않고 도리어 앞으로 돌진했다.

-크윽!

순식간이었다. 벽을 차고 날아 불기둥 사이를 통과한 카엘이 리치의 바로 뒤에 내려앉았다. 리치는 꼼짝도 할 수 없었다. 단단한 손이 그의 목을 틀어쥐었기 때문이다.

"힘을 주면 바로 부러뜨릴 수 있다. 붙잡힌 네가 가장 잘 알 거야."

-……제길.

"'그 존재'가 뭐지?"

카엘이 위협적으로 물었다. 그 존재. 앞서 언급하기를 위대한 존재를 소환하여 그의 힘을 빌리겠다고 했다. 그땐 그러려니 흘려들었는데 지금은 경시할 수가 없었다. 리치의 실력이 생각보다 뛰어났기 때문이다. 이만한 마법사라면 살아 있을 때 분명 남부럽지 않게 후한 대우를 받았을 것이다. 한데 그런 삶을 포기하고 어떤 존재를 소환하기 위해 스스로 리치가 되었다니. 어림짐작으로도 보통 존재가 아닐 것이 뻔했다. 어쩌면 대륙 위에 군림하겠다는 것이 허풍이 아닐지도 모른다.

-…….

"대답을 않겠다? 좋아. 그럼 여기서 당장 네 목을 날리고 동굴을 무너뜨려야겠군. 대답하기 싫으면 그대로 입을 다물고 있으면 돼. 상관없으니까."

-……큭.

그때 유리엔이 몸을 꼼지락거렸다. 카엘의 시선이 이동했다.

"왜?"

"나 잠깐만 내려줘. 뭘 본 것 같아."

"……."

"괜찮아. 뼈다귀는 지금 네가 잡고 있잖아."

유리엔은 아직 카엘에게 안겨 있었다. 갈등하던 카엘은 그녀가 거듭 요구하자 결국 조심스레 팔에 힘을 풀었다. 탁, 바닥에 발을 디디고 선 유리엔이 어딘가로 몇 발자국 이동했다.

"좀 전에 불기둥 때문에 사방이 환했잖아. 그때 이 부근에서 얼핏 문양 같은 걸 봤거든."

"문양?"

-칫! 조금 이르지만 미리 소환해야겠군.

"뭐?"

찰나였다. 카엘의 전신이 오싹했다. 그는 즉시 몸을 날려 유리엔을 품에 껴안았다. 그리고 바닥을 박찼다.

번쩍!

어둡던 동굴 안이 빛으로 가득 찼다. 그러나 새하얀 빛이 아니었다. 빛은 기분이 나쁠 정도로 짙은 적색을 띠었다. 비유하자면 마치 피를 빛으로 나타낸 것 같았다.

"이게 무슨……."

빛이 뿜어져 나온 곳은 동굴의 바닥이었다. 정확히는 바닥에 새겨진 문양에서 빛이 일어났다. 빛을 뿜던 문양은 이어 뭉클거리며 연기를 함께 토해내기 시작했다. 안개처럼 바닥에 무겁게 깔리는 것은 마찬가지로 적색이었다. 곧 이질적인 목소리가 들렸다.

"강제 소환은 오랜만이군."

리치의 것처럼 메마르고 버석거리는 음성이 아니었다. 보통 인간의 것과 다름없이 깔끔하고 평범하게 울렸다. 그러나 목소리만 같다고 저게 사람일 수는 없다. 카엘은 굳은 표정으로 상대를 응시했다.

-위대한 존재시여, 지상에 강림한 것을 경하드립니다.

피를 연상시키는 새빨간 눈동자. 탄 것처럼 어두운 색의 피부. 발목 언저리까지 길게 늘어뜨린 백색의 머리카락. 그리고 머리에는 두 개의 뿔이 돋아 있다. 리치가 이 순간만을 기다렸다는 듯 고개를 숙이며 발치에 넙죽 엎드렸다.

"……악마?"

"그런 것 같네."

리치가 입에 올렸던 '그 존재'는 아무래도 악마를 가리켰던 모양이었다. 악마는 카엘과 유리엔에게 그리 생소한 종족은 아니었다. 키슬리키가 있었으니까. 그러나 종족 자체가 비교적 친숙할 뿐 현재 상대에게서 느껴지는 기운은 대단히 음습하고 꺼림칙했다.

"키슬리키가 훨씬 귀엽다."

"동감."

키슬리키는 비록 힘의 제약을 받아 아이의 모습을 하고 있었지만, 성체의 육신으로 변한다 하더라도 저렇게 기분이 나쁠 것 같지는 않았다. 유리엔은 무의식중에 반걸음쯤 뒤로 물러났다. 외형을 떠나 느껴지는 기운이 소름이 끼칠 정도로 불쾌했다.

'이건 꼭…….'

피 냄새. 그저 쳐다만 보는데도 피비린내가 나는 것 같다.

악마의 적색 눈동자가 천천히 움직여 발치에 엎드린 리치를 응시했다.

"네가 날 소환했나?"

-그렇습니다, 위대한 존재시여.

“재미있군. 피를 제물로 한 강제 소환이라니. 몇 명이나 죽여 없앴지?”

-세지 않았습니다.

그리고 유리엔은 상대를 보는 것만으로도 느껴지던 피비린내의 이유를 짐작할 수 있었다. 계약을 목적으로 악마를 소환할 때는 보통 생명력이나 마나를 매개로 한다. 마나를 쓰는 것이 가장 일반적이고 모자라면 생명력을 끌어다 메우는 식이었다. 그러나 리치는 둘 다 아닌 ‘피’를 사용한 모양이었다. 그것도 한둘이 아닌 수십을 넘는 사람의 피. 그래서 지금처럼 역겨운 피 냄새가 일종의 기운처럼 자욱한 것이다.

“영광으로 알도록 해라. 너희의 피를 흩뿌려 위대한 존재를 소환하고 너희의 영혼을 바쳐 그 존재의 힘을 얻을 테니까.”

리치가 했던 말을 떠올린 유리엔이 표정을 일그러뜨렸다. 이쪽이 첫 번째가 아니었구나.

“뼈다귀의 인성이 놀라울 정도로 쓰레기네.”

-흥. 너희의 피를 추가했다면 더 완전하게 성공할 수 있었을 텐데……. 뭐, 상관없다. 이 정도로도 충분하니까. 위대한 존재시여, 저 리치 발슈타인은 영혼을 대가로 그대의 힘을 빌리고자 합니다.

리치는 꿈이 있었다. 바로 대륙 정복이었다. 정확히는 대륙 전체가 저의 위명에 벌벌 떨게 만드는 것이 궁극적인 목표였다.

세상이 두려워하는 힘을 손에 넣고 싶었다. 그러나 살아생전에는 그것을 이룰 수 없었다. 그는 왕성에 소속될 정도로 뛰어난 마법사였지만, 딱 거기까지였다. 인간이던 발슈타인은 나이 불혹에 한계를 만났다. 날 때부터 지니고 태어난 재능의 벽이었다. 그는 무슨 짓을 해도 그 벽을 넘을 수 없다는 것을 깨닫자마자 삶을 포기했다. 그리고 리치로 다시 태어났다.

리치가 된 발슈타인은 꿈을 이룰 다른 방법을 찾았다. 타고난 재능이 미천하다면 남의 힘을 빌리면 된다. 인간의 몸으로는 불가능했지만 리치가 된 지금이라면 할 수 있었다.

악마를 소환하는 방법에는 두 가지가 있다. 일반 소환과 강제 소환. 일반 소환은 마나와 생명력을 매개로 악마를 꾀듯 불러내어 계약을 맺는 것이고, 강제 소환은 다수의 피를 제물로 바쳐 악마를 강제로 불러내는 것이다. 후자의 경우로 소환된 악마는 소환자와 계약을 하지 않는다. 강제 소환으로 현세에 나타난 악마는 계약 대신 거래를 했다. 매매라고도 표현할 수 있었다.

악마가 사는 것은 인간의 영혼. 파는 것은 자신의 힘. 소환자는 영혼을 대가로 악마의 힘을 얻을 수 있었다. 대가로 바치는 영혼의 수가 많으면 많을수록 얻을 수 있는 힘의 절대치도 늘어난다.

이것이 인간은 불가능하고 리치만 가능한 이유는, 악마의 힘을 받아들이기엔 인간의 몸이 너무 연약하기 때문이다. 피와 살로 이루어진 사람의 몸은 악마의 힘이 스며드는 순간 견디지 못하고 터질 확률이 높았다. 끔찍하지만 전례가 있는 사실이었다. 발슈타인은 문헌을 통해 그것을 습득하고 스스로를 리치로 만들었다.

그는 리치가 되자마자 꿈을 이루기 위해 부지런히 움직였다. 동굴에 자리를 잡고 소환진을 새겼다. 근처의 작은 마을부터 하나둘 씨를 말리다가 얼마 전부터는 지나가는 사람들을 습격하기 시작했다.

그러다 보니 악마의 힘에 동경을 품은 부하도 생겼다. 부하를 이용하자 사람을 산 채로 동굴까지 끌어들이는 것이 보다 수월했다. 순조로웠다. 백 명의 피를 채우지 못한 것은 아쉬웠지만 충분히 강한 악마가 소환되었다. 소환에 성공했으니 이제 남은 것은 영혼을 바치고 힘을 얻는 것뿐이다. 리치는 희열에 차 몸을 떨었다.

-처음 바치는 것은 저 두 사람의 영혼입니다. 취하소서.

"나더러 직접 사냥하라는 것이냐? 현세에서는 악마의 살생에 제약이 생긴다는 걸 알 텐데?"

-치명상만 입혀주시면 제가 심장을 찌르고 영혼을 뽑아내겠습니다. 소인의 실력이 미천하여 번거롭게 해드려 죄송합니다. 다음 제물부터는 결코 이런 일이 없을 것입니다. 약속드립니다.

리치는 강한 마법사였다. 인간에서 리치가 되면서 지닌 힘이 한층 강해졌다. 지금은 상대가 나빴을 뿐, 제 부하가 꾀어오는 다음 인간부터는 제 손으로 숨을 끊을 자신이 있었다. 악마는 리치에게서 눈을 떼고 시선을 돌렸다.

"젊은 남녀라. 싱싱한 영혼이긴 하군."

카엘은 표정을 잔뜩 굳히고 있었다. 상대에게서 느껴지는 존재감은 전에 겪어본 적이 없는 수준이었다. 아마 키슬리키와 비교해도 훨씬 윗줄일 것이다. 키슬리키가 성체의 몸을 한다면 또 모르겠지만.

"유리엔."

이길 자신이 없는 것은 아니었다. 다만 이곳이 동굴이라는 점이 마음에 걸렸다. 싸우다 자칫 이 상태로 무너지기라도 하면 유리엔이 다칠지도 모른다. 그건 최악이었다. 카엘에게 있어 그것보다 무서운 일은 없었다.

"이거 끼고 여기서 방어막 치고 있어. 절대 나서면 안 돼. 절대."

"나도 알아."

카엘은 제 결혼반지를 빼 유리엔의 손에 끼워주었다. 변용 마법으로 다른 사람처럼 달라졌던 카엘의 용모가 본래대로 돌아왔다.

그의 반지에 걸려 있는 마법은 유리엔의 것과 마찬가지로 두 가지였다. 하나는 변용 마법, 다른 하나는 실드. 그가 직접 실드를 쓸 일은 없었다. 그저 혹시라도 이렇게 유리엔을 뒤에 두고 싸우게 될 일이 생길까 봐 새겨둔 마법이었다. 생각보다 일찍 쓰게 되었다.

반지를 건네받은 유리엔은 잠자코 실드를 발동시켰다. 과거 리자드 때처럼 본인이 잡겠다고 설칠 생각은 없었다. 대치하고 있는 악마가 그녀가 감당할 수 없을 정도의 상대라는 건 카엘의 표정만 봐도 알 수 있었다. 그녀는 남편을 걱정으로 떨게 만드는 것이 취미는 아니었다.

곧 반투명한 막이 동그랗게 원을 그리며 유리엔을 감쌌다. 카엘은 조금이나마 안심한 낯으로 몸을 돌렸다. 동굴을 가득 채운 불그스름한 빛 아래 카엘의 수려한 얼굴이 드러났다. 리치가 화들짝 놀랐다.

-카류엘 황태자?

"알아봐 주는 건가? 영광이군."

앞서 이야기된 적이 있지만 소드 마스터는 인간의 한계를 뛰어넘었다고 여겨지는 존재들이다. 대륙을 뒤집어 털어도 몇 없었으며, 당연히 그 몇은 전부 하늘을 찌르는 유명세를 지녔다. 카엘 또한 마찬가지였다. 그를 아는 사람보다는 모르는 사람을 찾기가 더욱 어려울 것이다.

-이, 미친…….

리치는 욕지거리를 뱉었다. 살가죽이 있었다면 표정을 잔뜩 구겼을 것이다. 범상한 실력이 아니라고는 생각했지만 설마 소드 마스터였다니. 더구나 카류엘 황태자는 그중에서도 주목받는 인물이었다. 최연

소로 경지에 이른 만큼 현재도 계속해서 성장하고 있을 거라 기대되기 때문이다.

'빌어먹을. 아니, 괜찮아. 제아무리 잘나봐야 인간이다. 악마를 이길 수는 없어.'

여태 엎드려 있던 리치가 몸을 세웠다. 그러곤 뒤로 멀찍이 물러나 마법으로 유리엔을 감싼 것과 비슷한 방어막을 쳤다. 싸움의 여파에 휘말리는 것을 대비한 것이다. 악마는 리치가 하는 행동에는 관심을 주지 않고 카엘만 뚫어져라 쳐다보았다.

"정말 인간인가?"

"그건 왜 묻지?"

"놀랍군. 너처럼 생긴 인간은 처음 본다. 내 반려보다 아름다워."

"……."

카엘은 표정을 찌푸렸다. 뭐야, 저거.

"칭찬이니 기뻐해도 좋다. 정말 아름답군. 마계로 데리고 가고 싶을 정도야."

"와우."

유리엔이 뒤에서 박수를 쳤다. 방청객 박수였다. 종족을 초월하다니!

"……박수 치지 마."

"네 인기가 놀라워서 그래. 방금 저거 프러포즈 아니야?"

"아니야! 그리고 네가 남 말할 얼굴이냐? 너도 반지 빼든가."

"응? 뭐라고? 막 때문에 잘 안 들리네."

깔려 있던 긴장감이 가셨다. 방어막을 치고 있던 리치가 황당해서 입을 벌렸다. 뭐야, 저것들? 안 싸우나?

-……위대한 존재시여, 어서 영혼을 취하십시오.

"마음이 변했다."

-예?

"영혼 따윈 굳이 필요하지 않다. 지금 가지고 있는 것도 많거든. 그보다는 저 인간의 얼굴이 더 탐나는군. 어디, 조금 전에 듣자 하니 황태자라고 했나?"

-…….

"태생도 천하지 않고 괜찮군. 제안 하나 하지. 인간, 나를 따라 마계로 오지 않겠나?"

리치는 말을 잃었다. 상황이 난데없이 미쳐 돌아가고 있었다. 따라가기 벅찰 정도였다. 당황스러운 것은 카엘 또한 마찬가지였다. 검을 뽑을 준비를 하고 있었는데 저건 무슨 개소린가.

"내가 거길 가서 뭘 하지?"

"간단하다. 내 두 번째 반려가 되는 거지."

"……."

카엘은 바른 어휘 사용을 지향하는 편이었지만 지금만큼은 아는 모든 욕을 쏟아낼 수 있을 것 같았다. 그의 뒤에서 필사적으로 웃음을 참는 소리가 들렸다. 보나마나 유리엔이었다.

"……그냥 웃어."

"웃으면…… 큽, 삐칠 거잖아."

-이, 이게 무슨.

너무 당황한 나머지 리치의 방어막이 유지되지 못하고 풀렸다. 그는 지금처럼 황당무계한 형국은 도저히 상상해 본 적이 없었다. 굳이 그가 아니라 누구라도 그럴 것이다. 이 자리에서 현재 평정을 유지하고 있는 것은 악마가 유일했다. 유리엔은 결국 빵 터져서 웃다가 쓰러졌다. 사태를 만든 장본인인 악마는 별달리 문제의식을 느끼지 못하는 것 같았다. 이게 뭐?

"아름다운 것을 수집하는 취미는 인간의 전유물이 아니다. 나는 특히 살아 움직이는 것을 선호하는 편이지. 어떤가, 나와 함께 가겠느냐?"

"수집? 반려라며?"

"나는 그리 표현한다."

"하아, 별…… 환장. 그래, 대답해 주자면 이쪽은 그 취미에 어울려 줄 의사가 전혀 없다. 그리고 난 이미 결혼했어."

"반려가 있다고? 누구지?"

웃다가 쓰러진 유리엔이 누운 채로 손을 들었다. 여기요.

"……마음에 안 드는군. 어울리지 않아."

유리엔의 외모는 여전히 변용 마법으로 가려져 있었다. 유리엔은 악마의 평가에 굳이 발끈해서 마법을 해제하거나 하지 않았다. 악마가 인정해 주든 말든 무슨 상관이랴. 어차피 카엘이랑 그녀가 서로 얼굴에 반해서 결혼한 것도 아니었다. 유리엔은 그저 속 시원히 마저 웃었다.

"나 장수할 것 같아, 카라멜."

웃으면 오래 산다고들 한다. 카엘은 반대로 한숨을 삼켰다.

"아무튼 거절했다. 난 마계로 절대 안 가."

"아쉽군."

"그래서 이제 어쩔 거지? 당초 하려던 대로 다시 내 영혼을 노릴 건가?"

카엘은 검의 손잡이를 차분히 감아쥐었다. 농담처럼 가볍게 상황이 흘러가고 있었지만 상대가 악마라는 사실은 변하지 않았다. 리치가 그에게 영혼을 바치고 힘을 얻고 싶어 한다는 것도.

필요하다면 당장에라도 검을 뽑아 상대를 벨 수 있었다. 싸움이 격

렬해지면 동굴이 버티지 못할 테니 되도록 빠르게 결착을 지어야 한다. 가능하다면 한 번에 끝내는 것이 가장 이상적이었다. 상대가 상대이니만큼 순순히 당해주진 않겠지만 부상을 각오하고 안으로 파고든다면 못 할 것도 없다. 옆구리를 내주고 목을 날려 버린다면야 충분히. 검의 손잡이를 쥔 카엘의 손에 힘이 들어갔다. 그때 악마가 입을 열었다.

"아니. 포기하지."

-……!

"신선도의 차이는 있지만 영혼은 다 똑같이 생겼다. 중요한 건 겉가죽이야. 저렇게 아름다운 외모를 굳이 일찍 흙으로 만들 필요는 없지."

-위, 위대한 존재시여! 어찌 그런!

리치는 미치고 팔짝 뛸 지경이 되었다. 악마는 아예 거래를 않겠다는 말은 하지 않았다. 다른 제물을 데려와 영혼을 꺼내 바치면 아마 그것은 받아줄 것이다.

그러나 문제는 악마가 어떻게 해서든 카류엘 황태자를 처리해 주지 않으면 앞으로의 행동이 불가능하다는 데에 있었다.

계획은 이미 까발려졌다. 이제 와 '공격한 건 실수였어. 미안~ 네 영혼 안 노릴게' 이런다고 해서 황태자가 리치를 가만둘 리 만무하다. 애초 악마를 소환한 것부터가 중죄였다. 그를 위해 사람을 수없이 잡아 죽인 건 더 큰 중죄다. 여기서 카류엘 황태자를 처리하지 못하면 리치는 무조건 죽은 목숨이었다. 그것이 즉결 처분이든 재판 회부든 말이다. 삶에 대한 미련이 대단한 리치가 악마의 다리를 붙잡고 필사적으로 매달렸다.

-위대한 존재시여! 부디 재고해 주십시오! 겉가죽이 마음에 드신다

면…… 그렇지, 박제. 박제를 하면 되지 않습니까? 인간의 수명은 짧습니다. 박제를 한다면 더 오래 감상하실 수 있을 겁니다!

"이런……."

매달린 리치를 내려다보며 악마가 혀를 찼다. 리치의 가슴이 덜컥 내려앉았다.

-주, 죽는 과정에서 손상이 좀 되어도 추, 충분히 복구를…….

"기억력이 많이 나쁘구나. 해골이라 그런 것이냐? 나는 분명 살아 움직이는 것을 특히 선호한다고 했다."

-……!

"덧붙여 아름답지 않은 것이 내 몸에 손을 대는 행위를 특히 불호하는 편이지. 가죽이 없는 해골은 아름다움과 한 톨 연관이 없다. 잘 가거라."

-위, 위대하신……!

파삭!

리치의 머리통이 소멸했다. 목 아래만 남은 백골이 비틀거리다가 와르르 무너져 내렸다. 머리를 잃은 뼈다귀들은 더 이상 사람의 형상을 유지하지 못했다. 허무한 최후였다. 대륙을 제 발아래서 떨게 하겠다던 리치의 꿈은 그렇게 물거품이 되었다. 백에 가까운 사람들을 잡아 죽였다는 점에서 충분히 끔찍한 짓을 저지르기는 했지만.

유리엔은 오른손에 끼고 있었던 카엘의 반지를 뺐다. 상황을 보니 이젠 실드를 치고 있지 않아도 될 것 같았다. 그녀는 카엘에게 반지를 도로 건네주며 백골을 힐긋 바라보았다. 동정심은 일지 않았다. 악마가 소멸시키지 않았더라도 어차피 이쪽에서 목을 땄을 것이다. 정작 안타까운 것은 희생된 사람들이었다.

"그럼 소환자도 없어졌으니…… 나는 이만 돌아가 봐야겠군."

살생에 제약이 있다던 악마는 리치를 죽이고도 멀쩡했다. 리치는 딱히 생물에 포함되지 않는 모양이었다. 소환진 위에 선 악마는 본래 있던 곳으로 돌아가기 전 약간 아쉬운 얼굴을 했다.

"내 이름은 베르제트다. 언제든 마계에 방문하면 날 찾아도 좋아. 귀한 대접을 해주지."

"사양하겠어."

카엘은 단호하게 고개를 저었다. 직후 문양에서 다시 연기가 피어올랐다. 악마의 퇴장은 나타날 때처럼 순식간이었다. 눈을 한 번 깜박이는 사이 악마는 원래 없었던 것처럼 소환진 위에서 사라졌다.

"문양도 없어졌네."

지워진 것은 소환진 또한 마찬가지였다. 언제 존재했었냐는 듯 악마와 함께 말끔하게 사라졌다. 유리엔은 공연히 그 부분을 발로 툭툭 건드려 보았다가 어깨를 으쓱했다.

"뭔가 사건을 하나 해결한 기분이네. 내가 한 건 없지만."

따지자면 사건을 해결한 것은 맞다. 리치의 음모를 막았으니까. 강한 힘을 얻은 마법사는 동일한 경지의 검사보다 훨씬 잡아 죽이기가 까다로웠다. 만약 리치가 꼬박꼬박 제물을 바치고 악마의 힘을 얻도록 내버려 두었다면 대륙은 머잖아 혼란에 휩싸였을 것이다. 카엘이 말을 받았다.

"나도 같은 심정이야."

"아니지. 넌 얼굴이 열심히 일했잖아."

"……."

카엘은 본래 악마에 대해 중립적인 입장이었다. 그런데 어쩐지 이제

부턴 싫은 쪽으로 기울 것 같았다. 악마 망해라.

"참, 그러고 보니 사라지기 전에 물어볼 걸 그랬네."

"……뭘?"

"키슬리키 잘 있냐고."

키슬리키는 현재 유리엔의 곁에 없었다. 계약이 끊어진 것은 아니다. 다만 집엘 좀 다녀오겠다는 말을 남기고 얼마 전부터 자취를 감춘 상태였다. 어느새 그것이 약 보름쯤 되었다.

"악마라고 설마 전부 이웃사촌이겠어? 그 세계도 여기처럼 넓을 거 아냐."

"하긴, 그도 그렇다."

"잘 있겠지. 돌아오면 왜 갔었는지나 물어봐."

"응."

키슬리키가 사라지자 이든도 덩달아 의욕을 잃어 요새 거처에서 잘 나오지 않고 있었다. 유리엔은 아주 인정이 많은 사람은 아니라 이든이 광합성을 하든 말든 별로 상관이 없었지만, 그래도 키슬리키가 돌아오면 그에게 가장 먼저 말해줘야겠다고는 생각했다. 왠지 이든이라면 이쪽에서 알려주기도 전에 자기가 먼저 감지하고 튀어나올 것 같기는 했지만.

동굴을 나오자 햇빛이 내리쬈다. 들어갈 때는 밝다고 못 느꼈는데 어두운 곳에 있다가 나오니 은근히 눈이 부셨다. 유리엔은 햇빛을 반사하는 카엘의 붉은색 머리카락을 응시하다가 문득 말했다.

"나 마법 배울까?"

"뭐?"

"나도 너처럼 타고난 마나량이 많으니 마법을 배우면 성취가 빠르지 않을까?"

"갑자기 왜?"

유리엔은 여태 딱히 무력에 관심을 보인 적은 없었다. 그녀는 황족이었다. 어디서 무얼하든 곁에서 지켜줄 사람이 차고 넘쳤다. 손수 적을 해치우고 싶다면 반지 등 마법 물품의 힘을 빌리면 된다. 무를 특별히 동경하는 것이 아니라면 굳이 본인을 단련할 필요가 없는 것이다.

"너, 아까 동굴에서 나 신경 쓰였지?"

"……."

"내가 다칠까 봐 전전긍긍했잖아."

"티 났어?"

나름 의연한 척한다고 한 건데. 머쓱해진 카엘이 덧붙였다. 유리엔이 한 발 움직여 카엘에게 가까이 다가갔다.

"내가 걱정되어서 신경 쓰다가 네가 다치면?"

악마는 정말 강했다. 유리엔은 그걸 리치의 머리가 소멸할 때 제대로 실감했다. 악마가 순순히 물러나지 않고 이쪽을 죽이려 들었으면 어떻게 됐을까? 카엘이 졌을 거라고 생각하는 건 아니다. 카엘이 지닌 무위가 남다른 경지라는 건 유리엔 또한 알고 있었으니까.

하지만 만약 악마가 집요하게 유리엔만 노렸다면? 그런 식으로 카엘을 흔들었다면? 과연 그런 상황에서도 카엘이 다치지 않을 수 있었을까? 그렇게 강한 상대랑 싸우는데.

"그럼 어떻게 해?"

"……그게 마음에 걸렸어?"

카엘은 조금 놀랐다. 생각해 보지 못했다. 기실 파고들면 당연한 문제인데 말이다. 사랑하는 사람이 다칠까 봐 걱정하지 않는 사람이 세상에 몇이나 될까.

카엘은 눈을 마주한 채로 유리엔을 물끄러미 바라보았다. 그러다 팔을 뻗어 상대를 끌어안았다. 가는 몸이 품에 완전히 안기자 제 턱 언저리에 상대의 정수리가 닿았다. 그는 그 상태로 입을 열었다.

"신경 못 썼어. 솔직히 인정해. 널 생각하느라 내 몸은 좀 도외시한 거."

"……."

"그런데 네가 강해진다고 내가 널 걱정하지 않을 수 있는 건 아니다. 그건 네가 알아야 돼. 난 네가 마법을 배워서 대마법사가 된다고 해도 똑같이 걱정할 거야."

"뭐야, 그게?"

"그러게. 뭘까?"

지금 끌어안은 몸을 이대로 쭉 놓기 싫은 감정이랑 일맥상통하겠지. 카엘이 귓가에 대고 그렇게 속삭였다. 유리엔은 조금 기가 찼다. 이 자식이 어째 점점 진화하고 있었다. 결혼식 때 느끼했던 게 그때만 그랬던 게 아니었군. 그러나 문제가 있다면 자신 또한 이런 게 별로 싫지 않다는 거겠지. 유리엔은 팔을 들어 카엘의 등을 꼭 끌어안았다.

"알았어. 그럼 넌 계속 너보다 나를 더 신경 써. 내가 대신 나보다 너를 더 신경 써줄 테니까."

"난 너도 너를 더 신경 썼으면 좋겠는데."

"어허, 욕심이 많다."

마주 안은 온기를 놓치고 싶지 않은 건 서로 마찬가지였다. 과거 6년 전, 열여섯 살 소년과 소녀로 처음 만났을 때는 상상도 하지 못했던 감정이 두 사람의 가슴을 뿌듯하게 채웠다. 녹음 사이를 투과하는 햇빛이 따뜻했다. 카엘과 유리엔이 누가 먼저랄 것 없이 기분 좋게 웃었다.

아딘은 애가 달았다. 황후 간택 무도회를 열자는 뜬금없는 연통이 도착한 뒤로 며칠. '심사 위원은 나'라는 추신으로 보건대 그의 누이는 현재 틀림없이 이곳 카르나로 오고 있을 것이 뻔했다.

"바로 답신을 보내기는 했지만, 늦지 않았어야 하는데……."

서간에 적힌 내용을 확인하고 황당해한 것도 잠시, 그는 곧 걱정에 휩싸였다. 얼마 전 올라온 보고가 떠올랐기 때문이다.

유리엔 제국에서 이곳까지 최단 거리로 이동하기 위해선 반드시 거쳐야 하는 어느 산. 그 근방에서 주기적으로 실종 신고가 접수되었다. 실종된 사람이 벌써 기십을 넘는데 근처에 큰 마을이 없다 보니 보고가 늦은 모양이었다.

특정한 나라에 속하지 않은 공용 땅이다 보니 조사단을 파견하기 위해선 인근 국가들의 의사를 물을 필요가 있었다. 그 문제를 먼저 해결하고 조사단을 꾸리느라 시간이 꽤 걸렸다. 아마 내보낸 조사단보다 유리엔이 앞서 해당 지점을 지날 것이다. 위험하니 다른 길을 통하라고 서신을 보내기는 했으나 과연 늦지 않게 전달되었을지 알 수 없었다. 아딘의 속이 그렇게 걱정으로 까맣게 타들어갈 때였다.

"방금 막 유리시엔 황녀 전하께서 부군과 함께 외성을 통과했다는 보고가 올라왔습니다. 내성에 도착하시는 대로 바로 알현실로 모시겠습니다."

'누님이……?'

누나를 잘 따르는 착한 남동생 아딘은 그때부터 일을 손에서 놓았다. 체통을 버리고 안절부절못하기 시작한 지 얼마나 지났을까.

"아딘!"

"누님!"

결국 기다리지 못하고 먼저 알현실에 내려가 있던 아딘이 유리엔의 등장에 벌떡 몸을 일으켰다. 다행히 유리엔은 어디 다치거나 한 곳 없이 무사해 보였다. 아딘의 낯에 안도감이 번졌다.

"누님, 걱정했습니다. 혹시 허므악산을 지나오셨습니까? 실은 거기서 근래 실종 사건이……."

"알아. 안 그래도 선물을 가지고 왔어."

"네?"

그리고 웬 포박된 성인 남성 한 명이 바닥으로 나동그라졌다. 아딘은 그것을 보며 머리 위로 물음표를 띄웠다.

'……?'

선물이라니? 이게 대체 무슨 선물일까? 왜 저렇게 묶여 있는 거지? 다 괜찮으니 납치만 아니었으면 좋겠다. 혼란스러워하는 아딘에게 유리엔이 방긋 웃으며 설명해 주었다.

"그 실종 사건에 대해 자세히 설명해 줄 거야."

"예? 그럼……."

깜짝 놀란 아딘이 포박된 남자와 유리엔을 번갈아 쳐다보았다. 저 말을 듣고 다시 보니 왠지 남자의 이마에서 글씨가 보이는 것 같았다. 나는야 범인의 끄나풀.

'누님……!'

아딘의 가슴이 벅차올랐다. 아무래도 그의 누이는 다른 길을 통하지 않고 허므악산을 지나온 모양이다. 그리고 그냥 지나온 것이 아니라 실종 사건의 범인까지 잡아온 것 같았다.

세상에. 우리 누나 멋지다. 우리 누님은 최고의 해결사. 누구 누님이길래 이렇게 세상에서 제일 멋질 수가 있지? 아딘의 눈동자가 초롱초롱 빛났다. 안 그래도 누나를 잘 따르는 착한 남동생이었던 그는 이 순간 완전한 누님바라기로 전직을 마쳤다.

"얼굴만 따지다간?"

"패망한다."

누님의 말은 진리요, 명언이었다. 따르지 않으면 지옥 불에 빠져야 한다. 아딘은 각오를 다졌다. 누님께서 원하시는 황후의 재목은 분명 현숙한 여인일 것이다. 그렇다면 반드시 그런 여인을 아내로 맞이하겠다. 얼굴? 필요 없어. 애교? 필요 없어. 원래도 별로 필요 없었지만 이젠 많이 필요 없었다. 따지는 것은 오로지.

'무조건 정숙하고 어진 여인! 현명한 여인!'

아딘의 각오는 결연했다. 표정에서는 어딘지 비장함마저 감돌았다. 저 각오가 계속 이어졌다면 카르나 제국의 황후 자리는 아마 준비된 현모양처라고 불리는 이므당 백작가의 시느사 영애가 차지하게 되었을 것이다.

그러나 얼마 뒤, 아딘은 황후 간택 무도회에서 우연히 마주친 백치미가 매력적인 레이디에게 한눈에 반해 대단히 깊고 깊은 번뇌에 휩싸이게 된다. 곧 다가올 이야기였다.

외전 3

악마와 마법사

눈처럼 흰 머리카락이 바람에 보기 좋게 흩날렸다. 새하얀 로브가 발목 언저리에서 소리를 내며 펄럭거렸다. 그의 무감한 낯은 아무런 표정도 담고 있지 않았으나, 색이 맑은 황금색 눈동자에 깨끗한 피부는 그의 인상을 어딘지 선량하게 보이게 했다.

이든.

만약 실력 지상주의 세상에서 태어났다면 이든은 쉼 없이 출세 가도를 달렸을 것이다. 두말하기도 입 아픈 일이다. 그는 천재였다. 마법에 한정되기는 하지만 이든은 십 년에 한 명 날까 말까 한 재능을 지니고 태어났다. 갓난아기 때부터 몸에 정순한 마나가 잠들어 있었고, 그 덕에 흔한 감기 한 번 앓지 않았다. 남들보다 추위에 덜 힘들어했고 고통을 더 잘 견뎠다.

그러나 그런 그의 과거는 제법 기구했다. 특히 유년시절이 그랬다. 이든은 전쟁고아였다. 작은 마을에서 태어난 이든은 전쟁으로 양친을 잃고 고향마저 잃었다. 집과 가족은 사라지고 대신 부서지고 불에

탄 잔해가 남았다.

하루아침에 짓밟혀 없어진 마을의 잔해 속에서 고작 일곱 살이던 아이는 사흘간 아무것도 하지 않고 우두커니 앉아 있었다. 먹지도 마시지도 않고, 잿더미를 바라보며 오로지 숨만 쉬었다. 아이가 삼 일이 넘게 물을 찾지 않고도 탈수로 쓰러지지 않을 수 있었던 이유는 바로 비 덕분이었다. 비는 며칠이나 그치지 않고 쏟아졌다. 아이는 입안으로 흘러들어 오는 빗물을 삼키며 그렇게 생을 연명했다.

아이가 마법사를 만난 것은 나흘째 되던 날이었다. 전쟁터에 자원한 마법사는 우연히 아이를 발견했다. 정확히는 느꼈다. 아이의 속에 잠들어 있던 마나를. 먹지 못하고 씻지 못해 꾀죄죄한 작은 아이에게서 마법사는 불세출의 재능을 보았다. 그는 아이를 데려와 씻기고, 먹이고, 추위를 피하게 해주었다. 그리고 다음 날 아이를 붙들고 말했다.

"네가 마법을 배울 수 있도록 해주마."

그러나 아이는 그때 삶에 대한 미련이 없었다. 고작 일곱 살이었는데 말이다. 아이는 불투명한 유리처럼 아무것도 비치지 않는 눈으로 마법사에게 물었다.

"마법을 배우면 그걸로 뭘 할 수 있나요?"

"복수를 할 수 있단다."

"……복수요?"

"네 마을을 그렇게 만든 이들에게 똑같이 되갚아줄 수 있다. 네가 겪은 것을 고스란히 말이야."

사실 마법사는 아이가 복수 같은 것에 매달리기를 바라지 않았다. 그런 부질없고 허무한 것에 사로잡히는 것은 아이의 삶에 하등 도움이 되지 않을 테니까. 하나 마법사는 아이가 삶의 의욕을 잃었다는 것을 알았다.

생을 포기한 사람을 도로 살기 위해 발버둥 치게 하는 것은 아이러니하게도 복수심이다. 그 부정적인 감정은 인생을 좀먹지만 동시에 삶의 원동력이 되었다.

아이는 복수를 위해 다시 삶의 끈을 붙잡았다. 마법사의 도움을 받아 그의 양자로 호적에 입적하고, 마법 아카데미에 들어갔다. 마법사가 아이를 제 호적에 올린 것은 신분이 증명된 직계혈족이 있어야 아카데미 입학이 가능했기 때문이다.

아이는, 이든은 그렇게 배움을 통해 마법사로 성장했다. 그의 재능은 눈부셨다. 그 말 외에는 표현할 길이 없었다. 이든은 고작 십 년 만에 아카데미에서 학생이 아닌 교수의 신분으로 아이들을 가르치다, 약관의 나이에 마탑으로 적을 옮겼다. 실력자들이 별처럼 모인 탑 내에서도 이미 그의 적수는 몇 없었다.

이든은 그즈음 깨달았다. 그의 은인이자 호적상의 아버지인 마법사는 진심으로 그에게 복수를 권했던 것이 아니라는 것을. 마법사는 이든이 복수를 잊길 바랐다. 그런 것에 빠져 허우적거리지 말고 보다 의미 있고 빛이 드는 삶을 살길 원했다. 아이는 장성하여 비로소 어른의 뜻을 알았다.

'하지만…… 내게서 복수를 빼면 뭐가 남지?'

이든은 놀라울 만큼 무감한 인물로 성장했다. 그는 마치 감정이 죽은 사람 같았다. 본래 타고난 것인지, 아니면 유년시절 마을을 잃은 충격이 그를 그렇게 만든 건지는 알 수 없었다. 확실한 것은 그런 그의 무감함이 이십 대 중반이 되도록 쭉 이어졌다는 것이다. 그는 누군가에게 정을 주지 못했다. 주고 싶어도 줄 정이 없었다.

스물세 살이 되던 해, 이든은 결국 원수를 찾아갔다. 그의 원수는 십육 년 전 전쟁의 원인이 되었던 한 흑마법사였다. 어둡고 삐뚤어진 욕망에 사로잡힌 흑마법사는 당시 악마를 소환하여 계약을 맺었다. 그리고 악마의 도움을 받아 전쟁을 일으켰다. 수많은 사람이 죽고 마을을 불탔던 참사는 그렇게 일어난 것이다.

이든은 숨어 있던 흑마법사를 잡아 죽였다. 그리고 그가 사용했던 소환진을 이용해 동일한 악마를 소환한 뒤 그 또한 찢어 죽였다. 그는 복수를 하던 순간에도 울거나 웃지 않았다. 이든은 변함없이 무감했다.

원수를 죽였다. 그럼 이제 무엇을 하면 되나. 사람은 과연 무엇으로 살아 있음을 증명할 수 있을까? 그저 숨만 쉰다면 그것만으로도 살아간다는 증표가 되는 건가? 복수를 마친 이든은 그저 존재했다. 그것이 다였다. 그런 상태가 일 년쯤 되었을 때 탑의 소속 마법사가 이든에게 말을 걸었다.

"너, 사는 방법을 모르는구나."

"……."

"한 가지 알려줄까? 도움이 될지는 모르겠지만……."

마법사가 일러준 방법은 간단했다. 절대 이것만은 못 하겠다 싶은 행위를 해봐라. 싫어하던 음식을 무엇보다 좋아한다든지, 쳐다보기도 싫던 분야의 학문에 흥미를 쏟는다든지. 그 어색한 행동이 어느 순간 숨 쉬듯 자연스러워지면, 너는 다시 삶을 살기 시작한 거다. 또 다른 너로서.

왜일까. 이든은 그것을 듣자마자 어떤 구절을 떠올렸다.

원수를 사랑하라.

정말 원수를 사랑할 수 있을까? 원수를 사랑하게 되면, 과연 자신은 삶의 의미를 얻게 될까?

이든은 그때부터 악마를 사랑하기 시작했다. 정확히는 사랑하는 '척'을 했다. 그리고 스물다섯의 늦여름, 마탑에 도착한 소환장을 통해 불려간 황궁에서 그는 키슬리키를 만났다.

이든은 그 이후 근 몇 년을 제법 바쁘게 보냈다. 주 일과는 보통 키슬리키를 쫓아다니는 것으로 구성되었다. 키슬리키를 찬양하고, 숭배하고, 상대가 기겁하여 도망칠 때까지 따라다녔다. 그리고 그것은 생각보다 나쁘지 않은 나날이었다. 가끔은 지나치게 몰입해서 스스로도 이것이 진심인지 가장인지 헷갈릴 때도 있었다.

그 무렵이었다. 이든이 한 쌍의 반지를 건네받은 것은.

"어떻게 할까 고민했는데…… 역시 이든이 받는 것이 맞는 것 같아서."

다름 아닌 유리엔과 카엘의 약혼반지였다. 정확히는 그런 명목으로 반강제에 가깝게 끼고 다녔던 것이지만.

마법이 걸린 반지는 어린 나이에 타국으로 원치 않는 시집을 온 왕녀가 남긴 유품이었다. 사랑해서는 안 되는 사람을 사랑한 천재 마법사가 그녀를 위해 며칠간 밤을 새워 만든 왕녀의 보물. 아는 이 하나 없는 낯선 타국에서 시름시름 앓다가 죽어간 소녀의 하나뿐인 보물이자 유품. 그리고 동시에 왕녀가 떠난 뒤 전쟁터에 자원해 일 년을 넘기지 못하고 전사한 마법사의 유품이기도 했다.

약혼반지는 결혼반지가 생기고 나면 더 이상 끼고 다닐 필요가 없어진다. 청혼을 받은 이후 유리엔은 갈등하다 이든을 불렀다. 그리고 그에게 한 쌍의 반지를 건네주었다.

반지는 왕녀의 유품이자 마법사의 유품이었다. 그렇다면 비록 양자이지만 마법사의 아들인 이든이 그것을 받는 것이 옳을 것이다.

유리엔은 반지를 건네면서 그에 얽힌 비화도 함께 이야기해 주었다. 찰나 아름답게 빛나고, 더없이 비극으로 끝나고 말았던 왕녀와 마법사의 이야기.

"……."

이든은 높은 곳에 올랐다. 그리고 가만히 바람을 받으며 섰다. 늘 단정하게 하나로 묶고 다녔던 긴 머리카락이 오늘은 제멋대로 흩날렸다. 허공에 나부끼는 그의 새하얀 머리채가 마치 겨울눈으로 뽑아낸 실 같았다. 이든의 표정은 평소와 똑같았다. 그의 미려한 낯은 어느 때와 다를 것 없이 무감했다. 얼핏 보면 평상시와 전혀 상이한 점이 없었다.

그러나 그는 현재 묘하게 가라앉아 있었다. 그것은 표정이 아닌 행동에서 드러났다. 반지를 받고 난 후 이든의 하루는 아침부터 무너져 내렸다. 그는 오늘 기상한 이후 키슬리키를 만나러 가지 않았다. 아침 식사보다도 더욱 꼬박고박 챙기던 행위였는데 말이다. 이든은 평소의 일과를 행하는 대신 근처의 구조물 중 가장 높은 것을 찾았다. 그리고 그 위에 올라가 우두커니 섰다. 아무런 말도 여타의 행위도 없이 그저 가만히. 그는 그렇게 꼭대기에 말없이 서 있었다.

키슬리키가 이든을 발견한 것은 그즈음이었다. 키슬리키는 내심 충격에 휩싸여 있었다. 자고 일어난 뒤로 줄곧 저를 따라다녔던 정체 모를 허전함의 이유를 조금 전 깨달았기 때문이다.

키슬리키가 아침부터 느낀 허전함은 이든의 부재에 대한 감응이었다. 매일같이 아침 해보다 먼저 날이 밝았음을 그에게 알려왔던 이든이 오늘은 웬일로 잠잠하니 그것이 허전하게 다가온 것이다. 키슬리키는 처음 그것을 알아차리자마자 욕부터 했다. 이런 미친, 퉤퉤.

"허전함이 아니라 기쁨을 느꼈어야지! 으으, 변태 마법사!"

키슬리키는 제발 이든을 죽일 수 있게 해달라고 유리엔을 박박 졸랐던 경험이 있다. 그런데 그런 이든의 부재에서 시원함이 아닌 허전함을 느끼다니, 있을 수 없는 일이었다.

'아니, 있어선 안 되는 일이지. 암.'

익숙함이란 참 무서운 것이다. 감히 제게 허전함 따위를 느끼게 하다니, 이 재수 없는 익숙함. 익숙함 망해라. 익숙함 죽었으면. 키슬리키가 막 그렇게 생각했을 때였다. 그는 별 의식 없이 건물을 딛고 위로 폴짝 솟아올랐다가 깜짝 놀랐다.

"헉! 변태 마법사!"

시야에 이든이 들어왔다. 산책 삼아 이곳저곳을 뛰어다니다가 얼결에 이든이 있는 곳까지 도착한 것이다. 공교로운 우연이었다. 동시에 원하지 않은 우연이기도 했다.

키슬리키는 질색하며 외쳤다가 즉시 제 입을 막았다. 일부러 기척을 숨겨도 귀신같이 알아내고 저를 쫓아오는 상대였다. 소리를 내는 것은 제 무덤을 제가 파는 짓이다.

망했다고 생각하며 키슬리키가 얼른 몸을 날렸다. 상대가 쫓아오면 왼쪽으로 도망칠지 오른쪽으로 도망칠지 그 잠깐 사이에 동선도 짰다. 그러나 잠시 후 키슬리키는 의아하게 움직임을 멈춰야만 했다.

'……안 쫓아와?'

조용했다. 이상한 일이었다. 키슬리키는 얼떨떨하게 뒤를 돌아보았다. 이든은 쫓아오지 않는 정도가 아니라 아예 자세도 바꾸지 않은 채 그 자리에 그대로 서 있었다. 마치 키슬리키를 전혀 보지 못한 것 같기도 했다.

'어라?'

보지 못했다는 것은 말이 안 된다. 키슬리키는 이든과 꽤 근거리에서 마주쳤다. 더구나 마주치자마자 제법 크게 소리까지 냈다. 그랬는데 못 봤다니? 그건 못 봤다기보다는 있는 걸 알았는데 무시했다는 쪽이 오히려 더 그럴듯할 일이었다.

'뭐야! 이거 은근히 열 받는데?'

키슬리키는 직후 당황했다. 다른 사람도 아닌 이든이 저를 본체만체했다는 사실이 당황스러웠고, 좋아하지는 못할망정 그에 열이 뻗친 스스로가 당황스러웠다. 당황이 중첩되면서 키슬리키는 혼란에 빠졌다. 이게 뭐지? 뭐람, 이게?

그때 이든이 고개를 돌렸다. 조금 떨어진 거리에서 이든의 황금색 눈동자가 이쪽을 응시했다. 눈이 마주치자 키슬리키는 저도 모르게 흠칫 놀랐다.

"악마님."

늘 격정에 차 부르던 목소리가 지금은 마치 다른 사람의 것처럼 차분했다. 키슬리키는 그 낯섦에 바로 뭐라 대답하지 못하고 주춤거렸다. 그러는 사이 이든이 허공을 걸었다. 한 걸음. 이동 마법을 통해 고작 한 걸음으로 키슬리키의 앞에 내려섰다. 둘 사이의 거리가 없었던 것처럼 사라졌다.

"악마님."

"……어, 왜, 뭐, 말해."

키슬리키의 혼란은 계속되었다. 혼란의 주 원인은 왜 자신이 당장 도망치지 않고 여기에 가만히 서 있냐는 것이다. 물론 상대가 보여주는 무서울 정도로 생소한 차분함도 혼란스러움에 크게 한몫했다. 혼란에 당황에 어색함에, 복합적인 감정으로 괴로워하는 키슬리키를 향해 이든이 말을 뱉었다.

"슬프지 않았습니다."

"……어? 뭐?"

"은인이자 아버지인 사람의 비극적인 과거사와 비참한 최후를 듣고, 그의 유품까지 건네받았는데도 슬프지 않았습니다."

"……."

"슬프지 않았습니다."

이든은 마치 고해성사를 하듯 말을 토했다. 어조와 목소리는 덤덤했다. 그러나 이상한 일이었다. 키슬리키는 상대의 말에서 괴로움을 느꼈다. 슬픔은 아니더라도 괴로움.

"전부 소용없는 짓이었을까요? 원수를 사랑하는 건…… 아니, 원수가 아닌 누구든, 사랑이 아닌 어떤 감정이든. 제겐 전부 불가능한 일이었을까요?"

키슬리키는 숨을 들이켰다. 괴로움이 더욱 절절해졌다. 순간 숨이 막힌다는 생각이 들었을 정도로.

"저는, 살아 있다는 것을 계속…… 언젠가 자연스럽게 죽을 때까지…… 증명하지 못하는 걸까요?"

"……."

"저는……."

"아니!"

키슬리키는 고개를 붕붕 저었다. 솔직히 상대가 무슨 말을 하고 있는지 잘 모르겠다. 괴로움의 원인도 전혀 짐작되지 않는다. 그러나 부정하고 싶었다. 뭔지는 모르겠지만 강하게 부정해 주고 싶은 마음이 들었다. 제가 할 수 있는 만큼.

"원수를 사랑하는 거? 그건 나도 못 할 것 같은데. 원수는, 음, 그냥 죽이고 나면 끝 아닌가? 그리고 원수 말고 그냥 사랑은…… 어…… 배우면 되지!"

"……."

"인간은 뭐든 다 배우지 않나? 말을 하는 것도, 걷는 것도, 그 밖에도 자잘한 것까지 전부 말이야. 악마는 원래 월등해서 태어나자마자 전부 다 할 수 있지만, 그, 인간은 다르던데?"

"……."

"그러니까 사랑도 배우면 되지. 죽기 전에만 배우면 되는 거 아냐? 그리고 또, 어디 보자…… 슬픔? 슬픔은 사랑 다음 순서로 배우면 되고! 지금 안 슬프면 어때? 그때 가서 지금 것까지 슬퍼하면 되지 않나?"

키슬리키는 중간중간 횡설수설의 위기를 겪으면서도 열심히 말을 이었다. 매끄럽게 흘러나오지는 않았으나 처음부터 끝까지 진심이었다.

이해도 덜 된 이야기에 답해주면서 어떻게 말에 마음을 담았을까. 그건 한 가지 이유였다. 상대가 괴로워하는 것을 계속 보고 싶지 않아서. 괴로워하는 모습이 보기 싫다. 구름이 개듯 괴로움이 사라져 줬으면 좋겠다. 그래서 열심히, 그렇게 마음을 다해서 답을 주었다. 키슬리키 본인은 정작 인지하지 못하고 있는 사실이었다.

이든은 물끄러미 키슬리키를 쳐다보았다. 계약으로 인한 제약 때문에 키슬리키가 본모습이 아닌 어린아이의 육체를 하고 있었기에 눈을 마주치기 위해선 한참 아래로 내려다봐야 했다.

이든은 잠시 고민하는 기색을 보이다 이내 마법으로 상대를 들어 올렸다. 기습적으로 저를 휘감은 마법에 키슬리키가 당황해서 어어, 소리를 냈다. 키슬리키가 본래 발을 디디고 있던 곳에서 세 뼘쯤 위로 뜨자 얼추 눈높이가 비슷해졌다. 상대의 붉은색 눈동자를 정면에서 응시하며 이든이 웃었다.

"고맙습니다, 키슬리키."

"……."

"열심히 배우겠습니다. 저는 역시 원수를 사랑하고 싶군요. 그러니까 사랑하게 될 때까지 잘 부탁드립니다."

아니, 그건 네 원수한테 가서 해야 되는 말 아냐? 키슬리키는 그렇게 받아치려다 문득 깨달았다. 이든에게서 '악마님'이 아닌 이름으로 불린 것은 처음이었다.

'……어? 어라? 어어?'

키슬리키의 등 뒤로 식은땀이 흘렀다. 문제가 생겼다. 잠깐이지만 상대의 목소리를 타고 나온 제 이름이 듣기 좋다고 생각했다. 어, 이거 엄청나게 문제 아닌가? 뭐가 어떻게 문제인지는 잘 모르겠지만 어쨌든 되게 무지하게 문제 아닌가?

"그, 그래! 잘 배워, 파이팅! 그럼 난 이만!"

허둥지둥 말을 내뱉은 키슬리키가 쏜살같이 뛰어 도망쳤다. 귓가가 미세하게 붉었다. 이든은 멀어지는 키슬리키를 쫓아가는 대신 자리에서 가만히 지켜보았다.

"내게서 복수를 빼면 뭐가 남지?"

악마가 답을 주었다. 바로 사랑이 남는다. 사랑을 배우고 나면 그것이 넘칠 정도로 남아줄 것이다.

"정말로 잘 부탁드립니다, 키슬리키."

들리지 않을 인사를 입 밖으로 중얼거린 이든이 재차 웃었다. 조금 전보다 더 환한 미소였다. 오늘에서야 그가 처음으로 '진짜' 미소를 지었다는 것은, 아마 이든 본인만 아는 사실일 것이다.

〈외전 완결〉

작가 후기

굉장히 오래된 일입니다. 아마 10년도 더 되었을 거예요.

인터넷 사이트에 올라온 이런저런 소설들을 읽다가 문득 이런 생각이 들었습니다.

'아, 티격태격 싸우다가 정드는 커플의 이야기가 보고 싶다.'

그렇게 스치듯 떠올랐던 한 줄의 생각이 지금의 이 이야기를 만들어냈습니다.

결과적으로는 첫 발상에 충실한 이야기였다고 생각합니다. 티격태격 싸우다가 정드는 커플. 유리엔과 카엘이 그 정석을 잘 밟아주었다고 생각해요. 유치하지만 나름 귀여운 커플이 아니었나 합니다. 만나기만 하면 틱틱거리고 부딪히던 둘이 어느 순간부터 점점 정이 들어가는 모습이 잠시라도 흐뭇하셨다면 이 이야기는 본분을 다한 것이 아닐까 싶습니다.

기회가 닿으면 다음번에는 좀 더 본격적이고 살벌하게 싸우는 커플의 이야기를 다뤄보고 싶기도 합니다. 음, 아무래도 쉽지는 않겠지만요. 과연 그렇게 싸우고도 커플이 될 수 있을는지…….

아무튼 첫 장보다는 마지막 장에 한 뼘 더 자라고 성숙해진 검둥이와 카라멜 커플의 이야기가 부디 즐거우셨기만을 욕심껏 바라봅니다.